伍維平懸疑中篇小說選

伍維平　著

寫在前面的話

這是一本揉懸疑、驚悚、詭異、離奇、神秘等元素為一體的好讀中篇小說精選集。小說通篇充溢著死亡與恐怖的濃烈氣息。在那個變了樣的世界裡，我們全都蜷縮著、顫抖著、疑懼著和絕望著，於是那些被壓抑、被拋棄、被遺忘、被忽略的潛意識趁著我們的孤獨與軟弱，迅速抵達我們的內心，用恐懼擊垮我們。

千年歷史，一翻而過。神性之手指向人類迷茫的未來，幻象與現實交織，簡單與複雜交織，清晰與模糊交織，所有的暗示與寓意，都在閱讀中與你的心靈一一對應。

嚇死人，不負責。

目次

3／寫在前面的話
5／滴血鑽戒
49／致命詛咒
93／毒殺全村
141／真凶之謎
193／死亡之約
237／窗外有臉
285／古城驚魂
317／血債血償

滴血鑽戒

一、蹊蹺現場

一九五二年寒冬的一天早上，桂州市祥福珠寶齋的店員陳林生像往常一樣去店裡上班。天很冷，北風硬如刀子刮臉，陳林生裹緊棉衣，低頭縮頸跑著取暖，一路跑到店門口，掏出鑰匙抬頭一看，竟然發現店裡的二道門都已經不同程度地打開。他甚感詫異，因為住在店裡的值班員蔡本山自己是絕對不會主動打開門的，一定要等陳林生打開第一道門，蔡本山從觀察孔看到陳林生後，才會打開第二道門讓陳林生進來，這是沿襲多年的店規，從未有人打破，畢竟金銀珠寶乃貴重之物，安全措施總是放在第一位的。

陳林生推開虛掩著的第二道門，站在門口，眼前一下昏暗起來，冬天的早上天亮得遲，店裡的窗戶開得又高又小，因而光線明顯不足，使陳林生好一陣子才適應過來。店裡出奇地安靜，偌大的空間沒有一絲一毫的聲音，陳林生心驚膽顫地走進櫃檯，看到靠牆一側的床上蔡本山身上蓋著一床厚毛毯，只露出頸子以上部位，仍然面朝裡面作睡覺狀，陳林生想蔡本山是不是昨晚一個人喝悶酒喝醉了，睡過了頭，便準備過去拍醒蔡本山，但剎那間陳林生的手在空中停住了，床邊保險櫃上四濺的鮮血讓他吃了一驚，這時候他才意識到出事了。一邊高喊著「殺人啦殺人啦」，一邊狂奔出去打電話報警。

大約二十分鐘後，一輛美式軍用吉普車風馳電掣般趕來，「吱」地一聲急剎車，停在了祥福珠寶齋門口。車上下來二男一女三名警察。個子瘦高、尖嘴猴腮的中年男子是刑偵隊長趙琢；虎背熊腰、滿臉鬍子的小青年是刑偵隊員張建安；稚氣未脫卻目光敏銳的女民警則是法醫劉新燕。已先到現場作警戒的管片民警將趙琢等三人讓進了祥福珠寶齋裡，將情況簡單介紹後，繼續出門警戒。

進門之前，趙琢已在外面對祥福珠寶齋有了大致印象：該店地處市中心繁華地帶，建築是一幢獨立磚木結構兩層中式小樓，設計精巧，風格典雅，門面雖然不算大，但很有氣派，顯示出不錯的歷史文化積澱，更隱隱透出主人甚為深厚的經濟實力。進入店內，趙琢的看法進一步得到印證，寬敞豪華的前廳，一字排開的玻璃櫃檯，琳琅滿目的金銀首飾珠寶玉器，使人產生炫目的感覺，這確實是一家根深葉茂的老店。

他們的現場勘察從門口開始，逐步向店內推進。不久，他們就有了初步的發現。在兩道門之間的地面上，有一個模糊的硬底皮鞋印，長約二十六釐米，為右腳鞋印。經過比對，很快弄清楚皮鞋印不是在場所有人的。傳來店員陳林生訊問，陳林生也說，全店五個人中，只有他哥哥，即祥福珠寶齋的經理陳桂生一人穿皮鞋，其他人都不穿。趙琢默想片刻，沒有多說一句，只揮手叫人把陳林生帶走，然後繼續勘察。

趙琢再次站在店門口，從外觀上仔細查看店內情況。

他發現櫃檯裡的貨品擺放整齊，井然有序，沒有一點打鬥或者洗劫後的凌亂痕跡，赭紅色的地板磚上很乾淨，偶爾有被拖把拖過後留下的水漬隱約可見，顯然昨晚有人專門打掃過衛生。於是，陳林生又被叫來訊問，證實值班員蔡本山確實每天晚上有打掃衛生的習慣，而且已經堅持多年。

陳林生走後，趙琢蹲下，拿出一把放大鏡慢慢往前查看，儘管足跡已遭破壞，但憑著敏銳的目光和豐富的經驗，他還是發現了兩種足跡。一是赤腳印，腳趾頭的輪廓都依稀能夠看到；二是皮鞋印，這幾個皮鞋印與兩道門之間的皮鞋印顯然是同一個人留下的。

劉新燕將這些腳印一一照相，張建安也做了一些腳模。趙琢一邊趴在地上琢磨，半是自言自語半是問張建安：「張鬍子，你有什麼高見？」

張建安是個快嘴：「隊長，這地板好像擦過兩遍，第一遍可能是死者值班員擦的，第二遍則可能是兇手擦的，目的當然就是為了湮滅證據。」

「我基本同意張鬍子的說法，兇手進來的時候，神情鎮定，行為穩重，一切按計劃行事，但他真的殺了人，心情就變得十分慌亂，恨不得一下子逃之夭夭，因此拖地板擦掉腳印的動作也粗糙多了，這才給了我們機會。」劉新燕說。

趙琢雖然不動聲色，但表情裡有些贊同的意思，「那你們看兇手是一個人還是兩個人呢？」

「我認為是兩個人，理由是店內有兩個人的腳印。」張建安仍然不假思索，脫口而出。

「我不同意，如果有兩個兇手的話，難道其中一個會不穿鞋子來作案嗎？」劉新燕立即表示反對，「這樣做有什麼必要呢？」

「當然有必要，這是兇手在故施迷魂陣，把我們引入歧途，延緩破案時機。」張建安反駁道。

「情況可能並沒有我們想的那樣複雜，恰恰相反，要檢驗此事非常簡單——只要把腳印跟死者的腳比對一下就明白了。」趙琢嘿嘿一笑道，「其實不用比對，我也能確信那幾個赤腳印是死者的。」

「為什麼？」張建安和劉新燕幾乎同時問道。

「道理確實像我剛才講的那樣簡單，不信你們看！」趙琢指著櫃檯後面的牆角說，「那是死者蔡本山睡的床，他穿的棉衣放在側面的櫃檯上，褲子卻放在腳部下面的保險櫃上，按照我們一般人的生活習慣來說，睡覺時衣服褲子都應該放在一起，但現在二者卻是分開的，為什麼會出現這種情況？」

張建安撓了撓頭，呵呵傻笑兩聲，不說話。劉新燕開始也有些愣，但她腦子一轉，眼裡放出光來，「死者起床了！」

「正是這樣。」趙琢用手指指床，再分別指指保險櫃和櫃檯，劃拉成一個三角形，「當時，死者蔡本山已經睡下，突然聽見有人敲門，而且敲得又急又猛，蔡本山甚至來不及穿鞋子，披上棉衣就急忙跑去開門，開完門後又急忙回到床上，下身蓋上被窩，上身仍然披著棉衣，跟來人說了一會兒話，臨睡時由於保險櫃距離太遠，就順手把棉衣扔到側面距離近些的櫃檯上了。」

張建安恍然大悟，拍拍腦門說：「啊，原來是這樣。」

劉新燕接著問道：「那蔡本山急著去開門，甚至連鞋子都來不及穿，來人肯定是熟人了？」

「正是，而且還不是一般的熟人，他們之間的關係一定非常好，以致蔡本山沒有任何的防範和警惕。」趙琢指著床鋪說，「你們看，蔡本山是靠牆邊睡著，他的旁邊還留出很寬的空間，這說明床邊至少還有人坐過，否則不合常理，因為我們一個人睡覺時不會故意留出床的一半空間。」

然後，趙琢從劉新燕那裡接過一雙手套戴上，拿起櫃檯上那兩把圈了三道銅箍的大鐵鎖，就著放大鏡仔細端詳。這是一種用生鐵製成的鎖頭，雖然老式但特別結實，鑰匙仍然插在鎖孔裡，外觀完好無損。「鎖沒有壞，鑰匙是原配的，門也沒有被撬，兇手只能門進門出，這說明什麼問題呢？」

「你是說有人做內線？」張建安問道。

劉新燕馬上否定道：「不可能，屋子裡只發現兩個人的腳印，如果把蔡本山假設為內線的話，那他應該早有準備，而不用匆匆忙忙起來開門的。」

「問題不僅如此，你們還發現了那些皮鞋腳印的特徵沒有？」趙琢話鋒一轉，再次把注意力引回到腳印上去。

兩人拿著幾個腳模反覆揣摩，竟然不得要領，趙琢見兩人半天看不出問題，便提示道：「排列一下就清楚了。」

腳模剛一排好，劉新燕就輕輕叫了一聲，「哦，太奇怪了，所有的腳印只有右腳呢。」

「真的，奇了怪了，難道這人是個瘸子？」張建安望望腳模，又望望地板，「或者他專門擦掉左腳腳印？」

劉新燕笑道：「鬍子你現在試試看，在地上胡亂走一圈，然後擦掉左腳腳印。你要做得到，我明天嫁給你！」

趙琢也笑了，「難怪隊裡人叫你小辣椒，果然不錯。劉新燕說得對，專門擦掉左腳印既不可能，也無必要，要是用這種方法來做誘餌，讓我們上當，不過是多此一舉而已。」

接著，趙琢把目光放到了死者蔡本山和他睡的床鋪上，「現在距離發案時間不算太久，現場也還完整，我們先解決關鍵問題。」

張建安和劉新燕都明白了趙琢的意思，走到了床鋪旁邊，張建安抓住被子剛要掀開，卻被趙琢制止了，「先不要揭被子。」

張建安慌忙縮回手，「我又怎麼啦？」

「其實隊長剛才已經提示過的呢。你這豬腦子！」劉新燕捂著嘴輕輕地笑道。

「哦？」張建安還是沒明白。

趙琢走到床邊，指著死者蔡本山睡的位置說：「剛才我說了，蔡本山本來睡的是個單人床，理應睡在中間，但留出一大塊空間，被子只蓋了一半，枕頭上也有另外一個人睡過的痕跡，如果真有這麼一個人睡過，那麼現在就是尋找這個人證據的機會。」

張建安俯身去看，果然看到了枕頭上一個凹下去的痕跡，忙點頭稱是。接著劉新燕用鑷子夾起了幾根頭髮，頭髮比較長，卻相對粗糙。「這頭髮我看有點像女人的，你們看是不是？」張建安說。

趙琢接過劉新燕手上的鑷子，用放大鏡觀察了一會，口氣很肯定地說：「這頭髮比一般男人的頭髮長，很像是女人頭髮，但這是錯覺，我敢肯定這是男人頭髮，因為這頭髮粗碩，硬度高，油性少，彈性小，很符合一般中年男子頭髮的特徵。」

劉新燕點頭表示同意，她說：「毛孔粗，髮尖又剪過，這不是女人的頭髮，我在學校裡學過，這是偵查的常識，很容易辨認的。」

「好！既然這樣，我們一起來辨別到底是不是女人的頭髮，有沒有女人的味道。」趙琢指揮二人按他的要求做，劉新燕站床頭，張建安站床尾，他本人站床外側，「劉新燕掀床頭，張建安掀床尾，我掀中間。掀的時候動作要慢，不要帶起風，要仔細聞裡面的各種味道並第一時間加以分辨。現在，聽我的口令，一，二，三！」

被子隨著三雙手同時緩緩升起，三人都把頭伸進被子裡，使勁聞裡面散發出來的味道。聞過之後，趙琢不動聲色，似乎在回味什麼；劉新燕皺著眉頭，欲說還休；張建安則痛苦地仰起頭，狠狠地打了一個噴嚏。

「說說看，聞到什麼味道了？」趙琢臉上有些笑意，半真半假地說道。

張建安愁眉苦臉，噁心難受，「我聞到的只有老男人的臊味和臭腳丫子味。」說著還頻頻作出想嘔吐狀。

趙琢轉頭問劉新燕：「你呢？」

「很濃的煙味，甚至有些嗆鼻。」

「有女人的胭脂味嗎？」

「沒有！」劉新燕的回答很肯定。

「這就對了，這說明跟死者蔡本山同床睡覺的不是女人，而且這屋子裡也沒有發現女人的痕跡，因此至少兇手不是個女人。」趙琢判斷道。

「話是這樣說，即使排除女人，嫌疑人的範圍也太廣了，可以說無邊無際，一點譜都沒有。」張建安雖然心裡同意趙琢的說法，但還是嘴硬得很。

「我看沒有你想的那麼複雜，腳印、頭髮、鎖上的指紋很可能都在指向那個嫌疑人，我們已經收穫不少了。」劉新燕打開醫用檢驗包，開始查驗死者蔡本山的傷勢。

劉新燕是個受過專門訓練的法醫，雖然年輕，卻膽大心細，實踐經驗也不少，對驗屍程式輕車熟路。她先用尺子量死者傷口的長度和寬度，再用探針探測傷口的深度，並用放大鏡對傷口形成的角度仔細觀察，並隨時將有關資料報給張建安做好記錄。

做完屍檢，劉新燕收拾好醫用工具箱，不等趙琢發話，便主動彙報道：「死者的傷勢主要在後腦勺與頸部之間部位，初步判斷為鈍器擊打，力度很大，致使腦殼造成粉碎性骨折，凹進去至少三公分以上。從死者的面部表情看，死者當時毫無知覺，死於無防備之中。」

接著，劉新燕又取下死者的指紋和腳趾紋，與鎖上的指紋和地上腳趾紋進行比對後，發現完全吻合，這證明死者當時是光著腳起床，打開鎖拉開門，從而引狼入室，造成自己被殺的結局。

天氣奇冷，幾個人都凍得不行，說話都有些哆嗦，趙琢考慮到案發現場已基本勘查完畢，接下來還要就近詢問各方面證人證言和檢查珠寶財物丟失情況，便叫管片民警燒了一盆火放在門裡邊，把陳林生也叫來火邊作訊問筆錄。

陳林生坐在火邊，神情悲戚，全身發抖，笨拙地抽著趙琢給的煙，不知所措。趙琢安慰他幾句，等他心情稍稍穩定後才問道：「你們店的經理怎麼還不見來上班啊？」

「經理陳桂生昨晚搭火車去廣州了，具體去幹什麼不清楚，可能談生意去了吧。」陳林生有氣無力地說。

「巧了，昨晚經理剛出門，接著店裡就出事。呵呵。」張建安話裡有話，手裡做著筆錄，嘴上也沒閑著。

這時候，管片民警忽然拍了拍趙琢，「隊長，借一步說話。」

兩人走到外面拐角避風處，管片民警告訴趙琢，這陳林生雖然是店員，卻是經理陳桂生的親弟弟，因父母早喪，他從小跟哥嫂一起生活，從未分開過。據說陳林生夫妻在店裡名義上有一些股份，但一直享受著普通店員的待遇，夫妻倆對哥嫂很意見，但都是老實人，既不敢怒也不敢言，只是默默承受而已。趙琢聽了，點點頭，與管片民警回到店裡火爐邊坐下，繼續瞭解情況。

「這麼說，你是知道你哥去廣州的了？」趙琢問陳林生。

「事情是這樣的。上個禮拜有個廣州的珠寶商專程來店裡看過貨，還跟我哥商議過，說要買一大批珠寶，回去合計後就傳信過來敲定。」陳林生一臉茫然，但精神狀態好了些，「至於這次我哥去廣州是不是為了談這樁生意，我確實不清楚，因為他做事從來不和我們商量的。」

「哦，你再想想，昨晚還有什麼奇怪的事情發生沒有。」趙琢提醒陳林生。

「奇怪的事情？讓我想想看，是的，現在回想起來，的確那事還有點奇怪。」陳林生搔著後腦勺，眼睛巴眨巴眨回憶著，「昨天下午天忽然陰沈下來，老北風颳起，氣溫下降很多，我們都冷得不行。傍晚七點多鐘的時候，天已完全黑定，街上行人稀少，而且步履匆匆，店裡更是無人光顧了。我們正商量著關店門，門口卻忽然出現了兩個穿著考究的年輕人，他們並不推門進店來，而是把臉貼在窗戶玻璃上，眼直勾勾往裡看，蔡大哥急忙迎上去，請他們進店來坐，但那兩個人根本不理睬，互相耳語幾句，一起快步離去。」

不等趙琢等人詢問，陳林生接著又說：「見那兩個人神情怪異地走掉了，我和蔡大哥都有些緊張，慌忙關店門，哪知門剛關了半邊，一個三輪車夫穿著模樣的漢子氣喘吁吁地跑到門口，問我們下班後是不是要坐車回家，我們很乾脆地拒絕了，漢子木木地站了一會，搖搖頭轉身走了。我和蔡大哥感到更加奇怪，三輪車夫怎麼會跑到店裡拉生意呢，這違背常理啊。我們趕緊關上兩道鐵門，加上鎖，然後收拾好櫃檯裡的貨，我才從店後面的小門回家。」

劉新燕問：「當時沒有再出現什麼異常情況吧？」

「我收拾完，走的時候是晚上八點多鐘，沒有再出現什麼異常。今天早上來上班，哪知就出這等大事啊。唉，造孽啊！」

趙琢直截了當地問道：「晚上有誰能叫開門？」

「按店裡規矩，晚上除了我哥陳桂生和我嫂子蔡琳外，無論誰叫門蔡大哥都不能開的。」陳林生一拍腦袋，「真是奇怪，難道他……」

正說著，店門口閃出一張中年女人的臉，臉上充滿驚恐。

二、鬥智鬥勇

來人是陳林生的妻子夏秋菊。

從夏秋菊驚愕萬狀的表情看，她可能還不知道這裡發生了什麼事。夏秋菊站在二道門口，手捂著嘴，掂著腳尖往裡面的床鋪瞧了瞧，眼光剛在蔡本山身上落定，立刻打了個冷戰，忍不住輕輕叫了一聲，然後躲到陳林生背後，縮頭躬身不發一言。

陳林生趕緊給趙琢等介紹夏秋菊，趙琢點頭微笑，正要詢問幾句，門外響起人力三輪車搖鈴聲和車夫的吆喝聲，接著傳來一陣急促的高跟鞋敲擊地面的脆響，隨著響聲迅速逼近，陳林生臉色驟變，嘴唇哆嗦地說：「我嫂子來了。」

話音剛落，一道門「砰」地被踢開了，門口站著一個珠光寶氣、穿著華麗的漂亮女子，趙琢一看就知道是蔡琳來了，扭頭不緊不慢地明知故問：「是蔡琳蔡經理嗎？」

「正是本人。」蔡琳如同一頭發怒的母老虎堵在門口，滿臉怒氣，目光兇悍，嘴裡還不乾不淨地嘟囔著什麼。稍定片刻，大概她覺得自己有點過分，便走進來主動伸出一隻手給趙琢碰了一下，「一定是趙隊長吧，這回全拜託你了。」話中帶酸，揶揄之意十分明顯。

「職責所在，談不上拜託。」趙琢淡然一笑，輕巧化解，繼而話鋒一轉，直搗黃龍，「聽蔡經理的口氣，似乎你站在門口就已經知道店裡出事了，不知道是從哪裡得知這個消息的哦？」

「全城人都知道了，還不許我知道自己店裡的事情嗎？恐怕我是最後一個知道的傻瓜了！」蔡琳雖然說得氣勢洶洶，但沒有跟趙琢死磕的意思，也是很快將話轉到自己的切身利益上來，「我的寶貝啊！」她大喊一聲，一邊掏鑰匙一邊衝向店內最裡邊的保險櫃，對死在床上的親哥哥她僅僅冷漠而厭惡地瞟了一眼，便迫不及待地將鑰匙插進保險櫃，轉動刻度密碼，一一對應後，打開保險櫃一看，再次大喊一聲，一屁股坐到地上，嚎啕大哭起來，哭聲中還夾帶著數落與責罵，陳桂生、蔡本山、陳林生、夏秋菊等人無一落下。趙琢見狀，示意陳林生和夏秋菊去勸勸，兩人明白了趙琢的意思，一左一右去攙扶蔡琳，哪知蔡琳掙脫兩人的手，更加咆哮，站起來指著兩夫妻破口大罵：「你們夫妻倆，得了便宜賣乖，就會假仁假義假慈悲，狗鼻子插蔥裝象，一對吃裡扒外的傢伙，很可能寶貝就是你們偷的，這寶貝是我店的鎮店之寶，是老娘我的身家性命，平日的事就算了，今天你們休想蒙混過關！」

陳林生平日對哥嫂十分敬重，也相當懼怕，今天見嫂子河東獅吼，早嚇跑了半邊魂，慌忙縮到一邊不敢再說話。夏秋菊同樣氣得渾身發抖，許久才說出話來，「嫂子，你可別血口噴人啊！」

聽自己老婆先開了腔，陳林生也壯了膽子低聲下氣地說：「嫂啊，我們夫妻倆可沒有做對不起你們的事喲，你要公道些才是。」

蔡琳見陳林生夫妻倆一唱一和，氣急敗壞之餘，反而平靜下來，扳著指頭一一數出她對夫妻倆的懷疑，「我早就看出你們是內賊了，理由很簡單，第一，這保險櫃的鑰匙只有兩把，我和你哥一把，你們夫妻倆一把，按照店裡規定，你們必須一起開一起鎖，不能單獨開鎖，現在保險櫃的鎖沒有壞，櫃門沒有砸爛，你哥昨晚去廣州了，我又沒有過來，鎖不是你們打開是誰打開，寶貝不是你們拿走是誰拿走。第二，昨晚只有你們夫妻倆加上我哥蔡本山在，今早上又是你們夫妻先到，現在我哥死了，窗戶未開，二道門都未被撬，難道兇手從天而降嗎，不是你們幹的是誰幹的。第三，萬事都有起因，你們這樣做的原因很簡單，就是報復我。你們一定記得，去年也好，前年也好，你們幾次提出要給你們倆漲工資，我說如今珠寶生意不好做，維持下去都成問題，哪裡還有錢給你們漲工資，於是你們心懷不滿，伺機報復，今天終於下手了。哈哈哈！」

接著，蔡琳逕直走到門口的火邊坐下，伸出手烤著，一邊用探尋的眼光望著趙琢一邊說：「如今解放了，人民當家作主了，共產黨是講道理的，講法律的，為老百姓撐腰的，想要像舊社會那樣為非作歹，為所欲為，是辦不到的！」

夏秋菊聽著聽著，眼圈紅了，低著頭捂著嘴輕聲抽泣起來，趙琢暗示劉新燕過去勸勸，劉新燕會意地點點頭，剛走到夏秋菊旁邊，夏秋菊卻突然抬起頭，指著蔡琳哭訴道：「嫂子，冤枉喲！這些年來我們在你手下吃的苦還少嗎，可有苦向誰說啊。表面我們是股東，其實是雇工，是傭人，經濟上不能獨立，生活上還要時時打點你們，稍不如意，就臭罵一頓，真是牛馬不如。又說蔡大哥，幾十年如一日給你看家護院，雖說是你的親哥哥，卻從未領過你一分錢工資，甚至都未給過他一分錢零花，直到死在櫃檯邊，你莫說掉一滴眼淚，連看都沒有多看一眼，你還是人嗎！」

說到這裡，夏秋菊已是泣不成聲，蔡琳則紅著頸脖挺著筋說：「你少管閒事，還是多想想怎麼洗脫罪名吧。」

一貫軟弱的陳林生也終於爆發了，「蔡琳，你這個不講道理的女人，欺負我們夫妻好講話是不是，我告訴你，狗急還要跳牆呢，今天我乾脆揭開你的老底！」

蔡琳聽到這話，忽地站起身，餓虎撲食般撲向陳林生，卻被張建安用胳臂擋住了，「好好說話，不得無禮！坐下。」說著將蔡琳按到了凳子上。

「請繼續說。」趙琢饒有興致地點上了一支煙。

「說就說，反正人也死了，事情也出了，我還怕什麼。」陳林生避開蔡琳憤怒的眼光，不管不顧地說下去，「你的寶貝是什麼？不就是那只藍寶石鑽戒嗎？寶貝很好，很值錢，不過我倒看不上，我不認為那是寶貝，我甚至認為那是災禍，有時候恨不得把那東西丟到臭水溝去，免得惹禍，現在看來，該死的藍寶石鑽戒就是災禍。還有，你這寶貝是從哪裡弄來的，來得是不是光明正大，是不是合理合法，你是不是要我今天把你所有的老底抖出來？好，我就當著眾人面抖出來好了……」

正在這時，店門開了，又進來一個男子。男子年紀約莫四十七八歲，體健貌端，儒雅灑脫，身著名牌花呢西裝，皮鞋擦得賊亮，正襟方步，鏗鏘而入。蔡琳見到此人，眼睛閃出光亮來，起身迎過去，抓住男子胳臂便往店裡拽，一直拽到店中間，「中元，你來得正好，出大事了，桂生不在家，你可得給我拿主意，代我處理好這個爛攤子。」

男子一臉茫然地打量一番四周，「大清早的，這麼多人聚在這裡，出什麼事了？」

「這是誰？請介紹一下。」趙琢望著蔡琳說。

「還是我來作自我介紹吧。」男子敏捷地把手伸向趙琢，「我叫周中元，是祥福珠寶齋的股東之一，在城西也開了一家小飯店維持生計。你是趙隊長吧，久仰久仰！」

「呵，周先生也知道我，好眼力啊。」趙琢接住周中元的手握了握，「既然是蔡經理的代理人，又是祥福珠寶齋的股東，我就先把情況簡單說一下。」

簡單介紹案情後，趙琢不顧劉新燕和張建安兩人的暗中制止，執意要帶周中元去查看死者蔡本山的情況，周中元似乎有些意外，愣了一下，推辭道：「趙隊長，勘查現場和破案是你們警察的事，我就不摻和了吧，怕是反而給你們添亂呢。」

「沒有關係，既然已經到了現場，你又是股東，聽說你解放前還當過律師，一定有不少辦案經驗，看一看也許還能給我們提供破案線索呢。」說著，趙琢掀開毛毯，讓周中元查看。周中元果然俯下身去，從頭到腳一絲不苟地仔細查看，「周先生有什麼發現嗎？」

「說不上，說不上啊。」周中元躊躇片刻，才字斟句酌地說，「不過，我斗膽亂說幾句，看樣子死者的致命傷在頭部，從其形狀和深度來看，似乎是被鈍器所擊打造成的，很可能是錘子之類的鐵器。」

「何以見得？」

「死者顯然是在睡眠中被猛力擊斃的，而能一下致人死命的應該是錘子之類的鐵器才能做到。另外，從現場情況看，很可能是熟人作案。」周中元掏出一方手巾，擦擦鼻子和手後，又收回口袋。

「精彩！」趙琢雙掌輕擊，表示贊同，「到底是律師出身，洞察力果然了得，對我們偵破案件很有幫助啊。」

「不敢。」周中元慌忙抱拳致意，「信口雌黃而已，趙隊長不必介意。」

「看來等會兒我還要向周先生討教幾招。」當趙琢將毯子蓋回去的時候，周中元已經走到保險櫃前面，三下五除二，以飛快的速度打開了保險櫃，把在場的所有人看得目瞪口呆。趙琢知道，這是從德國進口的高級保險櫃，精密可靠，價格昂貴，有能力買這種保險櫃的，非貴即富，周中元能在眨眼工夫解開三道號碼暗鎖，說明他對這種保險櫃十分熟悉。

大概周中元也看出了趙琢的疑惑，立即自我解嘲地說：「以前我當律師的時候用過這種保險櫃，而且我本人也是祥福珠寶齋的股東，損失也有我的一份，看看怕是沒有什麼問題吧。」話一說完，便要把門關上。

「恰恰相反，不但沒有問題，而且應該這樣做。」趙琢吩咐張建安說，「鬍子，你和蔡經理、周先生一起檢查清理保險櫃裡丟失的東西，我先上樓看看，登記完後蔡經理、周先生二位請上樓，我們聊聊。」

說完，趙琢一個人上了二樓。

二樓兼有辦公室、會客室、休息室的功能，分成三個空間，其中樓梯口的會客室最大，義大利真皮沙發，波斯名貴地毯，金光燦燦的古玩陳設櫃，做工精細的紅木茶几，中西合璧的擺設使房間富麗堂皇而又不失古樸高雅，顯示出主人的獨具匠心。

趙琢將裡外三個房間作了初步勘查後，就坐在會客室的沙發上悠閒地抽著煙。十多分鐘後，樓梯上響起腳步聲，蔡琳和周中元先後上了樓。二人剛坐下，趙琢卻忽地站起身來，叫二人稍等，快步下樓去了。

到了樓下，趙琢叫來張建安，悄悄地說：「馬上檢查側門邊的貯藏室。」

「已經檢查過了。」

「裡面有什麼？」

「全部是雜物，有拖把三個、煤鏟一把、爐子一個、碎煤一堆，以及一些紙箱子、包裝用的碎紙等，上面佈滿灰塵，近期不像有人動過，而且這些東西也與死者傷痕鎖用的兇器不吻合。」

「馬上再檢查一遍，要完全徹底地檢查。」

張建安稍有遲疑，隨即明白了趙琢的意思，「好的，馬上再檢查一遍。」

趙琢折回樓上，剛坐下，蔡琳便遞上一張紙，他接過一看，是一份物品丟失清單，略微一數，有十八件，其中一件藍寶石鑽戒前面打了一個著重號。

「這件藍寶石鑽戒是不是價值最高最值錢？」趙琢問道。

「正是，這件藍寶石鑽戒是清朝皇妃子的遺物，價值不菲，解放前曾有好幾個達官貴人看上了這個東西，有人還出價兩百兩黃金，我都沒肯出手，這東西是祥福珠寶齋的鎮店之物，不能輕易出手的。」蔡琳神情悲戚地說，「其他金銀珠寶也價值一萬銀元以上，這次真是損失慘重哦！」

趙琢接過周中元遞過來的煙，就著火點上，吸了一口，說：「蔡經理你想一想，你得罪過什麼人沒有，結過什麼仇家，有什麼人對這件寶貝特別有興趣，等等，凡是你認為有用的資訊都可以反映給我們。」

「喲，趙隊長，你這不是逼人嗎？丟了東西，還是重大損失，人本身就夠倒楣了，你還這樣苦苦追問，乾脆拿命去好了。」蔡琳疲憊不堪，頭枕到沙發上，問周中元討了一支煙，悶悶地吸著。

「呵呵，蔡經理別急。」趙琢看蔡琳手上的煙已熄滅，起身給她點上，安慰說，「我不是這個意思，當然要等你情緒稍微安定下來再考慮，但畢竟時間不等人，早一分鐘得到線索，就有可能早一分鐘破案，我們大家都希望如此。」

蔡琳好像並不買趙琢的帳，反而話中帶刺地說：「那好，我給你們說說我的懷疑，在這裡我公開我的想法，我說，其實兇手遠在天邊近在眼前。」

「誰？」

「陳林生和夏秋菊兩夫妻！」

「你有什麼證據嗎？」趙琢說得輕描淡寫，卻是軟中帶硬。

「直接證據我沒有，而且他們事先肯定會周密謀劃，不會傻到輕易讓別人抓住把柄，但理由剛才我在樓下已經說了，除了這夫妻倆我想不出還有誰。」蔡琳說的口氣不容置疑。

本來靠在沙發上的周中元聽了這話，即刻直起身來反駁道：「那也不一定，不僅陳林生和夏秋菊能叫開門，陳桂生經理和你同樣能叫開門，而且陳桂生經理昨晚去廣州前還來過店裡，你不會否認吧。」

「好啊，姓周的，胳膊肘往外拐，連我也懷疑上了，你還算人嗎！」蔡琳盯著周中元火辣辣的目光中還夾帶著怨恨和不解。

「好好，我不是人，算我多嘴，算我多管閒事。你們忙吧，我先走了。」說著，周中元起身往樓下走去。

三、跟蹤追擊

不料，蔡琳見周中元真要走，一下急了，慌忙起身緊攆幾步，扯住周中元的衣服後擺，「你這人真是的，隨便說兩句提腿就走，桂生又不在家，丟下這麼一個爛攤子，讓我一個婦道人家怎麼是好。嗚嗚，我的命好苦哇，嗚嗚。」

眨眼工夫，蔡琳便激情澎湃，聲淚俱下，弄得周中元走也不是，留也不是，定在原地很是尷尬。趙琢見狀，上前好言勸道：「周先生請留步，你既是本店的股東，又是店主人的多年好友，蔡經理對你很信任，還是留下來幫著處理善後事宜吧。」

周中元就坡下驢，本來就不想走、只是故作姿態地矜持片刻，就坐回了原位，繼續點上一支煙，悶悶地吸了幾口後，問道：「桂生幾時回來？」

「昨晚才走，他說至少得一個禮拜。」

周中元語帶深意地說：「一個禮拜後回來，怕是黃花菜都涼了。」

在一旁觀察的趙琢乘機搭上話題，「不知陳經理是因為什麼事急著趕去廣州，走得如此匆忙。」

蔡琳瞥了趙琢一眼，又望望周中元，遲疑一下，照實說了，「是這樣，昨天晚上桂生接到廣州一個客戶的電報，說要跟他做一筆生意，要他帶著樣品連夜趕去廣州具體洽談。我們是買賣人，顧客是我們的上帝，不敢怠慢的，桂生就連夜乘火車趕去了。」

「哦，你是說接到一份電報嗎？」趙琢敏銳地問道。

「正是。」蔡琳拉開手上的小坤包，拿出一張對折的紙遞給趙琢。

趙琢接過電報，打開反覆看了幾遍，然後不動聲色地說：「電報能借給我用一用嗎？」

「當然可以，只要你們用得著。」蔡琳苦笑一聲說，「難道電報還有假不成？你們這些警察就是奇怪。」

「現在，是新社會了，要相信人民警察的辦案能力。」周中元提醒蔡琳，「現場需要保護，我們還是暫時離開吧，趙隊長，是不是這樣？」

「到底是律師出身，行家啊！兩位請。」趙琢禮貌地做了個手勢，目送蔡琳和周中元下樓後，掏出一隻放大鏡和一把鑷子，循著兩人坐過的沙發找尋。忽然，他從沙發的靠背上沿夾起了兩根頭髮，順手放進了筆記本裡夾好，收拾乾淨，下樓安排警力繼續保護現場後，帶著劉新燕和張建安回到了刑警隊。

剛進辦公室，張建安便迫不及待地說：「隊長，你真神，我找到好東西了。」

「果然不出我的意料。」趙琢臉上靜如止水，「是一把鐵榔頭吧？」

「就是啊，我找到的就是一把鐵榔頭，可你是怎麼知道的呢，說你神，你就是神。」張建安倒了一杯開水，一邊暖手一邊喝著，「按照你的指示，我第二次進雜物間檢查，果然在兩塊活動的火磚下面發現了一把鐵榔頭。」

說著，張建安從包裡拿出一把鐵榔頭遞給趙琢，趙琢戴了手套，小心地拿在手上反覆察看，「你們看，死者頭部的傷口和榔頭的形狀十分相似，上面的血跡也在佐證這把鐵榔頭很可能是兇器，兇手事前雖然策劃比較周密，但作案後還是有些慌亂，也顧不得擦掉血跡就匆忙埋到雜物間的地板下面。不過，我估計兇手一定是戴了手套作案的，手柄上沒有留下指紋吧？」

「是的，沒有留下指紋，兇手很狡猾。」張建安答道。

「狐狸也很狡猾，但它總有露出尾巴的時候。雖然我們面臨的對手作案手法很高明，卻同樣露出了破綻。」

「是的。」劉新燕點頭表示同意，張建安卻搔著頭皮一臉迷惑。

「我簡單安排一下我們下一步的工作。」趙琢接過劉新燕遞過來的一杯開水，趁熱呷了一小口，掏出筆記本，「小劉你要做兩件事，第一，化驗這兩處得來的頭髮血型是否一致。第二，化驗死者蔡本山的血型和鐵榔頭上的血型是否一致。」

「是。」劉新燕接受了指令，收拾一下出去了。

「隊長，我呢？」張建安這回沒有搔腦殼，而是躁動不安地扯著鬍鬚，神態很是委屈。

趙琢臉上劃過一絲微笑，取出仍然夾在筆記本中的電報稿，放到張建安面前的桌上，「你看看，有什麼問題沒有？」

張建安拿起電報稿看了又看，半天不出聲，末了又搔頭晃腦道：「這就是一份普通的電報，要說的話也很明白，就是要陳桂生馬上動身去廣州商量生意，沒有什麼問題啊。」

「仔細看看。」

「隊長，我正看著呢，夠仔細的了，可我沒看出問題啊。」張建安的臉上還是說不盡的委屈，手拈著粗而短的鬍鬚，恨不得拔下幾根來。

「這正是我要你做的事，你現在馬上去郵電局落實這封電報的真偽，然後去陳桂生家落實單車輪胎印的事。快去快回，下午還要趕路。」

張建安答應一聲，飛快開車去了。

僅僅一個多鐘頭，張建安就先趕回來了。他一進辦公室，就滿臉興奮地對趙琢說：「隊長，兩件事都弄清楚了。」

「呵呵，別急，一件一件說，有頭有尾地說。」坐在案頭看材料的趙琢見狀笑了，給張建安倒了一杯開水，放到他手上，讓他暖暖手。

張建安說，他先去了陳桂生家，詢問了家裡的老僕人，老僕人告訴他，昨晚九點多鐘的時候，門外來了個郵遞員，叫門說送加急電報，老僕人簽收了電報，迅速送給了陳桂生。不久，陳桂生出來交代老僕人，要他趕緊把車推到大門口，老僕人想以前很少有這麼晚陳桂生還出去，便斗膽問去哪裡，陳桂生說去店裡，老僕人也沒敢多問，把單車推出大門外。大約半個鐘頭的樣子，陳經理就轉回來了，手上多了一個小手提箱。老僕人又說，按蔡琳的指示，他又叫來了三輪車，陳桂生剛到，蔡琳就拉著陳桂生一起上了車，趕往火車站，老僕人把單車推回院子裡放好。過了二個多鐘頭，蔡琳一個人回來了，老僕人開了門，讓進蔡琳後就關好門去睡了。這樣一來，完全可以證明陳桂生騎著單車到過店裡，而且店裡的單車印也是他留下的。

「是的，這證明陳桂生到過店裡，但蔡琳卻不說，說明她在故意隱瞞什麼。」趙琢若有所思，「電報的情況怎麼樣？」

張建安接著彙報道，他又去了郵電局，直接找到電報收發處，將那份電報稿拿給當班的工作人員看，工作人員看了一眼，毫不猶豫地證明那份電報是假的，另外幾個內行人也紛紛指出確實是一份假電報。

「哦。」趙琢聽到這個消息，雖然事先有所準備，但還是微微一怔，沉思一下後說，「如果真是這樣，那麼基本上可以排除陳桂生作案的嫌疑。」

「為什麼？」張建安不解。

「要真是他們夫妻倆監守自盜，他會自己在店裡留下明顯的單車印嗎？他會偽造一份假電報來遮人耳目嗎？而且明知道這份假電報會落到我們手裡的情況下還這樣做，除非他腦殼壞掉了。」趙琢點上一支煙，悠然吸著，「我估計那幾個瘸子的腳印也是他留下的——因為他本來就是個瘸子嘛。」

緊接著，趙琢分別訊問了陳林生、夏秋菊二人，夫妻倆回答的情況基本一致，他們都說死者蔡本山人很老實，幾十年如一日給祥福珠寶齋看家護院，盡心盡力，任勞任怨，但陳桂生、蔡琳對蔡本山沒有一點親情，當作長工一般用，從不發餉，連零用錢都不曾肯給一分一文，還時常責罵訓斥，他們都看在眼裡，寒在心裡，但也只能悄悄報以同情而已，閒話是萬萬不敢當著哥嫂的面說的。夫妻倆還不約而同提供了一個情況，他們說Y先生長期以來對蔡本山十分友好，問寒問暖，除了經常給他零花錢用外，還時不時請他上館子喝酒，而且每次蔡本山都喝得醉醺醺的回來，別人問他跟誰喝，他卻口風緊得很，一概不作回答，倒上床鋪蒙著頭就睡。Y先生和蔡本山以為別人不知道，其實他們是看見過他們在一起喝酒的。趙琢問陳林生頭天說要將那些珠寶的底細一股腦抖出來的事，陳林生不好意思地說當時講的是氣話，是想嚇唬一下蔡琳罷了，具體情況他也不清楚，只是聽蔡本山說起過那些珠寶是「骯髒」之類的話。

趙琢獲得了Y先生的寶貴資訊，思路漸漸清晰起來，逐步形成了案件的偵破方向。正要叫來劉新燕、張建安安排下一步工作，兩人卻不叫自來了。劉新燕報告說，交辦的兩件事技術科正在加緊做，由於條件所限，結果還要過一陣子才能出來。趙琢說案件進展要多頭並進，不能被動幹等。然後叫張建安檢修好美式吉普車，帶上備用輪胎，加滿油，三十分鐘後準時出發。另外，又叫劉新燕馬上跟廣州公安局聯繫，請他們派人協助偵破此案。

布置完畢，張建安卻一臉問號，手指拽著鬍鬚問趙琢，「隊長，去哪裡？」

劉新燕哈哈一笑，邊走邊說：「張鬍子，看來你是只長鬍子不長腦子啊！」

半個鐘頭後，趙琢、張建安和劉新燕乘坐一輛美式吉普駛出桂州市公安局大門，風馳電掣往南開去。出了城後，迅速拐入鄉間小道，抄近道往廣州方向飛奔而去。陳桂生乘坐的火車將在明天傍晚到達廣州站，而他們必須在明天中午前趕到途中一個叫新村的小站，趁短暫停車的機會，由廣州警方協助一同上車檢查。

第二天中午十二點多鐘，趙琢一行三人終於風塵僕僕趕到了新村火車站，廣州警方的李科長等人早已在站臺等候。趙琢握著李科長的手連聲感謝，李科長則擺擺手，請趙琢等三人進到車站辦公室坐下商量起有關細節。李科長介紹說，根據他們的調查瞭解，周中元本人還在車上，買的車票是臥鋪，同一包廂的還有一對男女，但這對男女的具體情況不詳。趙琢聽到這個消息，立即警覺起來，忙問火車什麼時候到，李科長說馬上就到。

果然，說話間遠處響起了火車汽笛聲和車輪轟鳴聲，趙琢他們趕緊出來站臺等候。不一會兒，火車進站停下，李科長按計劃安排人員封閉所有進出口，不准任何人上下車，趙琢則帶領張建安、劉新燕等人上車檢查。在列車長室裡，列車長簡單地彙報了情況，他說被監視的那位乘客和同一包廂的另外二位乘客中午都沒有去餐車吃飯，而是被監視的那位乘客去餐車買了酒菜在包廂裡吃的，期間他還專門幾次走過包廂，聽到幾個人邊吃邊談，氣氛相當熱烈。

聽完情況彙報，趙琢問：「另外二人是從哪裡上車的？」

「也是從桂州。」

「現在這三人還在包廂裡嗎？」

「吃完中午飯後，在前一站停車時，我去看他們就已經門門睡覺了。」列車長眼神有些不解，「怎麼啦？」

「不好，快走！」趙琢一拍腦殼，就領著眾人快步前去陳桂生所在包廂。

果然，陳桂生所在包廂門關著，列車長敲了幾下，裡面沒有絲毫動靜，用鑰匙開門，打不開，張建安用拳頭擂門，同樣毫無反應。趙琢叫劉新燕、列車長和乘警守在門口，他和張建安下車來到包廂外面的玻璃窗前，踮著腳往窗簾縫隙瞅，隱約看到左側下鋪躺著一個人，下身胡亂蓋著一床薄薄的毯子，而餐桌上滿是殘酒剩菜，一片狼藉，另外一側則什麼都看不到。

「趕快回去開門！」趙琢和張建安又迅速趕回車上。

門被強力打開，趙琢還站在門口，一股強烈的乙醚味混合著煙、酒、菜等各種味道撲鼻而來，他顧不得迴避這難聞的味道，急忙衝進去，揭開捂在男子臉上的濕手巾，湊近用兩根手指一探，竟然還有些許氣息，馬上叫劉新燕和張建安進行了現場緊急搶救。接著，趙琢與李科長一起迅速組織人員和車輛將男子送進附近的縣醫院，由張建安和李科長隨行保護，他和劉新燕繼續勘查現場。經初步判斷，濕手巾上面浸入了乙醚，這很可能是致使男子昏迷的原因，剩餘的煙、酒和食物暫時沒有發現異常，劉新燕細心地收拾好物證，將門封了，由警員在門口看管，任何人不得靠近。

然後，趙琢和劉新燕分別詢問了十多名同一車廂的乘客，通過乘客們從不同角度、不同感觀的描述，經過篩選和拼接，一幅有關這三人活動的場景圖逐漸清晰起來：那個中等身材、微胖敦實、梳分頭、著西裝的中年男子肯定就是陳桂生，他熱情好客，出手大方，典型的闊老板派頭。另一個男子約莫三十歲上下，猴臉蝦腰，一身皮包骨，一雙手卻白得可疑，說話滿嘴流氣，不像個正經人。最引人注目的要算那個女人，雖然年紀至少上了四十，但由於身材高挑、面容俊俏、穿著時髦，舉止言行很有風度和韻味，仍然顯出一個美人模樣。這個女人一上車就跟那個中年老闆溝通上了，說的熱火朝天，油鹽不進。三個人一邊吃喝一邊高談闊論，鬧騰了一個晚上和一個上午，搞得同一車廂的旅客都無法休息，對這三人十分不滿。直到上一站那女人下車，車上才安靜下來。趙琢聽到女人已經下車，很是吃驚，忙追根問底。一位旅客說，上一站停車時，他正站在過道抽煙，忽然那個漂亮女人提著一個小皮箱，從他身旁下了車，頭也不回地走出來站臺，直到開車也不見回來，他當時就有些納悶，這三人說得那麼熱鬧，好像一家子似的，怎麼這會兒她一個人不聲不響地走掉了呢。那女人走後，那間包廂的門就一直緊閉著，再也沒有打開過。

剛調查完，張建安就乘坐當地警方的吉普車趕了回來。「昏迷男子送進了當地縣醫院全力搶救，情況雖然危急，但已基本沒有生命危險，而且警方已安排好嚴密地保護措施。」張建安向趙琢彙報道。

趙琢正因人手不夠而犯愁，見張建安趕了回來，鬆了一口氣，「我估計那個昏迷的男人十有八九就是陳桂生，另外一男一女是什麼人暫時還不清楚，但有重大嫌疑，必須儘快抓獲這二人，案情才會有所突破。那女人上一站已經先行下車溜走，而另一個男子既然不在上一站下車，現在也不在火車上，那麼他只有一個方法下去——跳車！」

「我馬上前去追捕？」

「是的，事不宜遲。」趙琢領著一干人下了火車，站在鐵道旁，交代張建安說，「你帶上幾個警察，沿著鐵道一直追查過去，一直追到上一站為止，一定要找到男子跳車的地方，以便順藤摸瓜抓住他。」

「是！」張建安領命而去。

然後，趙琢領著劉新燕駕車趕去附近醫院看望正在搶救的男子。在搶救室門口，趙琢遇到了正在守衛的李科長，忙問道：「情況怎麼樣？」

「正在全力搶救，因為藥量太大，病人中毒很深，還沒有完全脫離危險期，但醫生估計不會死亡。」李科長說。

「但願如此。」趙琢轉而問道，「檢查過他身上的物品了嗎？」

「檢查過了，這人身上只有一本通訊錄和一張珠寶清單，但清單上的東西一樣都不見了。」說著，李科長把手上的一個小包遞給趙琢。

趙琢打開報紙，簡單地翻看一陣，略有沉思地點點頭，「就是他了。」

「誰？」劉新燕滿臉疑惑。

「這證實了此人就是陳桂生，不過案情變得更複雜了。」趙琢剛點了一支煙，外面響起了急促的腳步聲，一個民警氣喘吁吁地跑了進來。

「張同志那裡有重大發現，請你們儘快趕過去！」民警報告道。

四、小站夜審

趙琢和李科長等人迅速帶著有關器材和警犬駕車沿著鐵路線趕到了張建安處，張建安見到趙琢，立即迎上來說：「隊長，你的判斷很對，果然有人跳車，跳車的地點也找到了。」

說著，張建安帶眾人到嫌疑人跳車的地方，「根據現場勘查的情況，我的初步判斷是，跳車人中等個頭，腳穿三十九碼皮鞋，落地時很可能受了傷，這人與祥福珠寶齋的腳印完全不同，應是另一個人。」

趙琢觀察了一下現場，基本同意了張建安的意見。之後，叫李科長調警犬開始追蹤嫌疑人蹤跡。

一行人跟著警犬一路追去，沿著鐵道線走了四五百米後，便向左邊山坡而去。剛到坡底，就在草叢中發現了少許血跡，過了幾塊稻田，在一個半乾的魚塘邊，他們又發現了地上的一灘血跡，而且還有人剛坐過的痕跡，顯然跳車的嫌疑人在此休息和包紮過傷口。不過，嗅線至此明顯減弱，一行人跟著警犬走走停停，漸漸接近了上午那漂亮女人下車的小站。

小站周圍只有幾幢房屋，路人稀少，警犬邊走邊嗅，一直走到小站對面的一家小旅店門口才停下來。趙琢等人剛走進店裡，店主人聞聲而出，一臉疑惑地問道：「各位，出了什麼事？」

「剛才有一男一女來過你這裡嗎？」趙琢單刀直入，以便抓緊時間，「這二人是犯罪嫌疑人，你可要說實話哦，否則對你不利。」

店主人一看這架勢，已明白三分，慌忙應道：「那是，那是。女人我沒有看到過，但半個鐘頭前來過一個男的，三十歲左右，一張猴子臉，全身皮包骨，走路一瘸一拐的，像是有傷在身。他一進來就問我來過一個叫沈琪莎的女人沒有，我說沒有，他半信半疑，還到幾個客房去張望了一番。」

「這人還說過什麼？」趙琢繼續問道。

「當時我有些好奇，又有些疑心，問他與那沈琪莎是什麼關係，他說是夫妻關係，因為受了工傷，才打電報叫妻子沈琪莎來車站接他，可是他找遍了車站也不見，於是過來看看是不是躲在這裡避寒，說完他就匆匆忙忙走了。」

出了小旅店，趙琢對大家說：「很明顯，這裡就是那對男女匯合處，現在趁二人還沒有走遠，我們要繼續追擊。」然後，他安排李科長和劉新燕去車站及周圍查找，他本人、張建安以及警員帶著警犬順著小旅店主人指的方向追蹤過去，於是二組人馬迅速分頭行動。

這警犬的靈敏度很高，迅速找到嗅源，離開小旅店，逕直往北奔去。暮色四合，天寒地凍，北風凜冽，一股股冷風迎面而來，刀子一般刮臉刺痛。但趙琢他們一心想抓住罪犯，顧不得這許多了。警犬領著一行人在昏暗的曠野裡奔跑，腳下高高低低的，即使跌倒也得趕緊爬起來，跟上繼續前行。一直走了二十多分鐘，他們拐上了一條小路，走了一陣，趙琢在朦朧夜色中忽然發現前面有一幢獨立小屋，他急忙叫大家停下來，手槍子彈上膛，打開保險，保持警惕，以防不測。「嫌疑人有可能在小屋裡躲藏避風，大家做好戰鬥準備。」趙琢命令道，「警犬從正面攻擊，我們分別從幾個方向包抄過去，動作要輕要快！」

此時，警犬呼吸急促，情緒急躁，屢次要掙脫韁繩撲向小屋，趙琢見幾個人已經圍住了小屋，便朝警犬員點頭示意，警犬員心領神會，放開韁繩，警犬一聲大吼，咆哮著撞開勉強遮掩著的破門撲了進去，霎時裡面發出一陣慘叫聲，一個男子邊叫邊喊：「哎喲，救命啊！快拉開狗，我要被咬死啦！」

二支手電筒光照射進去，照得那人掙不開眼睛，警犬剛被拉開，趙琢和張建安就撲過去把那男人掀翻在地，反拷了雙手，拉出小屋，從原路返回車站。

在破舊不堪的車站派出所辦公室裡，趙琢對男子進行了突擊審訊。男子正如群眾描述的那樣，三十來歲，瘦高個，蓬頭垢面，狼狽不堪，左腳跳火車時受傷不輕，臉上胳臂等處也被警犬咬傷多處，鮮血滲透了幾層包紮的紗布。趙琢給男子倒了一杯開水喝，讓他暖暖身子，然後又給了他一支煙，一直等他吸完，才開始問話。

男子驚魂未定，全身疼痛，又冷又乏，自然對趙琢送來的溫暖十分感激，心理防線已然崩潰，對趙琢的提訊相當配合，有問必答，三言兩語後就將自己的一切和盤托出。

男子說，他叫黃煥平，桂州人，現年三十一歲，因父母早喪，靠流浪要飯長大，十八歲時進了桂州市一家豪華的舞廳做雜工，因長著一張小白臉，經理專門安排他伺候官員、老闆以及高級舞女。近墨者黑，久而久之，他也染上了吃喝嫖賭抽的惡習，學會了坑蒙拐騙偷的伎倆，這種見不得陽光的生活一直沿襲到解放前。正是在那個時候，他認識了高級舞女沈琪莎。

這舞女沈琪莎就是你們公安要找的那個女人，黃煥平說，解放後，像我們這種四體不勤五穀不分、好逸惡勞的癟三，政府不歡迎，百姓不喜歡，只能靠招搖撞騙捱過日子。俗話說，物以類聚，人以群分，去年初春的時候，我偶然遇到了沈琪莎。當年的沈琪莎，紅透桂州市半邊天，出入接送有汽車，喝酒跳舞有達官貴人相伴，是風月場上的老手。如今的沈琪莎沒落了，社會容不下她，加上人老珠黃，沒了本錢，跟我一見面，二人都惺惺相惜，一合計，乾脆合夥在吉祥街租個房子，搬到一起住了事，就靠她的那點積蓄過日子。這樣一來，我再次幹上了老本行，成了她的專用勤雜工，每日給她買菜做飯、端茶送水，連洗腳水都要放到她面前，即使是這樣，還得經常忍受她的斥責數落。由於坐吃山空，日子過得緊巴巴的，沈琪莎就叫我四處打探她過去的嫖客，一旦得到某人資訊，她就拉下臉皮，親自登門拜訪，軟硬兼施，伸手要錢，而大多數人都怕聲張出去，壞了名聲，只好破財消災，打發瘟神，這二年我倆就是靠這些髒錢混過來的。前三個月，沈琪莎碰到一位解放前當過律師的嫖客，閒聊中得知那個叫陳桂生的嫖客仍然開著祥福珠寶齋，並且發了大財。回來後她告訴我，解放的前幾年她曾經幫過陳桂生一個大忙，使陳桂生得以解困，當時陳桂生答應付給她一筆報酬，但事後沒事兒一般，根本不再提及，她幾次追問，陳桂生都含糊其辭，不肯兌現，後來大家都忙於躲避戰火，各奔東西，也見不著面，事情就被拖了下來。黃煥平說，這回沈琪莎下了決心，一定要做成這筆大買賣，把下半輩子的錢弄夠。

得到這個消息，趙琢立即給在桂州市的刑警隊副隊長辛敬民打電話，要他儘快查證吉祥街一二五號是否住過一對野夫妻，如果住過，即刻進行監視，如果有一個女子出現，要緊緊盯住，不要讓她跑掉。同時還要他對Y先生進一步加強監控。

已是晚上九點多鐘，幾個人草草吃了車站工作人員送來的飯菜，又接著審訊黃煥平。黃煥平的傷口已被臨時調來的醫生做了處理，打了止痛針，又吃了些熱飯菜，精神好了不少，交代問題也更加流暢了。

黃煥平說，一天晚上，沈琪莎對我說，她要周密考慮，實現這個目標，我對她的做法早已感到有些害怕，勸她收手為好，最多向他借一筆錢，我們做點小買賣度日算了。但她哪裡聽得進去，說共產黨不准賣淫嫖娼，弄到這筆錢，到允許賣淫嫖娼的天堂去過神仙日子，我知道她說的天堂就是香港，很是害怕，說犯罪的勾當可不敢做，沈琪莎冷笑一聲，說你這個窩囊廢，提不起捧不住的軟蛋，整個一個社會渣滓，充什麼好人，誰相信你啊，還不如賭一把，終究還有一線希望，否則只能是秋後的螞蚱長不了啦。沈琪莎軟硬兼施，一拉一推，把我給說服了，也就心甘情願俯首聽命於她。按照沈琪莎的計畫，我每天都到祥福珠寶齋去摸情況，把該店開關門時間、店員人數、店內佈局、陳桂生的活動規律以及與他來往的客人等情況已經基本瞭解清楚。前幾天，我正假裝顧客在店裡看貨，進來一個顧客，張口就找經理，店員問有什麼事，顧客說他來自廣州，老闆叫他來看一批貨，如果貴店有意做這筆買賣，請經理親自帶著貨到廣州跟他老闆面談，店員聽說有大買賣做，很快把陳桂生叫來了，陳桂生殷勤地把顧客請到樓上去了。過了十來分鐘，陳桂生陪著顧客下樓，臨出門時說只要廣州方面電報一到，他立刻帶上貨乘火車前去面談。回來後，我把這件事告訴了沈琪莎，沈琪莎一聽高興壞了，說有辦法了。沈琪莎叫我在家老實待著，哪都別去，她過一二天就回來。果然，二天後的深夜沈琪莎回來了，她從包裡拿出一套郵差制服和一封電報對我說，你明天晚上穿上這身衣服，把這封電報送到陳桂生家去，然後躲在門外暗處觀察他的動靜，一有消息就馬上回來報告。我這人雖然從來沒有幹過什麼正經事，但明目張膽做壞事還是第一次，穿上那身郵差制服，懷揣著那份假電報，半天不敢出門，後來被沈琪莎踢出去的。我出門時，天已黑定，寒風刺骨，我冷得直哆嗦，好容易才走到陳桂生家門口，我下了很久決心才按下門鈴，一個看門的老頭出來簽收了電報，急忙稟報去了，我躲在拐角觀察了一會，就聽見陳桂生吩咐看門老頭去買火車票，自己出門騎著單車去店裡取貨。我跟著看門老頭到了火車站，從一旁看清老頭買的是軟臥六號包廂一號下鋪，急忙返回把情況告訴了沈琪莎。沈琪莎大喜過望，吩咐我簡單收拾一下，迅速趕到車站，將六號包廂的另外三個鋪位全部買下，然後在車站入口處等她。臨走前，她交代我要扮成古玩商，舉手投足都要像，並且收拾好所有要帶走的東西，不再轉回來了。我照辦了，到火車站買好車票，在候車室入口處等了半個鐘頭，沈琪莎一身妖豔地來了，和我擦身而過時拿走了車票，逕直上車去了。我又等了一下，陳桂生也來了，他換了一身毛呢西服，皮鞋擦得錚亮，派頭十足地走進車站，往站臺走去，我跟在後面，隨著人流一起上了火車，看著陳桂生進了六號包廂，便像個閒人般站在門邊望著窗外，不時窺視一下裡面，耳朵也豎立著，暗暗偷聽裡面的動靜。

這時候，李科長進來了，他看了看手錶，望著趙琢說：「趙隊長，你看，已經晚上十點了，是不是我們馬上趕到廣州，明天再接著審？」

「不行！破案時機稍縱即逝，正是緊要關頭，不能耽擱時間，必須審完。」趙琢毫不妥協，盯著黃煥平說，「你繼續交代！記住別給我偷工減料！」

「是是，我一定老實交代，爭取寬大處理。」黃煥平喝了一口張建安遞過來的熱開水，又討了一支煙吸著，接著說，包廂門沒有關，裡面的一切活動我都看得清清楚楚，沈琪莎坐在與一號下鋪相對的另一個下鋪床沿，臉朝車窗外，陳桂生進去的時候，也沒在意，在往自己鋪上放行李，偶然望了一眼旁邊的女子，正好沈琪莎也轉頭望著陳桂生，雙方四目相對，似乎都吃了一驚，陳桂生尤其明顯，說話的聲音都有些顫抖，他遲疑地問那女子彼此是不是見過面，因為感覺有些面熟，沈琪莎冷笑一聲，說豈止面熟，還同床共枕過呢。陳桂生還想抵賴一番，沈琪莎毫不留情，連珠炮般將他姓甚名誰以及其過去的所作所為全抖了出來，陳桂生趕緊低聲下氣地懇求她別說了，還反覆說要補償她，沈琪莎裝模作樣地說補償就不必了，反正她也不是那種愛財如命的女人，敘敘舊倒是可以的，陳桂生借坡下驢，趕快應承下來，去餐車買吃喝的去了，走時還不忘提著隨身的小皮箱，我趕快躲到一邊去。不久，陳桂生買來一大堆酒菜，二人對飲起來。火車一出站臺，我就進入包廂，裝著不認識的樣子，只是禮貌地打個招呼，就爬到沈琪莎的上鋪躺下假裝睡覺，其實在暗中觀察這二人的動靜。沈琪莎和陳桂生都非常健談，沈琪莎還特別能勸酒，自己喝得很少，卻把陳桂生灌得迷迷糊糊，二人天亮前睡了一會兒，陳桂生枕著小皮箱睡得很踏實，但早上九點多鐘沈琪莎就把陳桂生叫起來，二人又喝上了，我也乘機加入了勸酒的行列，這次沈琪莎喝得更少，酒幾乎全倒進了陳桂生的嘴裡，他很快就完全醉了，倒在床上不省人事。沈琪莎見狀衝我一使眼色，我心領神會，迅速從上鋪跳下來，鎖死包廂門，抽出陳桂生頭枕著的小皮箱交給沈琪莎，順手給陳桂生蓋上被子做掩飾。沈琪莎打開小皮箱，裡面果然全是金銀珠寶，沈琪莎眼睛發亮，臉露喜色，說功夫不負有心人，今天終於叼到了一條大魚，下半輩子二人的生活不愁沒著落了。然後，沈琪莎從提包裡拿出一瓶乙醚和一塊淡花手巾放到陳桂生旁邊，說等下一站停車後，她立即下車，要我等她一出包廂，就仍舊拴死門，把瓶子裡的乙醚倒在手巾上，再蒙到陳桂生的臉上，之後跳車逃走，往回走到車站對面的小旅店，她在那裡等我。車停下後，沈琪莎拎著陳桂生那只小皮箱下去了，我按照她的交代一一辦妥，哪知跳車受了傷，到車站對面的小旅店找不到沈琪莎，我才意識到自己是做了這賊婆娘的冤大頭，白忙活一場。現在我恨死這個女人了，巴不得馬上抓到她，剝她的皮抽她的筋才解恨。

「你還是先解決你自己的問題吧。」趙琢冷冷一笑，叫張建安讓黃煥平簽字按手印，然後押到車上等候。

「現在怎麼辦？」李科長問。

趙琢點了一支煙，望著漆黑一片的窗外，沉思片刻後，說：「這個車站地處偏僻，人煙稀少，交通也不方便，沈琪莎人生地不熟，加上天冷風大，黑得又早，她走不遠的。」

大家都表示贊同，但沈琪莎到底是往哪個方向去的，誰心裡也沒有譜。

「離車站最近的圩鎮有多遠？」趙琢問。

「往東過去約莫八里，有一個叫做車田的小圩鎮。」李科長答道。

趙琢揮揮手，邊走邊說：「趁熱打鐵，去車田。」

五、巧奔妙逃

去車田的路況很差，七八里的路程，幾輛車走了兩個多鐘頭才趕到車田圩鎮路口。車停下，大家下車聚集在趙琢旁邊，一起商量對策。張建安說：「如果沈琪莎逃到這裡，晚上沒有進出的班車，她只能在此住店，等天明才能離開，我建議立即搜查圩鎮上所有旅店，抓他個出其不意。」

「這恐怕不行。」李科長說。「車田雖是個小圩鎮，卻是個水果集散地，四面八方來往的人不少，旅店也有四五家，我們現在只有七八個人，人手明顯不夠，臨時調也來不及，只要一搜查，必然會弄出動靜，那麼全圩鎮的人都會被驚動，沈琪莎就會乘機逃掉。」

聽到李科長這番話，大家都紛紛表示贊同，認為這個辦法不妥，都等趙琢拿主意。趙琢問李科長：「車田通向外面的路有幾條？」

「有兩條。」

「好，現在我們分成兩組，我與劉新燕等四人為一組，張建安、李科長等三人為一組，分守二個路口，等天一亮，除留下一人繼續守路口外，其餘人到各街道、巷口、旅店、飯鋪、茶館等地方暗訪，千萬不可打草驚蛇，一旦發現可疑的女人，要做好跟蹤並及時報告。好吧，各組開始行動！」趙琢剛說完，大家都紛紛跳上車，往各自的路口奔去。

趙琢在路口布置好後，一個人摸黑找到郵電所，敲開門說明來意，然後給辛敬民打電話。正巧，辛敬民剛回到辦公室，正要打電話找趙琢，聽到他的聲音，興奮地彙報道：「隊長，我正要向你彙報三件事。第一件事，經過調查，可以證實吉祥街一二五號的確住過一對野夫妻，二人來路不明，言行詭秘，無人知道他們的底細，現已嚴密監控。第二，已經派人對Y先生進行二十四小時監控。第三，對祥福珠寶齋現場勘查的結果已經出來，兩處檢獲的頭髮血型一致，都是ＡＢ型；錘子上面的血跡是死者陳林生的，但錘把上並沒有手印，很可能兇手戴了手套；還有，皮鞋印都是同一雙鞋所留下的，但沒有明顯特徵。綜合上面的情況來看，我認為Y先生的嫌疑越來越大了。」

「是的，情況遠比我們預料的要複雜得多。」趙琢並沒有正面回應辛敬民的說法，卻話鋒一轉道，「通過對黃煥平的突擊審訊，我的初步判斷是，沈琪莎和黃煥平只參與了火車上的這起案件，似乎與祥福珠寶齋的殺人盜寶案無關，而且時間上也不允許，因為一個人不可能同時出現在兩個地方。這說明，兩齣戲的後面還有一位總導演，而他很可能就是那位Y先生。」

「你們現在打算怎麼辦？」辛敬民問。

「黃煥平只是一個小卒子，只起著幫兇和打手的作用，不可能讓他知道全部情況的，必須迅速抓住沈琪莎，她是破案的關鍵，天一亮我們就行動。」趙琢交代幾句，便掛了電話，回到路口的車上，乘機休息片刻。

冬季天亮得很遲，又有些雨霧，早上八點鐘才算大亮。二組開始按計劃行動。張建安下了車，在圩鎮的街道上遊走暗訪。圩鎮不算大，但來來往往的生意人多，廣東人又特別愛喝茶，所以這裡的小茶館還真不少，張建安並不會說粵語，只能用半生不熟的普通話問話應答，而對方也是說的費勁聽得納悶，兩邊溝通不暢，張建安乾脆少講話多觀察，發現有疑點的女人就躲在一旁仔細打量一番，直到疑慮消除才走開。這樣一家一家地觀察過去，雖然有幾個女人曾經被他盯上，但很快就一一被排除，要麼是穿著打扮不對，要麼是年齡相貌不符。後來，張建安信步走到汽車站附近拐角處的一家茶館，在門口張望了一下，看到裡面只有幾個人稀稀拉拉坐著，轉身走了幾步又停下了，返回到茶館裡逐一查看，左邊一張桌子邊有三個上了年紀的男子在喝茶扯閒篇，隔一個桌子二個小青年似乎正專心談生意，右邊靠窗的桌前坐著一個身材高挑但相貌平平的中年婦女，她身穿灰褐色暗條格燈芯絨外套，腳上著一雙十分土氣的納底千層布鞋，腳邊的一隻大皮箱則顯示她將要出遠門。中年女子臉色平靜，默然無聲地喝著茶，對張建安的到來毫不在意。張建安腦子裡總出現那個面容俊俏、穿著時髦，手提一只小箱子的美人模樣，而眼前這個一身本地人打扮的女子與他想像的沈琪莎形象相去甚遠，他搖搖頭，再次轉頭而去。然而，他越想疑問越大，越想腳步越慢，走了一百多米後，他忽然警醒過來，猛地拍拍腦殼子，叫聲哎呀，回身便跑，一口氣跑進茶館，其他人都仍然在喝茶，只有剛才中年女子坐的位子空了，但大皮箱還在，張建安問茶館夥計女子的去向，夥計說到後面廁所方便去了，叫他幫看著箱子，張建安一聽，掏出槍直奔後面園子裡，跑到廁所門口，見廁所門緊閉著，雙手握槍，槍口對準門口，大喝一聲：「沈琪莎，慢慢打開門，舉手出來！否則我開槍了！」裡面果然傳出一個女人驚恐的哭聲：「別開槍，別開槍啊，我出來了。」門慢慢打開，走出一個身穿淡藍碎花棉襖的矮個青年女子，張建安一看傻了眼，「你是誰？」青年女子哭喪著臉說：「這是我家啊，我犯什麼法了？」張建安收起槍，問道：「你看見一個穿燈芯絨外套的中年婦女進來方便嗎？」「沒有。」張建安攀上牆頭查看，果然發現牆上有一些鬆動新鮮的泥土，再看遠處是一片茂盛的雜樹林，根本看不到任何人影，他返回茶館，提起那只大皮箱，感覺不對，打開一看，真是一只空箱子，沈琪莎一定是將裝了金銀珠寶的小箱子放在大箱子裡，以迷惑警察視線。張建安又用拳頭砸了幾下腦袋，罵自己是個大笨蛋，一根筋，沒有想到沈琪莎會化妝逃走。

這時候，趙琢等人也趕來了，聽到張建安不斷自責，反而安慰道：「不要急，我們現在最需要的就是冷靜。」

「這沈琪莎會跑到哪裡去呢？」劉新燕像是自言自語，又像是問大家。

「是啊，除了大路，她還有小路可走的。」李科長也有些著急。

「她肯定不敢明目張膽坐班車走，要走小路的話，她會去哪裡呢？」趙琢點了一支煙，望著那只大皮箱陷入了沉思。

張建安說：「我們是不是再用警犬追蹤？」

「恐怕不行了，雜樹林那邊就是一條河，她一旦過了河，嗅源消失，警犬就無用武之地了。」李科長望著警犬員說，警犬員表示同意。

「過河之後是什麼方向？」趙琢問。

「應該是西北方向，那邊村莊密集，人口眾多，道路四通八達，如果我們沒有準確的資訊，想找個人如同大海撈針。」李科長答道。

「我認為，沈琪莎不會拿了珠寶一個人跑掉的，因為整個計畫並不是由她一個人來完成的，她的背後還有一個老謀深算的主角，她是被這個主角所控制的，雖然現在珠寶已經到了手，但其行蹤已暴露，被警方搜捕，她必須儘快逃脫，與她的同夥匯合，一同逃往香港。」趙琢判斷道。

「她不可以一個人逃往香港嗎？」劉新燕不解。

「沈琪莎不具備過境的經驗和手段，即使僥倖到了香港也沒有落腳點，也就無法生存，她只能依靠同夥才能達到目的。」趙琢語氣肯定地說，「她只有一個方向——回桂州。」

「啊，回桂州？」劉新燕大吃一驚。

張建安搖頭道：「不可能吧，那不是自投羅網嗎，她有這麼傻？」

「都別爭辯了，一切聽我指揮。」趙琢習慣性地揮手道，「現在立即轉回搶救陳桂生的醫院，將陳桂生和黃煥平一同帶回桂州。」

張建安滿臉驚愕，「那沈琪莎怎麼辦？不抓了？」

「船上人打老婆——她跑到舵上去！」趙琢不由分說上了車，「走！」

一行人車風馳電掣趕到醫院，院方給他們帶來了一個好消息：陳桂生已經脫離危險期，並已甦醒過來，只是仍然很虛弱，暫時不能說話。

鑒於這種情況，趙琢決定等一等，到了晚上，陳桂生身體明顯好轉，可以自己下床了。這時候，辛敬民來電話告訴一個資訊，說蔡琳可能感覺不對，第二天一大早就拍電報去廣州詢問，對方買家回答根本沒有這麼一回事，蔡琳慌忙跑到公安局報案，又哭又鬧要死要活的，怎麼勸都勸不回去，後來用車才勉強送回去的。趙琢略作思考，當即在電話中告訴辛敬民，要他通知蔡琳等人去車站接人，並將真實情況告知蔡琳。

簡單吃過晚飯，趙琢一行帶著陳桂生、黃煥平上了開往桂州的火車，帶來的吉普車則稍後由鐵路警方用貨車托運回桂州。在火車上，趙琢看陳桂生精神狀態有所好轉，乘機簡單問了幾個問題。

「陳老闆，說實話，到底怎麼回事？」

「唉，一言難盡，說來話長，都是我造的孽啊。」

「謀害你的這對男女你都認識嗎？」

「男人從未見過，女的嘛……」

「不方便說嗎？」

「唉，事到如今，我也顧不得這把老臉了。那女的我認識，太認識了。」

「既然你身體還未完全恢復，暫時不說也罷。」

陳桂生問趙琢討了一支煙，笨拙地抽著，頭靠在軟臥床頭的壁板上，擁被半躺著，陷入了憂傷的沉思中，半晌才喃喃自語道，我跟這個叫沈琪莎的女人認識已經很多年了，怕是有十來年了吧。是在哪裡認識的呢？說出來羞人，是在舞場認識的。那時候，沈琪莎年輕貌美，風情萬種，要風得風，要雨得雨，達官貴人如眾星捧月，拜倒在她的石榴裙下，簡直紅透半邊天。當時我也是年輕氣盛，生意上一帆風順，於是有了兩個錢之後，便想著吃喝玩樂，享受人生，很快在舞場結識了沈琪莎，幾乎同時結識沈琪莎的還有Y先生，在一起與沈琪莎玩樂時我跟Y先生也成為了好朋友，後來我和Y先生合夥開了個珠寶店，由於我的股份多，當了經理，Y先生當了副經理，珠寶店開業不久就發了幾筆大財，大家都很高興。然而，事情還是出在女人身上，不知怎麼回事，Y先生的女朋友竟然看上了我，不管不顧與我結了婚，而Y先生表面上顯得很大度，暗底下卻跟我結下了樑子，半年後便提出分開單幹，我同意了，於是雙方坐下來商談，談了幾次，除了一顆藍寶石鑽戒外所有細節都談攏了，而我和Y先生都知道這顆藍寶石鑽戒是鎮店之寶，價值連城，誰都不肯放手，由於我預先將藍寶石鑽戒從二人都能打開的保險櫃裡拿出來轉移到別的地方藏起來，Y先生不服，一紙訴狀把我告上法庭，我自知理虧，就找沈琪莎商議，要她去法官那邊疏通關節，並承諾事成給她一大筆錢作為報酬，沈琪莎很痛快地答應了，用自己的色相賄賂了法官，幫我打贏了官司。Y先生雖然輸了官司，仍然表現得很大度，不再提藍寶石鑽戒的事，平和地接受了這個結果，還繼續跟我們家保持著良好的關係，而沈琪莎的那筆報酬我也沒有付，沈琪莎催了幾次我都沒有給，可能她那時候有錢花，也就沒有太在意這錢了。過了一段時間，雙方來往漸少，解放後，沈琪莎大概害怕被人民政府管制教育，東奔西跑，四處躲藏，聽說她跑到北京上海，也聽說她跑到香港去了，還聽說她其實就隱居在本市，具體情況我不清楚，反正好多年沒有直接見過面，對她的記憶也就漸漸淡薄了，哪裡知道她給我來這一手啊，她要錢跟我明說也好啊，犯得上謀財害命嗎。唉，當年我要給她一筆錢打發掉，就不會生出這麼些事了，只怪我財迷心竅，造孽啊！趙隊長，我求你一件事，這個女人要是跑了，就別再抓她了，要是已經抓住了她，也請別重判她了，要是必須重判她，我願替她頂罪好了。

趙琢聽了陳桂生的敘述，微微一笑道：「身體要緊，你休息好吧，其他事情我們來處理。」他不能告訴陳桂生此案的內幕，也不能說出發生在他店裡的血案，他還要回桂州演一齣好戲。

車到桂州站，已是上午十點多鐘，在此之前，為了避人耳目，張建安已經押著黃煥平從前面的小站下車，坐汽車回桂州。

迎接的人群裡，除了辛敬民等警察人員外，還有蔡琳、陳林生、夏秋菊和周中元，得知情況的蔡琳滿面淚痕，看著被人攙扶下車的陳桂生，「哇」地一聲吼叫，瘋狂地撲到陳桂生身上大哭起來，一邊哭還一邊訴苦。陳桂生慢慢從蔡琳的哭訴聲裡聽出了些名堂，忙問到底出了什麼事，蔡琳快言快語說出了蔡本山被謀殺、藍寶石鑽戒被盜的事情，陳桂生雙腿一軟，坐到了地上，周中元和陳林生也趕緊跑過來幫助攙扶陳桂生，但陳桂生面如死灰，眼神直勾勾愣了一分鐘，終於放聲大哭起來。

「可憐的兄弟啊，怎麼你那邊也出事了，罪犯你都認識嗎，謀害你的兇手都抓到了嗎？」周中元面色凝重，悲憤溢於言表。

陳桂生搖搖頭，閉上眼，什麼話都說不出來，只有兩行濁淚流過蒼白的臉頰。

「先別問他了，辛敬民，你趕快招呼醫生護士過來，馬上送他去醫院！」趙琢安排人手把陳桂生抬上救護車，與周中元並排往外走。

「趙隊長，你們辛苦了，我先代表陳桂生的家屬們感謝你！」周中元想握握趙琢的手，但看到趙琢似乎沒有在意他的舉動，只得輕輕拍拍趙琢的肩膀了事。

「哪裡，我們應該做的。」趙琢顯然很感謝周中元的問候，也流露出對他的好感，「你到底做過律師，通情達理，判斷準確，對偵破案件幫了不少忙哦。」

二人又說了幾句客氣話，便握手告辭了，「有事還要請你幫忙啊。」趙琢朝周中元揮揮手，登上吉普車走了。

周中元望著漸漸遠去的吉普車，若有所思地點上一支煙。

六、黃雀在後

沈琪莎如喪家之犬倉皇逃竄到車田圩鎮，已是筋疲力盡，但她不敢稍有懈怠，因為她同時面臨著黃煥平的尋找和警方的追捕。黃煥平一旦知道她拿他當猴子耍，只是借刀殺人，他必然會想方設法找到她討個說法，說不定一氣之下還會廢了她。而且，黃煥平是個氣短體哀的癟三，跳車不摔死他也要他半條命，要是受了傷，將很快被警方抓住，她的行蹤必然暴露，搜捕的大網隨即展開。所以她必須儘快離開這個陌生的圩鎮，轉回桂州，匯合Y先生，一同逃往香港。但天不遂人意，此時已是下午五點多鐘，冬天昏暗，風寒交加，通向外面的車早沒有了，沈琪莎無奈只得找了一個單身老婆子的住處暫避一晚，第二天早上再乘車離開。

一夜平安無事，沈琪莎早上起來出到街上，左右觀察一番，也沒有發現什麼異常，她暗自慶倖，找了車站附近一處偏僻的茶館坐下，邊喝茶邊等第一班車。她坐在靠窗的位置，隨時可以觀察窗外的動靜。天氣寒冷，從視窗望去，大清早去搭車的人很少，也未發現什麼貌似警方的人，她鬆了一口氣，慢條斯理地喝著茶，還要了一籠小饅頭，蘸著醬醋吃得津津有味。忽然，窗外出現了一個虎背熊腰、滿臉鬍子的青年男子，眼光賊亮，四處張望，沈琪莎看到這張面孔，渾身一陣顫抖，剛喝進去的茶水幾乎嗆出來，直覺告訴她警察找她來了。恍惚間，青年男子已經走進茶館，站在堂屋中間毫不掩飾地一一打量在座的茶客，隨著腳步聲愈發逼近，那青年的目光更是犀利，沈琪莎感覺芒刺在背，心就要跳出來，好在自己早有喬裝打扮，並未露出任何破綻，那小青年似乎也未對她發難，看了兩眼往外走了。沈琪莎聽到小青年的腳步聲漸遠，乘無人注意，趕緊從大皮箱裡取出一個小包裹，藏進棉襖裡，然後故作鎮定地起身交代夥計幫看著皮箱，邁著碎步走進後園廁所，關上門，用盡吃奶的力氣才爬上牆頭，閉了雙眼往下一跳，剛好落在一堆鬆土上，毫釐未傷，她顧不得屁股疼痛，爬起來便沒命地往雜樹林中跑去，跑到密林中，她躲在一棵樹後面往回張望，果然看見一個人頭伸出來朝這邊看，她嚇得大氣不出，直到那人頭不見了，才撒開步子猛跑，一直跑過一條小河，跑過幾道田坎，跑進一座破廟裡，才坐下歇口氣。雖然上氣不接下氣，但摸出一支煙抽了後，興奮與主意一起浮上腦海，她自認為是個見多識廣的人，想當年風月場上，幾多道貌岸然的男人都拜倒在她的石榴裙下，她相信自己今天同樣足智多謀，逢凶化吉，度過這道難關。當她將煙頭扔掉後，她決定還是按原計劃回桂州，與Y先生匯合，之後遠走高飛，去香港過天堂的日子。

說幹就幹，沈琪莎一路問去，天黑前就找到了一個火車站，等了幾個小時後，自認為神鬼不知地上了開向桂州的火車。湊巧的是，沈琪莎和趙琢他們乘的是同一輛火車，又與張建安、黃煥平等人提前在同一站下車，但鬼使神差始終竟未碰上。

沈琪莎下車後，搭了一輛人力車，遮著半邊臉，逕直到了一處偏僻的胡同口才下車，穿過一條逼仄的巷子，推開一扇低矮的破門，見到了正戴著老花眼鏡納鞋底的老姐姐。沈琪莎當年跟這老姐姐風月場上素有照應，關係很好，後來姐姐人老珠黃，窮困潦倒，她還多次接濟，讓老姐姐心存感激，對沈琪莎視同親人。

這次見了老姐姐，沈琪莎沒有像往常那樣親熱地問寒問暖，只是塞了一些錢到她手裡，也不多話，倒在床上，蒙上被子便呼呼大睡。一直睡到天臨黑時，沈琪莎才起床梳洗一番，穿上老姐姐的一套素衣素褲，還戴上一頂黑棉帽，出門而去。

七轉八拐，走走停停，沈琪莎邁著老太太的蹣跚碎步，慢慢踱到一家小飯店門口，四下張望一陣，見無人注意，迅速推門而入。Y先生正在樓上收拾行裝，準備明天趕赴香港探親，忽然進來一個老太太模樣打扮的人，嚇了一跳，定睛一看，原來是沈琪莎，愣了一下，故作鎮定地說：「我的老天，你怎麼轉回來了，這不是自投羅網嗎？還敢跑到我家來，你吃豹子膽了？」

「真是貴人多忘事，按原先計畫，現在你應該在廣州跟我匯合了吧。」沈琪莎狠狠地將棉帽摔到沙發上，「老娘被公安追得屁滾尿流，差點被逮住，你還躲在家裡享清福！」

Y先生慌忙拉沈琪莎坐下，殷勤地給她點上一支煙，討好地說：「風聲太緊，不方便貿然行動嘛，這不正在打點行裝，明天一到廣州就去找你，一起去香港過天堂日子呢。」

「哈哈，你就編吧，真把老娘當傻瓜了，現在我終於明白了，你是把老娘當槍使，把老娘賣了，還想讓老娘幫你數錢，是不是？」沈琪莎冷笑一聲，眼露寒光，死盯著他。

「什麼意思？」

「呵，你還有臉反過來問我，說穿了吧，你使的是調虎離山計，表面上是要我把陳桂生帶去廣州的那批貨弄到手，其實是掩護你盜取那只藍寶石鑽戒，你企圖引開警方的視線，為你爭取時間，從容不迫而且合理合法地過境到香港，既獲得了你想要的寶物，又可報仇雪恨。不是嗎？」沈琪莎滿臉冰霜，那目光直刺Y先生心底。

Y先生略微一愣，隨即哈哈大笑道：「沈琪莎啊沈琪莎，你是聰明一世糊塗一時啊，我要是想走，幹嘛要用這麼笨的手段，乾脆將那藍寶石鑽戒搞到手就遠走高飛了，何必傻待在這裡束手待斃呢？」

「這一點我也知道，你是在等去香港的通行證，你想用合法身份過去，而通行證你今天才拿到，所以明天才是你走的日子。」沈琪莎絲毫不肯退讓，反而更加咄咄逼人。

「好了，好了，看你一口氣說這麼多，也該累了，喝口水，歇歇吧。」Y先生拍拍沈琪莎的肩膀，倒來一杯熱水，又進廚房去鼓搗一陣，出來時杯子裡多了一個長調羹，他一邊攪動一邊說，「加了些白糖，喝幾口暖暖身體，大冷的天，有話好好說嘛。」

Y先生滿臉溫馨，一隻暖和厚實的手在沈琪莎的發間遊走，另一隻手上的杯子到了她的嘴邊，在她越來越微弱的反抗中，杯子逐漸傾斜，杯中的水慢慢流進了沈琪莎的喉嚨，白糖放得很多，她感覺很甜，甜到有些反胃的程度，然後轉向麻木，頭暈目眩，站立不穩，順勢軟軟地倒在沙發上，Y先生的話越來越遙遠，形象也越來越模糊。

沈琪莎緩慢甦醒過來的時候，頭又痛又昏，全身動彈不得，努力睜開眼睛一看，自己已經被結實地綁在了沙發上，她想喊叫，卻發覺嘴上塞了一塊抹布。沈琪莎開始不敢相信這個事實，確認之後，很是不甘，拼命掙扎，弄出動靜，以引起外面的注意，無奈正是夜深人靜，加之北風呼嘯，哪裡有人能聽到她的呼救。正折騰時，門開了，Y先生走了進來，顯然他剛剛洗過熱水澡，頭上霧氣騰騰，紅光滿面，情緒很好，「真想跟你溫存一番，複習一遍過去的美好時光，但我是用進廢退哦，興趣也不在這個方面了，只好委屈你了。哈哈！」

Y先生拉來一張椅子，坐在她旁邊，手上端著一杯沒有長調羹的茶杯，不時愜意地呷一口，用欣賞的眼光看著被捆成一團肉粽子的沈琪莎，「到底是風月場上的老手啊，鬼精鬼精的，什麼都見過，什麼都看得穿，要不是我算盤打得精，留了一手，你還不捲了那些珠寶溜了，螳螂捕蟬，黃雀在後，黃煥平是你的替死鬼，你又是我的替死鬼，不過我還是得感謝你為我帶來這麼多的珠寶，所有的新仇舊恨從此扯平了，我赴香港探親的申請已經批准下來了，明天就要名正言順、光明正大地帶著寶貝們去香港了，我的苦難也算熬到頭了，我終於等來了雪恥的這一天，揚眉吐氣的這一天，我的心情很好，為此，作為犒賞，你可以選擇一個死法，我一定滿足你的要求。」

沈琪莎只是驚恐地搖頭掙扎，Y先生笑了，「不想死？那好，我可以答應你，但有一個條件，交出你得到的那一批珠寶，現在，讓我們挪個地方。」說著，Y先生解開沈琪莎與沙發捆在一起的繩子，重新將手腳捆了，一把扛到肩上，沿著暗道一直到了地下室，把沈琪莎扔到一張冰冷的床上，拿開了她嘴裡的抹布。

沈琪莎大口喘著氣，噁心地作嘔吐狀，終於慢慢回轉過神來後，眼神由驚恐慌亂變成了仇恨憤怒，她對Y先生高聲責罵：「你他媽的，忘恩負義的小人，流氓，惡棍，天打五雷轟的，你放了老娘便罷，否則老娘做鬼都不放過你，想要老娘的珠寶，做夢去吧！」

Y先生站在沈琪莎的面前，耐心地聽著她的謾罵，臉色漸漸變了，由煞白而鐵青，由鐵青而豬肝紅，忽然，他以迅雷不及掩耳之勢甩了沈琪莎兩巴掌，力量之大，使她臉上迅速浮腫而且鮮血直流，但沈琪莎一點也不示弱，罵聲更加激烈，Y先生趕緊關上地下室門，轉回來時手上多了一把刀子，臉上也多了一絲奇怪的微笑，「沈琪莎，我並不想殺一個女人，是你逼我這樣做的，那就別怪我不講情理了。現在我給你最後一個機會，是死是活由你選擇，告訴我藏珠寶的地方，你可以活，愛財勝過性命也行，那我就用這把刀子割破你的血管，讓你的血慢慢流乾才死去。時間不多了，給個痛快如何？」

「別囉嗦了，動手吧，那筆財富不屬於你！」沈琪莎閉上眼睛，如抗日英雄在敵人嚴刑拷打面前寧死不屈一般。

Y先生果然心狠手辣，抓過沈琪莎的手橫著一刀下去，那鮮血噴湧而出，然後將刀子一扔，往外走去，「你那點小財我不要了，等一下你死了我再來收屍，把你丟到臭水溝裡，讓你遺臭萬年。哈哈！」

「慢著，你等等，你他媽的心太黑了，真敢動手殺人啊。」沈琪莎終於求饒，「算了，錢財乃身外之物，生不帶來，死不帶去，你先給我包紮，我告訴你地方。」

Y先生站住了，緩緩回轉身來，嗤笑道：「我還以為你是個不怕死的女中豪傑呢，難怪也是孬種。包紮不難，先說藏東西的地方。」

沈琪莎還想賴皮，支吾著不肯說，但看著血流滿手，一陣臨死的恐懼感襲來，她不由得打了個寒顫，「我告訴你地方，你要說話算數？」

「當然算數。」

「東西藏在我老姐門口陰溝的石板下面，用一層油紙包著。」沈琪莎哀求道，「看在過去的情分上，你就救救我吧。」

Y先生撕了一件衣服給沈琪莎簡單包紮了一下，往外一邊走一邊說：「我馬上去取東西，要是沒有，你死定了。」

然後，門「咣」地一聲關死了。

沈琪莎斜靠在破床上，又冷又痛，眩暈也一陣陣襲來。不知過了多久，她迷糊中聽到門又「咣」地一聲開了，Y先生站在她面前。

Y先生兩手空空，但面帶笑容，他目光深遠地望著沈琪莎，用讚賞的口氣說：「東西我拿到了，不錯的貨，難怪你這麼用心，不過我也有一份功勞的，你那份我代你保管了。」

「行啊，我什麼都不要了，只要這條小命，你可得遵守諾言，放我走啊。」沈琪莎眼裡只剩下哀求，血並沒有完全止住，仍有點滴滲出。

Y先生笑得更加燦爛了，他從旁邊的木櫃裡翻出一隻巨大的帆布袋子，拉開拉鏈，順手扔到了床上，拍拍手說：「我遵守諾言，一定放你走，我還要親自陪你一起走，現在就走！哈哈！」

沈琪莎抬起沉重的眼瞼，她看到的是死神的黑影正在降臨，她渾身顫抖，臉色死灰，強忍不住，「哇」地大哭一聲，跪下求饒，「我不想死，我真的不想死，我不會報警，你要遵守諾言啊。」

「多少年來我忍氣吞聲，受盡羞辱，妻子兒女都在香港，我卻獨自開著這個並不賺錢的小飯館，費盡心機地為了什麼，就是為了我的這個寶貝藍寶石鑽戒，她凝聚了我太多的情感，她使我日思夜想，為了她，我付出了半生精力，現在我的理想就要實現，在這個關鍵時刻，我不能讓你壞了我的大事，不能死在我的屋裡，壞了我一世名聲，所以只有犧牲你了。」Y先生仍用破布塞了沈琪莎嘴巴，扯開帆布口袋，不由分說把她裝了進去，拉上拉鏈，扛上肩出了地下室，來到餐廳，將沈琪莎捆在後座上出了門。

此時，夜已至寅時，老北風呼嘯，Y先生騎上單車，沿著依稀可辨的小路往城外走去。沈琪莎雖然是個女子，卻高大豐腴，有百十來斤重，又加上在車上不停抖動，Y先生騎著相當費勁，大冷天也出了一身透汗。好在一路不見行人，除了北風吹，單車響，只有他自己的心跳聲。Y先生出了城，走在鄉村土路上，路太過凹凸不平，他幾次跌落下來，又扶起單車繼續走，總算走到一片偏僻的農村墓地，解下裝著沈琪莎的帆布袋，扔到一邊，打亮手電筒，貓著腰在墳墓間轉來轉去，找到了預先挖好的墓坑，回去扛來帆布袋，剛扔進墓坑內，Y先生忽然聽到遠處傳來喧嚣的人聲，抬頭一看，許多手電筒光直往這邊照射過來，還聽到有人發出「抓住他」一類的喊聲，Y先生大驚失色，來不及細想，撒腿便跑，跑幾步，忽然想起單車，趕緊騎了單車，用盡平生氣力飛奔而去。

昏死過去的沈琪莎猛然警醒了，原來有人打開了帆布袋，新鮮而寒冷的風吹醒了她，剛睜開的眼睛只能看到一片晃蕩不停的手電筒光，說話的聲音則聽得迷糊不清，但她唯一確信的是警方來了，她的小命保住了。

不過，有一個聲音她聽清了，那聲音說：「隊長，是她！」

七、人贓俱獲

其實，沈琪莎一進入桂州市區就被警方布下的暗哨發現了，趙琢獲得消息後，立即安排幾組人連續跟蹤，當沈琪莎到了那老姐家後，趙琢、張建安和劉新燕也趕到了。張建安想趁熱打鐵，迅速將沈琪莎逮了，連夜突擊審訊，迫使沈琪莎供出她背後的主謀並將其抓捕歸案，以便儘快圓滿結案，免得夜長夢多。但趙琢對他的建議不予採納，只叫他注意觀察，一有動靜馬上報告，自己則靠在牆根打瞌睡。

天臨黑時，沈琪莎果然化妝一番出門了，她進了Y先生的小飯館後，張建安又提議來個甕中捉鱉，趙琢還是笑笑而已，並不當真，張建安有些冒火，但又不敢吱聲，只能捏著鼻子忍受。

當Y先生將沈琪莎馱到墓地打算活埋時，張建安第三次提議逮捕Y先生，趙琢還是不同意，只是虛張聲勢趕走了Y先生，救下了沈琪莎。張建安不知趙琢放長線釣大魚是什麼意思，差點跟趙琢幹上了。

趙琢安排人將沈琪莎送醫院進行救治後，繼續與張建安、劉新燕等人跟蹤Y先生到了其小飯館。Y先生進去後，緊閉大門，前廳的燈也關掉了，沒有一絲動靜。張建安問是不是Y先生發現了，使了個金蟬脫殼之計，從暗道逃跑了。劉新燕反駁他，說Y先生不可能現在跑，除非他插上翅膀飛到香港。趙琢給了劉新燕一個讚許的目光，便不再有任何表示。之後，趙琢和劉新燕回了局裡，張建安等人在現場值班。

天剛放亮，Y先生就出門了，他仍然騎了單車，到火車站買了一張晚上七點二十五分開往廣州的臥鋪票，又去公用電話亭打了一個電話，便逕直回到了小飯館，並不開門營業，反而關上門，又沒有了動靜。

跟蹤Y先生的張建安立即派另外二人繼續監視Y先生，他則去窗台買下了同一包廂的其他三個鋪位，然後回去向趙琢報告，趙琢一聽，總算露出了一絲笑容，淡淡地說道：「不錯。」

晚上六點五十分，Y先生乘三輪車到了火車站，在候車室待了一會兒就隨著人流進站，當他進到包廂時，另外三個鋪位已經有了人在上面，Y先生耷拉著腦袋，也不吱聲打招呼，坐到鋪位上蓋了被子養神。

火車出發半個鐘頭後，到了第一個停靠站，車還沒有完全停穩，Y先生已經將身子靠近車窗，雙手用力搬動窗戶栓子，但力道不夠，窗戶玻璃並未移動，Y先生有些氣急敗壞，對面下鋪的那個漢子趕緊過來幫忙，窗子剛打開，外面便伸進一隻手，手上捏著一個小匣子，Y先生見了，眼睛一亮，伸手過去拿，但另一隻手卻捷足先登，將小匣子拿了過去，Y先生見狀不妙，拔腿要往外跑，但被上鋪跳下的兩個小伙子堵住去路，於是Y先生束手被擒。

漢子打開小匣子，果然正是光彩奪目的藍寶石鑽戒，漢子滿意地看了一眼，合上蓋子，摘下棉帽，扯掉鬍鬚，面對Y先生笑道：「周中元先生，戲結束了！」

「趙隊長，我認輸了。」周中元歎了口氣，低下了頭。

審訊開始不久，周中元因心理防線早已崩潰，很快全部招供了。

周中元承認，兩案都是他一手精心策劃的，仇恨緣自多年前那起敗訴的官司，不僅藍寶石鑽戒落入陳桂生之手，自己的情人也成了陳桂生的老婆，新仇舊恨加在一起，使他暗暗下了復仇的決心。但他已是意識到此事不能急於求成，只可耐心等待，才有機會實現自己的目標。表面上他跟陳桂生一家仍然保持良好的關係，但背地裡使出各種陰招算計陳家人，一方面對陳家兄弟挑撥離間，促使他們窩裡鬥，分散他們的注意力，一方面對蔡本山施以小恩小惠，取得他的信任，以便夜間順利進入店面，為盜取藍寶石鑽戒創造條件。後來，沈琪莎的意外出現使他的作案得以提前實施，一石二鳥的辦法使他自以為起到了調虎離山的作用，已可保證萬無一失，等警方反應過來，他早就坐在香港家中客廳一邊喝茶一邊欣賞藍寶石鑽戒了。至於殺死蔡本山，是因為此人知道他的陰謀後揚言要告發他，結果只能痛下殺手。

然後，周中元坦誠說明二點，一是沈琪莎並不知情盜取藍寶石鑽戒和殺死蔡本山的案情，二是從車窗外遞裝鑽戒盒子的人是他小飯館的夥計，是通過電話交代他辦的，對小盒子裡裝什麼完全不知。

交代完畢，周中元垂下腦袋，閉上眼睛，不再言語。

夜裡三更時分，周中元趁看守不注意，撞監所牆壁而死，鮮血流了一地，愣看過去，竟是一只紅色戒指模樣，聞訊而來的趙琢緊皺眉頭看著這個有些奇怪的圖案，只剩下一聲歎息。

一個月後，祥福珠寶齋重新開業。在開業典禮上，陳桂生宣布將鎮店之寶藍寶石鑽戒捐獻給國家，並將裝在小匣子裡的藍寶石鑽戒交給了應邀前來參加開業典禮的趙琢。

此後，藍寶石鑽戒一直陳列於桂州市博物館。因其蛋面底部有如淡血四濺，故稱「滴血鑽戒」。

致命詛咒

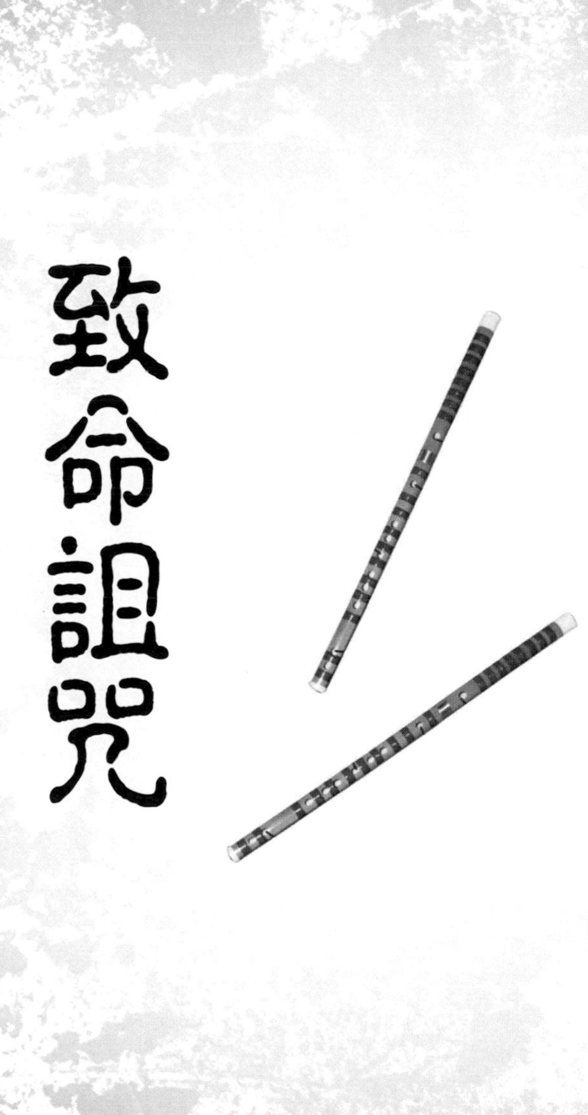

一、進山尋寶

在這個大霧瀰漫的上午，一輛豐田陸地巡洋艦四驅越野車蜿蜒行駛在距高州市區一百多公里的盤山公路上。車上只有二個人，一是丁石富，一是黎昕。丁石富是高州巨富，身價數億，作為高州鉛鋅礦有限公司董事長，他控制著大西南一帶開採特色礦的命脈，並以此為經濟基礎，發展衍生出多個分支機搆，涉及房地產、百貨連鎖、金融股票、旅館餐飲等十數個行業，資本擴張十分迅速，且丁石富積極參政議政，熱心公益事業，歷任市政協委員，掛有企業家協會理事長、慈善總會名譽會長等多個耀眼的頭銜，在高州市是個手眼通天、叱吒風雲的人物。黎昕則是他的助手兼司機，四年前就跟在了他身邊，雖長的眉清目秀，卻有一身功夫，拳腿犀利，數次救他於危難中，對他忠心耿耿，是個精明強幹的屬下，深得他的賞識。

這次丁石富只帶著黎昕悄然趕往山裡，主要是出於保密的考慮。前幾天，他接到一封神秘來信。信中告訴丁石富，他渴求已久的那隻神笛在西平鎮現身了，現藏家有意出售，如他有興趣可前往洽談，並約定了時間地點。有錢人大都愛玩一點高雅，丁石富也不例外，尤喜收藏，從書畫碑帖到木雕漆器，從金銀銅具到玉器珠寶，從漢代五銖錢到康熙青花瓷，他無所不收，但他收藏的最愛，還是各種各樣的樂器，古今中外不論，價錢高低不論，真真假假不論，只要是樂器，只要他高興，無非扔幾個碎銀子罷了，反正他玩得起，千金難買一個樂意。

車進西平鎮時，大霧漸散，一處被青山綠水環抱的世外桃源闖入眼簾。車停在路邊，丁石富吩咐道：「下車去問問，找一個叫文子隱的人。」

黎昕二話不說，下車往籬笆後面的一幢二層小樓走去。丁石富一支煙沒抽完，黎昕已折身轉回，上了車仍然不說話，開著車繼續往前走。

車幾乎穿越了整個小鎮，一直沿著青石板路面走到一片面積巨大的柚子林邊才停下，二人下了車，順一條隱約可辨的小路走進林子深處。正是柚子開花時節，微風拂過，花瓣如雨，滿園清香，丁石富如旅仙界，不禁暗叫一聲好，行走間便有些陶醉之意。不過這種快意隨著一隻狗的出現迅速消失，丁石富甚至不及反應，那狗已睜著血紅的雙眼狂奔到他面前，張開血盆大口衝他一聲大吼，作出要跟他搏鬥的架勢，他一個激靈正要閃開，跟在後面的黎昕早已跨步上前，橫亙在他和狗之間，而一聲少女清脆的吆喝，則讓狗乖乖服貼下來。

隨著吆喝聲出現的果然是一個身著紅衣綠褲的十二三歲小女孩，她面如明月，披著剛剛破霧而出的陽光蹦跳過來，見到二人笑道：「你們是來找我爺爺的吧？」

「你爺爺是文子隱嗎？」丁石富問。

「正是啊。」小女孩向二人招招手，轉身帶路，「跟我來吧。」

那狗在小女孩身邊上躥下跳，忽前忽後，忽左忽右，一心討好主人，到了園子盡頭的石屋時，狗卻一閃身不見了。丁石富進了堂屋，坐在簡陋的木條凳上，喝著小女孩端來的涼白開水，打量一下二個開著的裡屋門，並不見文子隱出來。「你爺爺在家嗎？」

「可以說在家，也可以說不在家。」小女孩仍然面帶笑容，卻話含玄機。

「怎麼說？」

「我爺爺有二個家，山上一個，山下一個。」

丁石富笑了，「你的意思是說，你爺爺現在在山上的家，是嗎？」

「正是，爺爺上山採藥材時就住在上面。」

聽到這話，丁石富涼了半截，「是你爺爺約我們來談事的，我們按時來了，他卻上山採藥材去了，這不是失約嗎？」

「不准說我爺爺壞話，再說我就叫大黃趕你們走了！」小女孩努嘴別臉，作出生氣的樣子，「我爺爺是天底下最好的人。」

「好好，不說你爺爺壞話，我們說正事。」丁石富掏出皮夾，順手抽出五百元，遞給小女孩，「辛苦你帶我們上山，找你爺爺。」

小女孩遲疑片刻，同意了，「可有十幾里山路哦，要走趕早，否則天黑前你們趕不回來。」說完，一扭身出了屋，逕直往右邊的小路走去，對丁石富手上的錢視而不見。

丁石富與黎昕面面相覷，搖搖頭出門跟上去，那狗卻忽地從草叢裡鑽出來，緊跑幾步跟上小女孩，小女孩轉身呵斥道：「阿黃，回去看園子！」叫阿黃的狗聽聞慌忙止住腳步，稍有遲疑，便搖尾數次折回去了。

上山的路難得超乎丁石富的想像，他穿著出入社交場合的正裝，光腳上的義大利名鞋就價值五千多，既沒有想到要走山路，也確實不適合走山路，但他尋寶心切，就顧不得這許多了。只要得到神笛，一切代價都是值得的。

崎嶇陡峭的山路上，紅衣綠褲的小女孩如一隻歡快的小鹿，邊唱邊走，如履平地，把丁石富和黎昕遠遠地甩在後面。黎昕找了根擀麵杖大小的樹幹稍作修理，要給丁石富做手杖，他擺手拒絕了。「我還不到用拐杖走路的地步。」

漸入深山，樹木遮天蔽日，溝壑深不見底，鳥獸忽隱忽現，霧氣四散，柚子園清脆的陽光已無影蹤，接著烏雲漸進，挾風攜雨，從頭頂急遽掠過，小女孩指著左邊山凹露出的一片天空說：「看，雨來了。」

話音剛落，雨果然說來就來，如皮鞭劈頭蓋臉抽打過來，眨眼間全身已濕透，丁石富解下領帶，脫了外衣，讓黎昕拿著，接過黎昕再次遞來的手杖，搖搖頭繼續前行。小女孩則如魚得水，滿心歡喜，蹦蹦跳跳，沒事兒一般，總保持在他倆前面二三十米遠的距離，坐在石上一邊玩耍一邊等他們，等他們即將到跟前時，又一溜煙跑到前面去了。

丁石富雖然貴為礦山老闆，但他也多年未進採礦現場了，一切都靠手下人打理，有成熟的管理規則和運轉模式，他也就把更多的精力放在資本擴張的新領域以及重要的人事關係協調上，管的是公司的大政方針，至於日常工作，他早已放手了，並且更多的時間放在了個人的興趣愛好上。這次進山，就是要找到神笛，了結一樁他多年未了的心願。但他未曾料到卻會如此節外生枝，他甚至開始懷疑小女孩的出現是不是一個陰謀，是不是要把他引向歧途，是不是要……他不願意想下去了，他只能用行走麻木自己，面對這大山大嶺，他有什麼辦法呢，最多只能不時用哀求的口氣詢問小女孩：「什麼時候才到啊？」

小女孩的回答總是很痛快，「快了快了！」「翻過這個山頭就到了！」「本來就沒多遠嘛！」痛快歸痛快，不到還是不到，丁石富已是筋疲力盡，只得接受黎昕的攙扶，氣喘吁吁往前挪。他幾次想放棄，但下山的路同樣不好走，弄不好還得在山野裡過夜，而那是不可想像的，只有硬著頭皮繼續走了。

當他們又爬上一道山坳時，小女孩忽然迅速向一片松樹林那邊跑去，「爺爺，我帶客人來了！」

這時候，丁石富才長出一口氣，放下一顆心。

穿過松樹林，他們果然看到山崖上平坦的草地上竟然有一幢房屋。丁石富定睛細看，注意到這房屋竟然有明清時期桂北民居風格，青磚灰瓦，馬頭飛簷，大門二柱及門檻都是青條石壘砌，結實牢固，嚴絲合縫，門兩側的木質方窗，雕龍畫鳳，意韻俱佳。移步進去，迎面為一方天井，兩邊有迴廊通向廂房，過天井便是堂屋，牆正中立有「天地宗親師」牌位和香火，下面八仙桌上放著一只茶壺，二個茶杯，旁邊的太師椅上則端坐著一個長鬚鶴髮童顏的老漢。

老漢見了二人，面色和藹，心平氣和地點點頭，招呼道：「來了，坐，喝茶。」

二人用小女孩送上的乾毛巾隨便擦了擦了事，其實雨在半小時前就停了，山裡的風很大，早已吹乾衣服，人已經感到涼爽多了。按照老漢的安排，丁石富坐在八仙桌旁邊的主賓太師椅上，黎昕則坐到了橫向的條凳上。

「喝茶。」老漢做了個請的手勢，便端起自己旁邊的茶杯，稍推杯蓋，定住茶葉，微抿一口，又輕輕放下，一舉一動都端莊得體，很有些茶文化的意思。

丁石富素來無這等耐煩心，要在平日早拍屁股走人了，哪有閒工夫跟一個山野老頭切磋茶藝，但人在屋簷下，不得不低頭，為了神笛，他認了。他拿起茶杯，剛一揭開蓋子，一股異香便撲面而來，直入心脾，試探性呷一口，果然異香無比。丁石富是個「曾經滄海」的人，見多識廣，寵辱不驚，此刻也被這香茶鎮住了。再喝一口，那香竟酥麻了全身，「好茶！僅憑這一口就不虛此行。」

「這茶名叫石芽茶，確實有些特別，只長在西平，只長在我身後的這座獨山上，只在山頂的石縫裡長著獨一顆茶樹，只在穀雨後三天可採摘出幾十片嫩芽，也就是三兩的樣子，比什麼大紅袍一類的茶王金貴多了。」

文子隱捋鬚頷首，「有朋自遠方來，不亦樂乎，丁先生是貴客，肯屈尊到荒山僻野來會我文老漢，確為三生有幸，無以款待，只有清茶一杯解乏而已，還望海涵。」

「人在鬧市，寶藏深山，方老先生仙風道骨，自然與寶物天生緣分，那神笛也是如此吧。」

「先聊聊天，說些好玩的，笛子的事待會再議。」文子隱並不急於進入正題，反將話題引開，「聽說丁先生事業做得很大，為人低調，還喜好收藏國粹，儒商啊，難得難得。」

「文老先生過獎，多少有兩個閒錢餘米，一點小愛好，附弄風雅而已。」丁石富果然低調，謙和到虛偽。

「聽說丁先生愛屋及烏，捧紅了不少有潛質的年輕女曲藝演員，但不知是由人及物還是由物及人啊？」文子隱說得輕描淡寫，卻顯然話中有話。

丁石富微微一怔，隨即恢復平靜，「看來文先生雖身居山野，心卻在鬧市，消息靈通得很哦。呵呵。」

「丁先生不高興的話，就不說了，別在意，我就這麼一張臭嘴，總討人厭。」文子隱轉而掩飾道，「喝茶。」

「忠言逆耳啊，唉，年輕時心氣浮躁，惹是生非，欠下情債，弄出過一些花花草草的事在所難免，如今已是知天命之年，心生悔意，誠惶誠恐，不再敢造次，女人是不去碰了，只餘收藏嗜好，修身養性罷了。」丁石富不想糾纏下去，繼而將話題轉向文子隱，「文先生在深山裡建這麼一座大屋，難道就是為了採幾味草藥嗎？這裡面難道沒有什麼故事嗎？」

文子隱並不直接作答，而是將手往前一指，丁石富順指一看，這才注意到迴廊橫欄上晾掛著許多花草植物，他想那肯定就是所謂的草藥了。

文子隱起身走到迴廊前，撫摸著這些花花草草，眼裡飽含柔情，「這是石斛蘭草，花大半垂，豔麗多彩，氣味芳香，為益胃生津、滋陰清熱的良藥。這是吹風散，又叫水燈盞，祛風驅濕，和腸胃，治跌打損傷、風濕疼痛有特效。這黃白色高大的草叫長距蘭，有潤肺止咳，祛痰化濕的功效，是治療肺熱咳嗽、痰喘氣壅病症的良藥。我是個民間醫生，救死扶傷是我的職責，我在這裡就是為了採藥，至於這房子，唯一能夠確定的是，它建自我的祖輩，具體年代已不可考，只留下一些極為詭異的傳說，光是與笛子有關的就有三個。說實話，我一直活在傳說的陰影裡，大半輩子不得安寧，如今黃土已經埋到我脖子上了，我不能帶著遺憾進墳墓，我想了斷這樁心事，讓傳說有個結局。」

「所以你想起了我，你能肯定我合適？」丁石富問，這正是他一路上的疑惑。

「我相信我的直覺，你跟這笛子有緣。」文子隱仍然作含糊其辭狀，把話題引開，「走了那麼遠的路，也該餓了，吃飯吧，邊吃邊談。」

「吃飯？」坐在冷板凳上一直不吱聲的黎昕臉上掛了一個問號，後面還隱藏著一個感嘆號，分明在說，交易完走人，吃什麼飯啊。

丁石富狠狠挖了黎昕一眼，暗示他不可胡說八道，然後轉臉對文子隱陪笑道：「吃飯，這飯要吃。」

「這就對了。」

三人進入側邊的廚房，文子隱剛打開桌罩，丁石富再次發出一聲驚歎：「好東西！」

一碗野韭菜炒家鴨蛋，一碗排列整齊的鍋貼小白魚，一碗清炒苦筍，以及一大盆野薄荷姜片湯，都是些不值錢的山鄉野菜，但對吃遍天下美味的丁石富來說，這才是生活的原滋原味，是他想要的返璞歸真。

甫一坐下，丁石富便發現不見了小女孩，問起，文子隱淡然說：「蕙蕙啊，走了，要回去守果園。」

丁石富這才知道女孩的名字，「蕙蕙是個很能幹的孩子，怎不見她父母啊？」

「這孩子沒父親，母親在生她時難產死了。」文子隱從酒壇倒出一盅土米酒，平均倒進三個碗裡，「嚐嚐山泉水熬的米酒，不說那可憐的孩子了。」

丁石富喝了一口酒，吃了兩夾菜，還是沒有忘記小女孩，「我老看著這小孩挺眼熟，好像在哪見過。」

「丁先生見多識廣，認的人多，怕是看走了眼，一個鄉下小丫頭，縣城都沒有去過幾次，哪裡有幸見過丁先生，哈哈，喝酒！」文子隱話頭一轉終於說起笛子的事，「丁先生，我瞭解你的心情，很急，也充滿疑惑。你放心，你的目標會達到的。」

「不急，不急。」丁石富嘴上說不急，其實心裡貓抓一般，急得不行。

「小伙子，我看你不動筷子，多少吃一點，晚上會餓的哦。」文子隱說歸說，自己卻幾乎不吃菜，只顧往嘴裡倒酒，「你可能覺得我有些含糊其辭，躲躲閃閃不肯講，其實是我不知從何說起，因為那三個傳說我自己都不相信其中任何一個，難以啟齒啊。我唯一確信的是，笛子是寶物，應該傳承下去。」

「說了這麼半天，說得這麼熱鬧，我還沒見過笛子呢，能見見嗎？」

「還說不急，哈哈，可以理解，不過你得聽我說完三個故事，判斷一下真偽，再作決定。」

「好，我洗耳恭聽。」丁石富把碗裡的酒一飲而盡，有點捨命陪君子的意思。

文子隱給丁石富和自己的碗裡斟滿酒，準備講笛子的故事。此時，天漸漸黑下來，外面不時傳來貓頭鷹詭異的叫聲。剛點燃的一盞煤油燈搖曳不定，將三個人的剪影在斑駁的牆上晃來晃去。

二、神笛驚現

文子隱開始講第一個故事。

他說，我們這裡的人人都愛吹笛子，放牛的吹，趕圩的吹，出家的吹，結婚時吹，死人時吹，紅白喜事都要吹。為什麼人人都愛吹笛子呢？傳說在很久以前，我們這裡被一個殘暴的國王所統治，苦差役像大山一樣壓在人們胸口上，瘟疫、山洪、風暴接二連三侵襲人們。有一次，國王出來打獵，一路上塵土飛揚，人喊馬叫，驚動了整個山林。國王牽著獵狗走進一個獵人的帳篷，一個叫思柳的美麗女子緊緊地抱著狗，頭也不敢抬。國王吼道：「當家的哪裡去了？你這個女子怎麼見我來了理也不理？來人，把她帶回宮去！」人群像風一樣颳走了，帳篷裡只留下小黑狗在哀叫。獵人回來一進帳就被嚇呆了，滿屋狼藉，卻不見了他的女人思柳，他山上山下到處找，到處叫喊，但除了山谷的回聲，沒有人答應，他帶上小黑狗出去找妻子。這時候，思柳正在王宮裡做苦差，有洗不完的衣物，有織不完的布，但最可怕的是侍候國王梳頭，早上哪個女傭去替他梳頭，下午就不見她回來，女傭們一天少一個，誰也不知道去了哪裡。因此，每天輪到誰去梳頭的時候，一定得向自己的女伴們挨個告別。這天思柳被喊去侍候國王梳頭。思柳告別女伴來到國王跟前，打開他頭上黃茅草般的頭髮一看明白了：原來國王頭頂上長著一隻角。難怪梳頭的女傭都回不去了，因為她們都被國王殺掉了。思柳一邊替國王編著髮辮，一邊眼淚像斷了線的珍珠滾下面頰，滴到國王的頸項裡。國王抬頭一看，原來是那次打獵帶回來的女子，便問她哭什麼，思柳說國王一定要殺掉她了，國王說那是一定的，因為她會到處去講國王頭上有角，國王是個妖精，那樣就會壞了他的大事。思柳哀求說她永遠替國王梳頭，永遠保守秘密。奇怪的是這一次國王竟然同意了，並讓思柳發了毒誓，於是她成為第一個給國王梳了頭又沒有被殺的女子。思柳雖起了誓，但心中實在憋不住，老想說出來，因為她恨透了這個仇人，可她不能犯誓。一天，思柳又出去洗衣物，見四周沒有一個人。於是思柳伏在地上對一個露出的洞口悄悄說：「國王頭上有個角。」說來奇怪，不久那洞上長出一棵竹子，一天天長大，又長又細，非常漂亮。這時到處尋找妻子的獵人也漂泊到這裡，他發現了這棵竹子，就把它砍下來做成笛子吹著解悶，奇怪的事情發生了，笛子吹不出任何曲調，只能發出思柳的聲音：「國王頭上有個角！」獵人明白了，思柳是被國王搶走了，獵人帶著笛子到處跑，到處吹，吹遍了所有他能到達的地方，人們知道了壓在頭上的國王原來是長著角的妖精，紛紛起來反抗，最後把國王殺死，老百姓終於脫離了苦海。從此，獵人帶著妻子，就建造了這幢房屋，過著日出而作日暮而歸的農夫生活，在笛聲中度過了快樂而平靜的一生。他們把自己的故事編成曲子，讓笛聲傳遍四方，人們喜歡聽他們的故事，從此也喜歡上了笛子。

聽完第一個故事，丁石富剛要說話，被文子隱制止了，他把碗裡的酒一飲而盡，又重新斟滿，說起了第二個故事。

從前，一位王子有一隻神笛，它能發出優美的音律。若笛聲是由心地善良之人吹奏，那麼它的聲音能將貧瘠的土地變得肥沃，兇猛的野獸變得溫順，甚至還可起死回生。若是被歹毒之人所有，就會風雲突變，河川決堤，災難無窮。有一個邪惡的巫師很想得到這隻笛子，他開出十分優厚的條件想換取王子的神笛，但被王子斷然拒絕。於是卑鄙的巫師向王子施了魔咒，把王子變得奇醜無比，並把王子趕到深山裡。王子孤獨的時候就吹響手中的笛子，神奇的笛子竟讓枯木逢春，荒山變森林，一切又恢復了生機，動物們陪伴王子在森林裡度過許多日月。而在另外一個王國，國王最疼愛的小公主卻得了一種怪病，無奈國王只能求助一位資深的法師。在老法師的指點下，國王把城堡遷往森林王子居住的那片森林，於是公主每天都能聽到從森林深處飄來的笛聲，公主被這優美神奇的聲音所吸引，她的怪病竟不藥而癒。公主痊癒後，她依然迷戀森林裡的那神秘而奇特的曲子，而且是越來越無法離開。終於有一天，公主帶上幾名侍從，循著笛聲從城堡出發，深入森林尋找吹笛人。這個消息被森林裡的動物們知道了，它們告訴了王子。王子一方面由於現在相貌奇醜，擔心被公主看到，另一方面又渴望被公主發現，便繼續吹著笛子。在笛聲引導下，公主就快要找到王子居住的地方。可王子停止吹笛，躲藏起來。然而，王子在好奇心驅使下，從樹叢裡走出來，還沒等他開口解釋，公主已被他的相貌嚇暈過去，侍從見狀趕走了王子。王子非常傷心，萬分自責，不該出來把公主嚇倒。從此，他無心吹笛，整日以淚洗面，森林也漸漸陷入沉寂之中。公主回到城堡後，由於再也聽不到她日夜思念的笛聲，失魂落魄，病情日漸惡化。消息又傳到王子那裡，王子重新吹響了笛子，他帶著對公主深深的歉意和祝福用心吹奏，柔美的笛聲好似靈丹妙藥，公主再一次奇蹟般地恢復了健康。公主把她的心事告訴了老法師，於是她聽到了王子和笛子的故事。公主決定找到王子，告訴她對笛聲的依戀和對王子的愛，她不在乎他的容貌。公主帶著堅定的信念出發，而王子是鐵了心再不讓公主發現，他把自己深深隱藏起來，每天在露珠閃耀的時候才吹響笛子，每吹一次就換一處地方，可公主仍然就這樣日復一日、年復一年地找尋著。國王派出去尋找公主的一批批士兵都帶著傷心和絕望回去，人們都認為公主也許遭遇不測了。森林中的生靈都被公主的執著而感動，它們紛紛為她打聽王子的下落，主動幫助公主一起尋找，卻依然無果。公主終於消耗了最後的能量，她倒在了尋找王子的途中。這一次，她真的覺得自己就要死了，疲憊虛弱，連呼吸都是困難的，她躺在舒鬆的泥土上恍惚如夢。迷糊中她聽到了那悠揚婉轉、行雲流水般的笛聲，她感覺自己就像一隻漂浮在空中幸福的耳朵，猶如飄渺的青煙隨風搖曳。忽然，她覺得嘴唇一陣清涼，彷彿和白雲親吻。當她睜開眼睛時，無法相信眼前的一切是真的——她已經躺在王子溫暖的懷抱裡。原來，王子把自己扮成一棵樹的形象，每天都緊緊地跟隨在公主的周圍，只是他一直沒有勇氣面對公主。其實，他早已恢復了原貌，在公主見過他的臉後，開始愛上他的那一刻起，醜王子就已經變成了俊王子。愛情的力量是無窮的，讓巫師的魔咒不攻自破。

文子隱話音剛落，昏暗中黎昕忽然發出一聲冷笑，丁石富吃了一嚇，「神經病啊，再添亂就給我滾！」聲音不大卻低沉有力，黎昕自知失禮，趕緊低著頭吃酒吃菜。

「丁先生，把酒喝完，我要說第三個故事了。」二人對了碗，一仰脖子乾掉，文子隱又將酒續上，接著說第三個故事。

還是一個老故事哦。話說有一個皇帝的兒子，得了一種怪病，見人就傻笑，如同一個瘋子。他是皇帝唯一的兒子，因此皇帝和皇后都很著急，可任憑使用什麼辦法，太子依舊傻笑個不停，全國的醫生都束手無策。眼看著太子快滿十八歲了，傻笑的怪病卻依然不見好轉。無奈皇帝只有在全國張貼佈告，說誰能醫好太子的病，讓他不笑，就把最漂亮的公主嫁給他，而這公主的多才多藝、溫柔賢慧也是聞名全國的。不久，來了一位深山裡的樵夫，說能醫治好太子的病。皇帝抱著試試看的想法召見了他，問他將用什麼辦法，樵夫從懷裡掏出一根半截的竹子，竹子上鑿著一些洞。樵夫說，請您讓太子來，我吹這竹子發出的聲音就能讓太子不再笑了。於是太子被召喚來，站在眾人面前，仍然傻笑不止。樵夫嘴對著竹子橫吹著，兩隻手不停地在那些洞上有節奏的按住和放開，那竹子即發出很有節奏而優美的聲音。太子聽到笛聲停止了笑，陷入了深深的沉思中，不久太子認出了父母親和原來認識的人，恢復了正常。皇帝不便反悔，就安頓樵夫先住下，說擇日和公主完婚。以後幾天，公主就跟著樵夫學吹竹子，公主還給發聲竹子起名叫「笛子」。倆人互愛互敬，幻想著婚後美好的生活，皇帝暗施毒汁，把樵夫毒死了。樵夫死去不久，公主也瘋了，她每天不吃不喝，只吹笛子。後來，公主從高崖跳下摔死了，但沒有人能找到她的屍體。在她摔下來的地方長出了一大叢茂盛的竹子，深夜時會有動聽的笛聲飄出來。

故事隨著文子隱的話音落下結束了，他輕描淡寫的語調，和著酒氣的呼吸，在寂靜的夜空中顯得分外凝重，外面間或貓頭鷹淒厲的叫聲，蟄伏草叢中的蟬鳴，以及夜鳥夢囈般的自語，給三個弱智無聊的民間傳說增添了些許晦澀隱喻的色彩，三個人都不知不覺陷入某種奇怪的靜默中。

終於，還是文子隱打破這堅硬的寂靜，「洗洗睡吧，睡房就在對面廂房第二間。」說著從碗櫥下層抽屜摸出一根蠟燭放到桌上，起身走了。奇怪的是，文子隱剛離開燈光昏暗的門口，便音訊全無，連漸行漸遠的腳步聲也聽不到，瞬間循入無形中。這有悖常理的情形讓屋子裡的二人面面相覷，不知從何說起。

也沒有洗刷，二人點了蠟燭進屋，門「吱呀」一聲開了，燭光到處，顯示這是一間閨房。房間不大，卻異常整潔，甚至到了令人生疑的地步。二人並未在這幢屋裡看見任何成年女子的跡象啊，而小女孩蕙蕙不可能是這個房間的主人。「睡覺。」丁石富打了個呵欠，靠裡邊睡了。「睡覺。」黎昕原話回應，也在另一頭躺平了。

忽然，一聲炸雷驚醒了丁石富，他睜眼一看，桌上的蠟燭已被涼風吹滅，屋內漆黑一片。倏然間，一道閃電劃過，把屋內照得亮如白晝，恍惚中他似乎看見窗外閃過一張臉，睜眼剛想看清楚，卻又陷入黑暗中。接著，又一道閃電襲來，丁石富再次看到窗戶玻璃上貼著一張血糊糊的紅臉，那臉似乎被一種看不見的力量擠壓住，五官的形狀都已走樣，面目猙獰。丁石一腳過去，黎昕被踢醒了，起床拿著點燃的蠟燭走到窗前，一看笑了，推開窗戶拿進來一個紅色尼龍袋，丁石富看著也笑了。

重新睡下，黎昕很快打起呼嚕，丁石富則睡意全無，產生了某種莫名興奮的期待，而他的這種想法很快得到了印證，剛才顯然只是序曲，真正的好戲還在後頭。二十多分鐘後，風停雨住，雷電熄滅，夜又漸漸安靜下來，然而一陣年青女子銀鈴般的笑聲從遠處密林中輕飄過來，丁石富正側耳細聽時，笑聲卻戛然而止，旋即笛聲響起，直奔丁石富的聽覺，他幾乎是有些驚喜地從黑暗中坐起來，靠在床頭細細品味。是的，他確實聽到了笛聲。那笛聲破窗而入，在一陣短暫的摸索和試探後，便掙脫歡聲笑語、車鳴馬嘶的束縛，穿過霓虹燈照亮的夜空，分外嘹亮起來。在丁石富的聽覺裡，那笛聲是如此執著與堅定，像一層聖潔而柔軟的光輝，將他包裹在內，周圍的一切事物都暗淡下去，並漸漸退隱於黑暗之中。在光和影製造出來的幻像裡，他彷彿看到一個年青女子疲憊的身影被時空拉拽得無限修長，那淒清的笛聲穿行在如煙似霞的柳樹林裡，如同一個人發自靈魂的呼喊。不久，笛聲遽然一轉，把他帶出傷感的情緒。是的，一個小小的迴旋與低落之後，高亢和振奮成為了主旋律，他感覺到了這笛聲的力量。它超越了悲傷，忘卻了苦痛，也不在時間與空間的範圍之內，它用自己的韻律表達自己，完全而徹底，充滿了對大自然的敬畏之情。這笛聲所擁有的力量，既來自音符和曲調的靈異，更因為它的柔弱，柔弱得如同水流，被人馴服也馴服人。貧窮，孤獨，而且滿身塵土的女子啊，像是來自很遙遠的過去，誰都不知道走了多久才走到這裡，也不知道在這裡已經待了多久以及還要待多久。滄海桑田，萬物榮衰，女子身邊的整個世界都變遷了，但她似乎仍然停留在幾個世紀以前，停留在他古典的想像之中，以及對笛聲的眷戀之中……

丁石富不知不覺在陶醉中沉睡過去，醒過來已是陽光燦爛的早上。丁石富走到窗前，看到雷電風雨過後的林子裡又一派生機勃勃的景象，歡快的鳥語聲清晰地傳過來，激發了丁石富的好心情。然而一種奇怪的預感迅速襲擊了他，他拉開房門走了出去，繞天井在整個屋子裡轉了一圈都沒有見到文子隱，直到發現廳堂八仙桌上的東西，他才確信文子隱已離開。

桌上擺著二樣東西，一是黃花梨做的小木箱，二是一張便箋，上面寫有文子隱的留言。留言上除告知文子隱上山採藥、讓他們帶著笛子速速下山外，還留下一首詩：「殺氣騰凌陰滿川，世人心更險於山。太武兇殘人所畏，蜿旋失手遠於天。就中難說是詩情，浪憑青鳥通丁寧。望秦嶺下錐頭石，富陽山底樟亭畔。」

丁石富是個純粹的生意人，胸無多少文墨，大致看了兩遍也沒弄懂，便隨手塞進了口袋，緊接著迫不及待地打開小木箱，打開包著的紅綢布，一隻做工精巧、流光溢彩的六孔膜笛便燦然而出。丁石富大喜過望，迫不及待將笛子抓握在手。僅憑直覺他就能斷定，功夫不負有心人，歷盡千辛萬苦，他終於獲得了傳說中的民間瑰寶：笛身為純金鍛造，上有龍鳳紋相互纏繞，七粒五色寶石鑲嵌其間，流光溢彩，熠熠生輝，把丁石富晃得有些暈。他賊似的四處看看，慌忙把笛子包好，箱子蓋上，塞入內衣口袋，馬上叫醒還在酣睡的黎昕，匆忙往山下趕去。黎昕精神萎靡，一路上呵欠不停，埋頭走路，話也不願多說，與丁石富的神彩飛揚形成鮮明對比。丁石富根本沒有想到事情竟然會如此簡單，他甚至準備了一張空頭支票準備來完成這次寶物採購交易，但對方根本沒有跟他談到錢，就將寶物拱手相送，出乎他的所有意料。丁石富記得聽窮酸文人說過姜子牙高山流水的故事，他想文子隱一定是把他當知音了，所以才有昨晚那番熱情款待和今早送寶物的舉動。被人當作知音的感覺真好，某些時候比有錢的感覺還好。過去的多年裡，他曾經花錢捧紅了一些女演員，她們表面上把他視為知音，肚裡卻罵他為傻逼。如今只要有錢，戲子能與教授同台，官員能與主持同床，地痞能與市長同飲，小學文化的老闆可以去讀ＣＥＯ，但有時確實買不到真知音。然而，剛坐上車，丁石富就想起了用錢找樂子，「老子今天高興，回去賞你二萬！」黎昕笑笑，仍然不說話。

三、禍從天降

回到家，丁石富做的第一件事就是請來李希倫鑒定笛子。李希倫是市文物所資深研究員，對金銀玉瓷器、書畫及雜件類的鑒定結論具有權威性，丁石富的藏品鑒定多出自他手，當然丁石富也是投桃報李，每次都付給他一筆可觀的鑒定費，有時鑒定費甚至超過藏品本身價值，這使李希倫很受感動，所以一聽到丁石富的電話邀請，他立即放下手頭工作，迅速趕往丁府。

李希倫坐著黎昕開的車進入市南郊高級住宅區，一路是林蔭大道，樹木蔥鬱，氣氛靜謐。車到丁府門前停下，李希倫站在豪華的建築前頓感相形見絀，再次發出有錢真好的喟歎，再次為丁石富對自己的賞識感動。

這是一座獨幢連體歐式三層別墅，一連四進，內部裝飾卻是中西合璧，各取所長，客廳、廚房簡潔明快，充滿現代氣息，丁石富的書房、藏品室則為明清仿古樣式，花雕方格窗櫺，紅木傢俱，黃花梨靠椅，這些在外面被人當寶藏的東西，在這裡卻成了日常用品，所以李希倫的感歎也不是沒有一點道理。

正在藏品室坐等的丁石富見到李希倫大喜過望，立即將他引到屋正中桌子旁，讓他現場鑒定笛子。李希倫坐住，戴上老花鏡，拿出放大鏡，屏神定氣，雙手輕搓，凝聚片刻，再將笛子輕輕捧起，吸一口氣，眼睛半開半合，似冷眼旁觀，更像裝模作樣，約莫十分鐘，李希倫忽然仰頭翻目，長歎一聲，頭低時已淚流滿面。

「怎麼回事？」丁石富滿臉狐疑。

李希倫半晌不說，忽而衝著丁石富大吼一聲：「你發財了！」

「你他媽有病啊，還是吃錯藥了，發什麼財啊，老子十年前就發了。」丁石富呵呵一笑，「是你發財了，我發財等於你發財哦。」

四目相對，然後仰頭大笑。「丁總，你得到了一件國寶。看來成功總是偏愛有心人啊。」李希倫滿目生輝，將笛子把握在手，愛不釋手，「花費不少吧？」

「你猜。」丁石富伸出一根手指，笑而不答。

「一百萬？不貴。」

丁石富搖搖頭，又把手指做成一個圈，「再猜。」

「一千萬？老天！」李希倫一聲驚呼。

丁石富仍然搖搖頭，再點點頭，並不打算和盤托出，而是談起了他的打算，「既然你也認可了，我決定做二件事。第一，在我家裡開一個藏友見面會，讓他們開開眼界，長長見識，看看什麼是真正的好東西。第二，儘快舉辦一場專題音樂會，邀請國內最著名的樂隊和最出色的笛子獨奏演員來，要辦得轟轟烈烈，力爭轟動全國，如果能引起美國總統奧巴馬的興趣更好，有句話說得好，越是民族的越是世界的。哈哈！」

「應該，應該。」李希倫頻頻點頭稱是，「你確實做了一件好事，你得到的這支神笛印證了一段傳說，你把歷史變成了現實，桂州人應該給你記一功。」

話雖得漂亮，李希倫眼裡卻是閃爍不定，但丁石富並無心思注意他，又拿出那封信展示在他面前，「這信放在笛子旁邊，我文化低，你給看看。」

李希倫研讀了幾分鐘，臉急驟變，差點失聲叫起來，也不顧禮數，嘩啦一聲推開椅子站起來，「對不起，家裡有點急事，我先走一步。」李希倫匆匆告辭而去，在丁石富略帶疑惑的目光中消失了。

雖然丁石富感到有些奇怪，卻並沒有深究下去。既然李希倫已經證實了笛子的真實性，其他就位在其次了，李希倫最多只是一個過河卒，用時可用，隨時可棄。一個蛻化變味、貪婪勢利的窮酸小文人而已，走就走了吧，還能怎麼樣。

丁石富坐在沙發上，一邊品茶一邊品笛，感慨中洋溢著喜悅之情，尋覓多年的鎮館之寶終於找到了，他建一座中國民族樂器博物館的理想即將實現，他有理由為此高興。

興奮給丁石富帶來了失眠，到了深夜二點多鐘，他決定強迫自己上床，在似睡似醒間，忽然間，像昨晚在深山大屋一樣，一股笛聲悠然飄來，穿過臥室的門縫，直奔床頭而來，開始他以為是夢，沒有理會，然而那笛聲越來越清晰，越來越大，猛然睜開眼睛，卻什麼也沒有聽到。他覺得甚為怪異，但還是以為是自己的聽覺出了問題。閉了眼繼續睡，那笛聲便又響起，不屈不撓，丁石富乾脆當作催眠曲來聽，享受笛聲的贈予。然而，笛聲還是鬧得丁石富心神不定，他決定看看這奇怪的笛聲來自何處，便起床開門，喊道：「黎昕，黎昕，去看看哪裡吹笛子！」

黎昕睡得很死，對丁石富的敲門聲毫無反應。丁石富有些氣急敗壞，一腳踢去，房門發出一聲猛響，黎昕終於開門出來，一臉茫然地望著丁石富，「丁總，什麼事？」

「聽到什麼聲音沒有？睡得像頭豬！」

「什麼聲音？沒有啊。」黎昕仍然是滿臉疑惑，一頭霧水。

「沒有？可我聽到了吹笛子的聲音，你去看看，聲音是從哪裡發出來的。」

「丁總，我……我可沒有聽到任何聲音，上哪裡找啊？」黎昕騷頭皺眉，不知所措。

丁石富本想發怒，轉而一想也有道理，便隱忍不發，嘟囔著回屋去了。

重新躺到床上，丁石富安然睡去，再無笛聲響起，不平靜的一晚終於在喜悅和噪動中度過。

這天下午，一桌小型酒宴在丁府宴會廳舉行，成為丁石富座上賓的都是桂州市有錢有勢的頭面人物，包括官員、企業主、史志專家、演藝明星、收藏家，當然李希倫也在座，只不過那傢伙的笑是裝出來的，逢場作戲，心不在焉，假得很。但丁石富是沒有心情去關注他的，他現在最關心的是笛子，而且只有笛子。

酒宴的氣氛很熱烈，先是丁石富把進山尋寶的事情添油加醋說了一遍，然後接受用酒和讚美組的賀禮。幾瓶窖藏五糧液喝下去，人們的興奮達到高潮，紛紛要他展示寶貝，丁石富痛快地答應了，破例把在座的人引入藏品室。這地方只屬於他的一人世界，從來秘不示人，即便是妻子易蓉、大兒子于明傑、小兒子于明智都不可越雷池半步，其餘家傭、保安、司機一類的外人更是令行禁止，甚至不可靠近。此時如此慷慨，足見笛子地位的重要性。

坐在寶貝滿屋的藏品室裡，眾人正在驚歎，丁石富已將笛子小箱從德製保險櫃裡拿出，打開蓋子，揭去綢布，一道金光閃過，眾人炫目中一聲驚呼，圍攏過去賞寶。笛子在眾人手中傳來傳去，讚美之辭不絕於耳。只有李希倫坐在一旁默然喝茶，作冷眼旁觀狀。

熱鬧中忽然有人提出，笛子是寶不錯，但不知能不能吹響，音質如何，要是能與外形一同媲美，那真是稀世珍寶了。其他人都同意此說，慫恿丁石富驗證一番。

「好！就讓易蓉來。」丁石富難得好興致，接受了眾人的建議。

易蓉果然被叫來，同時叫來的還有大兒子于明傑、小兒子于明智，丁石富是想讓家人也長長見識。

眾人見到易蓉，紛紛鼓掌叫好，請她來一曲，說麗人配金笛，天生絕配。易蓉面如桃花，略帶羞澀，「不行不行，好久不吹笛子了，功夫都廢了，不敢獻醜。」

「不行，好馬配好鞍，才子配佳人，笛子是為你買的，你不吹，不是辜負了丁總一片苦心了嗎？」

「就是啊，中央音樂學院的高材生，全國多項大獎得主，市曲藝團曾經的女一號，即使再過二十年不吹，你的音樂細胞都還在喲。」

「當年不正是夫人的一曲素笛金經捕獲了丁總那顆鋼鐵一般堅硬的心嗎？哈哈。」

易蓉的臉色由紅轉白，又由白轉青，慌張得不知如何應答，只有用眼光向丁石富求援，丁石富微笑著點點頭，表示鼓勵。

易蓉拿起笛子，放到唇邊，試試音後，略一思索，先是一曲幽雅寧靜的《秋湖月夜》，接著是高深莫測的《琅琊神韻》，最後是傷感凝重的《幽蘭逢春》。曲畢，短暫的沈默後，爆發出一陣熱烈的掌聲，有兩個女人甚至已經熱淚盈眶。丁石富也滿意地微笑著鼓掌，對妻子的優異表演以示感謝。

乘著良好的氣氛，丁石富高聲宣布，這支金笛正式命名為「神笛」，並將在近期內舉辦神笛獨奏音樂會，由他的夫人易蓉擔當主奏，同時邀清著名樂隊擔任伴奏。

掌聲再次熱烈響起，丁石富一邊心滿意足地享受著，一邊給眾人一一發了個千元小紅包，別人都喜孜孜笑納致謝後告辭了，只有李希倫推辭了幾次才接受，嘴裡還囁嚅著想說什麼，但還是未曾說出。

從這晚起，一連多天沒有出現笛聲，丁石富睡得很踏實，直到獨奏音樂會的前一天晚上，他才又一次聽到了笛聲，不過他並未當回事。

獨奏音樂會在桂州市大劇院舉行，一千多張椅子座無虛席，市有關領導、各界名人和眾多企業主聞訊趕來捧場，場外還有數百人等著退票，以一睹神笛風采。被丁石富重金請來伴奏的省樂團與易蓉配合默契，先後演奏了《姑蘇行》、《牧笛》、《揚鞭催馬運糧忙》等十大民族樂曲，還在觀眾的掌聲中加演了十級以上的《第四交響曲》、《匯流協奏曲》、《牡丹亭組曲》等高難度曲子，二次加演，三次謝幕，觀眾席不斷爆發雷鳴般的掌聲，演出獲得了巨大成功。

演出結束後，為祝賀神笛獨奏音樂會圓滿成功，丁石富在五星酒店紅樓設席三十六桌，大宴賓客，應邀出席慶祝宴會的各界人士三百五十多人。金碧輝煌的宴會廳裡，高朋滿座，笑語歡聲，觥籌交錯，而丁石富高亢激昂的表態更是使宴會達到了高潮。丁石富站在主持臺上，一手拿麥克風，一手高舉過頭，手中的笛子在各種聚光燈下熠熠生輝。「我宣布，我將在合適的時機，把這支神笛連同籌建的民樂博物館一併捐出，因為它永遠屬於桂州市人民！」

就在丁石富慷慨陳詞之時，易蓉卻神色異常地走出了宴會廳，所有人都忙於應酬，只有一雙陰沈的眼睛注視著易蓉的離去，這人就是李希倫，然而他什麼都沒說。

回到座位上的丁石富也很快發現易蓉不見了，他心裡掠過一縷不祥的預感，在宴會廳裡悄悄搜尋一陣不見後，匆匆走出去，從樓道、廁所一直找到門口，見黎昕正靠在專車旁邊抽悶煙，丁石富七竅生煙，立即過去斥責道：「夫人不見了！你他媽還在這裡做神仙啊，趕快去找！」

丁石富回去宴會廳應酬，黎昕則與一些人以紅樓為圓心，拉網似地四下搜索，不久尋找有了結果，易蓉被人發現死在距離紅樓約兩千米左右的一條小巷裡。

這是一條偏僻的小巷，多為平房和舊式小樓，簡陋破敗，污水橫流，路燈昏暗，住戶多為下崗工人、個體小商販和外來打工者，傳銷者也常聚集在此，人員結構十分複雜。但易蓉是大戶人家，有錢有勢，生活條件優越，交際圈也多限於上流社會，竟然在歡慶晚宴上不辭而別，擅自跑到這種下九流的地方，確實有些蹊蹺。

易蓉被發現時，已經氣絕身亡。她倒在巷子轉角處一面廢棄的牆壁下，仰面朝天，臉色煞白，雙目圓睜，驚恐萬狀，而隨身帶的小坤包並未丟失，包裡的五千多元現金、三張信用卡、幾件小首飾等都沒有丟失，只有手機不見了。

第一時間到達案發現場的刑偵隊長呂聰作了仔細勘查，並與丁石富帶著易蓉的遺體帶回警局做進一步調查。

出於對丁石富的尊重，呂聰破例將訊問改在會客室進行。

此時的丁石富，神情遲緩，兩眼呆滯，雙手捧著腦袋，對眼下發生的事根本沒有反應過來。呂聰見此情景，讓其他人離開，然後給丁石富面前放上一杯水，再點燃一支煙吸著，靜靜地守候在一旁。

過了半個鐘頭，丁石富終於抬起頭，一口氣喝掉杯中水，問呂聰要了一支煙，點上一頓猛抽，嗆咳幾聲，吐出一口濃痰，長出一口氣，「呂隊長，怎麼回事？」

「這也正是我想知道的。丁總，請冷靜一些，我們慢慢來。」呂聰又給丁石富倒了一杯水。

「我老婆死了？」

「說實話，是的。」

丁石富得到確認，輕歎口氣，往後一仰，兩顆淚珠順著臉頰滾落下來。

呂聰看談話無法繼續，便派人將丁石富送了回去。

三天後，呂聰造訪丁府，家傭王姨開門納客。坐在客廳沙發上，呂聰端起茶杯剛喝了一口，丁石富已經聞訊而來。僅僅過了幾天，丁石富人已脫形走樣，臉色蒼白，黑髮染霜，瘦了一圈，老了十歲，讓呂聰也有些動容。

三言兩語後轉入正題，呂聰告訴丁石富，經法醫屍檢結論，易蓉死於心臟病突發，並非外界盛傳的謀殺。

丁石富顯然有些吃驚，對呂聰的說法表示難以接受，但也提不出什麼證據。不過，呂聰也說，事情並非僅僅是心臟病猝死這麼簡單，甚至相當複雜。比如，易蓉為什麼在那個時候跑到那個地方去，這明顯違背常理。又比如，易蓉包裡的東西只有手機不見，其餘都未丟失，這也違背常理。

接著，呂聰直截了當地告訴丁石富，易蓉很可能死於一場謀殺，而這樣的謀殺無疑是蓄謀已久並經過精心策劃的。但這不是公開的結論，只是他個人的猜測而已。現在要做的是，要儘快為易蓉的死做出一個客觀公正的結論，而這需要他與警方的密切配合，因為他是距離易蓉最近的人，也最瞭解易蓉的思想狀態。

丁石富表示願意配合調查，但又說，易蓉是他的第二任妻子，是在第一任妻子病逝半年後迎娶的，自生了小兒子丁明智不久，他和易蓉就分居了，只有偶爾過夫妻生活時才同床，又加上他平時忙於打理生意，周旋於社交場合，早出晚歸，跟易蓉交流的時間很少，對她的想法和行為也知之甚少，所以不一定能提供有價值的線索。

說完，丁石富竟起身送客，這讓呂聰始料未及，暗自吃驚，但又無可奈何，同時也表示理解。臨出門前，呂聰請丁石富自己保重，他那方面有什麼訊息會及時通報。

丁石富苦笑一下，不置可否。送走呂聰，回到藏品室，丁石富拿出笛子，反覆撫摸著，如同愛撫自己的孩子。現在能安慰他的唯有這支笛了。

這天晚上，丁石富作了一個夢，夢見易蓉滿身血污地向他走來，嘴裡喃喃自語，卻聽不清說些什麼，他被嚇醒了，然後聽到了笛聲，淒清而傷感。

四、蹊蹺命案

大兒子丁明傑聞訊趕回來了。

丁明傑是前妻所生，年已二十有四，個性自由散漫，為人慷慨大方，所有富家子弟的特長他都有，尤其愛好飆車、泡吧及玩女人，從未正經上過一天班，足跡卻踏遍大江南北，換女人如同換衣服，乾脆俐落得很。至於對其後母，除了天然的敵意濃厚，更帶著輕蔑和鄙視，招呼是從來不曾有過的，即使被招呼最多也只用鼻音作答。不過，對同父異母的弟弟丁明智，他還是比較友好的。

正在西藏旅遊的丁明傑聞訊趕回，身後卻又跟著一個豐滿妖冶的女子，看來他趕回來的目的並非悲哀，不過是玩累了想歇一下而已。

丁明傑見到父親蒼老憔悴的樣子，譏笑道：「爸，至於這樣嗎，有錢什麼辦不到，再換一個了事，像我一樣，嘿嘿。」

丁石富惱羞成怒，揮掌拍去，丁明傑閃身躲開，仍然嬉皮笑臉，一邊往外走一邊說：「龍生龍，鳳生鳳，老鼠的兒子會打洞。爸，你撇不清的，賴不掉的，我這些功夫都是你教的！」

走到門口，丁明傑又扭頭說：「聽說你弄了個破笛子玩，你要小心哦，那可是有來頭的，挺邪乎的傳說就有好幾種，我勸你還是儘快處理掉，別自找苦吃。」

丁石富聽言，氣急敗壞之極，隨便抓起一件東西就扔了過去，丁明傑頭一偏，一貓腰不見了蹤影，東西卻砸在門框上，碎成了八瓣。丁石富定睛一看，竟是一隻價值三萬餘元的青花瓶，丁石富差點背過氣去。

俗語說，福無雙至，禍不單行，這話同樣在丁石富身上應驗了，這邊老婆剛死，那邊煤礦又出了事，他對丁明傑的氣還沒有消，就接到公司打來的一個電話，說礦上五號龍道突遇滲水，發生嚴重塌方，九名礦工被困井下，生死不明。

真是怕什麼來什麼，開礦的最怕出人命，事情一傳出去，賠幾個錢事小，弄不好老闆及相關責任人要吃官司蹲監獄，煤礦也要被封掉，那樣就會血本無歸。不過，丁石富能把礦開到今天，當然非等閒之輩，光編織這樣一張大網，就花了他二十幾年時間，無數的精力和錢財，桂州市不曾收受過他好處的大大小小官員鳳毛麟角，至於捐資助學、扶貧濟困等善舉，他總是捨得花的，「丁善人」甚至成為他的別名。所以，一旦有事，還是有不少人幫他說話的。前幾次出事，他都安然無恙，順利挺了過去，他相信這次同樣能逢凶化吉，渡過難關。

丁石富首先打電話指示公司和礦上要嚴密封鎖消息，任何人不得外傳，違者重處，尤其要做好家屬的安撫工作，承諾只要他們不聲張，死亡賠償金將超過國家賠償的一倍。同時，他又給市有關領導和監管部門負責人打電話通氣，接著通知財務經理按老規矩給上述人員的銀行帳號裡派發紅利。做完這一切，他立即叫黎昕開車送他去礦上，親自將布置的工作作了反覆查驗，直至萬無一失才結束，回到家中已是凌晨一點多。這天晚上，丁石富上床後，又疲又倦，又悲又憤，千頭萬緒，湧上心頭，無論如何睡不著，安眠藥連吃了二次，一點用都沒用，他乾脆坐起，靠在床頭抽煙。忽而，笛聲響起，還是響起，到達床頭，在他腦袋周圍螢繞，那笛聲極其優雅溫柔，把他的每根汗毛都梳理痛快，如同母親撫摸嬰孩般享受，於是他在笛聲中愉快地睡過去了。

接下來的幾天，丁石富的全部精力都投入到事故的善後處理中去了。處理的結果也正如他所願，錢花了不少，但花得值，一切都擺平了，礦難家屬領了巨額撫恤金閉口了，大小官員收到「紅利」也撐起了綠傘，安全是沒有問題了，一劫算是逃過。

哪知按下葫蘆浮起瓢，一波未平一波又起，那邊礦難事故剛平息，這邊大兒子丁明傑又出事了。

事情發生在一個晚上的九點多鐘。當時，丁明傑跟一幫紈絝子弟喝完了酒，豪情萬丈，意猶未盡，於是提議飆車，幾人欣然同意。規矩既定，說幹就幹，五輛款式各異但同樣高檔豪華跑車一齊發動，轟鳴的馬達聲響徹川流不息的大街，Ｆ１中國城市大街版隆重上演。丁明傑車技最好，酒也喝得最多，藝高人膽大，猛然踏下油門，一馬當先衝到最前面。此時正是晚上最熱鬧的時候，丁明傑眼裡只有路，只有車速，只有老子是天下第一，人是不存在的，即使有人也是多餘的，無益有害的，對他只有妨礙的，所以他對那些所謂的「人」完全置之不理，加速再加速，於是一個如花似玉的少女瞬間做了冤死鬼。少女剛看完電影出來，過馬路時走在斑馬線內，哪裡知道一場飛來橫禍隨即襲來，剎那間被撞出十多米遠，腦破血濺，一命歸西。

這回丁明傑終於看到了人，並且停了車，下來一看到地上躺著的血人，酒一下醒了，人也傻了，蹲在地上痛哭起來。

數分鐘後，交警聞訊趕來，經過現場處置，丁明傑被帶回交警隊訊問，得知他是丁石富兒子，竟然把他放了。

回到家已是凌晨一點，他看到父親仍然待在燈火通明的客廳裡，面無表情地看著電視，遲疑一下，想乘機溜走，卻被叫住了。

丁石富平時很少閑坐在客廳看電視，此刻顯然正在等丁明傑。其實，早有人將事情通報了他，丁石富得知，腦子裡一片空白，冷靜下來後，決定等丁明傑回來認真談談。

但丁明傑剛犯了事，理屈詞窮，心虛得很，根本無話可說，面對父親的責問，卻又嘴皮硬，三言兩語之後便吵了起來，結果不歡而散。丁明傑走前仍給父親扔給那句話：笛子是禍害，趕緊處理，否則笛子會毀了全家！

丁石富沒有想到，這小子會竟會拉不出屎來怪地硬，自己闖禍壓死人還把責任推給老子，甚至還扯到他的心愛之物笛子上，真是一個無藥可治的小畜生喲，要把他氣死才甘心。

可氣歸氣，到底是自己的親生兒子，還得救他於水火之中。雖然已是夜深人靜時，丁石富還是拿起電話，給市裡相關領導陳情，得到某些肯定答覆，心方稍定。

然而，第二天即風雲突變，首先是本市某網路論壇一篇〈富家子弟飆車撞死少女　警方無厘頭釋放肇事者〉的帖子引起熱議，繼而帖子迅速竄紅全國各大著名網站，跟帖者數十萬計；接著各級電視臺、各種平面媒體報導鋪天蓋地，丁家人被推上了風口浪尖，受到輿論排山倒海般的譴責和追討，父子二人受到空前壓力。二天後，警方果然迫於輿論壓力，將丁明傑刑拘，檢方也以交通肇事罪將其正式逮捕。隨後，市政府召開新聞發佈會，市長親自出面道歉，並承諾公開、公平、公正依法處理。

丁石富生平第一次感到孤獨和絕望，沮喪的情緒壞到了極點，他關掉手機，拔掉電話線，把自己關在藏品室，一天不吃不喝，王姨幾次斗膽敲門，都被丁石富轟走了，最後還是小兒子丁明智的叫喚才使他動了心。

丁石富戀戀不捨收好神笛，開門一看，明智亮晶晶的大眼睛望著他，兩隻小手舉著一只大蘋果，「爸爸，你吃。」

丁石富心裡一熱，抱起兒子親了一口，又狠狠啃了一口蘋果，「明智乖，爸爸吃。」

回到廚房，丁石富端起碗滋滋有味地吃了王姨剛煮好的飯菜。王姨癡癡地望著丁石富，目光裡充滿了愛憐。自易蓉死後，王姨對丁石富的關心更明顯了，她甚至做到了某些由妻子才會注意的細節。

丁石富注意到了王姨關切的目光，心生些許感動，隨口問道：「王姨在我家待了怕有六七年了吧？」

「七年多了。」王姨淡然一笑，並不多言，果然是個謹言慎行的人。

當年丁石富招她來做家傭時，考慮的主要就是這一點。王姨年約四十五歲的樣子，體態豐盈，面善性溫，手腳麻利，見事做事，從不講價錢，對丁明智視如己出，丁明智對她比母親易蓉還親。

這次，王姨好像有話要說，但幾次欲言又止，丁石富滿腦子事，哪裡有這份閒心想家務事，當王姨終於鼓起勇氣想說時，黎昕急匆匆進來了。

黎昕附在丁石富耳邊輕語幾句，丁石富聽到大驚，手中筷子跌落的同時失聲叫道：「啊！真的？」

「你的電話都關掉了，我剛接到的，電話是市公安局劉副局長打來的。」

丁石富領著黎昕迅速回到家中的辦公室，給劉副局長打電話，證實了這個不幸的消息。

丁石富放下電話，旋即往外走去，「我們去醫院。」

在市人民醫院特護病室裡，丁石富掀開蒙著的被單，果然躺著已經死去的丁明傑。丁明傑面色蠟黃，嘴唇烏紫，眼珠鼓凸，中毒症狀明顯。

「哪來的毒藥？」丁石富問同來的劉副局長。

「不是毒藥，是毒品，準確地說，是海洛因。」劉副局長抱歉道，「他把海洛因藏在掏空的鞋跟裡，拘捕的警察沒搜出來，待在拘留所裡一時半會想不開，服了過量毒品，發現得太晚了。」

「怎麼證明不是他殺？」丁石富冷冷地說。

「丁明傑拘留在單間，無外人接觸，據調查看守民警是可靠的，沒有可疑跡象。」劉副局長避其鋒芒，話裡卻軟中帶硬。

「都不是證據。」丁石富轉而對陪同前來的醫院院長說，「幫個忙，給你十萬塊，把這小子埋了，買個好點的盒子就行。」

「丁總，請放心，一定照辦。」院長點頭稱是。

丁石富說聲謝謝，便大步流星走了出去，劉副局長跟在後面，說丁總請節哀，他想請丁總喝杯茶以示歉意，丁石富不發一言，一直坐到車裡，才對黎昕說了一個字：

「走！」

黎昕習慣性駕車往丁府去，車到十字街，丁石富突然叫聲停車，黎昕嚇了一跳。「去桃源。」丁石富命令道。

黎昕知道，所謂的桃源，就是郊外的桃源高爾夫球場，是丁石富常去的戶外活動處，每有煩心事，就到這裡運動一番，出一身熱汗，情緒便好多了。然而，今日不同往日，死了妻子，又死了兒子，遭此大難，哪裡是高爾夫球場瀟灑揮幾杆即可以排解的。果然，丁石富進場只打了一杆，便一屁股坐到草地上，起不來了，嚇得黎昕趕緊過去扶起他，到休息室喝了一些水，開車回到丁府。

在丁明傑房間裡，丁石富把屋裡的東西翻了個遍，終於在衣櫥裡找出了幾小包裝著白色粉沫的透明尼龍袋，他用指尖蘸了點放進嘴裡嚐嚐，啐了一口，「媽的，這個畜生，果然沾了毒。」

丁石富對站在門外的黎昕吩咐道：「你把這畜生的所有東西都清理出去，不留一件，都給我燒了，免得看著心煩。」

黎昕應了一聲，進屋收拾，見丁石富正往外走，小聲地把他叫住了，「丁總，斗膽說一句，他可是你的親生兒子，太絕情了吧。」

「少廢話，照辦。」丁石富扭頭走了。

丁石富剛走，黎昕卻感覺到一股熱流從腦後射來，似乎出現了另一雙眼睛，他回頭一看，果然是王姨。王姨看黎昕的目光與看丁石富完全是兩碼事，其中暗藏猜疑、厭惡和恐懼，她對黎昕的敵意是天生的，從來沒有給過他好臉色，這一次也不例外。

「你這麼幹問過誰，哪個給你的權利？」王姨抱著胳膊，一副女主人的作派。

黎昕像往常一樣，嘿嘿一笑，也不接話，繼續清理房間。但王姨並不打算就此甘休，反而進屋中站定，指手劃腳，要黎昕停止動作。「你就別裝模作樣了，你幹的好事別人不清楚，我可是知道的。明傑雖然不在了，但他在我心裡永遠活著。」

黎昕終於憋不住了，反譏道：「關你什麼事啊，犯得上嗎？」

這時候，丁石富聞聲而來，對二人的做法不置可否，只對黎昕說：「你去路口接一下呂聰警長，我在辦公室等你們，快去！」

黎昕知道丁石富是為自己解脫，二話不說去了。王姨見黎昕離開，一把抓住丁石富的衣袖，急切地說：「有人要害你，有人要害我們全家！」

丁石富一把甩掉了王姨的手，「幹什麼？別胡思亂想，有毛病啊？」說完後覺得有點過分，安慰式地拍拍王姨肩膀，走了。

在辦公室會客間，丁石富剛沏上一壺茶，呂聰就到了。黎昕機敏地關上門，讓二人密談。

沒有寒暄，呂聰一坐下就單刀直入，「丁總，為了辦案方便，提高效率，局裡進行了並案，也就是說，你夫人和兒子這兩個案子都由我負責，還望密切合作啊。」

「此事倒是十分蹊蹺，如此背運，大概是上天要懲罰我吧，唉。」丁石富長歎一口氣說，「你是桂州名探，本事有目共睹，我不懷疑你的能力，但事情已然發生，人死不能復生，至於是自殺還是他殺，破不破案，對我來說沒有意義了。」

「話是這麼說，丁總你的心情我十分理解，也非常同情，遭受這樣的劫難攤上誰都扛不住。」呂聰輕輕拍了下丁石富的肩以示安慰，「不過，還原事情真相，既是我的職責所在，對死者更是一種告慰，有這樣做的必要。」

丁石富擺手道：「隨你了，反正你吃的就是這碗飯，我也不能讓你失業，不過你也不要指望我幫你。」

「那好，我們就言歸正傳。」呂聰從包裡拿出一張文件說，「根據屍檢報告綜合分析，你夫人易蓉很可能突遭驚嚇引發心臟病去世的，而這種驚嚇很可能是人為的和有意的。如果是這種情況，那麼嫌疑人必定知道易蓉是有心臟病史的。」

「你這話我聽著有些糊塗了，你弄錯對象了吧，看這狀況，你下一步是不是打算認定我為兇手呢？」丁石富的話冰冷而帶刺。

呂聰並未理會丁石富的敵意，繼續他的分析，「只有熟悉人才知道易蓉有心臟病。同時，你兒子的死也有疑點。」

「難怪桂州的冤假錯案這麼多，這回我算是整明白了。」丁石富起身站立，腰板僵硬，陰沈沈地喊道，「黎昕，送客！」

門是鎖住的，黎昕根本聽不到，說白了就是給呂聰難堪。丁石富似乎還嫌不夠，開門的動作略顯粗魯，撞出生硬的響聲，把聞訊趕來的黎昕嚇了一跳。

呂聰面色如常，一絲稍含憂鬱的微笑仍然掛在臉上，並未由於丁石富的失禮而消失。他趨前幾步，忽而似想起什麼，又停住轉身，伸手握住丁石富試圖躲藏的手，近身耳語道：「保重，戲還沒有結束。」

五、迷霧重重

十多天後，處置完家裡兩樁命案和公司九條人命的善後事宜，丁石富已是身心俱疲，精神幾近崩潰，唯一的安慰便是常常一個人枯坐藏品室，雙目遲緩，神情呆滯，不吃不喝，一坐就是半天，雙手不停地撫摸著金笛出神，別人的話他充耳不聞，只有小兒子明智才能打動他，讓他吃喝休息。

雖然王姨看在眼裡、急在心上，但也只能是乾著急，拿不出什麼招來。不過，有一天晚上，不知她是受電視啟發，還是吃錯了什麼藥，竟然穿著一件透明半裸的睡衣去敲丁石富藏品室的門，丁石富正陶醉在他對笛子的美好遐想中，對敲門聲充耳不聞，後來實在敲得急了，才勉強起身將門打開一條縫，一看王姨滿身又白又膩的臘鹹肉，猛然打了一個寒顫，嚇得差點昏死過去，慌忙關上門，旋即又打開，「你這騷勁老母豬，想要我的命啊，快滾！」

王姨反被丁石富的歹毒話嚇了個半死，掩面落荒而逃。她像被打了霜的茄子蔫巴巴好幾天，才慢慢轉陽還魂，不過膽子至此變小，眼裡多了一份期期艾艾的怯意，活似一個深宮怨婦。

這些天前來看望丁石富的人絡繹不絕，但大多數都被黎昕擋駕於門外，只有少數幾人進來見了丁石富，也是即見即走，沒人坐下來說閒話的。而丁石富最想見到的人卻沒有來，這個人就是李希倫。

李希倫不僅人沒有來，而且連電話也不曾來一個。以前可不是這樣的，以前他經常不請自來，一來就坐下喝茶神侃，聊到中午就順便吃頓便飯，作為報答，他發揚為人民服務優良革命傳統，主動為丁石富鑒定藏品，同樣順便收下幾個鑑定費。按他的說法，這些鑑定費都是推辭再三不得已的情況下才收的，主要是不想使丁總難堪。丁石富當然心知肚明，也就湯下麵，從不戳破，給了他一個天大的面子。

然而，自從上次見了金笛，李希倫便神色大異，心事重重，似有不便明說之隱，欲說還休，卻終究不給丁石富一個話，一走了之不再轉身，連丁石富家連遭大難都不肯來聲問候，丁石富又恨又怨，幾次給李希倫打電話，要麼關機，要麼不接，要麼按掉，恨得丁石富想逮住他問個明白。他知道李希倫是個純粹的小人，本不足以如此在意，但這種奇怪的想法一直困繞著他，而且越來越強烈，以致他簡直要為此抓狂。到了這天中午，丁石富終於憋不住了，叫來黎昕，「你給我把李希倫弄來，至於用什麼辦法我不管，我只要結果。要是你弄不來李希倫，你也不要回來了！」

黎昕二話不說，領命而去。王姨看著漸行漸遠的汽車，發出一聲幸災樂禍的冷笑。

哪知屋漏又遭連夜雨，船破偏遇頂頭風。黎昕走後二個鐘頭，丁石富接到交通警察打來的電話，告訴他黎昕出事了，要他前去處理，丁石富驚訝之餘，迅速從公司調來另一輛車趕過去。

在市人民醫院的病床上，丁石富見到了滿頭繃帶的黎昕。雖然黎昕傷得不輕，但神智仍然比較清醒。他看到丁石富站在床前，情緒有些激動，掙扎了一下想坐起來，但被醫生和丁石富按住了。「丁總，我……對不起你！」兩顆淚珠從黎昕眼裡滾落下來。

丁石富好言安慰幾句後，徵得醫生同意，要黎昕簡單說說此事始末。黎昕似乎驚魂未定，閉上眼睛想了好一陣子，才斷斷續續地開始敘述。

黎昕說，他奉命後，先用電話聯繫了李希倫，確認李希倫在家的資訊，立即驅車前往，然而剛到李希倫樓下，卻又電話告訴他已經在鄉下別墅，他知道李希倫在有意戲弄他，但也不便發作，只得先穩住李希倫，又開車趕往城外。車出三環，過一個十字路口時，一輛十輪大卡突闖紅燈飛馳過來，橫亙於他的車前，根本由不得他反應，車已迎頭撞了上去，他眼前一黑，頓時失去了知覺……

丁石富氣惱交加，卻不動聲色，只是淡然安慰道：「你安心養傷就好，一切有我！」又對醫生交代幾句，領著兩個隨從走了。

路上，丁石富將電話打給呂聰，「我要見到你，請約個地方，就是現在！」

二十分鐘後，丁石富在桂江邊的一家茶館見到了呂聰。一壺上好的西湖龍井沒喝上兩口，丁石富就迫不及待地說：「呂隊長，前些天我妻子和兒子連遭不測，今天我的司機也出事了，很明顯這是有計劃有預謀的，這裡面隱藏著一個巨大的陰謀，而這個陰謀的核心就是毀滅我和我的全家。」

呂聰悠然呷著茶，不置可否，好一陣後才溫吞水似地說：「一切還在調查取證當中，我不敢妄言胡說。」

丁石富聽呂聰說話如此超脫淡然，有些氣血沖腦，轉而一想又覺無奈，其實他這是咎由自取，把人家好心當驢肝肺，還黑著臉下逐客令，如今現世現報，活該。「唉，證據我一樣沒有，只是瞎猜罷了，不過感覺還是有的，我敢肯定，正如你說的，事情還沒有結束，遠遠沒有。」

呂聰卻欲擒故縱，仍然不鹹不淡地說：「我對丁總你的不幸遭遇深表同情，不過感情不能代替證據，想法也不能取代事實，但請你相信我一定會盡力而為。」

「我相信，我什麼都相信，我願意等待，只是不知道老天還給不給我時間。」丁石富神情沮喪，語含悲戚，「一方面我懇請警方加快辦事效率，及早給我們一個圓滿的答覆。另一方面，我提個小小的請求，警方能否對我個人的生命安全實行全面保護？」

「丁總多慮了，沒有什麼跡象顯示你的生命正受到威脅，所以我看不出有這樣做的必要。」呂聰乾脆俐落地拒絕了他的要求，還暗含譏諷地說，「為人不做虧心事，半夜敲門心不驚，丁總大人大量，見多識廣，還怕幾個小毛賊不成？」

話不投機半句多，丁石富想且不說自己是堂堂桂州巨富，光彩照人的社會頭銜一大堆，光憑自己為解決桂州就業問題和增加桂州地方財稅所做出的貢獻，市長都要敬他三分，把他奉為座上賓，哪曾想到今日卻被一個不起眼的小警察戲耍，丁石富本想發作，但接二連三的打擊讓他心力交瘁，銳氣倍減，有種虎落平陽遭犬欺的悲哀。他搖搖頭，歎口氣說：「也罷，也罷，兔死狐悲，樹倒猢猻散，我丁石富落到今天這步田地，只有認命了。妻子剛死，兒子又送了命，今天已經拿我的司機開刀了，大概很快就輪到我了，妻離子散，家破人亡，有錢何用，家財萬貫何用，我現在想要的只有安全，那麼誰來保證我和我家人的安全？誰？是你嗎？是嗎？」

「又是又不是，我不是哲學家，不想就此展開辯論，但我會盡責。」呂聰掏出手機看了看時間，起身向丁石富伸出了手，「對不起，我還有點事，再會。」

丁石富只是擺擺手，並不配合，「你忙去吧，我心煩，再坐幾分鐘就走。」他知道呂聰是在報復他上次的無禮，但挑明了說是不必要的，畢竟不是時候。

看著呂聰離去的背影，丁石富幾乎絕望，幾杯茶下肚，愁意更甚。他還是決定找到李希倫，他要親自做這事，他要討個明白。

丁石富當即在茶館打電話叫來公司保安隊長劉耀武，當面吩咐道：「你立刻安排人去把李希倫找來，三天後要是你不能把人帶到我面前的話，你自己走人！我不養廢物。」

「找人不難，難的是他不肯來怎麼辦。你給個話，我照辦，不怕他不來。」劉耀武一身腱子肉，孔武有力，眼露凶光，天生一個打手。

「一句話，我只要結果，過程我不管。別在這廢話，快去找吧！」丁石富滿臉鐵青，揮手叱責道。

劉耀武知趣地走了，臉上還帶著卑謙。對於劉耀武，丁石富是知根知底的。此人頭腦簡單，會些拳腿，心狠手辣，但對丁石富忠心耿耿，完成任務不折不扣，找個李希倫出來還是有辦法的。

果然不出所料，第二天下午，劉耀武打來電話說，李希倫已找到，並被控制在其別墅裡，問是不是帶到丁石富府上去。丁石富罵劉耀武腦子壞掉了，要劉耀繼續穩住李希倫，他隨後趕到。

丁石富趕回家裡，拿上金笛，驅車到了李希倫的鄉村別墅。所謂別墅，其實只是李希倫買下的一處破敗不堪的農村小院落而已，丁石富到時，李希倫正靜坐在堂屋，面前擺著一副圍棋，一邊喝茶一邊打譜，悠然如閑雲野鶴，而對丁石富的不期而至了無半點驚訝，只是略瞟一眼，淡然道：「哦，來了，坐，喝茶。」倒是惜言如金，跟以前的滿腔熱情已是冷火兩重天。

丁石富坐到李希倫對面，給自己斟了一杯茶，呷了一口，「李兄，切磋一盤，如何？」

「然也。」數日不見，李希倫神經兮兮的作派讓丁石富心裡起膩犯傻，但他百事忍為先，以靜對靜，見機行事，便藉下棋與李希倫周旋起來。

一局下完，丁石富以四子告負，意猶未盡，求李希倫再戰一盤，李希倫看天色已是昏暗，抱拳致歉，「丁總是大忙人，日理萬機，今日竟得閒與老漢玩棋，怕是無事不登三寶殿，醉翁之意不在酒。說吧，什麼事，老漢一定盡力而為。」

「沒事，就是想你了，過來看看你，聊幾句。」丁石富低頭喝了一口茶，試圖掩飾尷尬。

「丁總要看的人多的是，哪裡輪到我一個文物級的老朽。」李希倫眨眨眼，笑道，「其實我知道你來的目的，你不就是想問問我怎麼如此忘恩負義、躲起來不見你了嗎？實話實說吧，我確實有些害怕了，我不想給你添麻煩，也不想惹是生非，所以這一陣子避開了，但心裡是時時念著你的。當然，我也知道這不過是一堆廢話而已。」

「你多慮了，我丁某人還沒有那麼小氣，此事不談。」丁石富從包拿出小匣子打開，推到李希倫面前，「你再給看看，我知道你一定還有話可說。」

李希倫撇了一眼金笛，臉上掠過一絲不易察覺的驚慌，他又將小匣子推還過去，謙虛到了使人生疑的地步。「無話，無話，一支好笛，價值連城。」

「不，不是這個意思，我認為你忘記了給我講一個故事，就是有關這支金笛的故事，你一定知道這個故事的始末，但不肯告訴我。為什麼隱瞞？為什麼？」丁石富終於動了感情，聲音也高了八度。

李希倫卻話鋒一轉，口氣軟中帶硬，「丁總是大人物，知理明禮，斷然不會為難我李某哦。知之為知之，不知為不知，你不會叫我無中生有吧。」

丁石富失望之極，他完全沒有想到李希倫會變得如此冥頑不化，而且對他的態度由百般尊崇改變為極端蔑視，言語中極盡譏諷怨恨之意。丁石富知道事情的根源就是眼前這支笛子，他再次把金笛推過去，「送給你了，不就是一支笛子嗎，喜歡就好。」

李希倫被嚇了一跳，慌忙起身擺手道：「君子愛財，取之有道，我怎麼能奪人之愛呢。」

丁石富終於被激怒了，他也起身手指李希倫鼻尖罵道：「你他媽以為自己是聖人啊，狗屁！你整個一個知識份子的敗類，不僅愛財還貪財，你從我那裡騙的錢還少嗎，我告訴你，那些錢幾乎都是不義之財，上面沾滿了鮮血，你不是照單全收嗎。俗話說，不是不報，時候未到，你還是當心點好，說不定有人要你的小命！」

說完，丁石富收起小匣子，頭也不回地走了，幾個隨從跟著離去，劉耀武走出門口時，回頭狠狠剮了李希倫一眼。

回去的路上，丁石富從後視鏡看到一輛黑色奧迪緊隨其後，他淡然一笑，不再理會。笑而不答心自閑，觀山不用到峰尖。丁石富明白，尾隨跟蹤早就開始了，只有兩個人會這樣幹，一是呂聰，一是那個神秘的殺手。他相信那個殺手的存在，他甚至能夠覺察到那個殺手從暗中發出的死亡之光。

這天晚上，丁石富聽到了笛聲。笛聲低沉悲愴，意味深長，給丁石富一種不詳的預感。果然不出所料，第二天就應驗了丁石富對李希倫說的最後一句話，李希倫死在了他的鄉村別墅裡。丁石富從電視新聞得到了這個消息，他意識到可能已被人栽贓，惹上了麻煩。

第二天上午，丁石富就接到電話，約他去警局詢問，丁石富推脫不了，只得硬著頭皮前去，詢問者正是他意料之中的人——呂聰。

坐在詢問室裡，丁石富有種既生瑜何生亮的奇異感覺，至於是圈套還是偶然他不願去細想，唯一遺憾是由被害人變為嫌疑人的速度太快了些。

呂聰簡單打個招呼便直奔主題，「據說你和李希倫是好朋友，能說說嗎？」

「這是正式訊問嗎？」

「是的，你看，旁邊有訊問記錄員，上面有全程監控錄影，這意味著你說的每一句都將作為呈堂證供，具有法律依據，你可要想好了再說。」

「我可以拒絕回答嗎？」

「當然可以，這是你的權利。」

「在拒絕回答之前，我只想說明一點，我昨天去李希倫的鄉村別墅看望了他，但沒有殺他。其他我就不說了，你就看著辦吧。」

「既然如此，談話結束。」呂聰快人快語，收拾東西起身，並一直把丁石富送出大門外，「說一句不算正式訊問的題外話，丁總啊，好自為之吧。」

「彼此，彼此。」丁石富面帶微笑，眼含玄機，「我也有一句話，讓你我共勉：三十年河東，三十年河西，鹿死誰手等著瞧！」

回去的路上，丁石富從後視鏡裡又看到了那輛幽靈般的黑色轎車。

六、完美結局

十多天後，黎昕康復出院，身體所有器官完好無缺，唯有臉上留下一道淺淺的傷痕。丁石富對黎昕回家顯得很高興，推掉了晚上的一個應酬，還破例和黎昕喝了一杯紅酒，把王姨看得心煩意亂，等丁石富走後，她把所有的憤怒都發向黎昕。其間碎了五個碗和三個杯子，把黎昕嚇得臉色煞白，待在一邊不知所措，丁明智則把一塊奶油扔到黎昕的破臉上，氣嘟嘟地走了。

為了不打擾待在藏品室的丁石富，反應過來的黎昕特意關上了餐廳的門，一邊喝茶一邊聽罵。王姨失去了觀眾，罵著罵著忽然索然無味，扔下黎昕走了。黎昕出院第一天就受到這般辱罵，感慨萬千，搖著頭回睡覺了。

這天晚上，丁石富照例待在藏品室裡，一邊品茶一邊品笛，心稍寧定。上午市長單獨召見他，一方面對他安撫慰藉，另一方面要他進一步提高煤礦產量，為完成全市財稅起到中流砥柱作用，有何困難儘管提出，市裡會盡一切辦法解決。這是市裡對他的他和公司的肯定，在這個最艱難的時刻，他最需要的就是上頭強有力的支持，只有這樣他才有生存和發展下去的信心。而黎昕的康復出院也給了他一絲欣慰，因此這晚他睡得特別踏實，悠揚的笛聲則讓他的夢也變得有些彩色。

然而，丁石富的好心情很快便消失殆盡。第二天一大早，天剛麻亮，丁石富就被急促的拍門聲吵醒，他起床開門一看，門口站著焦急萬分的黎昕。黎昕說，剛才他照例起來晨練，發現大門已開，以為來了竊賊，急忙四處查看，並沒有覺察異常，也沒有丟失東西的跡象，但他看到王姨的住房門開著，感到奇怪，站在門口叫了兩聲，未見應答，這才趕緊過來報告。丁石富聽了，心裡咯噔一下，一種不祥的預感隨即而來，胡亂穿上衣服就與黎昕四處查看，找遍了屋內不見人，又去屋外找。先是前院草坪樹林，再去後院花園，都活不見人死不見屍，而前後二道鐵柵門都是緊鎖牢實，也無翻牆攀爬痕跡，難道人被外星劫走不成。二人走到別墅後面的死角處，丁石富忽然注意到雜物間的門虛掩著，這使他覺得很奇怪，因為平時很少有人出入，雜物間的門都是用一把大鐵鎖住的，誰會無事打開進去呢。丁石富搶先推門進去，只見王姨仰靠在一張廢棄的高背皮椅上，眼光微露，神態安詳，似睡似醒，嘴角還流露出一絲平和的微笑，丁石富一看，暗叫一聲「不好」，走到跟前，伸出二根手指觸到王姨手背，果然冰涼，顯然已死亡多時。丁石富不發一語，轉身便走，一直走進客廳坐下，望著天花板愣了好幾分鐘才說：「給呂聰打電話吧。」

呂聰一行很快趕到，仔細斟查了現場，並對丁石富和黎昕進行了訊問筆錄，中午後才算基本結束。臨走前，呂聰這回對丁石富尤為關心，「丁總，我對此深表同情，我並不想表白自己，但我說的是真話。我提個小小的建議，妥善安頓好你的小兒子，換個地方休息幾天，調整一下，畢竟身體要緊。」

丁石富對呂聰的敵意很深，對其所言自然不予買賬，「謝謝你的好意，我自有打算，不用你操心，做好你自己的事比什麼都好！」

聽了丁石富的嗆白，呂聰氣得五官都挪了位，轉身上車，呼嘯而去。

王姨的死似乎成了壓垮丁石富精神的最後一根稻草，他再次病倒了，躺在床上幾天滴水未進，黎昕請來丁石富的堂姐操持家務，還臨時聘來一名護士照料丁石富的生活起居。

來看丁石富的各色人等川流不息，市長聞訊也趕來探望，語重心長地安慰和鼓勵丁石富，對其不幸遭遇深表同情，對其所做出的貢獻給予肯定，相信他一定能戰勝困難，重新振作起來，因為桂州需要他，桂州人民需要他。臨走前，市長半是囑咐半是命令地握住丁石富的手說，找個地方療養一陣，重整旗鼓，繼續戰鬥。

也許是市長的這番話對丁石富起到了定心丸作用，幾個鐘頭後他竟奇蹟般起了床，吃了一些東西，簡單洗涮後，拿起電話打給了小兒子明智，電話是通的，但無人接聽，反覆幾次都是如此，急得丁石富差點砸了手機。黎昕見狀，急忙扶著丁石富上了車，直奔丁明智所在的東方貴族寄宿學校。

在富麗堂皇的會客室裡，丁石富見到了活蹦亂跳的小兒子明智，心裡稍顯安慰，一塊石頭落了地。這是他僅存的血脈了，也是他活著的唯一希望，誰敢動這孩子一根毫毛他都不答應。丁石富緊緊摟住兒子，百感交集，差點失去理智，好容易才控制住自己的舌頭。但丁明智一點也不明白父親的用意，只關心父親帶來的食物，一邊吃著一邊點頭應付，似懂非懂，漫不經心。

回去的路上，丁石富忽然對黎昕說：「回家收拾一下，下午去青城山，住幾天。」

說完，也不等黎昕回答，掏出手機打了幾個電話，很快將公司事務一一安排妥當。結束通話，丁石富長長歎了一口氣，「唉，該輪到我了。」

二個鐘頭後，黎昕開著那輛越野車出了城，賓士在通往青城山的公路上。青城山距桂州約一百五十公里，那裡群山環抱，景色宜人，是個修身養性的好地方，堪稱世外桃源，很受丁石富的歡喜，每年至少去二三次。為了方便休閒，丁石富還在裡面最好的「山外山」賓館常年包了一個套間，保證隨時去都有地方住。

車到青城山已是下午五點，丁石富進了包房便不再出來，連晚餐也是黎昕叫服務員送到門口，由丁石富自己出來拿的。

晚上十點多鐘，一個人待在隔壁房間看電視的黎昕正準備洗澡睡覺，丁石富卻打來電話，叫去他房間一趟，黎昕迅速穿好衣服趕過去，見屋子裡煙霧瀰漫，丁石富緊抱雙臂，眉頭擰起，神情十分焦躁不安，碩大的身影如幽靈一般晃來晃去，似乎陷入一種莫名的幻覺中，連黎昕進屋連叫幾聲後才回轉神來，「黎昕，你聽到什麼聲音沒有？」

「沒有啊，我在看電視，聲音開得大，外面的聲音一點聽不到。」黎昕搖著頭問道，「丁總您聽到了什麼聲音？」

「笛聲，就是家裡那支笛子的聲音，也只有那支笛子才能發出的聲音，可是笛子放在保險櫃裡，並未帶來啊。」丁石富拍著腦門，不停地歎氣。

「丁總怕是思念笛子了，您可是每天都要看望她的哦。」黎昕笑道。

丁石富沖黎昕擺擺手，「算了，不說了，你去吧。」

一夜無話。第二天早上五點多鐘，黎昕就被手機鈴聲吵醒，「黎昕，你馬上過來！」

門開著，丁石富呆靠在前廳沙發上，臉沖天花板，雙眼翻白，神情沮喪，見了黎昕，開口就說：「去，給我拿瓶白酒來，要高度的牛欄山二鍋頭，快！」

黎昕一頭霧水，不知所措，「拿白酒？可您不喝酒啊！」丁石富確實不喝白酒，應酬時只是點到為止，大家都知道他的習慣，很少有人逼他喝酒，而現在突然張口要酒，顯然不同尋常。

見黎昕站著不動，丁石富一聲大吼：「別站在這裡，要麼拿酒，要麼滾蛋！」

黎昕一溜煙跑了出去，五分鐘後果然拿回一瓶酒，丁石富伸手一把奪過，擰開瓶蓋，仰起脖子一口氣倒進喉嚨，抹了抹嘴，長出一口氣，「笛聲鬧了我一夜，這回可以睡個好覺了。」

話音剛落，丁石富起身飛速跑進臥室，倒在床上睡死過去，看得黎昕一頭霧水，只有關上門離去。

但剛過了二個鐘頭，正在賓館附近散步的黎昕又接到丁石富的電話，說要馬上去龍泉洞探險，也不等黎昕說話便關了手機。

黎昕換好登山鞋下來時，丁石富已經在大廳等他了。丁石富肩挎一台高檔長焦相機，手持一根用作探路的金屬棍，一身休閒裝，頭髮梳得錚亮，雙目炯炯有神，精神飽滿，與幾個鐘頭前判若兩人。

去龍泉洞的路一直往山上去，崎嶇難行，但丁石富遊興很高，悲情全無，一路上與黎昕說說笑笑，一點不知疲倦。丁石富說，前幾次來青城山，因為時間匆忙，來不及進洞探險，這次一定不能錯過了。然後，丁石富停住腳步，沉思片刻，自言自語道，這次錯過就永遠錯過了，人終究是要有個歸宿的。黎昕聽得半明不白，只得唯諾應著，不敢多話。

走到半路的鑒山寺，恰好正午，鐘鼓齊鳴，頌聲如潮，丁石富猛然一怔，停住側耳細聽，瞬間淚水奪眶而出，淌了滿臉，腳步不由自主地登階走向寺裡，黎昕跟在後面，剛走幾步就被丁石富阻止了，「你就免了，我去進柱香，馬上就來。」

黎昕坐在路邊槐樹下歇著，第二支煙未抽完，丁石富就從寺裡出來了，手裡拿著一個封了口的牛皮信封。丁石富把信封遞給黎昕，「拿著，別擅自打開。」

「這是什麼？」

「我不需要你的好奇心，該知道的時候會讓你知道！」丁石富繼續走在前面，健步如飛，所有坎坷一躍而過。

龍泉洞距青城山賓館約四公里，是一處尚待開發的溶洞。洞中有洞，洞洞相連，曲折幽深，神秘莫測，有一灣泉水從洞底流過，終年不涸，傳說有巨龍出沒，因此得名。中外不少專業探險組織和個人都來進行過考察，雖未完全探明，但都認為此洞極具科研和旅遊開發價值，甚至還傳出其中一洞長滿笛子一般的鐘乳石，輕敲任何一根都會發出天籟般的悅耳笛聲，並且繞洞三日，經久不息。

但傳說終歸是傳說，丁石富多次起意前往，就是想親自證實這個傳說的真偽，即使冒些風險也是值得的。丁石富太愛笛子了，孩童時他騎在牛背上吹著笛子去放牧，中學時他吹奏的笛子曲多次獲獎，成年後雖然吹笛子少了，但聽的多了，癡迷到了瘋狂的程度，凡聽到何處有好笛子就會不惜一切代價購入，收到自己名下。不僅如此，丁石富的第二任夫人也是笛子演奏家，同時還與多名民間女藝人有染。熱愛就是熱愛，熱愛是不需要理由的。

龍泉洞口在一片連綿山體的半山腰，有簡易臺階連接山下。丁石富和黎昕二人到達洞口時，太陽正懸於頭頂，丁石富回身佇立，看著藍天如洗，關山蒼茫，無限眷戀地歎了一口氣，毅然決然地往洞裡走去。黎昕緊跟在後，拿出兩支強光高能手電筒，各執一支，邊探邊走。洞口很大，洞廳也很大，透光性很好，二三十米內都能看清楚。然而，按黎昕帶來的洞內路線圖左轉入一個支洞後，外部光線完全消失，只能靠手電光探路，而且路面變得又窄又陡。出於安全考慮，黎昕趕緊走在前面帶路，把丁石富讓在身後。

一路上，他們走得很慢，忽左忽右，忽上忽下，高高低低，崎嶇難行。走著走著，黎昕不時掏出路線圖辨別方向。時間過得很慢，路卻很漫長，轉得丁石富完全失去了方向感。走了將近二個鐘頭，丁石富終於聽到黎昕說：「前面就到笛子廳了。」

說是「就到」，其實並非如此，到達的過程異常艱難。二人先是半蹲半爬過了一段十分狹窄的甬道，到了一個懸空的洞口。丁石富手電筒照處，發現洞口距地面至少有十多米，而頂部及四周鐘乳石林立，長長短短，像什麼的都有，像笛子模樣的倒也不少。正想著怎麼下去時，黎昕已經捷足先登，順著懸梯下去了。黎昕站在光滑如鏡面的巨大石板上，一手扶懸梯，一手召喚丁石富下去。丁石富不假思索，顫抖中下到了地面，身臨其境才發現這真是一個奇妙所在，這簡直就是一個天然的音樂廳，二人站的地方就是一個半圓形舞臺，下面一塊塊半人高坨石林立於舞臺之下，宛如無數觀眾的腦袋。更為奇妙的是，舞臺正中頭頂垂下一根巨大的圓形鐘乳石，通體淡黃，閃著金光，其中還有幾個排列如笛孔的小洞，旁邊類似笛子的鐘乳石不計其數。「這就是笛子廳，這就是笛子王，敲哪一根都會發出動聽的笛聲。丁總您先看著，我上去找根能敲的東西下來。」

電光照處，一片璀璨，萬丈光芒下，丁石富被眩得暈頭轉向，完全沉浸在無比巨大的幻覺裡，對黎昕的離開毫不在意。

忽然，天遂人願，丁石富聽到了夢寐以求的笛聲。笛聲，就是笛聲，由慢而快，快更快，忽沉忽昂，忽弱忽強，似漸而消失，又突起翻騰，如石破天驚，戛然而止；接著又回復正統的持續，不快不慢，不急不緩，繼而高潮漸起，加快升強，越來越快，越來越高，高到如雷如鼓如女子的尖叫，震得丁石富耳膜一陣劇痛，他剛要用手捂住耳朵，笛聲再次驟然停住。

「哈哈哈，丁石富，你也有今天！」丁石富抬頭一看，黎昕正雙腿懸著坐在洞口上，滿臉嘲笑。剛才下來的懸梯也不見了。

「你要幹什麼？趕快讓我上去！混蛋！」丁石富心頭一緊，臉色鐵青，大聲斥責黎昕。

黎昕手裡晃著丁石富的那支笛子，「收起你那套大老闆派頭吧，我為你演奏那麼久，也不說聲謝謝，真是有錢沒教養！」

丁石富見到笛子大驚，「我的笛子怎的到了你手裡？」

「你的笛子？你花過一分錢嗎？真不要臉！這笛子本來就不是你的，現在不過是重新回到我們手中罷了。」黎昕的手電筒光打在笛子上，熠熠生輝，光芒萬丈，「這是八十七個煤礦兄弟鮮血凝聚成的復仇笛子，她要吹響你的喪鐘！你的末日到了！我們要用你的命祭掃所有死難的兄弟！」

丁石富大驚失色，手電筒強光下他的臉白得像一張紙，但他仍然竭力保持鎮靜，「你是誰？你們是誰？為什麼要我的命？即使你們要我的命也要讓我死個明白啊！」

「當然，你的這個要求我會滿足，不然的話也不會讓你活這麼久。」說話間二人的手電筒幾乎同時暗淡下去，隨即熄滅，所有的一切陷入黑暗中，黎昕的話如同一群黑蝙蝠在丁石富耳邊飛舞。

「好多年以前，有錢又風流的你在歌廳認識了一位年輕貌美的女歌手。她甜美的歌聲，尤其是吹得出神入化的笛聲打動了你。然後，一切順理成章發展下去，你捧紅了女歌手，女歌手成了你的情人。偷情的結果多為悲劇，這次也不例外，為了維護你的名譽、家庭和事業，你吃掉了果子卻砍掉了樹。正是這樣，你周密策劃，悄悄除掉了仍然對你癡心不改的情人，幫兇正是你的第二任妻子易蓉。」

「即使你說的是真的，可是有證據嗎？」

「當然，我有一段錄音，你可以聽聽。」黎昕話音剛落，果然響起了一男一女的對話。從對話內容和口氣聽上去，雙方火氣都很大，互相爭吵不休，在女子威脅報警後，隨即一聲巨響，女子發出幾聲慘叫，再無音訊。

「前面還有不少錄音，可惜沒時間放給你聽了。不過，為了證實我的話是真的，我明確跟你說，你殺的情人名叫林若蘭。」

「你到底怎麼知道的？」

「因為我叫林若泉，是林若蘭的親弟弟。黎昕不過是一個假名，始於五年前，目的就是打入你的身邊，掌握你的一舉一動，這是整個計畫成敗的關鍵。事實證明，雖然過程歷盡艱險，但終於等到了今天。」

「這麼說，製造車禍受傷也是你們的苦肉計？」

「是的，當時你已經對我有所懷疑，正是這次車禍才打消了你的疑慮。」

「啊，原來如此。」黑暗中丁石富恍然大悟，「我承認，是我的貪婪和自私才造成多起慘劇，死了很多礦工兄弟，還欺上瞞下隱匿事實，使他們的家庭陷入無盡的悲痛之中。不過，一人做事一人當，我願意承擔責任，接受懲罰，但你們不應該禍及我的家人。」

「我記得《紅樓夢》裡有句話，說只有賈府門前的那對獅子是乾淨的，你的家人也只有未成年的丁明智是乾淨的。易蓉是個陰險歹毒的女人，她參與謀殺了你的第一個夫人和你的情人。丁明傑吸毒成癮，風流成性，曾因毒癮發作失控將一個女子當場砍死，並碎屍滅跡。王姨身為家傭卻野心不小，易蓉死後以女主人自居，覺察我們的計畫後以索要金錢為由相要脅，成了我們的障礙。他們被除掉了，正義的光芒照亮了法律的死角。」

「那支笛子以及笛聲也是你們計畫的一部分吧？」

「是的，用溫柔的辦法折磨你，讓你生不如死，才解我們的心頭之恨。笛子是受害者家屬籌款請人打造的，銅質金面，輕易就把你糊弄過去了，很有諷刺味道吧。哈哈！」

「哈哈！說得好！」丁石富也大笑起來，「其實我早就知道你們的這個計畫，也知道你就是這個計畫的執行者，但我並不打算戳破，我清楚天命不可違，不是不報，時候未到，時候一到，一了百了。現在這個時候到了，我也心安了。你可能不相信，打開剛才我給你的信封就清楚了。」

黎昕打開手電筒，從信封裡抽出一張紙，一看正是與笛子一起的那首詩，詩中每行都有一個字畫了紅圈，連起來即「丁石富就是殺人犯」。「啊，我明白了，李希倫識破了你的秘密，他的死也就在所難免了。」

丁石富沈默片刻，歎了一口氣，「說什麼都是多餘的了，唉。看這陣勢，這裡顯然是一條間歇性的地方暗河，我明白了，你們是借用煤礦滲水造成災難的辦法懲罰我，好極了！河水幾時到？」

「馬上到。」話音剛落，平臺對面響起了奇怪的咕嚕聲，接著有水緩緩流出，水流由小而大，由慢而快，只一會兒便浸到了丁石富的膝蓋。電光下，丁石富面色蒼白，兩眼微閉，雙手合十，喃喃自語，平靜地等著最後一刻的到來。「順便告訴你，所謂的文子隱，是我姐弟倆的父親。而那天帶我們上山的蕙蕙，她是你的女兒。」這是丁石富最後聽到的聲音。

漸急漸大的水湧流聲中，笛聲忽然響起，優雅如詩，悲傷欲絕，水聲和笛聲相互碰撞、交彙、融合，水聲中有笛聲，笛聲中有水聲，其中還能隱約聽到丁石富的大聲祈禱。突然，交響樂瞬間消失，洞裡發出一聲驚天動地的巨響，轟鳴聲吞噬了一切，捲走了丁石富和黎昕扔下的笛子……

一個小時後，黎昕走出了洞口，他用衣袖遮住強光，閉目片刻，終於適應，手臂拿開時，已是淚水滿面，泣不成聲。黎昕抬頭望了一眼高天流雲，對正從山下往上走的呂聰一干人大聲說道：「我下去了！」說完縱身一跳，憑空墜落，摔死在石崖上。

手下人不解，問呂聰：「我們本有機會及早生擒二人，完美結案，怎麼一拖再拖，造成今天這個結局呢？」

呂聰將一張白紙蒙在黎昕臉上，神情詭異地笑道：

「其實這是最好的結局，達到一箭雙雕的效果。」

「怎麼說？」

「道理卻也簡單，丁石富死是罪有應得，黎昕死則是對他身後那些人的最好掩護，因為我們不希望悲劇繼續發生，讓這一切就此結束吧。」呂聰點了一支煙，吩咐手下人收拾殘局，自己下山去了。

夕陽西去，寺鍾復鳴，鳥倦返林，大自然歸於平靜，只有彎彎曲曲的山路上一個孤獨的背影愈行愈遠。

毒殺全村

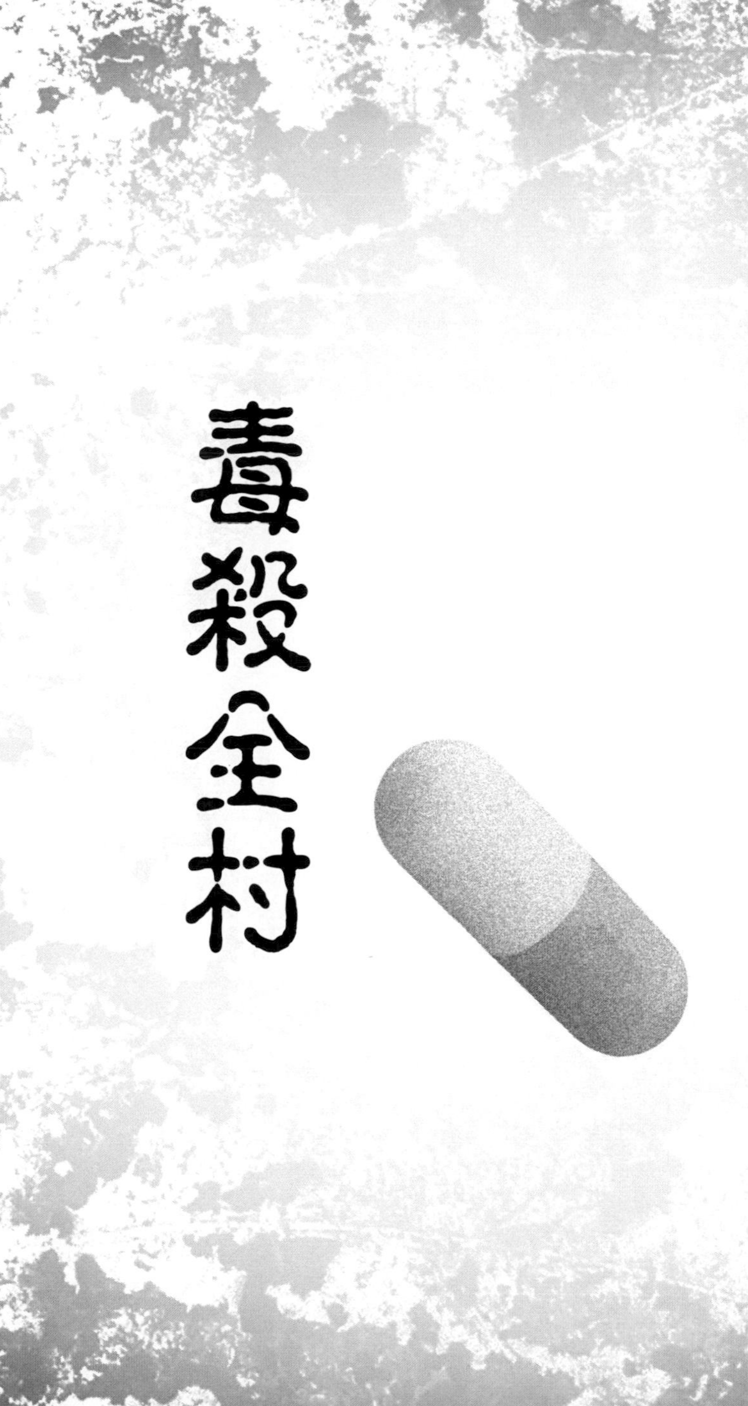

引子

〔本報訊〕近年來，我市青陽縣小灣鄉著名的戶外旅遊熱點陳村連續出現離奇死亡事件，已造成數十人死亡，遠高於正常死亡率。隨著不明原因的死亡陰影長期籠罩村裡，已有村民開始逃往山外居住。去年以來，省市縣衛生部門均先後收到陳村村委會《疫情緊急報告》。報告稱，原因不明的疾病正悄悄向村民襲來，部分村民莫名其妙死亡，死神嚴重威脅著全體村民的生命及正常的生產生活，特向有關部門緊急報告，請各級領導給予高度重視。今年一月，根據領導指示，由省疾病預防控制中心牽頭，省市縣鄉有關部門共二十多人組成聯合調查組進駐陳村開展死因調查。調查持續一週，期間對村民高血壓、糖尿病等慢性病發病情況，以及大料、穀子、雞蛋、飲用水等進行了監測，並探測了周邊環境如石場石料的放射性強度。據專家們對近三年來數十名死者的臨床表現與既往病史進行死因推斷分析，初步確定這些死因不是傳染性疾病，沒有共同的食物史，也沒有共同的臨床表現，可以判斷沒有共同致死原因（如自然疫源性疾病、食物中毒或其他傳染病等）。雖然有些村民的臨床表現有中毒死亡跡象，但由於本次調查只是回顧性調查，供述者都只是間接轉述，很少有親睹的，死亡時又沒有醫務人員在場，因而對死亡原因的推斷與事實可能會存在一定偏移。因此，專家告誡廣大群眾，要相信科學，不要以訛傳訛，引起不必要的恐慌，影響安定團結局面。專家還通過媒體呼籲，陳村老百姓可以安居樂業，戶外旅遊者放心前往休閒旅遊。

〔又訊〕陳村旅遊公路建設已進入規劃論證階段，近日市有關部門將進行實地考察，形成具體施方案後報省主管部門批准，力爭年內開工，明年底全面竣工。

一、

死的人越來越多，死法也越來越怪。有的人十分鐘前還在村頭聊天，回家路上就斷了氣。有的人半個鐘頭前還在地裡勞動，突然就口吐白沫了。有的人到屋外蹲茅坑，回來感到身體不舒服，在床上躺了一會就死了。真是邪了門了！

上午十點多鐘，羅積背著行李進了小灣鄉政府院子，院子很安靜，只聽見遠處隱約傳來幾隻鳥的叫聲。正躊躇時，秘書小張出來了。小張熱情地把他迎進辦公室，給他倒了一杯水，望著他的眼光卻有些遲疑，「羅科長，你真要去駐點陳村？」

「當然，這次市交通局領導派我來，目的很明確，就是要搞好先期調研，為下一步修通陳村公路做準備。」羅積喝了一口水，表情輕鬆地笑了，「有什麼問題嗎？」

「沒有沒有，不過隨便問問而已。」小張慌忙擺手，但話裡仍然有話，「陳村那地方……是很有些故事的咧。」

「什麼故事？」羅積摸出一塊紙巾擦了擦光腦門上的汗珠，心不在焉地問道。

「你不知道？我還以為你知道呢。不知道就算了，就當我什麼都沒說。」小張臉子閃過一縷陰霾，勉強擠出一點笑，比哭還難看。

「你是說村裡那些死人的事件嗎？聯合調查組不是有結論了嗎？我記得報紙上也報導過這事，說村民死因的源頭是『勞累過度、缺醫少藥』，對不對？」羅積喝了一口水，漫不經心地說著。

「話是這樣說。嘿嘿。」小張乾笑兩聲，欲言又止，停了一下，他話鋒一轉，「不過，陳村的村委會主任陳世榮是個能幹人，要不是他，整個陳村人怕是要走光成空殼村了。」

「成空殼村？喔，這麼嚴重，我也有所耳聞啊，所以要儘快修通公路，發展經濟才是正事。」羅積給了小張一支煙，自己也點了一支，「陳世榮主任我聽說了，修公路他是一號積極分子。」

小張一扭頭，樂了，「哈哈，白天莫說人，晚上莫講鬼，果然有道理。這不，說曹操，曹操到。」

說話間，門口光線倏忽一暗，一個精壯漢子進了屋。漢子約莫四十出頭，闊臉高額，板寸頭，雙眼如炬，全身肌肉疙瘩連疙瘩，結實得像鐵秤砣，走路更是起風帶電，叮咚有聲。

來人正是陳世榮。

陳世榮緊緊握著羅積的雙手，眉宇間跳著歡喜，「盼星星，盼月亮，終於把你盼來了。走！回村去！」

不等羅積說話，陳世榮已經奔到牆角，一手提被子，一手提桶出了門。羅積見狀，趕緊跟小張道聲別，跟著出了門。

門外，放著陳世榮帶來的兩隻籮筐和一根扁擔。陳世榮把被子和銻桶分別塞進兩隻籮筐裡，扁擔穿了筐繩，一把上了肩，臉衝羅積一笑，「我們走吧？」

「我們走。」羅積掏出煙，上前幫陳世榮點了一支，揮了揮手笑道，「我們走，去陳村。」

他們身後的一扇窗戶裡邊，露出了一雙陰沈而疑惑的眼睛。

羅積隨陳世榮出了小灣鄉政府院子，穿過塵土飛揚的馬路，繞過一片竹林，便走上了進山的小路。羅積望著這條曲曲彎彎、忽隱忽現、越升越高、直達雲霄深處的小路，不禁暗暗倒吸一口涼氣。

陳世榮挑著一擔籮筐，健步如飛，羅積跟在後面氣喘吁吁，卻越攆越遠，陳世榮見了，只得走一陣停下來等一陣，走一陣又停下來等一陣。隨著山越來越高，坡越來越陡，路也越來越窄，後來只剩下陳村人自己走的羊腸小徑了。一口氣走了一個多鐘頭，終於走到山窪處稍微平坦的地方，陳世榮把籮筐放在路邊的大桉樹下，叫羅積一起坐在石板上休息。

借著抽煙歇腳的空隙，陳世榮一改一路上沈默寡言的樣子，竟然打開了話匣子。陳世榮說，陳村在南溪江中下游的深山中，據傳是明末清初從江浙一帶逃難過來，也有好幾百年了。全村大部分人姓陳，或多或少都有些親戚關係。陳村建在山沖上，依山傍水，風景如畫，不通公路。房子全部用本地青色原木建成，結實耐用，古色古香，不少城裡人說我們這裡像世外桃源，都喜歡到我們這裡度假。

二人抽過煙，喝了些涼水，接著上路。這回陳世榮放慢了速度，陪著羅積慢悠悠地走了。羅積有些納悶，轉而便釋然了。哈哈，剛才是在考我的腿力啊。

羅積有些鬱悶地問：「這地方怎麼修公路啊，十個億都不止，何況哪來這麼多錢啊。」

陳世榮回頭望了一眼羅積，笑道：「當然不是從這裡修公路到陳村，我們走的是近道，平日主要是村裡人走的。遊客走的另一條路，他們先是跟你一樣，坐班車到小灣鄉政府門口，然後花一百塊錢包輛農用卡車去到半山腰的馬山背村——這條路很難走，路很窄，又彎又陡，路面用亂石塊堆成，坐在農用車裡，人被顛得腸子肚子都要挪位。不過，從馬山背村下車後，只要走一個多鐘頭，翻過兩座山頭就到陳村了。」

「你是說公路應該從那邊修？」

「是了，我做過報告的，縣裡也做過預算，總共需要一千七百多萬，省市縣鄉出資一千六百萬，還差一百多萬要我們村自籌。唉，就是把我們村的人當豬賣也湊不齊這筆錢呢。」說著，陳世榮愣了一下，站住了，再次回過頭來，臉上滿是詫異，「怎麼？你這個市交通局的領導不知道？」

「哈，我哪是什麼領導，一個小科長而已。何況我在法制科，也不管這方面的事情。」羅積一隻手掌在面前扇了扇，以示自我解嘲，「這不，領導派我下基層學習鍛煉來了。」

「哦——」陳世榮拖了一個長長的尾音，點點頭，若有所思，轉過身繼續走了。

一路無話，兩人悶頭走了二個多鐘頭，羅積發現自己和陳世榮站在了一座高山頂，陳世榮終於開了腔，他指著山下說：「陳村到了。」

羅積伸頭細看，只看到一片茫茫雲海，以及雲海下面深不可測的幽藍。他不禁打了個寒顫，「我怎麼看不到啊。」

陳世榮望著羅積，臉上恢復了二個多鐘頭前的那種笑，「陳村到了。」

說是到了，其實還遠，又往下走了一個多鐘頭，羅積才看到密林偶爾露出的木頭屋頂。

「陳村到了。」羅積說。

陳村漸近，站在一個草坡上，羅積看到了陳村的大致輪廓，不禁讚道：「好個世外桃源！」

從坡上看，陳村坐落在一片草灘上，一條晶亮的小河穿村而過，房屋多用原木搭建，樣式類似於瑤人的吊腳樓，屋連屋，巷接巷，錯落有致，整個村莊掩映在綠樹翠竹中。下午的陽光穿雲破霧，再透過濃密樹葉的隙縫，和著小河的波光水影，斑斑點點搖曳於屋宇巷道間，又兼有犬吠、雞鳴和孩童哭笑，把羅積看得有些恍惚，如夢似醉，禁不住又叫了一聲：「好一個世外桃源！」

走到村邊，陳世榮站住了，「羅科長，說實話，陳村條件差，旅遊觀光可以，長住就不行了。這樣好不好，委屈你一下，住到我家去怎麼樣？」

羅積點頭致謝，但拒絕了陳世榮的建議，「我是來工作的，來幫助老百姓發家致富的，我不能給你們添麻煩，更不能給你們增加負擔，這一點是臨行前市局領導對我再三強調的。這樣吧，按老規矩辦，我仍舊住到村委會去。」

「只是……」陳世榮遲疑了一下接著說，「前幾個月村西頭出了一次火災，燒掉了二十幾間屋子，村委會雖然沒被燒到，但離火場太近，也被火熏得不像樣子了。再說，村西頭已經沒有人住，很荒涼的。」

「沒關係的，將就就好，我做過知青，吃過苦。荒涼怕什麼，難道這世上還有鬼不成！我們是無神論者，不吃這一套。」羅積果斷一揮手，「走，帶我去村委會。」

「那也好，羅科長你先住著，要是不方便就搬到我家去。我家開了個家庭小旅店，有幾間簡陋的客房，你住一間得了，反正平日也沒有幾個遊客。」說著，陳世榮領了羅積往村西頭走去。

站在村委會門口的坪子上，羅積沈默無語。他看到從南往西一溜二十幾座木樓被燒成了一片廢墟，殘垣斷木，焦土遍地，滿目瘡夷。但一牆之隔的村委會樓卻只是燒掉半扇大門和一個窗戶，整體完好無損。羅積看得出，這村委會辦公樓與其他房屋不同，是磚瓦結構，所以有效阻止了火勢。羅積搖搖頭，歎口氣說：「報警了嗎？」

「當時就派人報了警，鄰村人看到火光，也挑著水桶來救火，但趕到這裡，二十幾間房屋已經燒光了。」陳世榮放下擔子，接過羅積遞來的煙點了，狠狠吸了一口，也搖搖頭，歎口氣，「村裡剩下的基本上是些老弱病殘，青壯年大部分都出外打工去了，要不也不至於燒成這樣。」

「警方來調查了嗎？」

「第二天來了，警方調查後否認了人為縱火因素，認為是電線老化導致房屋失火。」陳世榮乾咳兩聲，好像在控制自己的情緒，「全村大部分人不相信，我也不相信。」

「你認為是人為縱火？有什麼依據嗎？」

「我什麼都不認為，我只是不相信罷了。」陳世榮愣了一下，忽地扔掉煙頭，挑起擔子說，「走，進去再說。」

進去一看，裡面倒挺乾淨的，顯然事先已經收拾過。二樓的一間房甚至已經重新刷了石灰水，床鋪、桌子、凳子等都各就其位，說明陳世榮早有準備。而剛才陳世榮要請羅積住在自己家裡，不過是客氣話罷了。看到這種情況，羅積腦子暗暗一熱，隨即又冷卻下來，暗自慶幸自己剛才的堅持。

陳世榮好像知道他的想法似的，臉也轉潮泛紅，顯得有點不好意思，「知道你要來，我跟村委的張國源前幾天打掃了一下，也好給你有個選擇。就是怕你住在別人家不習慣啊。」

「這樣安排很好，多謝了。」羅積露出一副滿意的神態，開始從籮筐裡拿行李，「我先收拾一下，你也辛苦了，不回去看看麼？」

「啊？」陳世榮有些意外，稍有遲疑後，轉而便痛快應和了，「好好！我先回去準備飯菜，等會我過來接你，再叫上張國源，我們一起喝上幾杯，好好聊聊。」

羅積去樓下的搖井打來一桶水，找來一塊布，四處擦了擦，扯了蚊帳，鋪好床，便坐在床沿抽煙。一支煙未抽完，樓下響起了腳步聲，迎出去一看，陳世榮已經領著一個漢子上了二樓。

來人正是陳世榮說的張國源，村委會副主任，五十來歲，矮壯個，絡腮鬍，眼睛像裝了一鍋米漿，白多黑少，說起話來黏糊糊的要死不活。

原來，陳世榮並沒有回去，而是直接去村西北找了張國源。「早上就叫婆娘弄好菜了，粗茶淡飯，也沒有什麼好準備的。」陳世榮笑道。

三人說了一陣子閒話，太陽光倏然一閃，天色便昏暗下來。

「山裡的太陽落山早，天說黑就黑了。」陳世榮立馬起了身，「咳，光顧著說話，也該吃飯了。走吧。」

到了陳世榮家，先參觀了陳世榮的家庭旅館。看著客房裡的吸頂吊燈、席夢思和抽水馬桶，羅積讚不絕口，說想不到深山老林裡竟然還有這樣的硬體設施，想不發財都難。陳世榮慌忙擺手，說村裡家庭旅館規模最大條件最好的是陳天華，他跟陳天華還差一個檔次。從樓上轉下來，堂屋中間滿桌子的菜差點又把羅積嚇了一跳。烏雞燉水魚，荷葉八寶鴨，油煎荷花魚，香芋扣子排，泥鰍筍果湯，還有幾個鮮嫩翠綠的青菜，誘得羅積兩眼發直，想流口水。羅積雙掌一擊，笑了，「陳主任，好一個粗茶淡飯，如果這也叫粗茶淡飯，那我願意吃一輩子。」

「羅科長見笑了，都是自家地裡出產的土貨，新鮮一點罷了，哪裡比得過城裡。」陳世榮謙虛地一笑，請羅積坐上首，羅積謙讓一番，也就坐了。

酒事在陳世榮熱情的吆喝聲中開始了，包穀酒的醇香瀰漫了堂屋的每個角落。三碗酒下肚，羅積的臉色迅速轉潮泛紅，話也漸漸多了。張國源則一改先前沈默寡言的木訥，眼裡充滿激情，幽默感隨之而生，笑話一個接一個，妙語連珠。只有陳世榮面色如常，熱情洋溢而不失分寸。

說起村裡的工作，陳世榮的話同樣不多，顯得尤為謹慎，羅積甚至聽到了陳世榮的幾聲歎息。張國源則打開了話簍子，如同熱鍋裡頭炒黃豆，劈哩啪啦亂響。

張國源抱怨道，現在村裡的事情難搞，面臨的困難很多，成了一團亂麻。首先是村委幹部流失，除了陳世榮和他本人以外，其他村幹部都跑到山外去打工謀生了，村裡的大小事全部壓到他二人身上，與村民的矛盾也集中在他二人身上，吃力不討好；二是交通問題越來越突出，修路成為當務之急，要想阻止陳村人口不繼續外流，穩定人心，修通公路發展經濟是必由之路；三是村裡老是死人，接連三五年了，每年都死五六個七八個不等，大多是猝死，死前還是活蹦亂跳的，雖然上面來人調查過，但「勞累過度、缺醫少藥」的結論不能服眾，現在村裡人心惶惶，謠言四起，不曉得哪天輪到自己，都想著要出山謀生，哪裡還有心思搞生產呢。「唉，是不是老天要滅陳村啊！」張國源說著，滿臉悲戚，一口猛酒灌下，沈默了。

「造孽喔！」陳世榮跟著歎了一口粗氣，卻將送到嘴邊的酒碗放下了，「死的人越來越多，死法也越來越怪。有的人十分鐘前還在村頭聊天，回家路上就斷了氣。有的人半個鐘頭前還在地裡勞動，突然就口吐白沫了。有的人到屋外蹲茅坑，回來感到身體不舒服，在床上躺了一會就死了。真是邪了門了！」

「龍脈斷了，老天要懲罰我們。村裡的老人都這麼說。」張國源抬手指了指身後，「後山有個採石場，以前村民為了建房子打地基，都在那裡採石料。有一天，村民採石時，發現有紅色液體從石縫裡流出來，村裡的老人認為這是挖斷了龍脈，死人的事就在所難免了。甚至前幾個月被警方定性為電線老化所致的意外失火也說是斷了龍脈的緣故。」

「我們是無神論者，斷龍脈的說法倒不足為信。」陳世榮給另二人上了煙，互相點了，猛吸了好幾口，才接著說，「有一種說法是吃了豬肉的原因，羅科長你也知道，陳村地處偏僻，村裡的各家各戶在年首殺了豬後，豬肉都不賣，用生鹽醃在塘缸裡，或者掛在灶火邊，留在自己家用，通常吃到年尾，有可能是由於豬肉變質或者吃鹽太多造成的。也有村民猜測是種糧食用了甲胺磷等劇毒農藥及其它一些殺蟲劑，食物中毒直接影響到人身安全，等等。」

「經常發生這樣的怪事，怕是對村裡的旅遊有負面影響吧？」羅積問。

「恰恰相反，生意更火了。」張國源臉側著，在燈光下半陰半陽，似笑非笑，「道理說起來很簡單，人是好奇的動物嘛。」

忽然，羅積眼前一個晃蕩，好像某個身影悄無聲息地飄了進來，他猛然抬頭，果然看到一個身著青衣青褲的男子立於門口。男子年約二十七八，高個，手腳細長，嘴角扯著一絲卑微而靈動的淺笑。

陳世榮望著門口的男子，極其厭惡地皺了皺眉頭，不耐煩地問道：「好你個陳木生，也不看看什麼時候，搗什麼亂？」

「主任，陳建文死了，他家裡人叫我來請你去。」陳木生的一絲笑仍然掛在嘴角，那口氣好像死的只是一隻貓。

二、

> 陳建文平躺床上，已然斷氣。羅積就前察看，只見其臉色青紫，嘴唇烏黑，眉頭緊鎖，且幾乎要擰成一個疙瘩；又捏手筋，已是脈象全無，冰涼透骨，手指掐入腹部，皮開肉綻，顯然死前痛苦萬狀。

飯局隨即罷了，羅積與陳世榮、張國源和陳木生一起趕往陳建文家。隔著老遠，他們就聽到了哭聲。那哭聲撕心裂肺，響徹夜空。一陣春末料峭的冷風襲來，羅積暗暗打了個寒顫，不由得緊了緊衣服。

陳建文平躺床上，已然斷氣。羅積就前察看，只見其臉色青紫，嘴唇烏黑，眉頭緊鎖，且幾乎要擰成一個疙瘩；又捏手筋，已是脈象全無，冰涼透骨，手指掐入腹部，皮開肉綻，顯然死前痛苦萬狀。

羅積詢問得知，陳建文年四十有二，父母尚在，老弱多病，其妻亦患哮喘，不能幹重活，育有一子一女，均念小學，陳建文是家裡的主要勞動力，農忙時種田耕地，農閒時打短工掙兩個散錢補貼家用，生活雖然拮据，但陳建文本人身體健壯，從未生過大病，今天下午偶感頭痛，下工後去小賣部買了幾顆藥，回家吃了便上床歇息，哪知不久即全身痙攣，痛苦難忍，大叫一聲後死去。

「吃的是什麼藥？藥是從哪裡來的？」羅積洗了一把手，接過陳世榮遞過來的煙，問道。

眾人的目光齊刷刷地指向陳木生。「藥是從木生店裡買的。」陳建文老婆從窗臺上拿起一板吃剩下的藥來，「是早前買的了，農村人有了病痛，不管那許多的，隨便吃幾顆藥了事。」

羅積接過來就著昏黃的燈光細看，原來是普通的非處方藥氨咖黃敏膠囊，即人們常說的「速效傷風」膠囊。

「是嗎？」羅積拿著藥問陳木生。

陳木生臉上閃過一絲不易察覺的驚慌，隨即恢復常態，接過來裝模作樣地看了看，「正是速效膠囊，難道有什麼問題嗎？」

「不，沒有問題，隨便問問罷了。」羅積拿過膠囊，一隻手指著陳建文說，「他死得很突然，也很痛苦，以前死的人都這樣嗎？」不經意間，膠囊已被羅積悄悄收進了口袋。

陳世榮摸了摸下巴，躊躇片刻才說：「我看……好像差不多。」

「差不多。」「差不多。」張國源和陳木生都點頭同意。

「以前報過警嗎？」羅積問。

陳世榮輕歎一口氣，皺著眉頭說：「開始報過幾次警，縣裡也來過人調查，結論就是剛才說的那八個字。後來乾脆不報警了，因為即使報警縣裡也不來人了，我們也沒有辦法。」

羅積一一安慰了死者的家屬後，掏出二百元，交到陳世榮手裡，「你們辛苦些，操辦後事罷。」

陳世榮推辭了一下，也就收下了，「這是羅科長的一片心意，我代表陳村人感謝了。」

說完，將二百元交給陳木生，「木生，主事是你的老本行，你又要辛苦了。」

陳木生滿臉輕鬆，接過票子，收了，轉身便吆喝開來，一副輕車熟路的派頭。

羅積和陳世榮、張國源二人剛走出陳建文家門口，黑暗中一個身影忽地逃竄而去，響起一陣細碎而急促的腳步聲，把他們嚇了一跳。

「誰啊？這麼鬼鬼祟祟的。」羅積望著黑影消失的方向，有些迷惑不解。

「只能有一個人。」陳世榮淡然一笑，將頭扭向別處。

「對了，只能是他，陳天華。」張國源卻若有所思，

「有人發現，每次村裡死人，他都要做這種暗探，怕是做賊心虛呢。」

「這陳天華是做什麼的？」羅積問，他好像忘記陳世榮先前已經告訴了他。

「開了全村最大的一間農家旅館，生意好得很，這幾年發了，成了全村首富，但是個鐵公雞，難拔一毛，平日陰陽怪氣的，不被村裡人待見。」張國源撇撇嘴，不屑地說。

羅積聽了不吱一聲，又默默走了幾步，忽而站住了，「二位主任陪了我大半天，夠辛苦的了，回家歇著吧。去村委樓的路我已經認得了，自己走去就行。」

陳世榮和張國源面面相覷，都不曾料到羅積這樣灑脫。陳世榮率先反應過來，忙擺手不肯，「天太黑，巷子又密又窄，還有狗，我們送你過去安全些。」

「就是就是。」張國源立馬同意，轉而壓低聲音，口氣神秘地說，「剛才喝酒時我沒敢說，既然這樣，我還是說了吧。是這樣，村裡人傳說最近出現了一隻火狐狸，全身通紅，張牙舞爪，樣子很嚇人，誰遇到誰倒楣，誰遇到就是誰的死期。據說這話都是臨死的人嘴裡說出來的，真不知道該不該信？」

「老張，你這瘋子，又說酒話了不是？」陳世榮變了臉，聲音跟著嚴厲起來，「嚇著羅科長，你拿命來抵！」

「嘿嘿，講笑話啦。」羅積一抱拳，口氣不容置疑，「二位就此止步，我回去休息了。」

話音剛落，羅積快速起步，甩掉二人，就近拐進了一條巷子裡。巷子裡確實有些黑，但兩旁屋子洩露出來的點滴燈光仍然使路面依稀可見。偶爾冷不防從屋簷下躥出一二條虎視眈眈的狗來，衝著羅積低吼幾聲便沒了影蹤。羅積的皮鞋高一腳低一腳踏在凹凸不平的鵝卵石道上，如小鼓亂敲，在夜裡清晰可聞。羅積左轉右轉，很快迷了路。他站在一條十字巷子中間，發現四條巷道的形狀一模一樣，根本無法分辨。看看因房屋遮擋而逼仄的夜空，只有幾顆稀疏的小星子在風中搖晃，且忽隱忽現，似乎隨時可能被黑夜吞沒。羅積剛想敲開一家人的門，問問回村委樓的路怎麼走，真奇了怪了，各家各戶好像約好似的，紛紛關了電燈，睡覺了。

羅積掏出一支煙，點了，猛吸一口，正要朝認準的一個巷口走去，忽然眼前閃過一道紅光，一個影子飄了過去。羅積一個激靈，定睛一看，那影子已快速往遠處移去。羅積哪裡肯依，撒開雙腿便追了上去。他快，影子也快；他慢，影子也慢。彼此不即不離，總保持在二十米的樣子。

羅積一直追趕到南溪江邊，那紅影子再次一閃不見了。羅積此刻終於找到了方向，很快回到了村委樓宿舍裡。

坐在床沿上，羅積有些驚魂未定，他連抽了二支煙，情緒才漸漸安定下來。他下樓打了一桶涼水，洗了臉腳，上床靠在床頭，下身用被褥蓋了，摸出一直藏在衣服中間的小包，翻找出幾份材料，拿起其中一份《陳村死亡人員名單及死亡症狀筆錄》看了起來。材料列舉了近三年來陳村死亡人員的姓名、性別、年齡，死亡的時間、地點及死亡症狀等基本情況，均為縣公安局刑警大隊警員的問話筆錄，被詢問者包括村委幹部和普通村民，多為死者家屬，有二三十人之眾。問話和回答都顯得雜亂無章，缺乏邏輯性，但卻有一個共同點，即都是突然死亡，醫學上稱為猝死。

其中的幾個例子引起了羅積的特別注意：陳根生老人已經七十多歲了，因常年光腳不穿鞋被戲稱為「赤腳大仙」，走起路來虎虎生風，不避刺籬碎石，體格精瘦，身體很好，從不吃藥，每餐吃三大碗米飯，死亡當天老人去鄰居家串門，回家剛坐下不久，突然全身直冒冷汗，無法說話，家人抬他上床，端了一碗水給他喝，喝了兩口全吐了出來，十多分鐘後斷了氣。陳菊生是個中年壯漢，挑著一擔柴走在路上，忽然感到頭昏，扔下柴火抱著路邊的一棵樹慢慢往下滑，被人抬回家，隨便餵了幾顆藥，沒多久就死掉了。少婦李桂花有天中午去蹲茅坑，覺得有些不舒服，趕緊起身回屋，一隻腳剛放到床上便嚥氣了，另一隻腳還在床沿。青年陳青苗剛送幾天前死亡的同村人出殯，晚上在對方家裡吃了飯，回家時撲通一下跌倒在家門口，狂吐一頓後大叫一聲死去，其胃裡吐出的東西狗吃了也抽筋死掉。從材料的字裡行間，羅積還注意到，所有這些死者猝死前都極度痛苦，難以言狀。首先是脖子發硬，然後肩膀及腿痙攣，緊接著全身抽搐，直到蜷縮成弓形；眼珠鼓凸，面目猙獰，全身烏紫。

羅積閉上眼睛，掩卷深思，可能是太累的緣故，深思很快轉變成沉睡，不知不覺間，身體從床頭慢慢滑下，被子也下意識地扯上來蓋了全身。

突然，一陣奇怪的響聲驚醒了羅積。他的神志從恍惚中掙脫出來，豎了耳朵，警覺地傾聽著外面的動靜。然而，外面一片寂靜，靜得似乎能聽到他自己的心跳聲，遠處偶爾傳來幾聲暖春的蛙叫和知了的輕鳴更平添了夜的深沉。睡意如迷霧籠罩上來，羅積又昏睡過去。不過，好像有人要故意捉弄他，每次他剛要深睡過去，那奇怪的聲音便如約而至，及時喚醒了他。而他打算認真捕捉那聲音時，聲音卻久久不肯出現，像是詭秘地躲藏在某處，專等他睡時才出來搗亂。反覆數次後，他再也睡不著了，索性起身坐了，披了件外衣，點了一支煙吸著，靜候那怪聲的出現。

果然，那怪聲在他耐心的等待中出現了。聲音確實很怪，是一個由低而高、又由高而低的曲線運動過程。先是一段如母親哄小兒入睡的催眠曲，接著是一段抒情的口哨聲；短暫的過門後，聲音陡然爬坡，瞬間高了二個八度，那聲音有粗有細，有時像野狼嗥叫，有時像家犬狂吠，有時像潑婦乾嚎，最後那聲音漸小漸遠，細若游絲，終至於無。聽了幾遍，羅積有些頭皮發麻，寒從腳起，全身起了雞皮疙瘩。從聲音發出的遠近方位來看，估計就在村委樓門口不遠處，很可能就在曬坪的某個角落。羅積終於明白了，這個節目是專門演給他看的，只有他一個觀眾。他一聲冷笑，掐滅煙頭，穿了鞋，輕輕拉開房門，躡手躡腳下了樓，躲在大門後面，從門縫裡往外張望。

山村暗夜，無月無星，旁邊又無人居住，並無燈火，羅積看得兩眼一抹黑，於是悄悄轉回樓上，從包裡翻出一支手電筒，試了試，使用正常，然後爬上窗戶，借著旁邊的一棵酸棗樹落了地，貓腰順著一溜燒焦的牆根轉到了曬坪的側面，躲在一堆亂木的後面，屏住呼吸，眼巴巴盯著前面曬坪上的動靜。

大約二十分鐘後，那邊果然有了些情況，先是嚓嚓嚓的輕微腳步聲，接著那腳步聲變得急促而粗重起來，一個紅彤彤的身影從暗處撞出來，一直跑到幾乎是操坪的正中央開始舞蹈，借著村委樓上那盞電燈的昏暗散光，羅積看到那人身著紅袍，手執一塊芭蕉葉，手腳並用，口中念念有詞，一邊揮舞一邊吟唱，一副神叨叨的模樣，在山村的深夜裡確有使人驚魂的效果，正是傳說中火狐狸的形象。羅積見了這般情景，又是一聲冷笑，亮了手電筒，起身直奔火狐狸而去。

那裝神弄鬼的人正玩得盡興，哪想到半路殺出個李逵，手電筒的光束和餓虎撲食的迅猛把火狐狸嚇住了。那人稍一愣神後，輕輕哼了一聲，拔腿便跑，速度如離弦之箭，眨眼間就沒了影蹤，消失在黑夜中。羅積狂追過去，手電筒光所到之處，只剩下空蕩蕩的曬坪，再遠一些的地方，就只有混沌一片了。

然而，羅積確信，有那麼一剎那，手電筒光是照到了那人的臉部的。臉上遮著一層布，雖然只露出兩隻眼睛，但羅積敢肯定正是那兩隻眼睛透露出了一些重要的資訊，也就是說，他曾經在某處見過那兩隻眼睛，熟悉那種特有的眼神。

回到村委樓上，羅積重新躺到床上，關了電燈，閉上眼，準備安穩地睡上一覺。但是，那兩隻眼睛老是在他腦子裡打轉，揮之不去，一直捱到天麻麻亮，他才迷迷糊糊睡了過去。

羅積是被一陣急促的敲門聲驚醒的，他一躍而起，開門一看，原來是陳世榮。

「都在等你開席呢，快走吧。」陳世榮拽著羅積便望外走。

羅積拿開陳世榮的手，表情詫異，「大清早的，開什麼席？我可不是來享受的呢。」

「不是享受，是工作，昨晚陳建文死了，今天上午出葬，喝杯酒算是送行。」陳世榮再次捉住羅積的手，「你是上面來的領導，人家要的就是你這個面子，你要不肯去，以後工作不好做的。」

話說到這裡，羅積也不好拒絕了，他胡亂洗了把臉，穿了外衣，跟著陳世榮到了陳建文家。

此時，陳建文家人頭攢動，熱鬧非凡。正屋已布置成靈堂，陳建文已入棺，輓聯、棺罩、靈牌、香火已就位，門外一溜幾十桌酒席早已擺好，只等羅積來便可開席。

羅積看著這個場面，既驚訝又感動，這樣的高效率，真是少見。人心齊，泰山移，老百姓的力量是無窮的。他把這個想法跟陳世榮說了，陳世榮笑道：「話是不錯，不過還是要有帶頭人，現在這個帶頭人就是陳木生。哪家哪戶有了紅白喜事，陳木生不用請，自己就過來主事了。嘿嘿。」

「聽你這口氣，是誇他呢還是罵他？」羅積半真半假地問道，眼角的餘光觀察著陳世榮。

陳世榮並沒有正面回答，而是手指忙出忙進的陳木生，「你看，是不是個勤快後生？」

羅積仍然聽出陳世榮話裡有話，跟了一句：「真是個好後生！」

席間，陳世榮告訴羅積，這樣的喪事每年都要發生，發生的時間間隔越來越短，前兩年還少些，去年開始已經很頻繁了，幾乎每個月都至少死掉一個人，現在全村人都有些麻木了，不害怕死人了，不但不害怕死人，有些人甚至還巴不得死人了，要是一個月不死人，有人就不耐煩了，說怎麼還不死人啊，怪了。不死人，就沒有白事，沒有白事，就沒有熱鬧。人是群居動物，人都是喜歡熱鬧的，山溝裡本來就缺少熱鬧，死人給陳村人帶來了熱鬧，帶來了歡樂，陳村已經習慣享受這種熱鬧和歡樂了。還有一點也很有趣，外面的遊客知道陳村出了這檔子離奇事，都想來看個究竟，體驗一下刺激的味道，所以呢，人不但是群居的動物，喜歡熱鬧的動物，還是好奇的動物。

陳世榮口氣輕鬆，神情淡然，喝一口酒，吃兩夾菜，對眼前的熱鬧場面視而不見，似乎沉浸在他的自言自語中。

羅積一夜未眠，驚恐猶在，腦袋裡昏昏沉沉，亂成一鍋粥，人坐在桌子旁，神智卻在別處飄游，陳世榮的話聽得一知半解，那些敲鑼打鼓的招魂曲也像風一般飄過耳邊。酒杯未端，筷子在手裡劃拉幾下，便興趣索然地放下了。耐著性子待了一會，羅積終於挺不住了，他咬著陳世榮的耳朵悄悄說：「我點了個卯，怕是算數了，我回去睡一下，有事叫我。」

二個鐘頭後，正在酣睡中的羅積被叫醒了，床前的陳世榮臉色寡青，嘴唇哆嗦，前言不搭後語地說：「羅組長，又出事了。」

三、

> 又死了一個人。死者是出殯班子裡的一個，他叫陳火生。所有人都神色平靜，沒有大喜大悲的表情，有人甚至發出「咯吱」的笑聲。不過，說歸說，笑歸笑，這些專埋死人的熟練工手腳麻利地把陳火生抬走了。

又死了一個人。

死者是出殯班子裡的一個，他叫陳火生，是陳建文的遠房侄子，又是陳木生的同宗兄弟。吃早飯時，還活蹦亂跳的，酒沒少喝，菜沒少吃，猜拳喊碼起哄也有他的份，是個沒心沒肺的樂天派，能吃能喝能睡更能幹活，村裡人都叫他「大傻」。這麼一個吃嘛嘛香身體怪棒的壯小伙，怎麼可能說死就死掉了呢。

羅積隨陳世榮趕到村外山腳下時，一群人正團團圍住躺在地上的陳火生。村人說，埋了陳建文，眾人背著龍杠、棕繩、鋤頭等埋死人的工具逕直下山，準備吃中午的正餐，誰都沒注意陳火生慢慢落在了後面，直到陳火生大叫一聲，眾人才知道出了麻煩。村人又說，這時候，陳火生已全身著地，一邊喊叫一邊滿地打滾，雙手還不停地扯頭髮，拍腦殼，抓臉，撕肚子，痛得滿頭大汗，眾人上前怎麼扯都扯不住，一直從半山腰滾到山腳下，後來叫喊聲慢慢小下來，身子不動了，手腳也漸漸停住了，現在怕是已經斷氣了。

羅積蹲下身，給陳火生把了把脈象，再翻了翻眼皮，起身將一支煙叼在嘴上，啪地點了，「他死了。」

「手法很專業啊，不像修路的，倒像公安。」羅積身後傳來一個冷冰冰的聲音。

羅積轉頭一看，他面前站著一個面部輪廓硬朗、身材壯實的漢子，那漢子的眼神如箭矢，直刺得他如芒刺在背，感覺有些不爽。他隱忍不發，乾笑一聲，吐了一口煙，用自嘲的口氣說道：「不好意思，獻醜了，我父親我爺爺都是學醫的，從小耳聞目睹嘛，所以略知一二也不奇怪的，其實這點皮毛東西誰都一學都會。哦，你是——」

羅積迴避了漢子的眼神，把臉轉向陳世榮。

「哦，這就是我昨晚跟你說過的陳村首富陳天華。老陳，看你那張驢臉，總吊臊著，好像誰欠你二百五似的，幹嘛呢。嘻嘻。」陳世榮趕緊過來圓場。

羅積「哦」了一聲，回身繼續觀察死者陳火生。他注意到，陳火生雙目圓睜，眉頭緊鎖，嘴唇咬破，臉上肌肉抽搐，擰成麻花狀，身體側臥著，彎曲成弓，衣褲裏滿泥粉，死前一定極度痛苦。陳火生的慘狀，與陳建文的死法如出一轍，簡直就是昨晚的翻版。

吸了一口煙，和著煙霧，羅積不易察覺地歎了口氣，望著陳世榮說道：「先抬回去吧，怎麼樣？」

「當然，總不可能就地掩埋吧。」陳世榮朝周圍的人揮手喝道，「大家幫個忙，抬回去，都別散了，就手把這事也做了，接著喝酒就是了。」

所有人都神色平靜，沒有大喜大悲的表情，有人甚至發出「咯吱」的笑聲。不過，說歸說，笑歸笑，這些專埋死人的熟練工手腳麻利地把陳火生抬走了。走了一段，前面傳來呼天喊地的哭聲，幾個男女連滾帶爬從村裡趕來，見了陳火生的屍體便撲上去大嚎不止。陳世榮悄悄告訴羅積，陳火生的家裡人來了，要是被拖住會很麻煩的，然後不由分說拉著羅積從岔道回村去了。

走入岔道後，羅積感覺腦後熱乎乎的，下意識地一回頭，他看到了陳天華那雙如電光般一閃而過的眼神。這雙眼睛他好像在哪裡見過，但具體在哪裡卻想不起來了。

回到村委會，二人在一樓辦公室坐下，都沈默不語，不知從何說起。抽完一支煙後，羅積打破了沈默。羅積說：「陳主任，說實話，事情不能再發展下去了。」

「我知道，可是政府領導、警方和衛生部門都出面調查過了，也得出了結論。」陳世榮苦笑著搖搖頭，「明擺著結論是錯誤的，可是我們又有什麼辦法呢。唉！」

「我有一種直覺，對手就在我們旁邊，他瞭解我們，知道我們的一切，可我們對他一無所知。」羅積有些惱怒地敲敲桌子，「很明顯，對手是專門做給我看的，他在向我們示威。」

「可對手應該知道，你是來幫我們做修路考察工作的，不是來破案，來抓殺人兇手的。」陳世榮皺了眉頭，臉上表情迷惑，「他為什麼要這樣做呢？」

「就是啊，他這樣做的目的是什麼呢？」羅積拿了一個水壺，去後面搖井打來涼水，倒了滿滿一茶杯，一口氣喝光了，「這樣下去，我們哪有時間和精力考慮修路的事啊。」

正說著，張國源來了。他一進門罵開了，說陳村難弄了，陳村很快就要變成死人村了。他拿過茶壺，就著羅積的杯子倒了一杯水，也一口氣喝光了，「陳天華唆使村裡一撥人起哄，要你陳世榮去說清楚，為什麼工作組一到就接連死了兩個人？到底有什麼蹊蹺？不說清楚，他們就要圍攻村委。」

「又是這個陳天華！」陳世榮哭喪著臉子，磨著牙齒說，「他是唯恐天不亂呢。」

「誰能說清楚呢，能說清楚就不用在這裡乾著急了。還有，羅組長你最好別去，你不瞭解情況，陳世榮去一下就行了，陳天華那幾個人還能翻天不成。」張國源不由分說，拉著陳世榮走了。

村委辦公室只留下羅積一個人枯坐，雖是白天，可是村子很大，又鬆散，再加上這邊比較偏僻，他幾乎聽不到人為發出的聲音。漸漸地頭腦冷靜了下來，他上到二樓臥室，將那份《陳村死亡人員名單及死亡症狀筆錄》藏到了一個隱秘的地方，然後下樓出去了。

問了好幾個人，羅積才找到陳木生的家。陳木生的家在最大的村道旁，也是陳村少見的磚瓦房，三層高樓，深漆大門，白磚貼面，側邊另砌一水泥平房，門兩側各掛一塊牌匾，一書「陳村小賣部」，一書「陳村衛生室」。

羅積逕直走進去，裡面只有一個少婦坐在櫃檯後面算賬，抬頭見了來人，面無表情地問：「買什麼？」

本來不打算買東西，冷不防聽了這話，羅積靈機一動，隨口答道：「有黃山煙嗎？」

「要幾包？」少婦推開櫃門望著羅積。

「二包。」羅積買了煙，收進口袋，陪著笑臉問，「陳木生在嗎？」

「他到陳火生家主事去了，陳火生本人死了。」少婦有口無心地答著，剛要重新坐下算賬，忽然臉上一閃，眼裡充滿疑惑，「你是誰？找陳木生做什麼？」

「哦，我忘了自我介紹了。我姓羅，叫羅積，是駐陳村工作組的，昨天才來。」羅積習慣性點了一支煙，「我找陳木生沒什麼事，只是想閒聊一下罷了。你是他夫人吧？」

「什麼夫人，像你們城裡人那麼斯文，我們農村都叫老婆。嘻嘻。」少婦笑了，臉上活泛開來，話裡也有了柔性，「羅組長，陳木生不在，你也坐一下嘛，沒事的。」

「方便的話我就坐一下，反正閑著也是閑著。」羅積就湯下面，順勢坐在了靠牆的一張條凳上，「聽說你們這裡生意不錯，發財了吧。」

少婦笑道：「哪裡啊，這麼個山旮旯，人都窮得要死，能弄碗飯吃就燒高香了，還想發財，發神經差不多。嘻嘻。」

「客氣了，看你旁邊這幢高樓我就知道你們會過日子呢。這麼大的陳村，就你們一個小賣部，還捎帶個衛生室，買個醬油買包煙要找你們，有個頭疼腦熱也要找你們，想不發財都難哦。」羅積說著，掏錢買了一瓶啤酒，翹了二郎腿，就著酒瓶慢慢品嚐著。

「陳村人窮，買個針頭線腦都要掂量掂量，平日生病不肯吃藥打針，實在挺不住了，就來隨便買幾顆藥吃了事，所以我們這藥整盒整塊都賣不去了，非要拆開來一顆顆賣不可。」少婦收了羅積的啤酒錢，一邊坐回櫃檯算賬，一邊嘴還沒閑著。

「哦，藥要散賣，還要一顆顆賣，這倒是新鮮事。」羅積說著靠近藥櫃邊，背著雙手饒有興致地查看著。果然，他看到藥櫃上面並排著幾個大小不一的紙盒子，裡面亂七八糟地裝了許多藥塊，有些還沒有拆開剝出，有些剝得只剩幾顆，有些則已完全只剩下空藥塊。傷風感冒藥，跌打損傷藥，內服藥，外用藥，什麼藥都有，毫無章法地混在一起。

「小嫂子啊，這可不合用藥規範喲。」羅積拿起一板藥塊，裝模作樣看了看，乘少婦不注意迅速藏進了口袋。

「沒事，我們分得開的，反正也吃不死人。嘻嘻。」少婦時不時用手指蘸了口氣，神情專注地數著鈔票，根本沒有注意羅積的打探企圖。

羅積目光落到藥櫃對面的一排貨櫃上，那上面密密麻麻堆滿了各種樣式的服裝，其中甚至還有如今少見的幾匹白布。看到白布，羅積心裡一愣，彷彿想起了什麼。

「聽說，村裡大凡有人去世，都在你們店裡採買祭祀用品，大到輓幛壽衣，小到香紙蠟燭，真是生意興隆哦。」羅積微微頷首，顯然話中有話。

「我這是武大郎賣的燒餅，獨此一處，別無分店。他們想去山外買，買回來人都成臭鹹魚了。嘻嘻。」少婦口無遮攔地說著，手上也沒停歇。忽然，少婦揚起頭，盯著羅積的目光一怔，柳葉眉遽然一挑，臉頓時跌了下來，「你什麼意思?是不是罵我們專賺死人錢啊？」

羅積聽出了少婦嘴裡的火藥味，慌忙擺手道：「哪裡哪裡，我隨便說句笑話罷了，你不要在意。好，你忙吧，不打擾了。」

話未說完，羅積人已出了門口，緊跟著出來的，還有一隻高粱掃把和一句本地土話。掃把羅積認得，土話羅積卻一知半解，但肯定提到了人體的某個器官。羅積悄悄咂了砸舌，搖搖頭一聲苦笑，趕緊溜了。

此時，已近下午，羅積抬頭看看被樹木和山頭遮擋了大部分的天空，發現太陽正在黑黑白白的雲層中急遽翻滾，光線忽明忽暗，像是要下雨的樣子。羅積遲疑了一下，點了一支煙後，繼續向村北頭走去。

轉過一片雜樹林，上了一個斜坡，羅積的眼前豁然開朗。只見一條清亮透底的小河宛然順勢而來，小河對岸古樹參天，枝繁葉茂，鳥叫蟲鳴，如歌如泣；岸這邊一垌平川，綠草如茵，長寬約數十畝，其中建有二排人字形平房，紅磚綠瓦，新式門窗，很是現代氣派。「怕是陳天華的別墅山莊了。」羅積自語道，隨即前去探詢。

前廳面積不大，約二十來平方米，門窗兩邊擺了幾張仿古式棕色實木沙發，低矮的前臺後面空無一人。羅積叫了兩聲，也不見回答，便沿著筆直的走廊往前走到拐角處，一個女子正迎面而來，嘴裡還不停地叫著「來了來了」。

這真是一個令人驚異的發現，羅積也算是見多識廣了，卻不曾想到這深山老林裡還藏著這麼個天生麗質的美人。這女子身材適中，年齡約三十來歲，明目皓齒，面相清新，幾乎可以用驚豔來形容。女子望著羅積笑道：「你來了，坐，我馬上給你沏壺茶來。」說這，女子將羅積引到露臺桌邊，請他坐。

「不用勞神了，我只是隨便走走看看，等一下就走。」羅積說歸說，卻順勢坐下了，「你就是老闆娘吧？」

「嗨，鄉村小店，討碗飯吃罷了，哪裡有老闆老闆娘的說法啊。」女子一笑，露出兩排齊整的白瓷牙，「我叫劉春蘭，是陳天華屋裡的，你叫我小劉就行了。」

說著劉春蘭去倒茶，眨眼工夫便婀娜而出，端著一隻橢圓茶盤，上有一個普通白瓷茶壺和兩隻玻璃杯。「茶是剛才泡的，現在剛剛好。」劉春蘭動作圓熟地給羅積斟了茶，很自然坐到了他的斜對面，「請喝茶，羅組長。」

羅積一驚，嘴被熱茶燙了一下，「哦，你認得我，還知道我要來？」

「半個月前全村人都知道你要來了，昨天你一到，接著連死二人，還不熱鬧？連狗都聞出味道了。再說，現在正逢初春，是旅遊淡季，很少有人來這個山旮旯的。剛才我看到你站在那邊坡上張望，想必你會過來，所以先泡了壺茶候著。」劉春蘭仍然笑著，臉上閃現著少女般的天真。

「聰明！」羅積言不由衷地讚賞道，其實他是想說「狡猾」。接著很快轉了一個話題，「小劉，你不是本地人吧？」

「羅組長也很聰明啊，一猜就準，就是我的口音也聽得出的。」劉春蘭咯咯笑道，「我是陶城人。」

「那我們是老鄉了。」羅積習慣性掏出煙，點了一支，劉春蘭立即殷勤地把桌上的煙灰缸輕輕放到他面前。

「你一定想問我是怎麼跑到這窮山溝裡來了吧？」劉春蘭倒是直言快語，「說實話，我是被騙來的。」

這回羅積笑了，「你這麼漂亮，又如此聰明，只有你俘虜別人，沒有人能騙你的。」

「好，不說這些了。」劉春蘭拿起茶壺往自己的杯子裡象徵性地倒了幾滴，「有句話不知當問不當問？」

「小劉客氣了，有什麼話不可以說呢？」

「聽說你不是來幫修路的，你是來抓人的。」劉春蘭直勾勾盯著羅積問，「你是警察麼？」

「你看我像警察嗎？」羅積不置可否，有意無意間再次轉了方向，「你們這別墅山莊開多久了？」

「三年多一點，陳世榮開得早，五年多了。」不知什麼原因，說著這話時，劉春蘭臉上忽然陰沉了下來。

「可是你們的規模比他大，硬體比他好，生意也比他好些。」羅積點頭讚賞道，「還是你們經營有方啊。咦，陳老闆不在家？哦，看我的記性，他大概還在陳火生家幫忙吧。」

忽然，側邊傳來一個低沉的男中音：「羅組長真有閒情雅致呢，那邊剛剛死了人，正忙得不可開交，羅組長卻在這裡跟女人閑坐聊天，難得的清閒啊。」

羅積扭頭看著站在廊柱旁邊的陳天華，尷尬地笑了兩聲。

「那邊打起來了，你不去看看？」

這時候，天空淅淅瀝瀝飄起了小雨。

四、

此時，大半個月亮忽然鑽出雲層，白慘慘的月光照在斷壁殘垣之上，牆影被錯看成半蹲的人影，一個燒焦了的衣車頭橫臥其間，好像被斬首後木然凝視著天空的人腦袋，不安生的老狗在瓦礫堆中忽隱忽現，偶爾發出「咔咔」的響聲，使人心生驚恐。

羅積趕到死者陳火生家，並沒有發現打鬧跡象，看來陳天華其實是在變相下逐客令。陳世榮和張國源都不在，其他人見了，有冷冷打個招呼的，有看著默不作聲的，也有目光中暗含敵意的，到處都是冷冰冰的目光，整個場面不太友好。

在陳火生靈柩前，羅積燃了香燭，燒了錢紙，還躬著腰雙手合十向死者祈禱，接著到帳房案台前交了二百元奠儀。陳木生一直在旁邊恭敬地陪著羅積，還不時幫上一手。做完簡單的儀式後，羅積被陳木生引領到外面帳篷下一張相對乾淨些的桌子旁坐了，給他斟了一碗穀雨茶，說聲「好用」便去忙別的了。

圍桌而坐的已有三四位老頭，看樣子是村裡的長者，全都神情嚴峻，抽煙的抽煙，喝茶的喝茶，卻無人說話，對羅積的招呼也愛搭不理的，讓羅積無趣得很。但羅積並不在意，先是給各位長者的碗裡斟滿了茶水，然後一一敬上香煙，順帶點上。抽著煙，喝著茶，又兼有羅積的清風細雨，氣氛慢慢有所緩和。

坐在羅積對面的那位老頭乾咳二聲，終於說話了，「羅同志，我叫陳樹德，在村裡輩分最大，算是族佬。羅同志，有人要滅我家族，你不能不管啊！」

另幾位老頭也接上了話，「羅同志，修路事小，人命事大，這案子得破啊。」「羅同志，這案子不但要破，還要儘快才是，再這樣下去，陳村人怕要死光了。」「羅同志，嗚呼，救救陳村哦！」

羅積連聲應著，說作為一名國家公職人員，職責所在，理應負責，事情一定會水落石出，揪出幕後兇手，還陳村老百姓的太平日子，給陳村老百姓一個交代。幾個老頭眼裡全是問號，臉上也是不屑，對羅積的話不置可否。「上面來查過幾次了，查來查去得出的結論不能服眾，連他們自己都未必相信，陳村人鬼才信。唉，也難為你，修路的哪能破案呢，只怕是村人在劫難逃唔。」陳樹德哽咽著，鼻涕、眼淚、口水一湧而出，他扯起衣服下擺囫圇擦了一把，繼續哽咽。其餘幾個老頭也唏噓不已，悲戚傷神，抽泣聲此起彼伏。

正說著，酒菜陸續上了桌，新一輪祭飯開始了。人死飯門開，有理無理都要來，只要來了人客，酒席就必須照開，這是規矩，不能免俗的。

陳木生提著一隻裝了酒的塑膠壺過來，給各位面前的敞口粗瓷碗裡一一斟上，羅積客氣地攔了一下，見在座的幾個老頭都不約而同地正眼瞅著他，也就不再堅持了。水酒在碗裡翻騰泛花，散發出清新的稻香味，幾位老頭看著碗裡，眼裡放光，臉上活泛開來，喉結也開始轉動，陳樹德舉起碗說道：「羅同志，白事酒本不應該舉杯互碰，但今天這酒我們有另外一層意思。羅同志，麻煩了，救救陳村！」說著，陳樹德仰了脖子咕咚二下乾掉了，另外幾位老頭都不含糊，紛紛喝乾了碗裡的酒，陳木生見狀，稍有遲疑後，也擰著眉頭將一碗酒倒進了肚裡。

然後，眾人的目光一律轉向羅積。羅積眉毛一挑，舉起碗略作敬意，在眾目睽睽下一飲而盡。在座的人似乎都鬆了一口氣，互相叫著吃菜吃菜，氣氛便好了些。陳木生則叫聲慢用，轉身忙去了。

幾碗酒下肚，幾位老頭都開始興奮，打開了話匣子，你說我也說，說東道西，說來說去都離不開村裡這一連串蹊蹺事。其實這些情況羅積基本都清楚，但他聽到了更多的細節，而細節往往決定一切。一些事的細節，一些人的細節，這些細節讓羅積有了新的發現。

幾個人邊喝邊聊，正興濃時，張國源來了，滿臉焦慮而詭異。張國源佯裝鎮定與在座的老頭打了個招呼，便拽著羅積急匆匆往外走，出了門外，羅積下意識地回頭瞥了一眼，他看到了陳木生那張似笑非笑的面孔和陰沈沈的目光，那目光穿過喧鬧和仲春漸次昏暗的天色，燒灼著他的後腦勺。

「怎麼了？」羅積問。

「唉，陳世榮病了。」張國源告訴羅積，他和陳世榮趕到陳火生家時，其全家人異常震怒和悲憤，把陳世榮等人罵得狗血淋頭，在場的其他人也跟著起哄，二人被置於十分不利的境地。後來憑著陳世榮苦口婆心的解釋，反覆道歉，以及信誓旦旦地保證，氣氛才漸漸平息下來，陳火生的後事也回歸正常運作。二人幫著操辦一陣，吃飯時，陳世榮忽然臉色遽變，蒼白如紙，豆大的汗珠從額頭湧出，滾過臉龐跌落到碗裡，全身抖個不停，篩糠一般，張國源趁大夥正忙著吃喝，無人在意之時，慌忙半扶半拉著陳世榮往他家裡去。走到半路，陳木生攆上來，要給陳世榮看病發藥，被張國源生硬地拒絕了。二人慢慢轉回陳世榮家，張國源扶陳世榮上床躺了，胡亂餵了幾顆去痛藥後，陳世榮反應更加劇烈，滿床亂滾，大喊大叫，折騰了一陣子，陳世榮似乎氣力耗完，慢慢地不滾不動了，喊叫聲漸小，最後在喉管裡發出咕嘟咕嘟的聲音，如同老公狗臨死前的掙扎。張國源說，他看到情況不妙，趕緊滿村子地找羅積，時間過去二個多鐘頭了，也不清楚陳世榮現在的清楚怎麼樣了。

羅積隨張國源到了陳世榮家，逕直走進陳世榮的睡房，看到陳世榮平靜地躺在床上，身上蓋了一床厚被子，陳世榮老婆坐在床邊，手裡抓著一條毛巾，一邊哭一邊擦眼淚。見了羅積二人進來，慌忙起身迎接。羅積安慰幾句，便靠近床邊，仔細觀察陳世榮的狀況。此時，陳世榮雙眼緊閉，牙根咬死，嘴唇烏紫，臉上肌肉扭曲，似有萬般痛苦卻無法訴說。羅積用手指測了測陳世榮的鼻息，又把了把脈象，起身道：「呼吸雖弱但平穩，脈象不足卻並無大礙，如果搶救得當，應該死不了。是為中毒症狀，不過劑量稍欠那麼一丁點，好險。現在，一切聽我安排。」

按照羅積的安排，張國源從廚房拿來兩隻銻桶，一只裝了大半桶涼水，另一只是空的。二個人配合著，先往陳世榮嘴裡灌水，然後倒提著吐出來，反覆數次，累得二個人差點趴下了，陳世榮則早成了一團稀泥。

這邊忙完，那邊陳世榮老婆已將用綠豆、甘草、防風、生薑等配方一同熬製的解毒藥湯端了過來，羅積叫她拿調羹舀藥湯慢慢餵，自己和張國源到外面抽煙去了。二人並排坐在陳世榮旅店大門的臺階上，吸著煙，沈默著。看著漸漸暗下來的天色，張國源問羅積陳世榮是不是脫離了危險，下一個是不是輪到他了，他們應該怎麼辦。羅積似乎對張國源的話心不在焉，支吾幾聲敷衍了事，使張國源極為不滿，乾脆虎了一張臉，走下臺階，倒剪雙手，一搖三擺地走了。

「這事先別往外說。」羅積衝著張國源的背影喊了一聲，轉身進屋去了。

此時，陳世榮女人已將解毒湯灌了進去，陳世榮安靜地躺著，面色仍然蒼白，卻有了一絲血色，呼吸也平穩了些。羅積斜坐床頭，又把了把脈象，然後吩咐陳世榮女人每三小時灌一次藥湯，量不必太大，但要保持次數，有事隨時去村委樓找他。陳世榮女人一直在不停哭著，一邊做事還搭把手抹眼淚，腦子亂成一團麻，早已六神無主，對羅積的話如同聖旨，雞啄米般頻頻點頭。

出了陳世榮家，夜色愈發濃了，村裡遠遠近近的房屋如潛伏在黑暗中的鬼影，謎似的搖曳不定，星星點點的燈光並沒有照亮夜晚，但而更增添了夜晚的深沉。山裡的冷風呼地一陣颳來，讓走在路上的羅積不禁打了寒顫，慌忙緊了緊衣裳。

走到岔路口時，羅積遲疑了一下，還是決定拐去陳木生的商店。羅積信步走到商店門口，見裡面一群人正圍著牌桌大戰，你吵我鬧，喧囂聲聲，陳木生則坐在櫃檯後面，嘴裡叼一支煙，給打牌的某人出主意，那人好像並不買他的帳，跟他鬥上嘴了。當羅積走進門裡面時，所有人全傻了眼，直愣愣望著他，目光如探照燈一般，其中包含了警惕、猜疑和莫名的仇恨，吵鬧聲立即停止，牌桌上的零碎票子被一些胳膊悄悄壓住，並迅速轉移到口袋裡。羅積尷尬地笑了一下，擺擺手說聲你們接著玩吧，便掏出錢夾子向陳木生買速食麵。陳木生見到羅積，開始也是一愣，但很快轉過彎來，笑容滿面地跟羅積說話。得知羅積要買速食麵回去吃，就急忙要去廚房給他弄飯菜，被羅積婉言謝絕後，又隨手抓了幾袋速食麵，用尼龍袋裝了，硬塞到羅積手裡，說什麼也不肯收錢，但羅積哪裡肯依，把十塊錢扔到櫃檯上轉身便走。後面一陣哄笑，有人說陳木生假仁假義不厚道，還有人說陳木生是貓哭耗子沒安好心。

回到村委樓，羅積隨即關了前門，插上插銷，用電茶壺煮了二包速食麵，三下五除二吃了，到後面井臺上擦了把臉和身子，上樓斜靠在床頭，點上煙吸著，從包裡拿出一本名叫《毒藥簡史》的書翻看著。書中說，人類發現毒藥是一種偶然，可能是在做飯的時候發現了某些植物含有某種劇毒。第一份下毒殺人的紀錄出現在基督時代的羅馬帝國，但這之前中國人、印度人、希臘人、埃及人早已開始使用毒藥。那時候最常見的下毒方法是在酒中或食物中，因為當時的食物使用大量的香料，人已經無法品嚐出毒藥的味道。義大利的波幾亞家族是最出名的下毒家族，族中人人掌握這種殺人方法。凱薩琳公主嫁往法國，從此神秘的死亡陸續出現，用砒霜下毒成為時尚，因此法語中「義大利的」一詞即「下毒」的代名詞。這位公主還擅長使用在新大陸發現的尼古丁謀殺家族的政敵，或是把砒霜餵給蟾蜍，再從其屍體上提取毒素，伺機毒殺。著名的用毒專家還有，安東尼伊西里，可以用毒藥控制被害者的死亡時間；拉芳欣，路易十四的宮廷香水師，眾多貴族死於她手下；瑪麗多培亞，利用下毒取得家產，並在醫院的病人身上實驗，最後自己也死於實驗中。古往今來，中國有關毒藥的故事也是層出不窮，毒藥歷史驚心動魄。然而，羅積不禁歎息道，比起陳村的這些離奇案子，都不過小巫見大巫，不足為怪了。

羅積又從隱秘處拿出那份名單，仔細閱讀與推敲。猛然間，羅積似有所頓悟，披衣下床，穿了鞋襪，拿上菸和打火機，逕直下樓去了。

開了前門，步下三級臺階，羅積便到了門前的草坪。像昨晚一樣，天暗無星，早春的風乍暖還寒，只有村委樓上的住房洩露出的幾縷燈光勉強照出羅積淺淡的影子。安靜，還是安靜。羅積嘴裡的煙頭在黑暗中一明一滅，偶爾映襯出那張有些不雅的馬臉。羅積在黑暗中定了幾分鐘，慢慢適應了之後，眼前便漸漸明亮起來。他忽然想起，還沒有認真看一看被燒毀的這一排房屋的情況呢，現在正好閑著，乾脆趁無人干擾的時候順便觀察一番，也好心裡有數。

鎖了門，掏出隨身帶著的二用電筒，沿著殘壁斷垣邊照邊看。羅積看得很仔細，幾乎每間被燒毀的屋子旁邊都要待上二三分鐘，認真察看被燒的狀況。羅積聽陳世榮說過，「那天晚上，陳村火光沖天，火借風勢，一氣燒著了好幾十幢房屋。留守的老人看著大火哇哇直叫，橫貫村裡的小河無力澆滅大火，消防車也無法通過那條連接大山內外的羊腸小徑……」由於房屋都是木質結構，毀壞是災難性的，絕大部分沒有了修繕的可能。幸而這一排多為舊屋，且多數無人居住，再加上當時撤離得快，並沒有造成人傷亡。於是形成了現在這麼一種奇異的情景——廢墟中竟然聳立著一座白得耀眼的村委樓。

站在這了無人氣的空地上，看著被大火吞沒了許多古宅的連片廢墟，羅積歎了一口氣，熄了手電筒，靜靜地佇立在春夜的冷風中。此時，大半個月亮忽然鑽出雲層，白慘慘的月光照在斷壁殘垣之上，牆影被錯看成半蹲的人影，一個燒焦了的衣車頭橫臥其間，好像被斬首後木然凝視著天空的人腦袋，不安生的老狗在瓦礫堆中忽隱忽現，偶爾發出「咔咔」的響聲，使人心生驚恐。

忽然，不遠處傳來一陣奇怪的聲響，接著聲響轉化成竹葉相互拍打的摩擦聲，一個身影從竹叢中竄了出來，腳步迅疾而輕盈，羅積趕緊藏到一堵斷牆後面，只露出一雙眼睛觀察。那身影越來越近，在月光的照射下如一團暗火在跳躍。火狐狸繞過池塘，逕直到了村委樓下的草坪上，仍然像昨晚一樣，手執一塊芭蕉葉，手腳並用，口中唸唸有詞，一邊揮舞一邊吟唱，還是那副神叨叨的模樣。

觀察了一陣，羅積貓著腰從火狐狸的後面慢慢逼近，但距離約二十來米時，便站住了，並沒有擒獲的意思。「別表演了，我早就知道你是誰了。」一道手電筒光直射過去，火狐狸顯然始料未及，「哎呀」地叫了一聲，撒腿便向池塘的另一邊跑去，而且速度奇快，迅速消失在那邊的竹叢裡。羅積仍然站著，只用手電筒光跟隨火狐狸的移動，直到那身影消失為止。

回到村委樓，反鎖了門，躺倒床上繼續讀那本《毒藥簡史》。書中說：「二十世紀以後，工業大發展，化學藥品增多了，人工毒藥紛紛出現。根據情報分析，下毒最多的是外用藥、清潔劑和其他家用產品，其次殺蟲劑、生物鹼，最少的下毒是煤氣和濃煙……過去人們往往將注意力集中在使用者身上，而忽視了毒藥的解毒，但世界上並不存在萬能的解毒藥，使用解毒藥只有取決於毒藥的類型、用量、用法及時間等。也就是說，解毒的唯一途徑是靜觀症狀發生，再施以相應的療法……」

正讀得入神，樓下突然響起猛烈的敲門聲。

五、

這是一個大約五十來歲的老頭，慈眉善目，額寬嘴闊，乃一標準福祿之相；然而眉宇間卻隱隱透出一股陰晦之氣，嘴唇似張似合，欲說還休；眼神威嚴而遼遠，眼角卻稍顯耷拉，流露出某種無奈之意。羅積長久地看著這張臉，默默相對，好像要讀懂老頭內心的話。

來人是張國源。

在一樓昏黃的燈光下，張國源面色蒼白，雙眼浮腫，神情仍然跟白天一樣緊張而心事重重，面對羅積驚異的詢問，他氣喘吁吁地告知，剛才陳世榮女人跑到他家裡，說是陳世榮怕是不行了，要羅積趕緊去看看。

羅積二話不說，穿好衣服，隨張國源出了門。一路疾行，很快到了陳世榮家。此刻，躺在床上的陳世榮雙眉緊鎖，嘴角歪斜，身體彎曲成弓，嘔吐物四濺，散發出一股惡臭。羅積近前觀察片刻後，衝著張口要問的張國源擺擺手，拉了出來外面，掩上門，才壓低聲音對二人說：「這種中毒很怪的，要絕對禁止聲音和強光，等一下換掉裡面的電燈，點一根蠟燭就行了。」

接著，羅積又吩咐道：「今晚我來陪陳主任，張主任先回去，嫂子去鄰居家借宿，所有的事情我來處理，千萬不要再過來，否則怕是陳主任命不保了。」

二人無話，各自散了。陳世榮女人滿臉淚痕，疲憊不堪，拿了幾樣洗漱衣物出去了。張國源有點驚恐之後的麻木，雖然麻木，那永遠麻木的眼睛後面卻是靈動著的，如同深潭裡藏匿的秘密。張國源似笑非笑地望了羅積一眼，拔腿就走，羅積也似笑非笑地望著張國源，隨之走了出去。

回轉陳世榮家，羅積反鎖了大門，將門外的招牌燈熄了，堂屋的大燈也熄了，然後坐在椅子上靜靜地吸著煙。

夜漸深，屋內一片寂靜，唯有陳世榮的喘息聲和嘔吐聲偶爾撞入羅積的聽覺。羅積抽完一支煙後，關掉了所有的燈，也暫時不亮手電筒，只憑感覺在黑暗中走動。羅積查看了所有的房間，證明無人之後，才重新回到陳世榮的房間。

羅積先是熄滅屋裡的電燈，點燃一根蠟燭，然後從內衣口袋拿出一個墨綠色扁平塑膠瓶，倒了少許進碗裡，開水沖了，坐在床前，用調羹舀一點點，小心翼翼地塞進陳世榮緊閉的牙縫裡。餵藥的過程艱難而漫長，陳世榮好像有意想死，咬死牙關不予配合，藥只能一點一滴滲進他的喉嚨裡。搏鬥在持續，羅積汗流浹背，卻又無人替換，藥餵完後，已是寅時。似乎藥效漸漸發揮出來，陳世榮放棄了抵抗，平穩沉睡過去，羅積見狀也輕輕出了一口氣，熄了蠟燭，掩上門到了外間。

夜很靜，羅積幾乎可以聽到自己心跳的聲音，只有煙頭微弱的火光一明一滅，才能證實生命的存在。滅了煙頭，羅積躡手躡腳上了二樓，站在樓道中間，往視線朦朧的客房走廊望了一眼，轉身走向了另一個門。推開門，進去再反扣了，裡面一片漆黑，羅積亮了小手電筒，逕直走到側邊的一扇小門，掏出一把樣子很怪的鑰匙開了鎖，閃身而入。

這是一間狹小逼仄的房間，不過幾個平方米，正對門的牆邊立一張案桌，上供香案、靈牌和遺像，下有一個草席編織的圓形拜墊，此外別無它物。案上三柱香還在燃著，整個屋子煙霧瀰漫，空中飄浮著一種奇妙的異香。羅積走近案前，手電筒的光照在上面，與嫋嫋青煙形成迷幻的光影效果。當光的焦距落到遺像上面時，羅積目光停滯了。這是一個大約五十來歲的老頭，慈眉善目，額寬嘴闊，乃一標準福祿之相；然而眉宇間卻隱隱透出一股陰晦之氣，嘴唇似張似合，欲說還休；眼神威嚴而遼遠，眼角卻稍顯耷拉，流露出某種無奈之意。羅積長久地看著這張臉，默默相對，好像要讀懂老頭內心的話。

忽然，羅積伸手把相框拿了起來，翻轉背面，用手探尋著紙板的表面。一陣摸索後，紙板很快被卸了下來，幾張信紙掉到了案臺上，羅積拿起剛要展開閱讀，樓下大門那邊遠遠響起腳步聲，羅積趕忙將信紙收進口袋，關好房門，迅速下到樓下大廳坐下，點上煙，翹了二郎腿，吸了二口，大門被推開了，羅積開了燈，門口果然站著陳世榮女人。

女人有些狐疑地看著羅積，問他為什麼不開燈，羅積不慌不忙地告訴她，病人避光喜靜，她說話應該儘量小聲些，否則會驚擾病人，造成不良後果。女人自知理虧，臉上不好意思地閃了一下，壓低聲音問情況怎麼樣。羅積說，他已經給陳世榮又餵了一次藥，大約晨時便會再次嘔吐，之後就將逐步脫離危險。羅積吩咐完陳世榮女人有關事情後，起身回村委樓睡覺去了。

回到村委樓門口，正要開門，猛然發現門上寫著幾個血淋淋的紅字：「將死。」羅積用手指蘸了一點紅，伸出舌頭舔了舔，不鹹，也不沾手，顯然並不是血。將死？誰將要死掉？羅積搖搖頭，一聲苦笑，進了屋，倒在床上，和衣而睡。

悲劇尚未結束，死人還在發生。羅積再一次被敲門聲吵醒了，頭又昏又痛，那敲擊聲如一把鐵錘直接砸在腦袋上。羅積掙扎著爬起來，晃了二晃腦袋，下樓去開門。

來人是陳村長老陳樹德，門剛一開，陳樹德竟「噗通」一聲跪下了，連連叩頭，「羅同志，我家孫子沒了！」

羅積嚇了一跳，趕緊扶起陳樹德，但陳樹德就勢癱在了羅積身上，兩眼翻白，昏厥過去。幸好隨後趕來他的二個兒子將他把住了，陳樹德被三人放到了村委辦公室的長椅子上平躺了，羅積拿來半杯水，讓其兒子幫著，灌了幾小口，陳樹德很快醒了，醒過來的陳樹德雙目怒睜，手指羅積破口大罵：「你是個災星，趕快滾出陳村！」說著便坐將起來，身子前傾，又要下跪。

二個兒子相互使個眼神，一個蹲下身去，一個提起父親，合力背了，出了村委樓。落在後面的漢子走了幾步，停住了，轉身對羅積說：「死的是我兒子，老頭的話別在意，我們不怪你，聽說你是公安，還望儘快破案。拜託！」

看著漢子抱拳示意，羅積大驚，趕忙抱拳回敬：「謝謝信任，理當盡全力。不過，這位兄弟，再借一步說話，我跟你們去看看可以嗎？」

「當然可以，我們一起走好了。」於是羅積隨父子三人前去。

路上，羅積得知，漢子名叫陳鐵生，陳村第四組村民小組長，俗稱隊長，復退軍人，在部隊立過三等功，看上去思想豁達，為人爽朗大方，不拘小節。羅積一下子就喜歡上了陳鐵生，並且有了一個想法。

「鐵生兄弟，如果下去有什麼事情，還請你幫助。」羅積輕輕拍了拍陳鐵生的肩膀。

「行，用得著的時候，儘管叫就是了。」陳鐵生點點頭，很痛快地答道。

到了家，陳樹德躺在床上，人已是三分清醒，七分糊塗，羅積給陳樹德把了把脈後，說老人家只是突遭變故，一時性急，氣血犯滯，七竅暫阻而已，並無性命之虞，適當吃些藥，稍事靜養就會清醒恢復。隨後掏出筆和筆記本，開了幾樣估計本村能買到的西藥，吩咐其家人去買來，讓老人家儘快服藥。羅積還特別囑託，藥一定要買未開封的，開封過的一律不要。

死去的小孩被安放在屋外臨時搭建的布篷裡。小孩躺在一塊門板上，上面連頭帶腳蒙著一張破棉被。羅積貓著腰鑽進布篷，半蹲著，輕輕掀開小孩身上的棉被，勘查死者情狀。

小孩面色烏紫，眼珠暴突，嘴闊如喇叭，身屈成弓，兩隻手掌狀如鷹爪，衣褲被撕成拖把條，血淋淋的傷痕遍身，模樣慘不忍睹。羅積眼睛有些濕潤，冷峻的神情裡一種仇恨油然而生，喜怒不溢於言表的人也忍不住咬住了牙根。羅積起身，好像是望著陳鐵生，又好像是望著陳鐵生後面的什麼地方，彷彿在自言自語：「人不能白死！」

陳鐵生目光呆滯地望了羅積一眼，轉過臉去，望著遠處不說話。良久，陳鐵生彷彿也在自說自話：「我知道，我知道他是誰！」

但羅積並沒有理睬陳鐵生，轉身去了屋裡。此時，藥已從陳木生處買回，陳樹德大兒子正端著水碗給父親灌藥。由於陳樹德已有知覺，稍有配合，藥很快吞了下去。羅積走到床前，握住陳樹德冰冷而枯槁的手掌，似乎要把自己的暖意傳達給他。陳樹德緩緩睜開眼，凝視羅積片刻，又緩緩閉上眼睛，一滴濁淚從眼角淌下，滴到髒兮兮的枕頭上。陳樹德的手也動了一下，用力握住了羅積的手。

這時候，門外響起了腳步聲，接著傳來一個熟悉的聲音，羅積聽出是陳木生來了。

陳木生一隻腳跨進門檻，看見床沿坐著的羅積，愣了一下，另一隻腳才跟著進了屋。很快緩過神來的陳木生臉上立馬換了一種卑微謹慎的笑，「羅組長，你也來了？」

羅積點點頭，半真半假地笑道：「陳老闆，你的鼻子真靈啊，又趕來幫忙了，辛苦！」

「不辛苦不辛苦，鄉里鄉親的，互相幫助嘛。」陳木生擺擺手，折身出去，將一擔籮筐挑了進來，羅積一看，裡面裝著白布、白紙、錢紙、香燭等祭祀用品，陳木生一邊往外倒騰，一邊望著羅積笑，「都是要用的東西，小鬼的白事，簡單一點，能節約就節約了。嘿嘿。」

看著陳木生駕輕就熟的樣子，羅積支吾一聲，給陳樹德蓋好被子，便出到門口，拉過正準備給死去孩子換衣服的陳鐵生，將二百元錢塞進他手裡，陳鐵生死活不肯收，羅積按住他的手，神情凝重地說：「你還要幫我的忙，如果不收下，就是看不起我。」又給他說了幾句耳語，陳鐵生總算勉強收下了。

接著，羅積叫陳鐵生打來半桶溫水，換下小孩身上的破碎衣褲，用溫水擦了小孩全身，換上陳木生帶來的衣褲。剛穿戴整齊，那邊一架木板車拉來了一具薄棺材，陳木生叫人卸了，擺到布篷旁邊，幾個人將小孩遺體擺放進棺材裡，稍作整理，便蓋了棺蓋。這期間陸續來了些幫手，卻沒人說話，各司其責，默契得如同一個人。裝殮完後，羅積忽然發現有點怪，問陳鐵生小孩的母親去哪裡了，怎麼一直不見人。有人竟咯吱一下笑了，說小孩母親早死了，死好幾年了，也是得這種怪病死的。羅積表面不動聲色，心裡卻大駭，聽這些人說話的口氣，好像死的不是一個人，而是一條狗。死人死麻木了，死成習慣了。

另一邊，臨時灶台已砌好，二口大鍋架了上去，柴火燒起來，水汽和濃煙一同升騰。碗筷運到了，桌子板凳運到了，肉和菜也陸續運到了，很多東西都是現成的，人也是現成的，而且都是老手，要做的事情大同小異，不過是從東家到西家，從南村到北村罷了，挪個地方辦事，該吹嗩吶的吹嗩吶，該蒸扣肉的蒸扣肉，該洗碗的洗碗，該登帳的登帳，一點不會亂。

因為死的是小孩，陳樹德又被氣得半死不活，陳鐵生想縮小酒席規模，拉著陳木生一說，陳木生頭搖得像波浪鼓，說還是那句老話，人死飯門開，不用請自來，至於是大人還是小孩，九九歸一，道理總是一樣，別人要來，他也沒有辦法阻止。

話說到這個份上，陳鐵生也只有打落牙齒往肚裡吞，任由事情發展了。陳鐵生蹲在地上猛抽生煙，煙很沖，把他嗆得咳個不停。忽然，陳鐵生彷彿想起了什麼，抬頭問羅積：「怎麼不見陳世榮和張國源呢，也好給我拿個主意嘛。」

「陳世榮能作什麼主，他自己都還只有一口氣。」說話的是陳木生，他那淡然藐視的口氣讓羅積吃了一嚇。羅積著實驚詫，一是驚詫這陳木生消息果然靈通，料事如神；二是驚詫他竟然用這種口氣來說陳世榮，而他原本就是陳世榮的忠實走狗。真是小人。

聽到陳木生說的話，眾人都有些吃驚，甚至有人望著他犯傻。「陳世榮怎麼了？」有人問。

「大概快了。」陳木生仍然保持著淡然藐視的口氣。至於「快了」是什麼意思，他沒有說，他說完這話就去幹別的了。

眾人面面相覷，不知說什麼好，羅積終於站了出來。羅積說：「陳世榮病了，吃過藥後已經沒有生命危險了，大家還是不要亂猜亂說，做好自己的事就是了。」

「陳世榮病了，張國源也病了嗎？他去哪裡了，怎麼不來打個照臉，是不是想甩手啊。約好一般，哼，這種村幹部！」

沒有人答話，羅積點了一支煙，也走開了。

進了陳世榮家，陳世榮老婆迎過來，「好些了，剛才已經能坐起來了，羅組長，這大恩大德下輩子都報不完呢。」

羅積擺手笑道：「自家人說二家話，身體恢復過來比什麼都好。」說著，羅積輕輕推開房門，進了陳世榮的睡房。

陳世榮見了羅積進屋，支著胳臂要坐起來，羅積趕忙過去按住他，「千萬不要動，這毛病保持安靜最要緊。」

「連累你了，唉。」陳世榮長歎一口氣，重新平躺了，「聽說陳樹德的孫子死了，我又不能去幫打點照顧，這心裡難受啊。」

「你安心治病就是，村裡的事情有我們呢。」羅積移來一張板凳，靠在床邊，先給陳世榮把了把脈，然後兌了一杯溫水，取來藥片，餵陳世榮服了，才接上剛才的話頭，「村裡亂不了的，不過我們該把這個幕後黑手揪出來了，給陳村老百姓一個交代，否則政府的公信力就喪失了。」

「理所當然，哪怕拿我這條命來換也值，只是千頭萬緒，從哪裡做起呢。」陳世榮眼睛裡充滿期待，忽而亮光一閃，「羅組長，你是不是有偵破方向了？是不是發現了什麼？」

羅積神色淡然不置可否地笑了笑，「你還是安心休息吧，別太傷神了，事情有了眉目我會跟你通氣的。反正快了，我想明天上午開個支部村委擴大會，地點就在你家。」

陳世榮點頭應允，羅積又叮囑了幾句，然後出門返回了陳樹德家。此時，陳樹德家熱氣騰騰，一派喧鬧，好像在當一件喜事辦。酒席已籌備停當，陸續到來的村人紛紛入座，羅積也被陳木生拉到正屋上桌坐了，陳鐵生陪著羅積，不停地勸酒勸菜，似乎忘記本地死人酒桌不勸酒的習俗。羅積感覺有些頭暈想吐，勉強喝了幾杯，便告辭回去休息。臨走前，羅積跟陳鐵生悄悄約定，等陳鐵生處理完小孩後事，就去村委找羅積，他要領羅積去一個地方。

羅積出了陳樹德家，飛快地往村委樓跑去，一進屋，剛剛反扣了門，一陣巨大的眩暈襲來，幾個趔趄之後，羅積再也支持不住了，像一團稀泥癱到了地上。

羅積趕緊把右手中指伸進喉嚨，頂住喉頭，用盡平生力量一摳，肚子的東西即刻翻江倒海，從口中洶湧噴出，尚未消化的酒菜吐了一身，但羅積並未停止，仍繼續嘔吐，一直將黃疸水吐出才勉強甘休。歇息片刻，恢復了些氣力，羅積拽著門把、桌子角、椅子腳等一切能借力的物件硬撐了起來，然後扶著牆一步一歇，慢慢挪到了後門外面的井臺邊，一手抓住水桶，一手拿水瓢舀了些涼水，往嘴裡猛灌，緊接著再次嘔吐乾淨，反覆數次後，終於停住了，仰面躺下，漸漸昏迷過去。

然而，二十分鐘後，一陣刺骨的寒冷凍醒了羅積。睜開眼睛，天高雲淡，春日的陽光有些刺眼，羅積回憶了一下，終於明白了自己的處境。「起來！躺著等於死亡！」羅積命令自己，但身體不聽命令，所有努力均告失敗，哪怕手腳動一動都很困難，都重如泰山，羅積無奈閉上了眼，靜候命運的安排。

陽光漸漸遠去，天卻依舊湛藍，一棵高大的桉樹上有鷓鴣鳥在叫，風中散發著野柚子花淡淡的清香，羅積全身麻木，已經不能動彈，頭腦是清醒的，思維還在漫遊，只是無力支配自己的行為。忽然，羅積似乎聽到了敲門的聲音，側耳細聽，是的，有人在敲門，那敲門聲小心翼翼，輕輕敲了三二下便安靜地等著，大概見無人應答，又重複敲三二下，再等，反覆幾次後，敲門聲便沉重起來，接下來不再是敲，而是拍打，後來拍打聲倏然沒有了，羅積喊聲微弱，只能自己聽見，最後歎了一口氣，再次昏睡過去。

「砰」地一聲巨響，驚醒了地上的羅積，睜開眼睛，一張臉便出現在面前，原來陳鐵生見敲門不開，情知有異，已經翻牆進來了。

羅積被陳鐵生連拖帶扛弄上了樓，擦了身子，換上乾淨衣褲，扶到床上躺了，又按照羅積的囑咐，從他帶來的包裡拿出一個小瓶子，倒出四粒藥，用水餵羅積吞服了。然後，陳鐵生下樓把辦公室和井臺邊打掃乾淨，燒了一壺開水上來，看到羅積已經斜靠在床頭，一隻手拿著煙，一隻拿著打火機的手不停顫抖，正試圖點火抽煙。陳鐵生趕緊過去幫羅積點燃了煙，扶他坐正了些，「你急什麼？時間還早，明天再去不遲。」

「不行，不能再等，明天太遲了。」羅積吐出一口煙，慘然一笑，「我是有準備的，閻羅王暫時還不想收我呢。抽完這支煙就走。」

「不急不急，」陳鐵生慌忙擺手，「你先休息一下，恢復點體力再走。」

大概是覺得陳鐵生的話有理，羅積沒有再說什麼，扔了煙頭，平躺了，閉上眼睛，呼呼睡了半個鐘頭。起床時，忽然一陣眩昏襲來，打了個趔趄，差點跌倒。也在一旁打盹的陳鐵生趕忙扶住羅積，「羅組長，不要太勉強了，身體要緊。」

「馬上就好。」羅積拔掉陳鐵生的手，整理了一下頭髮和衣服，揮揮手，搖搖晃晃下了樓。

兩人出了村，沿著西邊的一條逼仄小路往大山深處走去。山路陡峭，兩邊時而萬丈深淵，時而高山密林，羅積跟在陳鐵生後面，走得很慢，還幾次差點跌入深潭，要不是陳鐵生小心看護，後果就嚴重了。羅積身體很虛，走一陣停一陣，走一陣又停一陣，一直走到太陽偏西，二人才算到了地方。

這是山窪處的一片平地，長滿了低矮的灌木叢和黃茅草，羅積從陳鐵生嘴裡得知，這裡是陳村與馬山背村的交界，屬於荒山野嶺，四不管的地方。陳鐵生領著羅積撥開灌木叢一邊走一邊找，轉了好幾個圈，總算找到了二個疑似人工堆砌的土包子。二個土包子間隔三四米的樣子，各成長方形，上面長滿了粗壯的黃茅草，密密麻麻如人的頭髮，只有背朝陳村的方向各有一個簡陋的墳頭依稀可辨，墳頭各立著一塊稍作打磨的石塊做碑，碑身風化剝蝕嚴重，羅積叫陳鐵生弄來些水潑上去，兩塊碑上果然都隱約現出一些模糊的文字來，羅積仔細看了很久，才勉強猜出幾個互不連貫的字。羅積頹然坐在墳頭上，默默抽著煙，那青煙在山風的攪動下瞬間便消失了。抽完煙，羅積將煙頭徹底掐滅，起身拍拍屁股，「走吧。」

二人沿著原路下山，太陽早落到大山後面，天色迅速昏暗下來，風更猛了，滿耳是樹葉颯颯作響的聲音，蟄伏於草叢中不知名的蟲偶爾發出奇怪的叫聲，天空潑了墨一般，如同頭頂橫放了一塊黑板。走在前面的陳鐵生抽出別在腰間的砍刀，就近砍了一根長約二米的圓直樹枝，修理平滑了，一頭自己握著，另一頭讓後面的羅積抓住，亮了一直掛著的手電筒，繼續往山下走去。

一路無事。

六、

> 我要把話說得更明確一些，根據我的判斷，這個殺人兇手就在我們中間，也就是說，來開會的人裡有一個是殺人犯！

回到村委樓，羅積倒在床上即睡死過去，兩隻腳還擱在床下，鞋子也沒有脫掉。陳鐵生幫了羅積一把，開了電燈，關了樓上樓下的門，回去了。

一覺醒來，看看表，晚上九點多了，羅積忍著全身酸痛爬起來，看到了桌子上擺的冷開水和飯菜，顯然是陳鐵生所為。羅積看到這些東西，心下大喜，顧不得斯文，先將滿滿一杯水一飲而盡，接著把一大碗飯菜一掃而光，不剩一點。吃了晚飯，羅積精神大振，抽完一支煙後，身心已基本復原。羅積歪著腦殼想了片刻，拿出筆紙，在桌子上寫起來。

寫完後，把寫好的信紙對開折疊，放到床頭被子下面，然後開了門，下樓去井臺洗漱，一到便發現脫下的髒衣服已經被陳鐵生全部洗乾淨晾在鐵絲上了，羅積心裡有些感動，平日不動聲色的面部也欣喜地抽搐了一下。搖了半桶水，正洗著臉，大門開了，陳鐵生走了進來。

二人上了樓，各自坐了，抽著煙，剛說了幾句閒話，陳鐵生忽然神色緊張起來，「羅組長，我看今晚要出大事！」

「出什麼大事呢？」羅積反倒表情輕鬆地笑了，「人都死了這麼多，還不算大事嗎？還有什麼比死人更大的事呢，還有什麼比你兒子死更大的事呢？」

陳鐵生淒然一笑，「我很清楚，兇手並不是針對我兒子的，而是針對我老子的，我兒子做了替死鬼。唉。我什麼都無所謂了，跟死了沒什麼區別。」

「那你說的大事是什麼？」羅積半真半假地問道。

「可能是腦子犯糊，胡亂感覺罷了。」陳鐵生表情有些尷尬，迴避著羅積的目光，「剛才我在村裡轉了一圈，陳世榮坐在床上吃飯，張國源找不到，陳木生還在我家裡喝酒，陳天華在我家門口鬼鬼祟祟轉來轉去，我老子也是神神鬼鬼的樣子，嘴裡全是瘋話，怕是不行了。羅組長，陳村要完蛋了。」

「陳村不會完，事情很快就會有結果了，請相信我，相信警方。」羅積又遞給陳鐵生一支煙，幫他點了，「你兒子剛走，父親病得不輕，還這麼操心，謝謝了。」

大概這話正好說到了陳鐵生的痛處，他忽地鼻子一酸，蹲到地上，頭伏在胳臂上失聲痛哭。哭聲如風捲蘆葦，發出嗚嗚的鳴叫，時斷時續，是強忍而忍不住的那種極度悲哀，充滿了男性的粗獷和豪放。

羅積默然不語，任由陳鐵生痛哭。幾分鐘後，陳鐵生站起來，扯著衣袖胡亂擦了一把眼淚，「羅組長，我願意為你賣命，萬死不辭，你說吧，要我幹什麼？」

「好，痛快，是男人。」羅積扶起陳鐵生，坐回椅子上，「那你現在就幫我一個忙，去通知一些人明天早上十點鐘在陳世榮家開會。」

「通知哪些人，你說，我馬上去。」

「在家的所有支委和村委幹部，幾個村民小組長，村裡的長老，村民代表，一共十六人。」羅積從床頭被子下拿出一張信紙，「這是名單，趁大夥還沒有睡，你趕快去吧。」

陳鐵生接過信紙，收了，二話不說，飛奔而去。羅積趕下去時，陳鐵生早已無影無蹤。羅積張望了一下，關上門，反鎖了，回到樓上，手伸進口袋摸煙，結果只摸出一個空煙盒，再翻床頭，煙盒裡只剩下一支煙，羅積搔一下頭皮，坐在床上，拿出一支煙，嗅了嗅，又放了回去，反覆二次，終於點了，貪婪地吸著，還不時看看煙的長度。當煙抽完後，羅積還不捨得扔掉，甚至吸了一口海綿頭。煙頭落地後，羅積卻發現了新大陸，滿地煙頭裡都剩不少煙絲，便一一撿起來拆開，竟裝了大半個煙盒，將一張信紙裁成土煙紙大小，碼放整齊，並且立即捲了一支喇叭筒，一邊滋吧滋吧地吸著，一邊在信紙上寫著什麼。喇叭筒一支接一支，圓珠筆也在紙上飛舞，煙全部抽完後，筆也剛好劃上最後一個句號。

「睡覺！天塌下來有姚明頂著！」羅積喝了口水，收拾好東西，關掉燈，扯了被子蒙頭睡了。

一夜無事，羅積睡得很沉，天已大亮仍然在睡，還是樓下的敲門聲才把他吵醒。來人正是陳鐵生，他上氣不接下氣地告訴羅積，陳天華的別墅山莊被燒光了，只不過沒有燒著人。「我說要出大事吧，你羅組長還不信。」

羅積一拍腦袋，有些故作驚訝，「糟糕，我忘記這事了。現在去看看吧，順便去開會。」

陳鐵生說，除了張國源，其他人都通知到了。

別墅山莊附近已經聚滿了圍觀的陳村人，他們看到羅積到來，都自動讓開一條路，眼裡滿是冷漠和憤懣，有人還在小聲地說著刻薄話，而附和者也嘖嘖同意。

羅積沒有理睬村人的閒言碎語，在仍然冒煙的廢墟中轉了幾分鐘，不說一句話，逕直往村裡走了。

到了陳世榮家，陳世榮老婆已經在前廳擺了些椅子板凳，陳世榮蜷縮在一個角落裡，神情落寞，面無血色，手上拿一碗藥慢慢喝著。羅積坐到陳世榮旁邊，邊說話邊等來開會的人。

十點過後，通知來開會的人才陸續到，接近十一點時，仍然還有幾個人未到，特別是張國源未到，不免讓眾人有些犯嘀咕。會場很靜，人們約好了一般，都不吭聲，只是偶爾的咳嗽吐痰聲才打破這令人窒息的寂靜。時間過了十一點，羅積看看已超過預定開會時間一個鐘頭，低聲跟陳世榮商量了一下，決定開會。正在這時，張國源駝著腰，像一個影子無聲無息地溜了進來，迅速縮到角落裡坐下了。羅積冷冷地看了張國源一眼，然後宣布開會。

先是陳世榮簡單地交代了幾句，大意是陳村的治安狀況惡化，老百姓的生命受到極大威脅，意外死亡的人越來越多，情況越來越緊急，現在召集大家開個會，分析情況，理清思路，集思廣益，為徹底扭轉陳村工作的被動局面出謀劃策。

對陳世榮的講話，羅積首先表示讚同，接著話鋒一轉，直奔主題。羅積站起來，向與會者深深鞠了一躬，說自己有辱使命，失職犯錯了，對不起陳村老百姓。為此羅積作了自我介紹，正如大家所猜測的，羅積來自省公安廳，是著名刑偵專家，破獲過好幾起大案要案，這次是專門來陳村偵破此案，下鄉工作組不過是一個由頭而已，以此避免引起村民恐慌和打草驚蛇。

「現在，我明確告訴大家，陳村這幾年來不斷發生的死亡事件不是偶然的，更不是巧合，而是有預謀的經過精心策劃的，是一場險惡的大屠殺，目的就是要滅絕全體陳村人，而且，他的目的已經部分達到，如果我們不及時揭露和阻止，他就會變本加厲，殺死更多無辜的陳村人。因此，我們不能再等了，我們必須把躲藏在背後的兇手找出來，制止其繼續犯罪行為，並將其繩之於法。時間就在今天，就是現在。」羅積直截了當的幾句話，把眾人聽呆了，不知這羅積葫蘆裡賣的什麼藥，都豎著耳朵細聽下去。

「我要把話說得更明確一些，根據我的判斷，這個殺人兇手就在我們中間，也就是說，來開會的人裡有一個是殺人犯！」此話一出，語驚四座，好像捅了馬蜂窩，會場一下子炸開了，有人交頭接耳，竊竊私語，有人則大聲質問，說羅組長你要拿出證據，以理服人。

羅積聽言，微微一笑，點了一支煙，站在大廳中間，神態自若地繼續他的發言，「當然，誰主張，誰舉證，這是常理。大家不要急，聽我慢慢說來，逐條分析，反正我們有的是時間。分析有沒有道理，最後由大家公斷。」

眾人重新安靜下來，齊刷刷眼望羅積，看他如何證明事實。眼光裡有期待的，有信服的，有懷疑的，還有不以為然的。不過都全神貫注，態度認真。

「首先，我們必須把這件事建立在謀殺的基礎上，那麼是誰謀殺？為什麼謀殺？」羅積喝了一口水，抽了一口煙，接著說，「冤有頭，債有主，任何事情都有它的內在原因，殺人不是一件容易的事，殺人不是殺豬殺雞，想殺就殺，殺人是不被社會規則所允許的，殺人將受到國家統治機關的懲罰，而這種懲罰是嚴厲的，是與受損害者情況對等的。殺一個人都很困難，殺很多人就更難了。既然如此，兇手還要這樣做一定有他的理由了。什麼理由？我們知道，行兇殺人最主要有兩個原因，一是仇恨，二是利益，但兇手毒死這麼多村民到底是出於仇恨還是利益？花這麼大的成本和風險來實施謀殺他值得嗎？」

沒有人回答，大廳裡安靜得使人窒息，忍不住要咳嗽的人都捂住嘴使勁控制，眾人都處於莫名其妙的沉思中，但彼此都猜不透對方的心思。

「那麼，到底誰是兇手？」羅積站定大廳中央，目光從左到右，從前到後，緩慢而堅定地在每個人臉上掃視一遍後，突然走到陳木生面前說，「兇手是你！」

一直低頭作沉思狀，面色赤紅的陳木生一聽大驚，差點從椅子上跌下來，「我……我不是……你亂講……要負責任的！」

「不要激動，且聽我說。」羅積淡然一笑，回到中央位置，「村裡死人，誰的利益最大，好處最多？毫無疑問，是你，陳木生。你開了村裡唯一的代銷店，全村人的日常生活用品都從你這裡買，做白事的一切用品都要從你這裡開銷，死的人越多，在你店裡開銷越大，你的利潤就越大，好處就越多，其實你是巴不得死人呢。另外，你們夫妻倆根本沒有藥師資格，卻還順帶賣藥，並且違反規定拆散零賣，因此我有理由相信，你們夫妻倆在藥裡摻了毒，用這種卑劣的方法牟取暴利，只要看看你們建的住房就知道你們撈了多少陳村人的血淚錢了。」

眾人目光像無數把利劍刺向陳木生，他身形彎曲，雙腿夾住腦袋，幾乎匍匐著地，全身抖如老婦搖的篩子。時間彷彿凝固了，安靜中隱隱傳來陳木生的抽泣聲。

不料，羅積忽然一下放棄了對陳木生的追剿，返回大廳中央，眾人不明就裡，目光跟著羅積轉。羅積半仰著臉，似乎在凝視什麼，又似乎只是裝模作樣地仰著臉而已。在眾人的翹首期待中，羅積終於回轉神來，目光一掃四周，逕直走到陳天華和劉春蘭夫妻面前，話語單刀直入，「兇手是你們！」

二人聽言，抬臉與羅積正面對視，陳天華的怒火瞬間爆發出來，他起身便衝向羅積，一頭撞上羅積胸口，把羅積頂出幾尺遠，陳鐵生等幾條漢子趕忙上去攔住，才將武鬥平息下去。陳天華被強按在座位上，嘴裡仍罵罵咧咧，不善罷甘休，劉春蘭雖然嘴上沒有幫腔，臉上的表情卻是明寫著的。眾人從陳天華的髒話中也聽明白了，他的意思是老子今天早上房屋被燒，已經傾家蕩產了，你他娘的還拿鬼話傷人，太不厚道了。

「有理不在聲高，暴力不能解決問題。」羅積站穩了，仍然淡然一笑，滿不在乎地拍了拍衣服，走到陳天華夫妻面前，扯過一張椅子坐了，拿出陳鐵生給他帶來的煙向與會者發了一圈，除了陳天華以外，其他人都接過並點上，羅積也給自己點了一支，吸了幾口後接著說，「陳天華，我知道你對某人積怨很深，但你用這種極端的報復方式對待村人是非常危險的。你扮成紅狐，裝神弄鬼，到處嚇唬村裡人，人為製造恐怖，你還防火燒毀了村委會那一段二十幾間房子，雖然你並不是真的想燒死村裡人。你可能問我為什麼認定是你幹的？我告訴你，人是有第六感官的，我來的當天晚上，你就把我當成某人的同類，扮成紅狐出來嚇唬我，試圖把我趕出陳村，但不慎讓我看到了你的眼睛，而眼睛是會說話的，眼睛是每個人獨一無二的心靈語言，不會作假，不會掩飾，雖然我只見你二次（這是第三次），但你的眼睛告訴我，你就是紅狐！」

陳天華臉色遽變，由紅轉青，由青轉黑，眼睛悄然閉上，雙手捂住臉，不再出聲。羅積轉而指著劉春蘭說：「我們在周邊調查時已查明，你是一個經歷相當複雜的女子，年紀輕輕便墜入風塵，以坐台賣笑為生，不久成為一個黑社會頭目的小蜜，涉足毒品，參與了不少非法毒品交易，陷得很深，後來黑社會販毒集團被剿滅，其頭目被擊斃，你卻帶著一筆款項，改名換姓，逃之夭夭，並藉與陳天華結婚開店的理由在陳村潛伏下來，企圖逃避法律的懲罰。很可能村裡接連有人發現了你的秘密，因此你只能不斷地殺人滅口，以保護你自己。」

眾人大驚，陳天華更是失色啞言，不知所措。然而劉春蘭笑了，雖然顯得是那麼淒然、委屈和無奈，卻更透露出一種絕塵隔世的美，她無聲的笑後是幾句輕盈如風的話，很有些四兩撥千斤的意味，「羅組長，我知道你們不會放過我的，我不想辯解，說什麼都沒有用，任由你們發落好了。」

「陳村竟有這種人，呸！」平日總像打了霜的茄子一樣軟綿綿的張國源此時卻義憤填膺，滿臉正義，一副牆倒眾人推的作派。

話音剛落，羅積便接上了，「張國源，你也不能排除嫌疑，你表面老實巴交，屁都不多放一個，但你心裡跟明鏡似的，肚裡全是彎彎腸子。作為陳村的外姓人，少不了受到欺負，即使你是村幹部，也沒有幾個人把你當回事，從這個角度說，你毒殺陳姓人也在情理之中。另外，你一天一夜不見了人影，忙什麼去了？」

張國源滿臉憋脹，差點背過氣去，好一陣子才回轉神來，指著羅積痛罵道：「好你個小人，把老子的好心當成了驢肝肺，真是不識好歹，去你娘的，呸！」

眾人哄堂大笑，隨即又沈默下去，各自緊了緊身子，生怕羅積盯上自己。哪知羅積拉了張椅子，回到大廳中央坐下了。坐下之後，羅積面色迷茫，眼神發呆，似乎不明白自己在幹什麼。過了至少半分鐘才恍然大悟，尷尬地笑笑，「剛才我說到哪裡了？」

沒有回答他，羅積卻似乎想起了什麼，從口袋裡掏出一張信紙，看了一眼，又重新放回口袋，「為了使大家弄明白這件事的來龍去脈，我還是從頭說起。故事本身很簡單，但後果很糟糕。」

羅積說——

事情的起始要扯到五十多年前，那時候還沒有解放，你們陳村有一個人在小灣鄉做鄉長，平心而論，他是個開明紳士，治理有方，屢次被評為「模範鄉」，但一時糊塗，將暫避在該鄉的一名共黨分子捕獲，押送縣上後遭國民黨政府處決。解放後，此事被知情人揭發，鄉長隨即被逮捕歸案，不久查明事實確鑿，罪大惡極，公審大會後立即槍斃。但事情並沒有就此結束，鄉長被槍斃後，其家人將屍體運回陳村下葬，誰知第二天屍體又被人掘出，遭到全村人鞭屍和唾沫，並勒令其家人把屍體移出祖宗墳地，於是把鄉長屍體移到了與馬山背村交界的地方。到了文化大革命，事情接著發展，鄉長的獨生子受父親牽連，遭到批鬥遊街，最後毆打致死，也葬到其父親墳旁，留下年輕的妻子和不滿二歲的兒子苦度歲月。這裡要特別指出，有兩個人在父子倆的事上起了關鍵作用，一個是陳天華的爺爺，一個是陳木生的爺爺，陳天華的爺爺還長期霸佔這獨生子的妻子。鄉長的獨生子死後，其妻不堪凌辱，上吊自盡。之後，一切隨著時間流逝煙消雲散，第三代的兒子也在不知不覺中長大，直到有一天父親留下的那封信（母親臨死前也在上面加了話）改變了他的一切。

羅積拿出了那封信，在手上晃晃，繼續說——

他天資聰穎，初中畢業後到城裡闖蕩，做過門童、送水工、推銷員、保管員、磚瓦匠，通過承包一個小工程賺到了自己的第一桶金，還跑過運輸，幹過很多匪夷所思的事情。賺到了足夠的錢後，他去醫學院自費學習了中醫，特別鑽研了藥理學，掌握了毒藥的性狀和使用技巧，並用非法手段搞到了大量的毒藥，但他未將這段經歷告知任何人，更未在村裡行醫看病。不久他回了村，先是為全村拉了電，隨後幾年又引資裝了自來水和衛星電視，獲得了全村老小的信任，在村委會民主選舉中，他高票當選村幹部，為自己披上了一層偽裝色。

說到這裡，羅積喝了一口水，咯咯乾咳幾聲，用煙屁股接上一支，繼續故事的敘述——

一切水到渠成，他開始實施自己的計畫。他使用的是一種叫馬錢子堿的毒藥。順便說一下，我學過中醫，對藥理學也略知一二，這馬錢子堿毒性達到六級（最高級），為無色水晶粉末，氣味刺鼻，可通過皮膚、眼睛和內服等多種方式中毒，它通過破壞中樞神經，導致強烈反應，致使肌肉萎縮；中毒者會窒息，無力及身體抽搐，當然首先是脖子發硬，然後肩膀及腿痙攣，直到蜷縮成弓形，並且只要說話或做動作就會再次痙攣；即使死後屍體仍然會抽搐，且面目猙獰，因此馬錢子堿中毒是十分痛苦的。他用這種毒藥首先毒殺了陳天華和陳木生的爺爺以及幾個死敵，然後看準機會隨機毒殺村人。他之所以暫時留下陳天華和陳木生，是想讓這二人做他的擋箭牌。陳木生是個唯利是圖的小人，並不顧及親情，成了他手裡的一把槍卻渾然不知。陳天華則對他的行為有所察覺，但卻被他戴了綠帽子，而且用一種致幻藥致使其神經系統輕度紊亂，多次上演裝紅狐鬧鬼的活報劇。劉春蘭的販毒秘密早被他獲知，自然只能束手就擒，忍氣吞聲，成為他手中的玩物，這恐怕也是為他母親當年受盡凌辱的報復。有一次，劉春蘭實在忍不住了，趁他在村委會值班睡覺的晚上，叫陳天華放了一把火，但除了燒掉二十幾間空房子，他毫髮無損，而他們的山莊別墅昨晚今早被燒毀，是理所當然的事情。如果時間允許，他會除掉陳天華和陳木生以及更多人。

有人問，這殺手為什麼這幾天接著殺人呢？他到底怎麼做到的啊？還有聯合調查組為什麼得不出正確的結論呢？

問得好，羅積接著回答，他知道真正的對手來了，此案必破無疑，他只能抓緊時間繼續實施計畫，多殺一個算一個，這幾天殺的都是當年的債主。特別要指出的是，他本想毒死對他疑心很大的陳樹德，卻毒死了陳樹德的孫子，讓一個無辜的小孩子送了命。這正好回答了你們剛才提出的第二個問題，說明他的毒殺是隨機的不確定的，他毒殺的方法很簡單，可以將毒藥置放在任何人經常接觸的地方，吃的用的都可以，而且可以根據劑量的大小決定其發作和死亡的時間，神不知鬼不覺。至於聯合調查組查不出原因的道理很簡單，他利用自己的特殊身份，把調查組帶向歧途，比如要從墳墓裡找幾具屍骨作檢驗，他就帶人去挖正常死亡人的屍骨，自然就檢驗不出名堂了。但是天網恢恢疏而不漏，我們早就有所懷疑此人了，而且做了大量的週邊工作，我這次來就是要偵結此案。現在，真相已經大白，罪犯就在我們中間——就是他！

眾人順著羅積指向看去，那人正是陳世榮！

「對，我早就知道是他了，就是他！就是他！」陳鐵生大聲喝彩，表示贊同。

張國源卻目光遲疑，期期艾艾地說：「那他自己也中毒怎麼解釋？還有你也中毒怎麼解釋？」

「那是他的苦肉計，欲蓋彌彰嘛，但他也是冒了險的，藥量要拿捏得很準，否則自己會送命。」羅積臉上似笑非笑，「他對我手下留情了，不然我已經死掉了，這是他犯的唯一錯誤，而且是致命錯誤。」

此時，陳世榮已經把碗裡的藥喝完，雙手抱在胸前，靠在椅背上閉目養神，好像周圍的一切事情與他無關。當眾人的目光全部投向他，他才緩緩睜開眼，呆望著半空慢條斯理地說道：「爺爺、爸爸、媽媽，我來陪你們了！」

說著，陳世榮猛然撲倒在地，一陣劇烈地抽搐後，在人們眼皮底下死掉了。他身體彎曲成弓，面目猙獰，模樣恐怖。看樣子陳世榮知道自己在劫難逃，喝下了碗裡的大量馬錢子堿，於是毒性迅速發作，最終結果了自己。

眾人目瞪口呆，一會望望地上的陳世榮，一會望望羅積，對眼前這突如其來的一幕反應不及。羅積抽了有些傷風的鼻子，冷冷地看了一眼陳世榮的屍體，「便宜了他！」

這時候，幾位警察進了屋，他們跟羅積招呼一下，便把陳世榮的屍體抬了出去。原來這些警察是羅積暗中叫張國源去縣裡帶來的。

正午時分，烏雲漸散，一抹陽光破霧而出，陳村的一切事物便亮堂起來，長久蟄伏於人們內心的陰霾也一掃而光。

羅積一行人下了山，路過小彎鄉政府院子，秘書小張迎了出來，他豎起大拇指稱讚道：「羅組長，高，實在是高！」

院子仍然安靜，只聽見遠處隱約傳來幾隻鳥的叫聲，羅積無聲地笑笑，抬頭仰臉，神情專注地傾聽著那天籟之音，心思也隨著叫聲越飛越遠。

尾聲

〔本報訊〕近日，我市青陽縣小灣鄉著名的戶外旅遊熱點陳村連續出現離奇死亡事件一案告破，殺人兇手為該村村委會主任陳世榮。幾年間其利用某種高效毒藥連續毒殺村民數十人，而毒殺原因、方式和具體死亡人數尚未正式公布。據悉，兇手陳世榮已自殺身亡，案件還在進一步審理中。

〔又訊〕陳村旅遊公路昨日全面開工，市分管領導及有關部門負責人出席開工典禮。該旅遊公路起於小灣鄉政府所在地，終點為陳村，全長二十三點五公里，總造價一千七百餘萬元，預計工期一年零六個月。該旅遊公路全線貫通後，將對加快我市旅遊業發展起到積極推動作用。

眞凶之謎

「遺失之物能夠找到，等待之人一定會來。」

——摘自匿名信

一、午夜鈴聲

夜已深，風正涼，除了偶爾掠過的汽車馬達轟鳴聲和急匆匆的腳步聲之外，只剩下濃稠如夜色般漫無邊際的寂靜。

忽然，一陣急促的電話鈴聲在一間寬大而舒適的臥室遽然響起，驚醒了睡夢中的楊東昌。

楊東昌拿起電話，叫了兩聲，無人應答，他能夠聽到話筒裡滋滋的電流聲，線路明顯是通的，對方卻不說話，只有一絲輕微的喘氣聲。楊東昌放下電話，重新躺下睡了過去。然而鈴聲很快再次響起，睡意正濃的他有些不快，說話的調門也提高了幾分。

「誰呀？我是楊東昌，有事請說話。」楊東昌索性坐了起來，一隻手拿著話筒，一隻手擰開了檯燈開關。

「嘿嘿。」靜默片刻後，聽筒裡忽地傳來幾聲冷笑，接著是一個裝腔作勢的男聲壓低嗓門在說著什麼，楊東昌隱約聽到「遺失」、「找到」、「等待」、「到來」等幾個莫名其妙的單詞後，正半明不白時，電話已「咔嚓」一聲掛斷，只剩下嘟嘟的忙音。

楊東昌撂下話筒，托著下巴歪著腦殼想了一想，竟不得要領。再看看來電顯示，也無任何號碼，顯然使用了隱藏電話號碼手段，這更讓楊東昌一頭霧水，愣在床頭不知如何是好。

「誰的電話啊？」夫人林之慧也被驚醒，側過身，小心地問道。其實她並不是要問清楚電話是誰打來的或者有何事，她只是出於對丈夫的關心，至於丈夫公司裡的事，她是從來一概不聞不問的。在她眼裡，丈夫就是她的天，她的地，她的一切，丈夫的所作所為都是理所當然的，她從來不會去想丈夫有什麼不對，她拒絕這種愚蠢的想法，想一想她都覺得自己有罪。

「沒什麼，肯定又是那個陶小寶在搞怪。」楊東昌拔掉電話線，關了檯燈，「睡吧，不管他，明天還有事呢。」

楊東昌倒頭睡去。

一夜無話。

早上起來，楊東昌洗漱完畢，吃過林之慧煮的早點，穿好外套，夾著公事包下樓，開車直奔公司而去。

到了公司，剛進辦公室，公司秘書王碧霞往日一樣，胳膊彎夾著一個文件夾款款而入。她那風擺楊柳的身型、婀娜多彩的步姿和清香怡人的體味迅速帶給楊東昌一股春風，他眼前一亮，精神便爽了許多。

王碧霞熟練地將一些文件和材料分門別類地放到楊東昌寬大的環繞形辦公桌上，並一一交代清楚，比如哪些需要圈閱，哪些需要簽字，哪些緊急，哪些可以暫緩，說得明明白白，無一遺漏。隨後又將一張列印好的日程安排表放到他面前，可人而不失分寸地一笑，仍然在楊東昌的謝聲中款款而出，門也被她輕輕關上。

楊東昌泡上一杯茶，點了一支煙，剛落座，門又開了，來人是公司外聯部長馬雲山。馬雲山把一張紙放到楊東昌桌面上，「楊總，桃源小區到期的那五千萬元貸款銀行方面又在催了。」

楊東昌臉上閃過一絲苦笑，表情卻有些心不在焉，「桃源小區的地一直徵不下來，市政府又一直不肯出面干預，說是要市場化運作，政府不便使用行政手段，錢卻從未少他們一分一文的。如今錢是越來越難掙，麻煩事卻越來越多，蓋房子的土地沒拿到手，徵地的錢卻到期了，以陶小寶為首的以幫釘子戶算是把我們整苦了。小馬，你看這事該怎麼辦？」

「就是就是。」馬雲山點頭表示同意，轉而又說，「楊總，你看是不是這樣，既然這筆貸款一時半會還不上，我去跟銀行方面約個時間，請劉行長出來吃個飯，疏通疏通，再續三年，你看怎麼樣？」

楊東昌略一思考，便同意了馬雲山的想法，「好，先就這麼辦。」

馬雲山出去後，楊東昌的注意力重新回到桌上，他漫不經心地剪開寫著他姓名的一封信，從裡面抽出一張折疊整齊的白紙，打開一看，驚呆了。

那張十六開白紙上畫著一只模樣醜陋、令人恐怖的人頭骷髏，下面貼著兩行從報紙上剪下來拼湊而成的文字：「遺失之物能夠找到，等待之人一定會來。一千萬，一條命。」

二、乾溝頭顱

一聲大喊，聲隨釣起，一條活蹦亂跳的鯽魚掉進了刑偵隊長施其畏的塑膠桶裡。他放下釣竿，望了望桶裡的收穫，點上一根煙吸著，一臉的幸福狀。

施其畏五十出頭，一個典型的半拉子小老頭，身材矮壯，光禿禿的腦門寸草不生，且油光可鑒，抵得上一盞六十瓦白熾燈，他老婆說這光頭的唯一好處就是為家裡節約了電費，夜晚到裡屋找東西用不著開燈，叫施其畏去即可，保證一找一個準。施其畏從警多年，破案不計其數，人們都說施其畏腦子好使，破案有一套絕招，又快又準，有「神探」美譽，正應了聰明的腦袋不長毛的老話。施其畏破案是把好手，日常生活卻百事不管，幾近白癡，唯一的愛好是釣魚。每次破獲一樁大案要案，他都會失蹤三天，其中睡上二天，釣上一天。

抽完一支煙，剛摔下釣，那邊隱約響起了汽車馬達聲。馬達聲越來越近，最後停在了施其畏身後。車上下來一個三十多歲的漢子，逕直走到施其畏旁邊蹲下，滿臉堆笑道：「隊長，一打你的電話關機，我就知道你在這裡。」

來人是他的副隊長王大雷，彼此搭檔多年，配合還算默契，王大雷很服施其畏，對他言聽計從，只是頭腦簡單些，性情魯莽些，功夫卻是一把好手，三五個人近身不得，追個把逃犯如老鷹抓雞一般簡單，人稱「王大力」。

施其畏心不在焉地瞟了助手一眼，接過遞過來的煙，就著火點了，半晌才說：「小子啊，搗什麼亂，你不看我正忙著嗎？」

「嘿，你忙個屁，釣魚也算事啊。」王大雷笑了。

「剛破了銀行大劫案，你總得給我撒尿的工夫嘛。」

施其畏擺擺手，「沒事快滾，免得連魚看了你都煩。」

這時候，王大雷的手機鈴聲響了，他接過聽了一下，把手機給了施其畏，「局長找你。」

施其畏接過電話，聽著聽著，臉上的表情嚴峻起來，「好，局長，我馬上到。」掛掉電話，施其畏收了釣竿，把塑膠桶裡頭的魚全部倒回河裡，「走，去現場。」

王大雷望著潛入水底溜走的十多尾鯽魚，一臉惋惜地說：「隊長，你不要也給說上一聲，讓我拿回去熬湯給兒子喝啊。你這不是浪費資源嗎。」

施其畏早在司機位子上坐定，一轟油門發動了三菱越野車，「小子，你走不走？我可不候你了。」說著，鬆開手剎，一打方向盤，車便衝了出去。王大雷見狀，緊趕幾步，打開車門，爬進了助手席，嘴裡還在嘮嘮叨叨：「你就天生一個刑警命，見了案子不要命。剛才還黑著臉批我，現在倒自己猴急，嘿。」

「王大雷，他娘的，你別婆婆媽媽個沒完，快把案情給我說說。」

王大雷對案情所知有限，因為他也是剛剛獲悉，便奉局長之命來找施其畏回去主持案件偵破工作。施其畏從王大雷簡略的敘述中得知，在城郊結合部的李家村一條乾溝裡發現了一只人體頭顱，現場已被保護，並由法醫做了初步勘察，等著施其畏去進一步處理。

本來釣魚的地方與案發現場不算太遠，施其畏又將車開得差點飛起來，說話間就到地方了。

現場距村邊不遠，正是秋末初冬季節，人們閑來無事，所以圍觀者甚眾，警察正忙著維持秩序，防止人們無意中破壞了現場痕跡。

施其畏先是聽了人體頭顱的發現者——一位本村農民的敘述，然後聽了法醫的初步勘察印象。聽完簡要案情介紹後，施其畏從幾個角度觀察了人體頭顱一陣，又拿著一根棍子在乾溝草叢裡翻找一遍，再沿著乾溝兩頭走了幾個來回，然後點了一根煙，一聲不吭地蹲在地上悶著頭吸完了，掐滅煙頭站起來，面無表情地說：「撤！」

在第二天的案情分析會上，專案組成員各抒己見，紛紛談了自己的看法，其間不乏爭論，意見各一，難以統一起來都不約而同把目光投向施其畏。

施其畏蹲在椅子上，脊背佝僂著，一雙蠶豆眼半開半瞇，煙不離手，一支接一支猛抽，煙缸早已滿了，煙蒂掉到了桌上，煙灰更是撒滿桌面，一片狼藉，施其畏對此卻視而不見，好像仍未從銀行大劫案中走出來，還處於極度疲憊之中。過了許久，大約他終於發覺爭吵聲已經停止了，猛然抬起頭，「怎麼了？怎麼不說話了？」

然後，施其畏看到所有的眼睛都望著他，眼光中全是問號。他如夢初醒，輕輕搖了搖頭，表情有些尷尬，他往地上吐了一口濃痰，清了清嗓門，說：「剛才同志們的案情分析我都聽了，一句話，很受啟發。下面，綜合同志們的意見，我歸納幾點：第一，從現場情況看，李家村乾溝並不是案發時的第一現場，也就是說，不是死者的原始死亡地點，因為乾溝裡只發掘出一只頭顱，而人體其他部分骨骼無一發現；第二，根據現場情況推斷，這不是自然死亡，屬非正常死亡，換句話說，是他殺，因為此處既不是墳地，所埋之人又非全屍。同時，法醫的初步結論也顯示，人體頭顱受到了鈍器的擊打，至於是不是導致死亡的原因，還不能下最後結論，但很可能是主要原因之一；死亡時間不算久，在三個月左右，而且頭顱曾經被某種強腐蝕液體浸泡過；第四，死者為男性，年齡在三十至四十歲之間。

按照施其畏的布置，專案組成員將分別做幾件事。第一，儘快查清死者身份，首先從摸清近三個月以來全市失蹤人員名單入手，然後一一排查，確定頭顱所屬；第二，繼續尋找人體其餘部分骨骼，範圍以發現頭顱的乾溝為圓心，對方圓五公里進行仔細搜索，有可能找到更多線索；第三，在全市範圍尋找一輛別克郎迪牌轎車。

安排完畢，眾人正要散去，辦公室人員給施其畏送來一封掛號信，施其畏翻來覆去觀察片刻後，隨即撕開，裡面掉出一張紙，紙上畫著一只人頭骷髏，下面寫著兩句話：「遺失之屋能夠找到，等待之人一定會來。一千萬，一條命。」

「有人下了挑戰書。」施其畏一聲冷笑，「好戲開鑼了。」

三、腦後的眼睛

楊東昌開著他那輛平日上下班用的普通型桑塔那二○○○到了毗鄰桃園小區的一家飯店，坐在靠窗的餐桌旁一邊喝茶一邊等陶小寶。他跟陶小寶約定的時間是上午十一點半，地點就是這家飯店。他跟陶小寶是老對手了，已經交鋒多次，彼此都熟悉。

一杯淡茶還未喝完，就見陶小寶騎著一輛摩托車到了飯店門外。陶小寶停好車，伸長脖子往飯店裡張望了幾下，站在門口躊躇不前，見楊東昌在裡面招手，才硬著頭皮勉強走了進去。

陶小寶坐到楊東昌對面，雙臂緊抱，滿臉僵肉，眼裡充滿敵意，並且射出一波波仇恨的火焰。楊東昌第一次見到這個使他極其頭痛的人物之前，原以為陶小寶肯定是個五大三粗、舉止粗俗的傢伙，卻不料此人長得眉清目秀，小白臉一般，還戴著一副琺瑯鑲邊眼鏡，簡直就是書生一個。其實呢，陶小寶只是一名普通工人，五年前下崗，臨街的房屋算是唯一值錢的祖業，靠收幾個房租作為生活費，日子雖然緊緊巴巴，倒也還能湊和著過，不至於餓死凍死。如今城市到處大興土木，拆舊建新，房地產開發熱鬧非凡，一幢幢別墅一片片小區雨後春筍般拔地而起，於是一些人成了財富的暴發者，另一些人則成了可憐的拆遷戶，陶小寶便是其中之一。陶小寶有一切理由仇恨楊東昌，拆遷所得所失不成正比，於是陶小寶拒絕搬遷。當樓內所有物件一一搬走後，唯有陶小寶孤守空樓，且軟硬不吃，面對官方的民間的明的暗的粗暴的文雅的種種壓力，一概不為所動。時勢造英雄，硬頸幾個月下來，陶小寶早已名聲大噪，成了政府的「釘子戶」，也成了拆遷戶裡的「英雄」。

作為利益攸關方，楊東昌也有足夠的理由視坐在對面的陶小寶為仇家。刺頭雖小，卻是一石攔斷萬里路，使他進退維谷，損失慘重。開始他並不太把陶小寶當回事，以為不過是市井小無賴而已，幾個回合下來，定會自討沒趣，夾著尾巴乖乖搬遷了事，哪曾料到今天這個局面。為此他思前想後，電話單獨約了陶小寶好幾次，直到今天早上才勉強答應，但陶小寶提出了要求：只能楊東昌一個人來，要像以前那樣人多示眾，免談。楊東昌痛快地同意了，因為他想真談，從中瞭解一下陶小寶的真實想法。每一個問題都有每一個問題的處理方法，只有瞭解問題，才有解決問題的可能。另外他還有一個考慮，他要正面觀察一下陶小寶到底是不是那個打匿名電話以及寫黑信的人。

楊東昌看著抱著胳臂坐在對面的陶小寶，心裡卻泛出一絲苦澀，他很清楚這是設身處地的憐憫情懷泛生了，也很清楚同情對手的後果往往是毀滅自己。他當然不至於讓悲天憫人的情緒無限地氾濫開去，他只是把他作為一種策略。他給陶小寶斟了茶水，還讓煙，但陶小寶一概拒之，身形仍舊僵硬著，眼裡的火卻是小了些的。

楊東昌試圖首先打破僵局，「陶先生，我過來約你談，我相信我的態度是嚴肅的認真的。沒有別的意思，就是彼此溝通一下，如果問題一下解決不了，那麼就爭取談起來，談下去，談出成果來。」

「怕是沒什麼好談的，談什麼呢？能談什麼呢？」陶小寶鬆開胳臂，對楊東昌放在他桌子面前的一包高檔煙視而不見，從自己口袋摸出一支皺巴巴的煙，點上吸著，半晌又說，「貓給老鼠拜年能安好心麼？」

「我不便承諾什麼，但我願意傾聽，如果你願意說的話。」楊東昌招手叫服務員上菜，「有話好說，我們邊吃邊談。」

「飯我是不會吃你的，不過話我倒有兩句，捅破天也要說出來，中不中聽隨你便。」陶小寶臉仍然扭向一邊，望著窗戶外面說話。

「好，我聽你說。」儘管知道陶小寶不會吃，楊東昌還是給陶小寶碗裡夾了幾筷菜。

靜默片刻，陶小寶說，他父親患糖尿病，每月藥費五六百元；老婆得了風濕性偏癱臥床多年，生活都不能自理，更不要說打工賺錢養家了；兒子讀小學三年級，正是花錢的時候，而他全家除了那點房租以外，沒有任何別的收入。至於發下來的那點拆遷補償款，不過杯水車薪，不用多久就會花光，到時候全家只有去喝西北風。所以，要是他簽了字，領了補償款，等於死路一條。搬是死，不搬是死，反正是個死，你楊東昌乾脆叫人開著推土機掀翻房子壓死他全家了事，一了百了，免得麻煩。楊東昌知道他說的都是真話，不過他早把父親、妻兒轉移到了別處，只有他獨自一人空守「孤城」。

在旁若無人的敘述中，陶小寶迅速進入了他自說自話的語境當中，說話很快演變成了咒罵，他的咒罵如萬炮齊發，將世上最惡毒、醜陋、鄙俗的字眼統統砸向楊東昌。在陶小寶聲震如雷的吼叫中，圍觀者聞訊而至，並迅速增加，很快圈了裡外三層，人們從陶小寶的罵聲中得知了楊東昌的身份。富人是窮人的天敵，這下好了，輿論倒向一邊，楊東昌成了眾矢之的，是當然被攻擊的對象。但楊東昌亦非等閒之輩，在林子裡待久了，什麼鳥沒見過，夜路走多了，敢與鬼同行，楊東昌想本人大風大浪都見過了，量你小陰溝的泥鰍也掀不起狂瀾。不過，楊東昌不願意跟這些人一般見識，爭吵對解決問題有害無益。如果問題正在翻滾沸騰，那麼不妨先讓它冷卻冷卻，否則會燙傷自己。在綿延不絕的罵聲和無休無止的起哄聲中，真誠的微笑一直牢牢地掛在楊東昌的臉上，他神情專注，好像在認真地傾聽陶小寶的罵聲，他似乎要從陶小寶的罵聲裡聽出美妙的音樂來。其實，他是在緊張地思考對策，他必須儘快從這裡脫身。機會很快來了，手機鈴聲幫了他的忙，他拿起手機向陶小寶示意一下，意思是稍等片刻，接完電話你再接著罵。通話中他連著說了好幾個「馬上就到」，充分地鋪墊了理由。接完電話，他的笑容裡滿是歉意，「對不起，陶先生，那邊有急事催我，先走一步了，謝謝指教。」

說著，楊東昌手伸出去要跟陶小寶示好，陶小寶正罵到興頭上，眼前忽然伸過來一隻手，嚇了一跳，本能地縮回手，「我才不跟你這種人握手呢，你那手髒，沾滿了老百姓的血。」

楊東昌大度地笑笑，揮揮手撥開人群出了飯店門口。他邊往外走邊掏車鑰匙，到了車邊迅速打開車門坐了進去。發動車後，他扭頭看了看小飯館，發現圍觀的一幫人已經圍坐在他點的那一桌菜吃開了，說笑吃喝的浪聲比罵人聲更高漲。他苦笑一下，搖搖頭，踩下了油門。

忽然，他感覺後腦一陣灼熱，回頭一看，一雙似曾相識的眼睛一閃便不見了。

四、一條消息

雨在下。

雨天容易使人傷感，尤其是女人。王碧霞並不是個極其多愁善感的女人，但她看到窗外的雨，淚水還是不知不覺淌了一臉。不過她很快便控制住了自己的情緒，將手頭的事情處理完畢，向辦公室主任馬雲山請了個假，打著一把傘走進了雨中。

計程車穿過雨幕，把她送到了市婦幼保健院。王碧霞在檢驗視窗拿到了自己的化驗單，轉身進了門診找醫生。醫生看了看單子，臉上泛出一種職業性微笑，「恭喜你，女士，你要做母親了。」

王碧霞也笑了，苦笑。她向醫生道了謝，離開了醫院。醫院不遠處便是灕江，她靠在江邊的鐵欄杆上，雨傘扔在一邊，細雨如絲，將人罩在其中，淚水跟雨水混成一處，流到腳下，彙入灕江，江水滔滔不絕，隨她的淚水和心思流向遠方。她知道自己的命運跟江水一樣，沒有選擇，只能流向遠方，淹沒在大海中。

到了家，剛進門，王碧霞一邊往裡走一邊脫衣服，一件件衣服被一路扔下，從客廳到洗澡間，丟盔棄甲一般。洗澡間熱氣升騰，王碧霞把自己放到噴頭下面，讓熱水不停地洗刷自己赤裸的身體。熱水化成一顆顆珍珠般的細粒，晶瑩剔透，撫摩著自己潔白柔軟的皮膚，她的心思也在這水霧的翻騰中變得飄渺而迷離，眼睛是閉著的，分不清淚水和熱水的區別，只是偶有鹹澀的味道流過嘴角。

洗完澡回到客廳，她聽到手機未接電話的提示音，從丟在地板上手提袋裡翻出手機一看。來電人是她的好友史雯麗，趕緊回撥過去。史雯麗約她晚八點在「談笑間」咖啡屋見，她同意了。

扔下手機，王碧霞一抬頭看見了牆上的結婚照。照片上丈夫劉家軒身穿藏青色燕尾服，打著一隻蝴蝶結，顯得十分英俊瀟灑，神采飛揚；王碧霞一襲白色婚紗，淡妝輕抹，紅顏粉黛，極其地嬌媚亮麗，秀色可餐。劉家軒擁著她，她則作小鳥依人狀，幸福的微笑洋溢在兩人臉上，眼睛也全是對未來的憧憬。平心而論，她的男人還是不錯的，正如一首歌中所唱：「寬厚肩膀手指乾淨而修長，笑聲像大海眼神有陽光，我想你一定就是這樣。」然而這個幸福的瞬間已成過眼雲煙，一去不返了。她是他的罪人，即使死一萬次，她都不能饒恕自己。

約會時間已近，王碧霞趕緊收拾心情，打點自己，免得一出門便讓人看出端倪，以為自己是怨天尤人的薄命女人。尤其不能讓那個男人看出異樣。在她的日記裡，她稱那個男人為A君。關於A君，日記裡有極盡詳細的記錄，流水賬一般，卻纖毫畢現，非常真實。這個筆記本劉家軒不知道，A君也不知道，那個秘密只能屬於她個人。筆記本放在屋子裡一個隱秘的角落，上面還掛著一把象徵性的小鎖，鑰匙則在梳粧檯後。

王碧霞下了公交車，拐了一個彎，穿過一條巷子，便到了面路臨江的「談笑間」咖啡屋。進了咖啡屋，透過玻璃窗，她的眼光找到了坐在老地方的史雯麗。秋雨洗盡凡塵，江風陣陣，涼爽宜人，王碧霞在史雯麗對面坐下，捧著溫熱的杯子，品著南美咖啡的清香，心便漸漸篤定下來。

史雯麗是她從小到大的玩伴，無話不談，甚至細到夫妻間秘不宣人的性事。史雯麗是急性子外加炮筒子，快人快語快節奏，結婚快，離婚也快，換工作也快。她幹過推銷、保險、售貨員、導購員、幼稚園老師、餐廳領班等許多不相干的行當，眼下正幹著野導遊，四處亂竄，經常做點連哄帶騙的小勾當，錢來得快花得更快，還有小道消息尤其靈通。

「碧霞，你那小丈夫還沒消息嗎？都快三個月了吧？」史雯麗點上一支女士煙，野性十足的笑道，「男人的心是這世上最靠不住的一樣東西，比小孩子的臉還來得快，說變就變，你那劉家軒怕也是這類貨色，早跟哪個狐狸精跑了吧？」

王碧霞喝著咖啡，默然無聲，臉上卻閃過一絲不易被人察覺的驚恐與悲傷交織著的神情。

「這樣的男人，太不夠意思了，沒有一點良心，要走也該明白說一聲啊，一聲不響沒了蹤影，這種男人不要也罷。碧霞，你犯不上為這種男人難過。」

過了一下，史雯麗忽然想起什麼，「碧霞，聽人說前幾天在李家村那邊有人發現了一個人頭顱，怪嚇人的。報紙上這幾天都在說這件事。碧霞，看到這個消息，我有一個奇怪的預感，不知當講不當講？」

王碧霞憂鬱地一笑，「你什麼時候學會客氣了，別賣關子了，想講就講唄。」但她那表情顯然在拒絕。

「碧霞，反正我是個腦子不管嘴管的粗人，我總覺得那只人頭顱跟你有什麼關係似的？你說怪不怪？我可是很少這樣胡思亂想的。」史雯麗吐了一口煙，拍了拍自己的腦殼，「該死的！」

「聽說女人有第三隻眼，我看你有第四隻。」大概已經知道史雯麗要說什麼，反而顯得格外鎮靜，「話是不吉利，但沒有關係的，誰叫你是我的死黨呢。不過，勸你還是聽我一句話：讓你的預感見鬼去吧。」

「啪」地一聲脆響，史雯麗摑了自己一個嘴巴，「看我這臭嘴，把上好的一個聚會給攪黃了。」

「走之前，我再告訴你一件事，讓你儘管去聯想，去預感好了。」王碧霞一口杯子裡的咖啡，放杯子的動作很大，幾乎是砸在桌子上，「我告訴你，我懷孕了，孩子是劉家軒的。」

話音剛落，王碧霞起身走了，留下瞠目結舌的史雯麗。史雯麗巴眨巴眨眼睛，一頭霧水地搖頭苦笑，真是活見鬼了，今天王碧霞怎麼像吃了槍藥一般，火氣沖天啊。

不過，史雯麗很快就明白了，女人終歸是水做的，需要男人這只盆子來盛；王碧霞失夫之痛，豈是言語可以表達的。

王碧霞出了談笑間，孤零零地站在路邊，神情黯然。夜色降臨，華燈初上，一片燈紅酒綠、流光溢彩的景象。人群川流不息，道路四通八達，可王碧霞腦子一陣接一陣發懵，一時間竟不知往哪裡去。「叮咚……叮咚……」還是灘江邊那幢哥德式鐘樓的音樂聲提醒了她，那是殖民主義時代的產物，已有近百年歷史，卻仍然運轉正常，只是換了奏鳴的音樂而已。王碧霞看著那幢既熟悉又陌生的鐘樓，忽發奇想，她要爬到樓頂，站在那扇窗戶前，從雲端高處看看這個奇怪的世界，看看這個帶給他千萬感慨的人生場景。這是個有意思的想法，她從這個想法中得到了一點快感，她拿出手機，想叫上史雯麗一起去，轉而一想又作罷了。史雯麗肯定願意去，但她那張碎嘴只會破壞情緒，本來要是就是心情，沒了心情，也就沒了意思。她決定自己去。

不料剛走了幾步，手機鈴聲響了，她心裡一怔，馬上知道了是誰了，打開一看，果然如此，她滿臉皺紋地接了，聲音卻保持著往常的平靜和溫情：「是我。」

雙腳踏進家門，大門剛關上，整個人便成了獵物，一隻手，一雙手，兩條腿，一張臉，她被Ａ君抱到了沙發上，任憑Ａ君宰割。例行公事在Ａ君滿意的喘息聲中結束，王碧霞卻仍然沉浸在電視劇的故事情節中。Ａ君終於發現了問題，自然表示了他的不滿，但他的抱怨是很有節制的，因為他終歸是個舉止文明、注重修養的高雅男人。

「你變了，」Ａ君穿好衣服，坐起來，點了一支煙。

「我變了？」王碧霞也坐起來，整理自己的衣服，一邊有些誇張地說，「我變什麼了？變醜了？變老了？變凶了？」

Ａ君張了張嘴，想說什麼，卻未能說出來，只接著吸煙。

「我能不變嗎？」王碧霞拿起茶几上的杯子喝了一口水，靠在沙發後背吸了一口氣，「謝謝你，你改變了我的一切。」

「對不起。」Ａ君的話低沉而含混。

「說聲對不起就行了，怕是沒那麼簡單。」王碧霞的話卻是清晰而生冷，「一輩子的債，永遠還不完。」

「我的罪孽比你還要深重，我是個惡人，罪該萬死，死了也要進十八層地獄，永世不得翻身。」Ａ君不僅表示同意，還把火燒向自己。

Ａ君捏滅煙頭，側身擁住王碧霞，說：「我知道我沒有資格安慰你，我的話蒼白無力。不過我還是要說一句，要是你想死，我願意奉陪。」

王碧霞並沒有把火繼續燒下去的意思，她轉了一個話題：「下午我去了一趟醫院，得到了一個消息。」

「什麼消息？」

「我懷孕了。」

Ａ君臉上的表情先是吃驚，繼而是懷疑，「真的？」

「我什麼時候騙過你，而且，這種事情騙得了人嗎？」王碧霞拿出一張單子，放到桌子上，「你自己看看。」

A君並沒有看，他選擇了繼續抽煙，一支煙燃掉大半支才說：「你打算怎麼辦？」

「我要把孩子生下來，這是劉家軒的骨血，也是我跟他的唯一聯繫了。是的，我一定要把孩子生下來。」王碧霞話音不高，態度卻堅決得很。

A君似乎早料到她要說這話，他沈默半晌，搖了搖頭說：「那樣的話，真的一切都完了。」

「沒有人能夠阻攔我，沒有人。」王碧霞也搖了搖頭，自言自語道。

話音剛落，A君手機鈴聲響起，他接了，一隻手捂著嘴說了幾句，接完電話臉色更加難看，「我有點急事，先走了。」

不等王碧霞回答，門已經在A君身後「砰」地關上了。

王碧霞終於憋不住了，放聲大哭，淚如泉湧。

五、回憶與調查

經過幾天地毯式的搜索排查，專案組有了兩個重要發現：一是以頭顱為中心點方圓數里範圍內找到了大量被肢解的人體骨骼，經比對這些骨骼與頭顱屬於同一人體所有。二是對三個月以來全市失蹤並報案的十三人進行了重點調查，發現市萬潤置業集團公司的業務開發部部長劉家軒與此情況比較吻合。該公司報稱，三個月前劉家軒與公司外聯部部長馬雲山共同攜帶一百萬元去省城交割一筆現金業務，不料劉家軒見財起意，捲了一百萬元不辭而別，至今杳無音信。施其畏將頭顱送去做了DNA化驗，證明死者確係劉家軒無疑。施其畏調來當時對該公司楊東昌、馬雲山、王碧霞等有關人員的訊問筆錄，從文字上並未找到什麼有價值的線索。

約談馬雲山是在刑警隊會客室，由王大雷出面詢問。馬雲山約三十五六歲，身材頎長，相貌英俊，性格開朗，有問必答，與警方很配合。馬雲山主動向王大雷講述了整個事件的來龍去脈，甚至將每個細節都交代得一清二楚。

在煙霧繚繞的監控室裡，施其畏一根接一根地抽著煙，眼睛並不盯著監控螢幕，卻游離於別處，好似在回味什麼搜尋什麼。聽著馬雲山條理清晰的敘述，施其畏腦子裡的一幅幅畫面像電影膠片一樣連接起來，並且完整地放映出來。

……事情回到三個月前的一個早上，馬雲山和劉家軒登上了去省城的直達快巴。二人是奉公司董事會之命，秘密將一百萬元人民幣現金送到省城某個神秘人物手中。二人都是業內精英，彼此心照不宣，深諳房地產道中的潛規則，知道金錢置換權力屬於標準成本部分，而且已經多次做這樣的工作了，這次也不過是一次例行公事而已，稀鬆平常得很。

四個多鐘頭後，二人到達了省城。馬雲山作為外聯部部長，照例提著那只裝了百萬現金的密碼箱，手腕與箱子之間還連著一條拇指粗的不銹鋼鏈子。要搶奪裝錢的密碼箱，除非用刀砍斷他的手。身強力壯的劉家軒也時刻不離馬雲山左右，警惕地注視著周圍的風吹草動。

他們住進了明圓五星級酒店十七層的豪華套間，現在他們唯一要做的就是等待。他們只需要乖乖地待在房間裡，等待來人將錢取走。接頭暗號是馬雲山錢包裡的半張百元紙幣，另外半張紙幣在取錢者手中，到時只要兩個半張紙幣能拼接完整，來人拿走錢，就沒他們什麼事了。

「接下來，事情的發展超出了我的想像。」馬雲山說，到了酒店房間後，我們二人輪著洗澡，由劉家軒先洗，他洗完我接著洗。等我洗完出來，劉家軒不見了，裝錢的密碼箱也不見了。開始我並沒有太緊張，以為取錢人來了，他把密碼箱交給取錢人，又跟著取錢人一起出去了；或者是臨時有事出去了；或者有朋友來電話叫他出去了，因為他在省城是很有幾個朋友的。鑒於這種情況，我決定等。等了十幾二十分鐘，我撥打劉家軒的電話，對方卻關機了。我想起劉家軒說過他的手機快沒電了，又沒有帶充電器，也許他到外面給手機充電去了。我心不在焉地看著電視，一邊豎著耳朵傾聽門邊的聲音。過了不久，果然響起了敲門聲，我開門一看，門口站的並不是劉家軒，而是來取錢的人。接頭暗號對上了，來人卻無錢可取，臉色遽變，也不聽我的任何解釋，提腿一溜煙走掉了。我意識到事情有些弄大的苗頭，急忙給楊總打電話，不料楊總手機關機，辦公室無人接聽（已過下班時間），我慌了神，在房間裡轉來轉去，腦子裡亂成一鍋熱粥。好容易熬過一個漫長的夜晚，第二天一大早，我乘車趕回了公司，向楊總彙報了情況。楊總也倍感震驚，但並沒有責備我，反而安慰我，要我保持頭腦冷靜，不要出去亂傳，其他事情由公司妥善出去。據我所知，公司方面已經報了案，警方也做了調查，包括我本人在內，都做了詳細的訊問筆錄。說實話，這事我至今想不明白，三個多月了還是想不明白，這劉家軒有什麼必要這樣做啊，他在房地產業界摸爬滾打多年，各方面的路子都很熟了，能力和業績都得到公認的，是公司的業務骨幹，深受楊總信賴，可以說前途一片光明。而且，劉家軒剛剛結婚不久，夫人王碧霞美麗溫柔，也在公司上班，算是白領麗人。夫妻二人用公司照顧的優惠價新買了一套住房，裝修也還算上檔次。所以我怎麼想都想不明白，劉家軒有什麼必要為了一百萬元做這等傻事，從而自毀前程啊。哈哈，你們警方如何又突然想起調查這事？你們是不是發現了什麼線索？唉，算了算了，不提也罷，我就不多嘴了，免得惹是生非，引火焚身。」

談話結束，王大雷回到監控室，對施其畏說：「隊長，我總感覺這馬雲山似乎有什麼地方不對勁，他是不是有點故作爽快，他的那副表情明顯是裝出來的。他肚子裡有鬼。」

「不，馬雲山不可能是殺害劉家軒的兇手。」施其畏搖頭道。

「為什麼？」王大雷一臉問號。

「因為馬雲山沒有這樣做的必要。」施其畏皺著眉頭吐了一口茶葉，給王大雷扔過去一支煙，自己點了一支，緊接著吸了一口說，「如果馬雲山要起意殺劉家軒，也不會選擇這麼一個時機。這確實不是一個殺人的好時候。殺人者總要想方設法證明自己無罪，與此無關，但馬雲山如何證明自己呢，他沒法證明，殺了劉家軒，他應該知道第一個懷疑對象就是他本人，而且他一無人證二無物證，想脫掉干係都難。另外，馬雲山殺劉家軒的地方理應在省城，但劉家軒的屍骨卻在本市李家村被發現，難道是馬雲山先在省城殺死劉家軒，然後再將其屍骨運回本市再行丟棄嗎，這個假設顯然既不符合常理，也不符合邏輯。而且他們是否去了省城，只要到他們住的賓館一查便知，馬雲山要敢明目張膽撒謊，那他就是自投羅網了。

說著，施其畏從卷宗內抽出幾張紙，推到王大雷面前的桌子上。王大雷拿起一看，是省城二人住宿的登記記錄和住宿發票的複印件，「頭，你派人去省城和萬潤置業查過了？」

「兵貴神速嘛。」施其畏說，「大雷，馬上約見王碧霞。」

巧了，作為非正式訊問，約見王碧霞正是在談笑間咖啡屋，也是臨江的那個桌位，也是上次史雯麗約她的傍晚時分。王碧霞默然坐在原位上，心裡暗自感慨，這到底是偶然呢，還是命運的安排？

施其畏不是別人肚子裡的蛔蟲，當然不清楚王碧霞心裡在想些什麼，不過他是個喜歡琢磨人的人，已經注意到了王碧霞冷淡而戒備的態度，於是他用微笑和熱咖啡表達了他的誠意。

出於可以理解的原因，施其畏想盡可能縮短談話時間。作為受害者家屬，施其畏理解王碧霞的心情，不想過度勾起她的痛苦回憶，所以選擇這麼個清靜而溫馨之地作為談話場所。

喝完一杯咖啡，王碧霞還不見施其畏切入正題，不禁感到有些奇怪。

「施隊長，你約我出來不光是喝咖啡閑坐吧。」王碧霞臉上閃過一絲奇怪的微笑，「需要問什麼你就開口吧，沒關係的，我一定配合，也承受得了。」

「謝謝您的理解，希望不會太傷害您。」施其畏習慣性地點上一支煙，這往往表示他思考或工作的開始，「我大概只需要一支煙的工夫，以及幾個簡單的問題。」

「行的，你儘管問好了。」

「好，那我就直說了，你跟你丈夫劉家軒關係怎麼樣？」施其畏果然單刀直入。

王碧霞大約也沒有想到施其畏這樣直截了當地問，不禁愣了一下，遲疑片刻才言辭含混地答道：「啊，一般吧，說不上特別好，也說不上特別不好，反正還算正常，怕是跟別的夫妻差不多呢。」

「怎麼說？」

「這麼說吧，這麼說吧，」王碧霞躊躇著，好像在小心翼翼地找一種合適的表達方式，「他愛我要比我愛他多一點點。」

「恕我直言，情況為什麼會這樣？」施其畏有些多此一舉地搔了搔自己的光腦門，「據我瞭解，劉家軒可是女人們的搶手貨。」

「我承認劉家軒很優秀，但優秀的男人不一定適合於每個女人。」王碧霞腦子一轉，馬上反應過來，「你們不會認為是我殺了劉家軒吧。說實話，雖然我們之間感情算不上很好，互相有一些小摩擦，但總還不至於要殺掉一個人來解決問題。」

施其畏未想到一石激起千層浪，一句話引起王碧霞如此大的反感，反而心裡竊喜，因為這正是他想要的。不過，他的話裡仍然是軟綿綿傻呵呵的。「我當然不相信，就是打死我也不相信你敢殺一個人，而且這個人是你的丈夫。照我看來，你殺一隻雞都困難。」

「隊長這話有些殘酷了，怕是多少有些輕薄本小女子了。既然你說劉家軒不是我殺的，那你還要拿這樣的刻薄話刺傷一個本來就身心俱疲的弱女子，你好意思嗎？」王碧霞說歸說，臉色卻不曾變化，仍然保持神情自若，咖啡也照喝不誤，「算了，不說了，問吧問吧，人都失蹤那麼久了，只盼你們儘快有個結論才能安心下來。」

「說的是，這是我們的職責所在，理應盡心傾力，給社會給家屬一個交代。」施其畏伸出一根煙薰火燎的香蕉指，「最後一個問題，可以嗎？」

「請。」王碧霞的回答簡潔而堅定。

「請問……除了丈夫以外，您還有男友嗎？我是指那方面的男友。」

「你這個問題很怪。」王碧霞皺著眉頭說，「一定要回答嗎？」

「不，你也可以拒絕回答。」施其畏笑道。

「那我選擇拒絕回答。」王碧霞也淡然一笑，「請問施隊長，還有問題嗎？如果沒有問題的話，我要告辭了。」

「沒有了，」施其畏擺擺手，「沒有了，隨便聊聊天而已，並無別的意思，你請便，好走。」

王碧霞道別一聲，起身走了，鞋跟敲擊地板的滴答聲漸行漸遠，終至於無。施其畏仍然穩坐著，抽煙，喝咖啡，卻對窗外江畔流光溢彩的夜景視而不見。

手機鈴聲終於在施其畏難得享受的寧靜中響起了，王大雷在電話裡告訴施其畏，有人跟蹤王碧霞。

六、深夜離奇車禍

楊東昌在公司忙了整整一個上午，打電話，接電話，開會協商，接待來人，布置工作，忙得焦頭爛額。對於忙碌，他早已習以為常，從某種角度來說，忙碌是一個男人事業有成的標誌之一，忙碌意味著社會地位重要，手握一定的行政資源，忙碌意味著權力，有人惦記著，而男人多為迷戀於此的雄性動物。此外，從公司現今迅猛的發展態勢來看，想不忙都難。表面上看，萬潤置業集團公司只是一介民營公司，但其前身是政府職權部門下屬直管單位，雖已改制，但換湯不換藥，仍與原主管單位和實權人物有著千絲萬縷的聯繫，是利益攸關方，楊東昌作為公司法人代表，好像風光無限，眾人矚目，其實只有他自己才知道，這裡面隱藏著多少危險的漩渦，這些漩渦中的任何一個都有可能使他身敗名裂、全軍覆滅。當然，他的小心翼翼和謹言慎行也為他避免了許多可能發生的災難。在房地產經濟大潮的搏擊中，他為公司創造了巨額經濟利益，同時也沒有忘記獲取自己應有的回報，即使在運作中存在一定風險，那麼這種冒險也是值得的。

由於戰線拉長，接點增多，鏈結環環相扣，貸款與土地、政府與民間、拆遷與被拆遷等形成了一系列錯綜複雜的矛盾，這些問題在不斷的演變、發展、激化以及消解，舊的矛盾消失了，新的矛盾又出現了，他忙於化解，卻似無盡頭。三個月前劉家軒神秘失蹤，一百萬元現金不翼而飛，給他本人、給公司造成了巨大壓力，給社會造成了負面影響。桃園小區徵地拆遷事宜久拖未絕，陶小寶等少數拆遷戶因不滿拆遷方案而尋釁鬧事，小區徵地建設進度緩慢，工作相當被動。跟著而來的是銀行貸款陸續到期，本金利息如泰山壓頂，火燒眉毛，其中的五千萬元續貸迫在眉睫，經馬雲山反覆聯繫，銀行方面勉強同意今晚吃飯面談。

吃飯當然是藉口，以前是想吃難，現在是想不吃難。接下來的桑拿洗浴等一條龍服務結束後，時間已經到了凌晨二點。陪吃陪玩並不是一件十分愉快的事情，因為花的不僅僅是金錢，還要花費時間和精力。不過工夫沒有白費，一番軟磨硬泡之後，銀行主管官員已原則同意續貸，但具體細節還須協商。楊東昌和馬雲山都聽得懂協商後面的意思，凡可協商之事即有潛規則的存在，而運作潛規則是他們的強項。在飯桌上聽到「協商」字眼時，楊東昌和馬雲山相視一笑，彼此心領神會，明白是大信封裡的孔方兄起作用了。

夜生活終於在銀行官員滿意的哈欠中結束。送走了精心伺候的主角，楊東昌也忍不住打了一個長長的哈欠，馬雲山見他疲憊不堪的樣子，執意要開車送他回家，楊東昌拒絕了，而且態度很堅決。他讓馬雲山儘快回去休息，自己想乘夜深人靜時散散步，清醒一下頭腦，反正這裡離家也不遠。

望著馬雲山離去的背影，楊東昌不禁輕歎一聲，感慨良多。作為他楊東昌的左臂右膀，自從劉家軒杳無音訊後，只剩下馬雲山一人可以推心置腹並放手使用了。他默默點了點頭，暗想以後還是不能虧了馬雲山。

沿著灕江邊長滿桂花樹的林蔭小道往前走，楊東昌的嗅覺裡充滿了桂花的清香，他深吸幾口，緩緩呼出，反覆吐納數次，頭腦便清醒了些，在秋風、花香和夜的靜謐合力下，他的心情漸漸好了些許，腳步也輕快多了。

然而，這樣的好心情沒有持續多久，楊東昌便被重新被緊張和焦躁的情緒所取代。此時，夜涼如水，整條街道上空無一人，只有風搖樹枝才發出一陣陣聲響，他幾乎能夠聽到自己心跳的聲音。忽然，偶一回頭時，他看到身後約二三十米遠的地方竟然有一輛摩托車正朝他飛奔而來，那輛呈深黑狀的摩托車極為怪異，悄無聲息卻速度奇快，沒有半點遲疑。看著這個情形，他納了悶了，他想，以這樣的速度，如此精準的目標，以及不顧一切索命的狠勁，顯然是有備而來。楊東昌再傻，面對眼前的危險，立刻明白了即將發生的一切，並很快地做出了反應，但這種反應比起摩托車的速度還是慢了許多，於是，血腥的屠殺發生了。

楊東昌清醒過來已是第二天上午，他第一眼看到的是醫院潔白的天花板，第二眼看到的是坐在床邊滿臉淌淚的夫人林之慧。林之慧見他醒來，大喜過望，立馬破涕為笑：「老楊啊老楊，你可別死啊，你死了我活著還有什麼意思！」

「不死，不死呢，我就是想死，怕是死神還不肯收我喲。」楊東昌笑了，是真笑，而且沒有忘記幽上一默，其實心裡卻暗自感歎，到底還是自家老婆心疼自己。

林之慧告訴楊東昌，是馬雲山及時趕到，開車送他到醫院搶救並且報了警。林之慧還說，經過醫院檢查，他只是由於遭到猛烈撞擊而突然昏迷，造成輕微腦震盪和幾處扭傷擦傷，身體並無大礙，休息一個星期左右便可出院。

不久，馬雲山到了，幾步跨到楊東昌床前，緊緊握著楊東昌的手說：「楊總，您受驚了，都怪我，沒有堅持送您。」

「小馬，你別說了。」見馬雲山搖頭自責，楊東昌更是自感慚愧，「昨晚要是沒有你及時趕到，我這條命算是交代了。」

馬雲山慌忙擺手，「楊總快別這樣說，您福大命大，這不過是一個意外罷了。」

接著，公司副總、各部門負責人以及王碧霞都一一來病房探望，楊東昌的床頭擺滿了鮮花，許多千篇一律的問候語和同樣多深不可測的目光在鮮花叢中飛來飛去，楊東昌忍住頭痛保持微笑，滿嘴全是感謝的話語。等人全走光後，楊東昌卻暗自歎了一口氣，其中原因複雜而無可名狀。

幾天後，楊東昌傷情稍有好轉，王大雷來了。楊東昌跟王大雷早有接觸，一個多月前劉家軒失蹤案發生後，王大雷就來公司找他調查過此事。王大雷給他的直觀印象並不算好，此人身材魁梧，面相粗俗，一對鷹鉤眼乜視著人，凶巴巴陰沈沈的，讓人看著不寒而慄，自己先矮了三分，甚至懷疑自己昨天是不是做下了殺人放火的勾當，是不是正被警方通緝的嫌疑犯。在劉家軒失蹤案調查過程中，這王大雷整整一個星期像一條嗅覺靈敏的獵狗在公司裡到處亂轉，東張西望，問這問那，搞得全公司人心惶惶，工作效率嚴重下降，業績迅速下滑，要不是楊東昌在別人的勸阻下忍了一口氣，再加上自己性格修養使然，真想轟其出門才好。

對於王大雷的再次到來，楊東昌只是出於禮貌點頭表示一下後，便斜靠在床頭一聲不吭地看電視，臉上保持著一種平靜的冷漠，戒備心理顯而易見。王大雷仍然帶著那雙既凶且陰、水火不進的鷹鉤眼走了進來，他冷冰冰地對房間裡的其他人下了逐客令，只留下躺在病床上的楊東昌。稍作說明，王大雷便打開記錄本，開始了他的例行公事。

王大雷說：「半夜二點多鐘，你一個人到濱江路去幹什麼？閒逛？還是辦事？」

楊東昌說：「這是我本人的私事，與案件本身有關嗎？」他當然知道警察的工作程序，但心裡有氣，說話便也帶著氣。

王大雷說：「說實話我也不清楚，但瞭解每個細節，對於案件偵破是必須的。」

楊東昌說：「我可以拒絕回答嗎？」

王大雷說：「當然可以，保持沈默是每個公民的基本權利之一。因為你說的話有可能被作為法庭上的證據使用。」

楊東昌說：「那我拒絕回答。而且，根據我對法律的瞭解，一個人進行訊問是不合法的。」

王大雷說：「這不是正式訊問，這是談話，瞭解情況。我理解你的難言之處，是啊，半夜三更去那種地方會幹什麼正經事呢？」

楊東昌說：「既然不是正式詢問，何必多費口舌呢，隨你怎麼說好了。」

王大雷說：「當時街上有沒有人？」

楊東昌說：「我沒太注意，似乎沒看見人。」

王大雷說：「撞你的是一輛摩托車嗎？是一個人駕駛嗎？還是二個人？摩托車是什麼牌子的？」

楊東昌說：「王隊長，你太可愛了，如果我什麼都知道，那我自己就去破案了，如果大家都去破案，你們就該失業了。」

王大雷不理楊東昌的茬，繼續他的問話：「你怎麼知道撞你的車是故意還是偶然？」

楊東昌說：「天！我要未卜先知，我就不走那條該死的濱江路了。再說，要是沒有深仇大恨，誰會那麼歹毒啊。」

王大雷啪地闔了本子，收了筆，「談話到此結束。」

說完，王大雷直了身子逕直往外走去。走到門口，他停住腳步，側了半邊臉說：「如果想起什麼，請隨時撥打我的電話，電話號碼上次我給過你，希望你沒有丟掉。還有，順便說一句，希望你能配合一下我們的工作。」話畢，王大雷一閃身沒了蹤影。

王大雷那邊剛走，楊東昌早已是滿臉通紅，一肚子怨氣，礙於身份和修養，勉強隱忍不發。他搖搖頭，苦笑著喝了一口水，躺回到床上，只剩下喘粗氣的力氣了。

躺下沒多久，楊東昌又坐起來，歪著腦殼一陣思考，翻身下了床，在床前床後人們送來的鮮花叢中仔細翻弄著，結果不出他所料，一束包紮得很好的康乃馨中間夾著一封折疊整齊的信。他手裡拿著這封薄薄的信，如同懷裡摟著一枚炸彈，全身發麻，抖個不停。片刻後，神稍定，他走過去將門關了，拆開信封，果然還是一張折疊的白紙，上面畫著一只骷髏，下面寫著：「遺失之物能夠找到，等待之人一定會來。一千萬，一條命。」

看著這些，楊東昌反而面無表情，甚至還流露出一點點釋然，他把信紙原樣裝回信封，塞進枕頭底下，打開門，斜靠在床頭看電視。雖然眼睛盯著電視，肚子裡卻裝著一把算盤，四則運算到微積分都派上了用場，仍然是一頭霧水，左右不得要領，反正是誰都像誰都不像，誰都有可能誰都無可能，於是肚子裡的算盤漸漸變成五味瓶，橫直不是滋味。一支煙點燃抽幾口掐滅，點燃抽幾口又掐滅，最後乾脆捏碎了。

等夫人林之慧一進病房，楊東昌即刻叫她把所有的花全部扔到垃圾堆去，態度之堅決，表情之憤怒，出乎林之慧意料。見林之慧一臉疑惑，楊東昌擺了擺手說：「叫你扔，你就扔，這麼多廢話做什麼！你扔不扔？你不扔，我來！」

說著，楊東昌下床要親自動手，林之慧趕緊攔住了他，「好，你莫急，我扔還不行嗎？我的老天！」楊東昌果真是她的天、她的地、她的一切，他說的話永遠是對的，他所做的一切永遠是對的。如果他不對，錯的首先是她。

鮮花已經扔掉，可是楊東昌的壞心情卻沒有扔進垃圾堆。而且這種壞心情一直延續到了晚上，楊東昌吃過林之慧煮的黃鱔粥，讓林之慧幫著洗過臉腳，擦了身子，便急著催林之慧回家去。林之慧看著旁邊的陪床，滿臉愁雲地說：「你被撞這麼傷，我不陪你誰陪你啊，都陪了好多晚上了，還有幾個晚上就該出院了，你就讓我陪算了吧。」

楊東昌對林之慧的哀求無動於衷，他沒有半點妥協的意思，反而把話說得更加嚴厲無情，「你回不回去？你要是不回去我回去！」

話剛說完就起身要走，林之慧慌了，心想你走了我在這裡像什麼話，只得匆匆吩咐了值班醫生和護士後，面帶難色地回家去了。

涼風漸起，黃昏之後風便愈發猛烈，窗戶被無數的巴掌拍打著，簾捲西風，如長袖弄舞，把夜晚中的悲涼裹脅進病房。楊東昌看了看窗外，除了幾盞黃豆大小的燈火，幾乎是一片茫茫夜色，他按鈴叫來值班護士關了窗，關了電視，關了燈，關了門。護士離開後，楊東昌關掉手機，躺到床上，蓋上被子，閉了眼睛，像是睡覺，又像是等待著發生什麼。

凌晨一點多鐘，楊東昌的病房外響起了極其輕微的腳步聲，腳步聲從走廊的拐彎處開始，越來越近，最後在楊東昌的病房門口停住了。在一陣令人窒息的死寂後，腳步聲再次響起並迅速離去。楊東昌睜眼起床，開了燈，過去一看，門邊果然躺著一個信封，拆開一看，又是一張對開折疊的白紙。紙上有幾行歪歪斜斜的字：「楊總，滋味如何？不是不報，時候未到，時候一到，因果必報。你的劫數才剛剛開始。要想活，拿一千萬來抵命。準備好錢，到時候告訴你怎麼辦。報警自誤，切記！」

楊東昌看著信，不僅不再像上午那樣驚慌，反而輕鬆地笑了，「狐狸尾巴終於露出來了，你的末日也到了。唉，事情也到了該結束的時候了。」

楊東昌拿起手機，開機撥號，「喂，是施隊長嗎?……」

七、嫌疑人之死

刑警隊會議室裡，煙霧瀰漫，氣氛凝重，專案組成員圍坐一圈分析案情。王大雷用手提電腦演示了二段映射，一為跟蹤王碧霞者錄影，二是醫院監控錄影。之後，王大雷仍用演示屏出示了幾份物證，一是畫著骷髏的恐嚇信，二是寫具體金額的敲詐信。二件物證都來自萬潤置業公司法人代表、董事長楊東昌。

「大家請注意，跟蹤王碧霞的人和在醫院門口出現的人有著許多相似之處，雖然衣著有所不同，但二者的體形、身高、步姿及其它特徵都相當吻合。即使由於距離太遠和技術上的原因，二段錄影畫質都不夠理想，但我們還是能夠清晰地判斷二者為同一人，再加上楊東昌收到的恐嚇信和敲詐信作為佐證，我們可以肯定地說，這個人就是陶小寶。」

大家對王大雷的分析都表示贊同，只有施其畏抱著胳臂靠在沙發上，閉著眼睛打瞌睡，甚至發出輕微的鼾聲。王大雷不滿地看了施其畏一眼，繼續他的分析，「現在我來說說陶小寶此人。陶小寶，男，三十八歲，有妻子、兒子和父親同住，拆遷後只留下自己固守房子。陶小寶原為本市一國有企業工人，企業改制後下崗待業，其經濟收入主要來自桃園路三九八號臨街門面出租費。桃園路列入全市改造拆遷規劃後，陶小寶因拆遷補償款問題發表不滿言論，聚眾鬧事，多次與參與改造拆遷的萬潤置業公司工作人員發生衝突，並公開揚言要殺掉該公司董事長楊東昌。由於數次械鬥造成人員受傷，陶小寶曾被刑事拘留十五天，但出來後劣性不改，仍然滋事生非，氣焰囂張。有意思的是，最近陶小寶的生活突然闊綽起來，穿得一身光鮮，都是名牌貨，出入歌廳飯館等高檔場所，出手十分大方，僅本月十二日晚請朋友吃一頓飯就花掉近二千多元，而這些消費水平遠遠超過了他的門面收入。

討論很熱烈，有人認為既然陶小寶嫌疑重大，完全可以果斷出擊，快刀斬亂麻，將其抓獲並突擊審訊，案情必將水落石出；有人表示反對，認為案情尚不明朗，如錯抓陶小寶，只會造成工作極其被動，並有可能打草驚蛇，致使真正的兇手隱藏起來，或逃之夭夭。總之主意不少，卻難以統一起來。睡了半晌的施其畏終於醒轉過來，他睜開惺忪的金魚眼，左搖右晃了幾下腦殼，好像剛從原始社會轉了一圈回來，眼望四周一陣茫然，「都說到哪裡了？」

「說完了。」王大雷不滿地嗆了他一句。

「說完了？好，我命令，馬上逮捕陶小寶！」施其畏話出意外，所有人都吃了一嚇，傻了眼。

「為什麼？頭，我不認為這是個合適的時候。」王大雷擺手表示不同意，「我們手上並沒有直接證據，抓了他我們會很被動。」

「證據不是等來的，是找來的。事不宜遲，有意見回來再提，現在馬上行動！」施其畏不由王大雷分辯，當即一一布置了抓捕工作後，率先走出了會議室。

王大雷愣住了，其他人也愣住了。不過還是王大雷最先反應過來，他手一揮，呼道：「都發什麼呆，吃錯藥了，快走吧。」

正是傍晚時分，幾輛警車穿過夜色朦朧的街道直奔桃園街而去。十多分鐘後，二輛警車分別悄悄藏在桃園街兩頭隱秘處，以防嫌疑人潛逃，另二輛車直撲三九八號，堵住前後頭，然後實施抓捕。一切布置停當，王大雷上前敲門，「陶小寶，開門，公安檢查。」

連喊數聲，屋內沒有一點動靜，王大雷回頭望了望身後的施其畏，施其畏點點頭表示同意。一名技術警察奉命上前開鎖，幾分鐘後鎖被打開，數名警察一擁而入。施其畏面色鐵青，緊跟在後面進了屋。

陶小寶躺在裡間睡房床上，人已經死了。

床上一片凌亂，被子落在地上，枕頭則壓在陶小寶腳下，衣服褲子亂作一團，床頭櫃放著一隻開了口的農藥瓶，瓶子裡還剩下一小半液體，整個房間瀰漫著農藥的刺鼻味。負責勘察的王大雷忍不住連打幾個噴嚏，鼻涕口水糊了一臉，另外幾名警察受到連鎖反應，噴嚏聲此起彼伏，接連不斷。只有施其畏是個油鹽水火不進刀槍不入的怪物，他只是皺了一下眉頭，便若無其事地滿屋子亂轉。

不久，王大雷得出了初步判斷：陶小寶係自殺身亡。其證據有如下幾點：一是門窗完好，無破損和人為撬破現象，而且是從裡面反鎖的，並無外人進入痕跡；二是從皮膚表面色澤和瞳孔放射症狀來看，陶小寶確係農藥中毒死亡，床頭櫃那瓶甲胺磷即是直接證明；三是從陶小寶掙扎扭曲的痛苦症狀和現場物證來看，顯然係陶小寶一人所為，未見明顯施加外力痕跡。綜上所述，可以基本肯定陶小寶為自殺身亡。幾位參與現場勘查的警察都紛紛點頭表示贊同，施其畏仍然在屋子裡這看看，那聞聞，轉過來，轉過去，卻對王大雷的結論未置可否。

接下來，另外一些證據也佐證了王大雷這一判斷。一名警察從壁櫃頂層的雜物堆裡翻出一個黑色塑膠皮包，包裡的東西讓那警察興奮得幾乎大叫一聲：「哎，施隊，有發現！」

施其畏打開包，果然有所發現。包用拉鏈拉著，鏈頭鎖了一把小鎖，顯示出主人鄭重其事的意思。包裡裝了一大卷剪得七零八碎的報紙、一把剪刀、一瓶膠水、幾隻信封以及幾張骷髏剪紙。這些東西與楊東昌報案時交來的幾封恐嚇信如出一轍，也印證了楊東昌的懷疑是對的。僅從黑皮包的物件即可證實，陶小寶很可能是恐嚇信的始作俑者，最大的犯罪嫌疑人。不料，施其畏對包查看片刻，便沒了興趣，起身不再理會，仍舊東看西瞧，一對蠶豆眼賊溜溜地四處打量。

勘察完畢，陶小寶的屍體被法醫裹了白屍布，送回去做進一步屍檢。負責拍照取證的、痕跡取證的、實物取證的等等都做完了自己所能做的工作，收拾好裝備準備離去。王大雷一貫缺血寡情的臉上也露出了少見的微笑，他幾乎是有些匪氣地打了一聲口哨，邁著輕鬆的步伐走出門外，就著法醫倒下來的消毒液洗了手，點了一支煙愜意地抽著。

屋裡只剩下施其畏一個人。

施其畏賴在屋裡不走，像在等什麼，又像在找什麼，他不停轉圈，一下敲敲牆壁，一下拍拍窗，一下踏踏地板，似乎要從中發現什麼秘密。忽然，施其畏叫了一聲：「大雷，躲哪裡去了？快給我進來！」

王大雷聞聲而至，他傻笑著走到施其畏面前，「什麼事？頭。」

施其畏正站在廚房裡，他仰起頭，手指指上面，「你看看，上面有什麼？」

王大雷也仰起頭，仔細端詳了半天，竟未看出任何問題，「頭，天花板怎麼了？我看很正常嘛。」

「再看看。」施其畏臉上閃過一絲陰笑，語音低沉。

「沒有，我什麼都沒有看到。「王大雷望望著天花板一頭霧水，」頭，這不就是在牆上釘了一些彩色複合版嗎？我看再正常不過了。」

「豬腦殼！」施其畏到陽臺拿來一根晾衣杆，照著天花板一處戳了幾下，沒想到天花板露出了一個方形窟窿，大小約一尺見方，足以一人進出。施其畏狠狠橫了王大雷一眼，「快上去看看。」

王大雷慌忙找了個凳子，站上去，在另外幾個警察的幫助下鑽了進去，幾分鐘後，他人卻已經站在大門外面。原來，這裡有一條暗道，通過天花板，穿過天窗可以到達樓頂，然後順著樓旁的一棵桉樹滑下，便到了外面。

「但這說明什麼呢？這並不能證明陶小寶不是自殺。」在回去的路上，王大雷像是自言自語，又像是問施其畏，「他弄這條暗道有什麼用？」

施其畏沒有回答，他坐在車頭助手席，頭歪向一邊，哈喇子順著嘴角流下來，滴到袖口上，一支煙燃掉大半，煙蒂幾乎要燒手指了，卻渾然不知，也無人敢做好事，最後還是王大雷發現了，弄掉了施其畏手上的煙，擦去沾在衣服上的口水。但施其畏仍然沉睡如初，無意對王大雷的善舉表示感謝。

不過，車駛進刑警隊大門，剛一停穩當，施其畏就醒過來了，比掐著秒錶還準時。他下車後打了一個長長的哈欠後，對王大雷說：「陶小寶不是自殺，是他殺。」

八、恐嚇再次發生

幾天後，楊東昌出院了，馬雲山開車接他回家。到了楊東昌樓下，馬雲山停穩車，一手提著裝了楊東昌衣物的手，一手攙扶著楊東昌上樓。扶著楊東昌在客廳在坐下後，馬雲山又下樓打開車後箱，拿出幾大包營養品上樓放好，說了好些話才離去。

臨走前，馬雲山說，再過十天半月的樣子，等楊總龍體基本康復了，由他來組織一場聯誼會，邀請公司的同仁們參加，一是祈福楊總身體康健家庭幸福，二是慶祝一元伊始新年快樂。楊東昌聽了表情淡漠，未置可否，只說到時候再說罷便敷衍過去了。馬雲山見楊東昌心情不佳，也就不再把這個話題深入下去，而是給楊東昌倒茶敬煙，然後禮貌地告辭了。

楊東昌心情不佳，原因是多方面的。桃園小區拆遷問題久拖未決，貸款利息日積月累難以承受，此為原因一。以陶小寶為代表的桃園小區部分居民鬧事生非，威脅要脅，折騰得他身心俱疲，寢食不安，此為原因二。遭遇橫來車禍，有人蓄意加害，身體受了傷，心靈也受了傷，此為原因三。屢次收到匿名信恐嚇信，疑為陶小寶所為，並在醫院設計收到恐嚇信後報了警，不料聽說陶小寶已死，事情變得更加撲朔迷離，他個人的生命安全是否有保障也不得而知，這心如同十五個吊桶七上八下，此為原因四。不過，在家將養幾天後，他的心情漸漸好了一些，看電視，聽音樂，去公園散步，陪妻子林之慧說說話，打電話跟在北京讀書的女兒聊聊天，這些日常生活使他享受到了生活的另一種樂趣，或者說生活本質的樂趣。他已經很久沒有這樣的享受生活了，他長期在一個充滿權力、金錢、規則、潛規則、陰謀、需要、滿足等等物質欲望裡的角鬥場上博弈，幾乎忘記了還有這麼一個清靜而人性化的世界，於是他關掉手機、不接電話、拒絕來訪，很認真地享受無為而無不為的日子。

然而，這樣難得的好日子很快便宣告結束。十多天後，馬雲山慫恿著二位副總一起敲開了楊東昌家的門。三張嘴一齊開口，而且口若懸河，千言萬語彙成一句話：楊總回去。理由十分充足，譬如今年的工作要總結，明年的計畫要做，貸款，拆遷，招標，年終獎，拜年與回拜，請客與回請，員工進出，等等，問題是越來越多，困難是越來越大，反正沒有楊東昌，萬潤玩不轉。

楊東昌明白，楊東昌什麼都明白，人們早已習慣了，只肯做兩種人，要麼做主子，要麼做奴才，斷無第三種可能。他心裡明白，如果少了他楊東昌，萬潤照轉不誤，地球照轉不誤，或許轉得更正常些。但人要學會知足，別給臉不要臉，何況現在還不是甩手的時候，於是楊東昌半推半就，答應了幾個人的請求。

林之慧則在一旁給客人端水倒茶，臉上永遠保持著謙和平靜的微笑。她早已習慣了自己現在這麼一個身份：做家庭婦女，聽丈夫的話；丈夫永遠是對的，如果認為丈夫不對，那一定是自己錯了。長期以來，她所能做的，就是打理好家庭，把家庭建成一座避風港，讓丈夫在身心疲憊之時能夠回港休息。

話說得差不多了，該起身去參加迎新聯歡晚會了。當楊東昌進臥室換衣服時，林之慧已經將要換的衣服一一準備好。

坐進車裡的一剎那，楊東昌下意識地看了看樓上，他看到一雙充滿憂鬱的眼睛和一張失去光澤的臉龐。他從未見過林之慧如此的神情，一絲不祥之兆掠過心頭，不由暗暗打了一個寒顫並疑竇叢生：這女人怎麼啦？

迎新聯歡晚會在市中心的一家歌廳舉行，這家歌廳被萬潤公司花高價包租了一個晚上。員工們圍坐在主大廳周圍，桌上擺了水果、小吃和茶水，有人唱歌，有人翩翩起舞，有人聊得火熱，有人則只顧埋頭吃喝，氣氛相當熱烈。楊東昌坐在一張大圓桌的主位上，幾位副總和各部門主管圍坐身旁，使他有一種君臨天下的錯覺。他看著興高采烈的員工們，煩惱慢慢隱去，心情漸漸高漲。他在眾人的鼓勵下，起身走到臺上，拿起話筒說了幾句慷慨激昂的話，還聲情並茂地唱了兩首老歌，獲得了暴風驟雨般的掌聲，許多員工上臺給他獻花，甚至還有個年輕漂亮的女員工給了他一吻。

晚會進入高潮，人們紛紛下了舞池，楊東昌也應邀跳了兩曲，下來後感到有些累，便一個人坐在桌邊喝茶抽煙。坐了一會，他略感胸悶，就起身去外面透透風。

外面的陽臺狹長幽暗，其間還有更多通向各個包廂的更狹長幽暗的通道。北風陣陣，寒意刺骨，楊東昌緊了緊衣裳，靠在陽臺欄杆上抽煙。在輕煙繚繞中，他看著燈紅酒綠的街景，心裡生出一種莫名的歎喟。

忽然，他好像聽到一陣輕微的說話聲，然而風聲一緊，那說話聲又歸於無。過了幾秒鐘，說話聲重又回來，這回楊東昌聽真切了，說話者是一男一女，聲音特別熟悉。出於好奇心，他輕輕走到拐角處，探頭一看，果然看到了說話者是馬雲山和王碧霞。

這時候，一位副總出來找他回去，也看到了這一幕，副總搖搖頭，說：「楊總，外面風大，太冷，你的身體還在恢復中，還是回屋裡坐吧。唉，年輕人，由他們去吧，我們都老嘍。」

楊東昌被副總拽著坐回原位，繼續喝茶聊天。人雖然已經回到大廳，心卻還在外面。他想知道這二人為什麼還要攪在一起，他們在說些什麼，有話白天工作時間說不完還要拿到晚上單獨來說，他們就不怕別人說閒話嗎？劉家軒屍骨未寒，難道這王碧霞就舊情復發，失夫之痛便煙消雲散了嗎？

坐了十幾二十分鐘，楊東昌藉故方便，捨近求遠出到歌廳外面，走到拐角處一看，二人不見了蹤影。他悶悶不樂地回到座位上，陰著臉連抽幾支煙，一言不發。那位副總見他情緒不好，以為是身體疲憊的緣故，忙湊上來說：「楊總，我送你先回去吧，早點休息，身體要緊。」

楊東昌點頭應允，跟著副總走了。回到家，他脫下外衣時，發現了口袋裡的一個信封。他怕林之慧看見，急忙塞進褲袋裡，躲進衛生間拆開信封一看，果然又是一封恐嚇信。白紙上仍然有一個人骷髏，接著是那二句標誌性語言：「遺失之物能夠找到，等待之人一定會來。」接下來的幾句話則更是赤裸裸的威脅：「楊東昌，你這條狗，喪盡天良，不知好歹，竟敢報警！報警也挽救不了你！限你三日內準備好一千萬元，到時有人來取，如再與警方合作，叫你死無葬身之地！」

一切努力付諸東流，他的一舉一動仍然在恐嚇者的監視之下。他暗自罵了一聲，把信撕碎扔進抽水馬桶沖掉。

楊東昌決定獨自應戰，不再跟施其畏那幫笨蛋打交道。

九、嫌疑人與煙的關係

「陶小寶並非自殺。」施其畏吃了一口速食麵，扯出一條捲紙一邊擦汗一邊說，「陶小寶是他殺。」

「何以見得？」王大雷也被「來一桶」辣得額頭冒汗，也扯著捲紙擦汗，嘴裡卻是不甚服氣的意思，「就因為那條暗道麼？但那條暗道並不能證明什麼，因為那條暗道很可能只有陶小寶本人知道，而且另有它用。」

「你說的不錯，陶小寶本是一慣偷，多次利用暗道轉運贓物，從而掩人耳目，逃脫懲罰，但也因此屢次遭到處罰，比如批評教育、罰款、刑拘等。不過，這條暗道卻從未被發現，而殺人者正是利用這一點。也就是說，有條件利用暗道的人一定是最接近陶小寶的人。」施其畏吃完速食麵，將紙面盒揑作一團扔進垃圾桶，嘴裡立即多了一支煙，他吐出一口煙，慢悠悠地說，「此人一定是兇手。」

王大雷從施其畏的煙盒裡抽出一支，點上吸著，表情明顯帶著譏諷，「頭，能告訴我他是誰嗎？」

這一次施其畏反倒顯得有些遲疑不決，甚至有些害羞的樣子，「想法還不是太成熟，暫時就不說了。」

王大雷笑了，嘴上不說，心裡卻在嘀咕著你這老傢伙就是愛胡思亂想，還經常故弄玄虛，做出高深莫測的派頭，嚇唬誰呀。要是你的判斷錯了，少不得還我一頓海鮮大餐，補回我上次輸給你的。那次花了我五百多，想起心就痛。

下午，屍檢報告出來了。報告顯示陶小寶胃腸裡沒有農藥甲胺磷成分，只有酒精、肉類和蔬菜，雖有酒精（乙醇）輕度中毒症狀，但並不足以直接導致死亡。導致陶小寶直接死亡的原因既簡單又複雜，而且出乎所有人人意料之外：陶小寶飲酒後被人從頭頂正中的天門穴打入一根長約五公分的水泥釘，致使其迅速死亡。即使當時陶小寶迅速掙扎，但這樣的掙扎顯然是徒勞的，因為兇手對此早有準備，以極快的速度制伏了他。

事實勝於雄辯，施其畏脖子上頂的那顆光腦殼的確好使。歷史的經驗值得注意，聰明的腦袋不長毛這句民諺又一次被無可非議地證明。

王大雷心裡折服，嘴卻仍然又硬又臭，「頭，陶小寶是他殺我信了，但兇手到底是誰，你也能算出來不成！」

「算也罷，推理也罷，本質總是潛伏在表相之下，任何蛛絲馬跡都有其內在原因，透過現象看本質，話雖然是老話，但真理是不朽的。」施其畏一煙盒，空了，「大雷，下樓去給買包煙。」

「你先說兇手是誰？」王大雷耍賴不肯就範。

「你把煙買來，我就告訴你。」施其畏笑道，「你這傢伙，肚子裡有幾根蟲我還不清楚麼，整個一個小無賴。我要是先告訴你，我的煙就沒了。」

王大雷打開門，搖著頭，一邊走一邊說：「頭，你是個人精，你這人不該做警察，你應該去做清朝那種專門玩弄權術的奸臣。」

煙很快買來，是一包硬盒小熊貓，施其畏見了眼裡放出光來，像個剛從牢裡放出來的餓鬼一般急忙撕開，彈出一支點上，深吸一口後滿臉舒坦地說：「知我者，大雷也。」

「該給答案了吧？」王大雷此時已是滿腹牢騷，「頭，人總得說話算數吧，總得講點信用吧。否則這路白跑了。」

「說話當然要算數。」施其畏拿起一支筆，在一張空白信紙上寫下一個姓名，「此人嫌疑最大。」

「是他？不可能！」王大雷反應奇快，第一時間就給否定了。

施其畏臉色遽變，說話的口氣比冰塊還冷：「王大雷，你聽著，現在我命令你，從現在起，要緊緊盯住這個人的一舉一動，出了問題我拿你是問。聽到沒有？」

「是！」王大雷表情嚴肅，回答乾脆俐落。

十、在鐘樓上空飛翔

王碧霞躺在床上，全身赤裸，她身上以及被子裡都還留著A君的餘溫。雖然A君已經離去，可是他的那些話仍然像刀子一樣剮著她的心。A君告訴她，現在風聲越來越緊，弄不好事情會敗露，所以他和她的關係應立即結束，今晚以後，不會再有情人間的幽會了。A君的話她相信，因為新年聯歡晚會那天馬雲山約她會場外面走廊上說話，馬雲山直言不諱地告訴她，他懷疑是她親手殺害了自己的丈夫劉家軒，如果真是這樣的話，他建議她儘快投案自首，以爭取寬大處理。馬雲山的話她同樣相信，她與馬雲山是曾經的戀人，彼此相愛多年，但劉家軒的出現使她的愛迷失了，劉家軒幾乎是用最原始而野蠻的方式向她發起猛攻，並且以迅雷不及掩耳的速度捕獲了她，使她成為了他的妻子。不過，奇怪的是這件事並沒有使馬雲山和劉家軒變成情敵，他們反而成為無話不說的朋友，甚至她和劉家軒的婚禮都是馬雲山一手操辦的。這簡直讓王碧霞無法理喻，她百思不得其解，懷疑馬雲山如此慷慨大方的樣子是不是暗藏著什麼陰謀。可是日子過去了不少，卻一切正常，正常得使她同樣百思不得其解。

王碧霞穿好內衣內褲下床，從梳粧檯後面摸出一把小鑰匙，從衣櫃夾層搜出一個小木匣，用小鑰匙打開，拿出那個硬皮筆記本，坐在梳粧檯前寫秘密日記。她寫著寫著，不知不覺已是淚流滿面：「劉家軒走，A君走了，我活著還有什麼意思呢，我也該走了，就讓肚子裡的這個小孽種也跟著我一起去吧。雖然這樣做不人道，但至少在陰曹地府我不會太孤單啊。我是個千古罪人，罪該萬死，即使死一萬次，我也不能贖回我的罪過。我悔，可是悔又有什麼用呢？早知道世上本無後悔藥可吃，又何必當初呢，真是走錯一步步步錯啊。現在說什麼都是多餘的了，一切都晚了，我最大的奢望是儘快死去，最大的快樂是儘快死去，在那裡我要永遠陪伴劉家軒，做他的奴隸，做他的僕人，陪他到地老天荒，彼此永不分離。我走了，我不再留念這個讓我傷心欲絕的世界。永別了，那些愛過我的和我愛過的人們……」

寫完信，王碧霞沒有把筆記本重新放回木匣子裡，而是找來一個牛皮紙大信封，將筆記本裝了進去，寫上郵遞區號和收信人地址姓名。收信人姓名是史雯麗。這史雯麗雖然待人有些刻薄和世故，彼此間常常拌嘴吵架，但心地不壞，也樂於助人，算是她最能溝通的女友了。事實就是如此，也只有她史雯麗，才有可能理解自己。她王碧霞一死，所有的秘密都將隨風飄散，湮滅在歲月的塵埃深處，唯有這個筆記本證明一個女人曾經艱難而痛苦的心靈旅程，若干年後，也許還有另外一個女人會透過泛黃模糊的文字依稀看到縹緲如煙的往事。

寫好信封，用膠水封了信口，然後開始洗熱水澡。她把這次洗澡弄得很莊嚴很神聖，用洗浴露一遍又一遍地反覆搓擦，彷彿要洗盡全身每一個細胞的污垢，洗掉那些男人在她身上留下的每一點痕跡。洗完澡，她坐回到梳粧檯前，描眉，畫眼，施粉，抹口紅，平日素面朝天的她今天卻一反常態，顯得格外隆重。接下來，穿什麼衣服成了一個很費心思的問題，她在幾個衣櫃裡翻過來找過去，試了半天，終於決定穿那件自己最喜歡的淺藍色大翻領紮腰呢子大衣，下穿黑色健美褲和高檔女式長統靴。這一身多少有些奇異的打扮使她對鏡子裡的自己發生一點錯覺，她以為自己看到了一個在十字街頭招徠生意的妓女。淚水剛要噴湧而出的時候，她離開了鏡子，並且強迫自己笑了兩聲，她不想讓淚水毀了自己化妝的成果，她不想讓可憐的悲傷擾亂了自己心如止水的情緒，她要留給世界一個美麗的微笑和一個優雅的背影。

打扮停當，王碧霞拿著裝了筆記本的牛皮信封出了屋。臨走前，她只是冷冷地掃了一眼屋內，便無一絲留念地走了。

王碧霞先去郵局寄了裝著筆記本的牛皮信封，然後打電話約史雯麗去談笑間喝咖啡，史雯麗喜出望外，說上次吵嘴後一別，已多日未見，想死她了，正要找她呢，她反倒打電話來了，正好。史雯麗表示處理完手頭的一點事後，隨即趕到。

此時，天色漸晚，北風呼嘯，寒氣逼人，王碧霞出了郵局，迎風步行而去。她的步履從容堅定，不慌不忙，不緊不慢。她沒有感到寒冷，反而覺得溫暖如春，她的心情幾乎可以用愉快來形容。

坐在談笑間臨江那個卡座，王碧霞點了咖啡和幾樣小吃，還叫服務生去隔壁包子店端來十只水晶包。她慢悠悠地吃著喝著，像在等史雯麗，又像只顧著自己的嘴，最後桌子上所有能吃的都被她一掃而光。吃完後，她叫來服務生，打著飽嗝結了賬，再給史雯麗打去電話，她聽到電話那邊聲音嘈雜，其間還有嬉笑聲和酒杯碗筷撞擊聲，史雯麗顯然在跟別人吃飯。王碧霞對史雯麗的道歉沒有在意，她反而勸史雯麗別著急慢慢吃，說這邊已經結束了，不用匆匆忙忙趕來了。史雯麗再次表示道歉，並說將在最短時間內到達談笑間。王碧霞沒有答應，只是說了聲謝謝，便迅速關掉手機，一揚手將手機扔進了灕江裡，手機在波光粼粼的江面上劃了一道美麗的弧線，像一條小魚般躍出水面，一閃落回江中不見了。服務生和旁邊幾個顧客看到這一幕都驚呆了，以為這女人是個瘋子。王碧霞卻微笑著，旁若無人地走了。

出了談笑間，拐過一個街角，王碧霞一抬頭便看到了佇立在夜幕下的哥德式鐘樓。鐘樓有點像天空中的一座寶塔，塔頂直刺雲霄，五彩繽紛的裝飾燈和四座閃閃發亮的鍾面劃破天空中的黑暗，凸顯出幾分莊嚴神秘的色彩。王碧霞曾經多次起意要登上鐘樓看看夜景，但都由於各種原因未能成行。不過今天這個目標就要實現了，她不僅要登上鐘樓觀賞夜景，告慰心靈，她還要像一隻自由翱翔的小鳥，倏忽間飛越世人的頭頂，飛越白天和黑夜，飛越高山和大海，飛越一切恩怨情仇，飛越快樂和痛苦，到達天國的彼岸，那裡有她靈魂棲息的枝頭，所有的花朵潔白無瑕，所有的花為劉家軒而開。

王碧霞到了鐘樓下，並沒有看到守門人的蹤影，通向樓頂的小門卻開著，她順利地進了小門，樓梯被一些古老而精緻的壁燈照著，雖然有些昏暗但還能辨別自己的腳邁向哪裡。她的體質不太好，鍛煉身體是很久以前的事了，現在突然攀爬如此高的樓道，是一件極為困難的事情。她走一段，歇一陣，等氣喘稍平，又繼續向上。走著走，她的意識漸漸發生了幻覺，這段奇怪的樓道使她不斷想起了阿根廷魔幻作家博爾赫斯，想起了他寫的那篇同樣奇怪的小說《巴別圖書館》。博爾赫斯筆下的巴別圖書館與此情此景非常相似，簡直就是另一個活生生的巴別圖書館。那篇小說她讀過多遍，有些精彩段落她都能背誦下來，「從這裡，通過一道盤旋的梯子，往下，到達無底的深淵，往上，升到遙遠的高處……我則寧願做夢，夢中一切光亮的表面都能反照，從而達到無限……光線來自一些球形果子，名字叫做燈。每一層六面體內有兩只，橫排。它們發出的光不充分，也不中斷。」「現在我的眼睛幾乎認不出我自己寫下的字，我準備在離開我降生的六面體幾里路外的地方死去。我的墳墓將是無底的空氣，我的軀殼深深地墜落下去，被無盡無休的墜落所產生的疾風所腐蝕和熔化。」隨著時間的流逝和高度的不斷上升，王碧霞反而愈發精神起來，似乎有一種無形的力量正在支持她攀爬，而且速度也比起初更快，她想鐘樓頂部也像巴別圖書館那樣，光亮，孤獨，無限，一動不動，既無用，也不朽，保守著秘密。於是，在如同永無盡頭的攀爬中，王碧霞的寂寞和孤單，由於有這樣美好的希望，竟然變成了快樂。

就在這種快樂的幻想中，在真實與虛構的交替影像中，王碧霞到達了鐘樓頂部。她站在窗前，齒輪的摩擦聲、槓桿的拉扯聲和寒風撞擊玻璃窗頁聲彙成一曲美妙的音樂，她看到整座城市都在自己的腳下，遠處的燈光忽閃忽滅，人像草叢裡的螞蟻一樣模糊，一張又一張的臉龐從她面前掠過，微笑的，大哭的，木然的，歹毒的，陰險的，各種表情不一而足，其中有一二張臉讓她微微動了心思，但她很快就穩定了自己的情緒，手掌在眼前一揮，所有的影子便一掃而光。

忽然，王碧霞聽到樓下響起了急促的腳步聲，她想肯定是有人發現她上了鐘樓，跟著攆上來了。她動作麻利地打開窗戶，大喊一聲「劉家軒我隨你來了」，毫無半點遲疑地張開雙臂，像大鵬一般撲向夜空……

史雯麗坐在計程車裡，不斷地催促司機加速，然而此時正是夜晚車流高峰時段，車行蝸牛般緩慢，司機也沒有辦法。剛才史雯麗從王碧霞的通話中聽出了異常，她趕緊撇下聚會的一桌人，叫了輛計程車直奔談笑間。

車到鐘樓附近，史雯麗隱約聽到一聲奇怪聲響，接著又看到前面發生了交通堵塞，人們紛紛湧向鐘樓下的人行道一側，還聽到有人驚慌失措的叫喊聲。史雯麗趕緊叫司機停車，付賬下車。

史雯麗跟著眾人跑到圍觀處，她費了很大勁才鑽進裡面，撥開站在前邊圍觀的人群一看，她的預感被證實了，她果然看到了王碧霞。

王碧霞仰面躺在地上，腦殼迸裂，白花花的腦漿濺了一地；眼睛圓睜，眼神僵硬而呆滯；鼻子和嘴流血不止，紅彤彤的臉上卻洋溢著一種類似幸福的微笑。

此時，鐘樓歡快的音樂響起，鐘聲接著敲了九下。

十一、痛苦之夜

鐘聲敲響九下的時候，楊東昌正坐在一間豪華包廂裡，與兩位副總一起陪著分管城建土地的副市長吃飯。說是彙報工作，其實是每年年終的例行公事，拜父母官，拜土地菩薩，是潛規則的一部分，必不可少的。但想拜歸想拜，該拜歸該拜，如何去拜和拜不拜得上都是問題。領導日理萬機，工作千頭萬緒，你的工作對你來說無疑非常重要，可對於領導來說不過是一條線上的其中一個點，這個點在領導眼裡或許只有芝麻綠豆大小而已。既然只有這麼點大，要想讓領導將其注意力稍作片刻集中都是困難的，至於要想讓領導給你留下一頓吃飯的時間更難。還有那點新年「小意思」想要送出去也要一番學問，因為領導不是傻瓜，領導是很聰明的動物，知道你「小意思」後面的「大意思」，領導跟你非親非故，你自己又是個謀求利益最大化的商人。你為何不去給打掃大街的清潔工來點「小意思」啊，你為何不給滿身泥漿的建築民工來點「小意思」啊，說穿了，你看上的不是領導那個人，而是領導手中的那些行政資源，可這些行政資源來得容易嗎，來得不容易喲，那種無風起浪、百變成精的各種滋味，有誰知曉啊。從某種角度說來，保衛權力比獲得權力更難，領導當然得考慮為了你這點蠅頭小利划算不划算值得不值得。但楊東昌是專家，根基很深，跟各方面關係融洽，這也是萬潤公司長期得以保持高速穩定發展的重要原因之一，跟副市長的關係也是很硬。用副市長的話說，楊東昌這人是「三實」，即忠實、老實、誠實，暗指像狗一樣信得過。楊東昌總是嘿嘿傻笑，表情跟孫子一般。楊東昌心裡卻在說，我是誰我自己最清楚，老子的利益高於一切。

今晚副市長興致很高，名貴高檔酒喝了不少。副市長高興就是給了楊東昌和萬潤公司的大面子，因此楊東昌沒有理由不高興，酒能夠讓彼此拉近距離增加信任，這樣的目的已經達到了。

正是耳熱酒酣時分，楊東昌的電話響了，出於禮貌，他走出了包廂外面接電話。電話是馬雲山打來的。馬雲山今晚有點私事，不能參加接待，已經事先向他請了假。馬雲山在電話裡說，王碧霞死了，剛從鐘樓頂跳下來，摔死了，聽人說樣子很慘。馬雲山說話的語氣平靜自然，不像是在開玩笑，而且楊東昌知道馬雲山是個言行謹慎的人，絕對不會開這種人命關天的不道德的玩笑，所以楊東昌聽到這個消息不禁大吃一驚，忙問到底怎麼回事。馬雲山說他正在外邊辦事，史雯麗給他打來電話，告訴他王碧霞的死訊，由於史雯麗大概又急又慌，說的全是半截話，加上聲音嘈雜，他也聽不甚明白，最好由楊總自己去仔細打聽一下，以便儘快弄清事情真相。楊東昌放下手機，頭嗡地一聲炸開了。

楊東昌點了一支煙，去了一趟洗手間，穩定了一下情緒後，恢復了常態，回到包廂時，謙遜誠實的微笑又洋溢在那張國字臉上，繼續陪副市長進行酒事。巧了，不久副市長也接到一個電話，有要事必須立即去辦，於是副市長很快告辭了。

送走了副市長，楊東昌站在飯店門口對兩位副總說：「告訴你們一個壞消息：王碧霞死了。」

兩位副總笑了，他們以為楊東昌在說笑話。一個說：楊總，您喝高了，我先送您回去吧。」另一個說：「還是先去醫院打一個點滴，稀釋一下酒精，對楊總恢復身體有好處。」

「我沒醉，我說的是真話。」楊東昌心情沉重地歎了一口氣，搖搖頭，擺擺手說：「各人的車就不要開了，我們一起坐計程車去看看。」

這回兩位副總都呆了，傻跟著楊東昌鑽進計程車去事發現場，一路上竟無一人說話。車到鐘樓下，果然人頭攢動，圍了裡外三層，現場早拉了警戒線，另一些警察則在勘察現場，其中就有刑警隊長施其畏和副隊長王大雷。

王大雷首先發現了人群中的施其畏，他滿懷敵意地迎上去，走到楊東昌面前嘲笑道：「謝謝你，楊總，你沒有讓我們失業。」

楊東昌並沒有在意王大雷的發難，而是態度嚴肅認真地問道：「到底是怎麼回事？情況如何？」

「對不起，無可奉告。」王大雷硬梆梆地說，「有事我們會主動請你們配合，現在請不要妨礙我們執行公務，請你迴避。」

楊東昌又急又氣，卻也無可奈何，想跟王大雷理論一番，但王大雷早轉頭幹別的去了。這時候，施其畏從鐘樓那邊走過來，他望著楊東昌的眼光有些閃爍不定，甚至有些膽怯和迴避的意思，像做了什麼對不起楊東昌的事情。當然，楊東昌正是慌亂之中，根本沒有心思注意到這些細節，他只想瞭解事情的原委，見施其畏過來，急忙招呼一聲後，問道「施隊長，怎麼回事？」

「楊總，這話好像應該我來問。」施其畏只輕輕碰了一下楊東昌伸過來的手，便很快縮了回去，語氣半陰不陽，「情況不是太好啊，王碧霞這麼一個誇張的死法，對你公司的形象以及你本人都會產生負面影響的，這一點想必你比我更清楚吧。」

「就是就是，屋漏偏遭連夜雨，船破又遇頂頭風，唉，我的命苦啊，真造孽了。」楊東昌滿臉愁雲，魂不守舍，只剩下絕望的哀求了。「施隊長，事情全靠你了，你可要為我作主啊。」

施其巽似乎沒有把心思往他這裡放，「楊總，你還是先回去吧，有事我們會跟你聯繫。另外，要做好你公司員工的思想工作，準備積極配合我們即將開展的調查。好嗎？」

「一定一定，多謝指教，你們辛苦了。」楊東昌雙手抱拳，卑謙地打了個拱手，背身退了幾步，領著兩位副總去了。

楊東昌回到家，妻子林之慧的臥室關了，這說明她已經睡下了。林之慧清心寡欲，早睡早起，生活很有規律，與楊東昌的作息時間差異很大。他看了看落地鐘，已經是晚上十點四十五分，林之慧睡下四十五分鐘了。他進臥室換了衣服，回到客廳沙發坐下，正要拿起茶杯喝口水，發現茶几上放著一封信。這種信他太熟悉了，牛皮紙，十六開大信封，複印紙，上面貼著從報紙剪下的鉛字，不用猜他都知道裡面裝著什麼。即使如此，心理早有準備，他還是心跳繼續加速，血液循環加快，心情也由王碧霞之死所帶來的恐懼和疑惑轉為憤怒和絕望，他幾乎是用一種蠻力將信封口撕開的，裡面果然裝了那些讓他害怕卻躲不開的東西：一張對開的複印紙上貼著一個剪貼骷髏畫，緊接著是那兩句標誌性的讖語——遺失之物能夠找到，等待之人一定會來；下面是剪貼字，意思是限他明天中午十二點以前在某銀行帳號上打入一千萬元人民幣，並附有具體帳號。信結尾說，如未按時將錢全部打到賬上，或者暗中報警抓人，後果是什麼他比誰都清楚。他特別注意到信中用了「玉石俱焚」四字。他感覺自己全身正在崩潰瓦解，肌肉像年久失修的牆壁正一點點剝落，骨骼如同在沸水熬煮漸漸融化，心臟被一種神秘的力量擠壓著喘不上氣來，眼前四處大霧瀰漫，早已不辨方向。他的頭靠在沙發背上，萬念俱灰。

忽然，楊東昌聽到了背後傳來異樣的輕微聲音，慌忙睜開眼睛回頭望去，只見林之慧站在身後，不禁大驚，「之慧，你怎麼啦？什麼時候起床了？」

林之慧穿著單薄的睡衣，雙臂緊抱，臉部表情麻木，眼眶裡全是淚水。她望著茶几上的那堆東西，又把眼光放到別處，只那麼短暫的一瞬，便輕輕地轉身走，嘴裡不住地喃喃自語：「我早就知道有今天，我早就知道有今天……」說著說著慢慢回到自己的臥室，門也在她身後關上了。門關得很輕，聽不到一點聲音。

楊東昌目瞪口呆，不知如何是好。他晃了晃腦袋，感覺裡面全是一團霧，又晃了晃腦袋，感覺還是一團霧。他還感覺一切都變得不確定起來，他甚至不能確定剛才林之慧是否出來過，是否看到這一幕，如同剛睡了一個噩夢般迷糊，或許今晚所看到的一切都只是五糧液產生的幻覺？他試圖為自己找到一個理由，可是他找不到。

喝了一杯水，抽掉三支煙，洗了一個熱水澡，回到另一個臥室躺下，思維竟清晰得如同閃電穿雲破霧，一剎那工夫便找到了無數個理由。他之所以不去跟林之慧一起睡，就是為了找到足夠的理由。每當他需要給自己找理由的時候，或者回家太晚的時候，他就會去另一間臥室入睡。今晚雖然現在已經找到了理由，但他不想打攪林之慧，不想讓林之慧為他擔驚受怕，那些責任屬於男人。他是個男人，理應背負男人的責任。現在，所有的結果都暗指明天，他會在明天讓世人知道他的抉擇，答案在明天，理由在明天。

想到明天，在酒精的掩護下，他安然入睡。

十二、死裡逃生

要不是手機鈴聲吵醒了楊東昌，他睡得幾乎忘了時間。電話是馬雲山打來的，說的仍然是請假的事，楊東昌很爽快地答應了，說沒關係的，你忙你的事罷。接完電話，楊東昌腦子裡一陣發懵，思想還在過去與現實、幻覺與真實之間打轉。

恍惚過後，他下床洗漱完畢，坐到餐桌前，林之慧早已把煮好的早點端上來擺好了，又是一頓典型的中西合璧式早點，一類是牛奶、麵包加煮雞蛋，一類是瘦肉粥加榨菜。林之慧很注意合理調配膳食營養，變著花樣做飯菜，很是上心。早先曾經請過幾個保姆，都因為弄不好伙食而被林之慧一一辭退，最後由自己親自來掌勺。

夫妻二人圍坐在餐桌前，平靜地享受著早餐的美味。林之慧臉上仍然保持著一貫性的雍容大度，風平浪靜，波瀾不驚，昨夜那種痛不欲生的表情已了無痕跡。林之慧沒有再問昨晚的事，她幾乎從來不過問事情，她不習慣問別人，即使是自己的丈夫。席間，她乘丈夫去拿煙的空檔，給丈夫盛了一碗精心熬煮的瘦肉粥，並殷勤地叫楊東昌乘熱吃了。楊東昌說自己已經吃飽了，推辭了一下還是架不住勸，硬撐著吃了，卻心生怪異，想這林之慧今天怎麼了，逼人吃飯倒還是不多見的呢。

不過楊東昌並沒有深想，他已經沒有時間和精力去思考這些於事無補的問題了，他需要抓緊時間辦完他想辦的幾件事情，以此對世人有個交代。雖然他對林之慧心懷愧疚，而且他認為自己最對不起的人就是結髮妻子林之慧了，可是事已至此，他別無選擇。

吃過早餐，和往常一樣，楊東昌從衣架上取下林之慧準備他出行的衣服，打點停當，拿著公事包出了門。關門的一瞬間，他看到了林之慧的眼裡飽含淚水，臉上憂傷無盡，甚至有一種與世決絕的表情。楊東昌大駭，很想停住腳步回去安慰一陣，然而這個想法剛一閃念馬上被他否定了，因為這樣的想法幼稚而且愚蠢，簡直愚不可及。他的腳步沒有理會自己的雜念，快速下了樓，鑽進車裡，點頭開車走了。他不敢回頭張望，他知道後面一定有一雙只剩下淚水的眼睛。

車逕直停到公司樓下，他上樓後直奔財務部。財務部長看到他急匆匆的樣子，有些吃驚地瞪著他發呆。楊東昌沒有理會財務部長的表情，自顧從公事包裡拿出一張紙，放到他的辦公桌上，說：「今天中午十二點鐘以前撥一千萬到這個帳號上。」

「楊總，老天！一千萬！幾個鐘頭我去哪裡生那麼多錢出來？」財務部長不明就裡，一臉呆狀，滿頭霧水不肯散盡。

「別的少廢話，你只說幹不幹吧？」楊東昌換了一副嘴臉，一掃平日的溫文爾雅狀。

「拿這麼多錢做什麼用？」財務部長是個愣頭，一頭鑽進去不肯出來了，「再說一時半會哪來這麼多閒錢啊？」

「你不肯做是嗎？好，你可以結賬走人。」楊東昌朝辦公室裡的另一個小伙子喊道，「喂，小張，你來做。」

「別，別這樣，楊總，我做還不行嗎？」財務部長如夢初醒，腦子轉過彎來，總算直著背了竹篙進城，「十二點之前保證到賬。」

「好，我相信你，過後再賞你。」楊東昌拍拍財務部長的肩頭，夾著公事包一陣風似的消失在走道的盡頭。

楊東昌回到辦公室，反鎖了門，撥通內線電話告訴值班秘書，沒有他的允許不准任何人進辦公室。隨後，他拉上窗簾，開亮燈，走到側邊一面牆前，卸下一塊壁畫，現出一個暗紅色的按鈕，他輕輕一按，機關啟動，牆體徐徐分開，露出一方形小洞，他伸手進去，稍作探索，摸出一個布包著的物件，打開拿在手裡掂了掂，再試了試功能是否正常，確認無誤後，插進了西服夾層口袋裡，又從裡面拿出一些證件之類的東西，放進內衣貼胸口袋，接著向東西南北張三李四打了一連串電話。打完電話後，他把自己深深陷在老闆椅中間，手支著額頭，沉湎於思考之中。屋內的燈一一熄滅，整個辦公室陷入一片黑暗中，寂靜，還是寂靜，楊東昌的呼吸聲似乎也停止了，沒有了，多年以來，他第一次聽到了自己心跳的聲音，看到了靈魂在黑暗中飛翔的形狀。

突然，辦公桌上電話猛然響起，驚醒了沉思中的楊東昌。他拿起電話，故意不出聲，話筒裡傳來使用變聲裝置的錄音：「尊敬的楊先生，我知道你工作忙事情多，忘性也大，因此我再一次也是最後一次提醒你，今天中午十二點以前，我要的一千萬元打不到帳號，你楊東昌作為一個人將不復存在，而且將臭名昭著，永世不得翻身。記住了，尊敬的楊先生，中午十二點整，我等你的好消息。拜拜！」

隨著咔嚓一聲，話筒裡只剩下忙音，楊東昌一聲冷笑，擱了話筒，打開燈，看了看牆上的鐘，拉開窗簾，點上一支煙，吸了兩口又掐滅，夾著公事包出了辦公室，走到值班秘書的辦公桌前吩咐道：「有人找我，你就說我出去辦事了。要是問我什麼時候回來，你就說不知道。」

說完，楊東昌一邊往外走一邊喃喃自語道：「其實我也不知道。」走出大樓，他開著車到了郵局，買了一張明信片，在上面給女兒寫道：「爸爸至愛的慧慧，記住一句話：遺失之物能夠找到，等待之人一定會來。明年清明，別忘了給爸爸捎上這句話。」寫完將明信片裝進信封，寫上地址、郵編和姓名，貼上郵票塞進郵箱，開車到了銀行。經過查詢，一千萬元果然已經到賬，他立即將此款轉入另一個帳號並重設了密碼。做完這一切，他走出銀行大門時，已是一臉輕鬆。太陽鑽出厚重的雲層，冬日一抹慘白的陽光打到臉上，雙頰竟有血色湧現。他故意一個人站在銀行高高的臺階上抽了一支煙，還在附近徘徊了一陣，才回到車裡坐著，卻並不發動汽車，似乎在等待什麼。

不久，楊東昌的手機響了，他接通一聽，還是那個變了調的娘娘腔，「楊先生，你的確進了銀行，可是我給你的帳號上並沒有一千萬元，怎麼解釋？」

「不錯，我沒有在你提供的帳號上打入你想要的錢，可是我在另外一個帳號上打入了相同數目的錢，這個帳號是××××××，你可以查一下裡面有沒有錢。」

幾分鐘後，楊東昌的電話再次響起，那個聲音說：「是的，在你提供的帳號上有這麼一筆錢，但是現在我需要密碼。請你馬上告訴我，否則你會在五秒鐘內粉身碎骨！」

「這個我相信，不過在我告訴你密碼前，你殺死我也沒有意義，你說是嗎？」楊東昌說，「我有個建議，這對你我都比較公平，如果你願意聽我就說說，不願意我就不說了。」

那邊遲疑了一下，說：「你還是別耍小聰明的好，這對你沒有任何好處，一切都在我的掌控之中。不過我是個講誠信的人，有話直說，但別讓我的忍耐度超過十二點，否則後果你比我更清楚。」

「我在十二點以前一定告訴你密碼，絕不食言。」楊東昌說，「但在此之前，我需要上普駝山上去許一個願，此事一完，即告之密碼。」

「行！」對方也是個痛快人，一口答應了，當即掛了電話。

楊東昌輕輕吐出一口氣，駕車上了高速路，直奔普駝山而去。他猛轟油門，車速到了一百二十碼。再打開車窗，冬天的寒風像不可阻擋的洪水一般湧進車裡，鞭子似地抽打著他。窗外一片蕭瑟，高高低低地落光葉子的樹木迎面而來又一晃而過，普駝山便漸漸有了輪廓。

透過反光鏡，楊東昌看到一輛別克車若現若隱跟在後面，但他並不特別在意，這是他意料之中的，或者說魚兒上鉤也是可以的，他要的就是這種效果，很可能這是最後的機會了。

車到普駝山下，他棄車上山。山間的石板路曲曲彎彎，一直通向山頂。二十分鐘後，楊東昌氣喘吁吁地跨進普駝廟裡面，對著泥菩薩叩了三個頭，燒了三柱香，捐了一把錢，然後找住持討了一支筆和半張紙，寫下幾個字，折好裝入一個信封封了口，交予住持，並吩咐道：「等會有人來找，你將此信交給來人即可。」隨手付給住持一張百元鈔票。

楊東昌回到山下，坐進車裡，卻不點火發動，只是點了一支煙，吸著閑等。不久，手機鈴聲響起，他接通電話告訴來電者，密碼在普駝廟住持手裡，上山去取即可。那邊一聲惡罵，再次警告後，啪地掐斷了手機信號。

幾分鐘後，楊東昌換了一套衣服，扣上一頂帽子，悄悄從車裡出來，又一次沿著石板路往山頂的普駝廟走去。

過了約二十分鐘，對方來電，剛一接通便遭大罵：「楊東昌，你這個狗娘養的，真是活得不耐煩了。這上面哪裡有密碼啊，分明只有兩句屁話罷了。」

「哪兩句話啊？」楊東昌笑道。

「遺失之物能夠找到，等待之人一定會來。你他媽用我的話來唬我啊。你去死吧。」對方顯然已是氣急敗壞，言不成句。

「是嗎？」楊東昌又笑道，一邊說一邊向山頂走去。

「當然。」對方咬牙切齒道，「你馬上就能享受升天的滋味了！」

話音剛落，對方就掛斷了電話。此時，楊東昌已近普駝廟。他停住腳步，轉身朝山下望去。果然，一陣巨大的爆炸聲從山下傳來，如一聲炸雷在他耳邊滾過，嚇得他心驚肉跳，不知所措。良久隨著一股巨大的濃煙升到空中，他輕輕吐出一口氣，慶幸自己的預判，從而死裡逃生，沒有如其所願，「享受升天的滋味」。

普陀廟門口，一個男人背對著楊東昌嚎啕大哭，冬日遊客稀少，只有幾個和尚遠遠駐足觀看。楊東昌趨步上前，站在那人身後，喝道：「馬雲山！」

十三、無言的結局

施其畏剛將車開出刑警隊大門，王大雷打來電話說，昨天失蹤的馬雲山還是不見蹤影，從各個出城收費處的監控錄影看，並未發現馬雲山出逃的跡象，估計還在城內，現正組織力量到相關地段進行拉網式搜索，只要馬雲山沒有憑空生出一對翅膀來，他是跑不掉的。施其畏沒有等他說完，便毫不客氣地打斷了他的話。施其畏告訴王大雷，他剛接到報告，普陀山發生了一件爆炸案，炸毀了一輛汽車，還有一人被槍殺。施其畏還說，此案極有可能與正在偵破的案件有密切關係，他要王大雷放下手頭的工作，即刻往普陀山案發現場。王大雷答應了，說馬上出發。

施其畏到達普陀山時，王大雷已經提前到了十來分鐘，並對現場做了簡單目測。看到施其畏下了車，他迎上前說：「施隊，被炸毀的是楊東昌的車，但楊東昌本人並不在裡面，也沒有其他人受傷。」

施其畏簡單地看了看被炸得四分五裂、一片焦黑的汽車殘骸，略一思忖，叫王大雷安排勘察現場後，自己與王大雷一起上山。

普陀廟門前的死者是馬雲山。馬雲山迎面躺倒在地，頭顱、左胸各中一槍，都是致命傷。馬雲山雙眼圓睜，驚恐與疑惑交織著的表情永遠地凝固在臉上，手上還緊緊抓住一個手機式的無線遙控器，血流滿地。

施其畏久久地凝視著馬雲山那張國字臉，最後搖搖頭，歎了一口氣說：「唉，一個優秀的年輕人，可惜了。」說完，他領著王大雷快速往山下走去。剛坐進車裡，施其畏便急催道：「快走，去飛機場。」

在機場候機室的一個角落裡，他們在工作人員的指引下找到了楊東昌。楊東昌戴著一頂寬簷皮帽，罩住了大半個頭部，一身過膝呢大衣更是將全身裹得嚴嚴實實，不露出一點風。

施其畏把二根手指頭放到楊東昌鼻子下面試了試，又翻開他的眼瞼看了看瞳孔，說：「他死了。」

坐在回去的車裡，施其畏抽著煙一言不發，頭靠在座椅上，似睡非睡。忽然，他又一次歎了一口長長的氣：「措手不及啊。」

「頭，到底怎麼回事啊，我可是越來越糊塗了。」王大雷滿臉問號、一頭霧水的樣子，令人倍感可憐。

「不，線索倒是愈發清晰了，可以說，還有一二個環節我就能夠把整個案件完全串聯起來。」施其畏猛吸一口煙後，把煙頭扔出了窗外，「不過，事情已經太遲了，一切都無可挽回了。」

「頭，快給說說，要不我要瘋掉了。」王大雷簡直迫不及待了。

「你急？我比你更急！該給你說的時候，自然會說。」施其畏往後舒服地一靠，「現在，我要睡覺了。」

王大雷知道真相的時機很快到來了。他們剛回到辦公室坐下，便有一女子求見施其畏隊長，施其畏在會客室接待了他。女子年約三十上下，自稱姓方名雯麗，是本市某旅行社導遊。方雯麗快言快語，她說她來這裡是要交給施隊長一樣東西，這樣東西也許對破案有所幫助。說著，方雯麗打開隨身帶來的一個包，拿出一個沉甸甸的牛皮信封交給了施其畏，然後禮貌地告辭了。

施其畏打開信封，拿出王碧霞的日記，當即翻閱起來。看了一陣子，施其畏忽然大喊一聲：「咳，原來如此！」

王大雷正好進來，見狀忙問：「案情大白了？到底怎麼回事？頭！」

施其畏望著王大雷一陣發癡，丟了魂一般。直到王大雷又叫一聲，他才終於眨了眨眼，回轉過神來，往口袋裡反覆摸索著，「煙呢？沒煙了。」

王大雷二話不說，轉身就跑，速度比兔子還快。半支煙工夫，王大雷便飛奔回來，把一條高檔煙塞到施其畏手裡，「頭，案子結束了，我請你吃一頓海鮮。」

見到好煙，施其畏眼裡發出兩束奪目的光芒，臉上立馬陽光燦爛起來，他急忙拆開一包，撕掉封口抽出一支，貪婪嗅了幾下才點著，「大雷，你把專案組的人都叫來，我來說說案子。」

「好，我立刻通知。」王大雷撒腿跑出去了。

幾分鐘後，人到齊了，施其畏借花獻佛，四處散煙，把整個辦公室弄得雲山霧海，烏煙瘴氣。施其畏在一片喧鬧聲中清了清嗓門，吐了一口濃痰，操著半生不熟的國語說了幾句開場白，發覺太拗口，又聽到別人在吃吃偷笑，馬上改口說回本地官話。

施其畏——

這是個既簡單又複雜、既正常又奇怪的案子，之所以說它簡單，是由於一旦揭開謎底就不值一提；之所以說它複雜，是由於它的起因、發展過程以及結局都縱橫交錯。至於正常與奇怪的關係則更好理解，所有的案子都一樣，有其主觀因素也有其客觀規律，它總是要沿著事物發展的固有軌道運行。但是，每個案子除了它的共性，也有它的獨特性和差異性，也就是說，有它自己的特點，眼下這起案子同樣如此。

說實話，一開始我以為這很可能是一件典型的情殺案，但隨著案情以不可阻擋的情形迅速發展，我的判斷逐漸出現了偏差，繞了一個大彎才拐回來，但已為時太晚，結局令人十分惋惜。這的確是我的一個不小的失誤，在此我向諸位檢討。看來廉頗已老，不能飯矣。

剛才看了方雯麗送來的日記本，我才恍然大悟。這個秘密日記本屬於王碧霞，她在日記中反覆提到了一個神秘的A君，正是這個神秘A君的現身，使整個案子的線索得以串聯起來，案情由此變得清晰起來。現在，除了個別細節之外，案子已基本明朗。

事情回到起點。五年前，馬雲山和王碧霞作為一對戀人一起來到萬潤公司工作，馬雲山做公關部主任，王碧霞則做了總經理楊東昌的秘書。不久，王碧霞竟成了楊東昌的情人，這使得馬雲山又氣又恨，但他生性軟弱，對王碧霞反覆勸阻無效後，只得忍氣吞聲，暗中與王碧霞解除了關係，而表面上卻若無其事，只在心底埋下了一顆復仇的種子。接著，不明就裡的劉家軒向王碧霞發起了猛攻，並且很快捕獲了王碧霞。奇怪的是，楊東昌和馬雲山都對此事極為熱心，積極促成和張羅，並為二人舉行了盛大婚禮。這件事表面看起來是有些奇怪，若是仔細一想倒也在情理之中。楊東昌有了劉家軒在前邊做擋箭牌，他跟王碧霞的情人關係反而更安全了。馬雲山呢，他也從這件事上得到了某些心理平衡。當然，馬雲山的奪愛之恨並未消除，他甚至還多了一個情敵，雖然表面上不動聲色，但暗底下一直在尋找機會下手。後來，在桃園小區徵地拆遷過程中，馬雲山認識了陶小寶，並與陶小寶一拍即合，借陶小寶之手慫恿一幫人阻撓刁難拆遷工作。後來，馬雲山和劉家軒被一同派去省城給關係戶送錢，馬雲山認為這是天賜良機，決定將陰謀付諸實施。二人到了省城住進賓館後，馬雲山將王碧霞和楊東昌的事和盤托出，劉家軒聽後大驚，開始不信，但很快就堅信不疑了。劉家軒怒不可遏，連夜乘車回去捉姦。馬雲山則將一百萬元現金私藏起來，見機行事。當晚他就分別從與楊東昌和王碧霞的通話中揣測到劉家軒已遭不測，而且很可能已被殺害。但他仍然不露半點馬腳，只說劉家軒不辭而別，還私自帶走了一百萬元。楊東昌當然知道馬雲山私吞了那一百萬，然而他自己也是一肚子的屎，哪裡敢說出來，只能啞巴吃黃蓮，打落牙齒往肚裡吞。劉家軒的頭骨被發現後，馬雲山進一步證實了自己的判斷，加緊了對楊東昌的恐嚇和要脅，企圖造成其心理崩潰。不料此時陶小寶與馬雲山之間卻產生了矛盾，陶小寶偶爾從馬雲山口中得知其私吞一百萬的情況後，要求二人平分，各得五十萬，馬雲山不肯，陶小寶便揚言要報警，把全部事情捅出去，馬雲山對此十分害怕。他意識到陶小寶的行為已經引起了警方的注意，現在又來要脅他，情況很是危急，於是乘機殺掉了陶小寶，還偽裝了自殺現場，但做法拙劣，露出了許多破綻，反而很快暴露了自己，被我們懷疑上了。馬雲山決定鋌而走險，親自出馬，打算從楊東昌那裡敲上一大筆錢，或偃旗息鼓，或遠走高飛，到時候見機行事便是。哪知楊東昌更為老謀深算，他採取明修棧道、暗渡陳倉的策略，將一千萬元劃到自己的秘密帳戶上，還設計成功除掉了馬雲山這個心腹大患，差一點就跑出去了。

王大雷聽了施其畏的說法很不過癮，眼珠子一轉提出了好幾個問題：劉家軒到底是怎麼死的？王碧霞是自殺還是他殺？楊東昌蹊蹺的死又該如何解釋？

施其畏對王大雷的問題表示了讚賞，說他終於長腦子了，他問的正是準備下面要回答的。施其畏喝了一大杯水，接上一支煙繼續說，要說到劉家軒的死，也算是比較離奇的了。當晚劉家軒乘車悄悄回到本市，打算來個現場捉姦、甕中捉鱉，不料回到家中，卻只見王碧霞一人在家，以為自己錯怪了王碧霞，悔愛交加，摟著王碧霞便要行雲雨之事，哪知躲在壁櫃的楊東昌看到劉家軒與王碧霞如此恩愛，醋意大發，殺心頓起，用一把管鉗砸死了劉家軒，還碎屍裝袋，第二天凌晨故意開著馬雲山的別克朗迪去李家村附近一帶埋屍，試圖以此轉移警方的視線。王碧霞雖然怕得要死，卻又不敢聲張，無意中成了幫兇，王碧霞為此痛不欲生，精神恍惚，多次企圖自殺，後來在馬雲山的威脅恫嚇下終於跑到鐘樓上自殺身亡，而這也是馬雲山想達到的目的之一。至於楊東昌在成功除掉馬雲山，又將一千萬元轉移到自己的秘密帳戶，預謀幾近成功，卻又出人意料地死在機場候機大廳。從表相看，楊東昌不可能在此時自殺，應該是他殺，而且有可能死於中毒。說實話，這其中的奧妙到現場我還沒想明白。

案情很快走向清晰，也讓施其畏們明白了一切。幾個小時後，又有一個女人求見。來人是楊東昌的妻子林之慧，她是主動來投案的。在訊問中，她交代了毒死楊東昌的情形。她說楊東昌是個衣冠禽獸，表裡若二人，黃賭毒貪賄賂樣樣有份，心狠手辣，惡貫滿盈，早有除之而後快之心，只不過一直沒有找到的時機而已。幾年前，一個偶然的機會，她獲得了一種神秘而高效的毒藥，這種毒藥無色無味，可以根據劑量多少控制人的死亡時間，而被害者毫無覺察，無痛而亡。

訊問結束，已是夜裡二點多鐘，施其畏和王大雷商量後，決定第二天早上再到其家裡搜查取證，林之慧則暫送拘留所關押。

施其畏迷迷糊糊回到家，胡亂抹了一把臉，躺到床上後卻翻來覆去睡不著，林之慧的神態、言語、行為舉止一一在眼前浮現，她所表現出來的一切都是那樣從容不迫，鎮定自若，理智與冷靜得使他暗暗詫異，簡直有悖常理。

他記得曾經問過林之慧，怎麼能夠證明是她本人毒死了楊東昌。林之慧慢條斯理、一字一頓地說，到時候她會證明的。想到這裡，一道強烈的閃電忽然劃過施其畏的腦海，他一骨碌爬起來，打電話叫王大雷立即開車趕過來，接他去拘留所。

事實果然印證了施其畏的預感，林之慧靜靜地平躺在床上，神態安詳，呼吸卻已經停止。她說到做到，用自己的生命做了最後的證明。

王大雷臉上一半是傷感一半是疑惑，「到底誰是真正的兇手啊？現在看起來似乎每個人都是兇手，又似乎每個人都是受害者。頭，你說呢？」

施其畏用手指指天，戳戳地，再翻翻眼皮，一言不發提腳走了，屋裡留下他一聲若有若無的歎息。

死亡之約

一

五月天，孩兒臉，說變就變。

早上時分還是雷鳴電閃，大雨傾盆，一片昏天黑地，彷彿到了世界末日。正午剛過，便已風停雨住，天色豁然開朗，一抹慘白的陽光穿雲破霧，如同一道探照燈打在深山老林中的青鳥山莊上，玻璃和彩色牆壁的反光使整座山莊熠熠生輝。

下午二點鐘後，馬達的轟鳴聲打破了山間多日的寂靜，八輛小車不約而同沿著蜿蜒曲折的盤山公路駛入了青鳥山莊，先後下車的七男一女走進了青鳥山莊主樓寬敞的落地玻璃窗大廳。

八位不速之客一一落座，其中有互相認識的，只是簡單招呼一聲，敷衍二句，便收了話頭，彼此間沈默起來。氣氛壓抑而焦慮，他們的面孔神秘，表情詭秘，好像在等待著什麼事情的發生。然而，時間一分一秒地流逝，過去了一個鐘頭，又過去了一個鐘頭，夕陽下山，餘暉落盡，除了黑暗，他們什麼也沒有等到。

有人掏出香煙吸著以此打發無聊，有人開始小聲交談來排解內心的不安，後來有人從包裡拿出了一張大紅請柬，另外七人也不約而同拿出了同樣的請柬。

請柬氣派且精美，大十六開對折，扉頁為鏤空凸起的一朵鬱金香，內文用鎦金隸書印製，連每個人的姓名都是特意製作的，顯示出邀請人的細心和誠意。這當然是一份言辭誠懇而簡單明瞭的邀請書，其大意是，茲定於某年某月某日下午幾點鐘在我市著名休閒勝地青鳥山莊舉行鄙人感恩酒會，乞請恩人某某某屆時光臨為盼，鄙人將感激涕零，到時必定湧泉相報云云。抬頭稱恩人某某某，落款則自呼為受恩人「王不了」，一看就知道是假名。下面還用小字注明將於當日上午十二時正在其住宅門口有專車接往青鳥山莊等事宜。在座的八個人都拿出了請柬，請柬是一模一樣的，這八個人由於一個相同的理由使他們找到了共同語言。事實就是這樣，他們八個人因為同樣內容的一個請柬在幾乎是同一時間被邀請到了同一個地點，也就是現在的青鳥山莊。

於是問題出來了。是誰？為什麼？答案在哪裡？沒有人能夠回答。八個人都是發問者。他們開動腦筋，開始猜想，推斷，分析，歸納，尋找這件事情的前因後果和來龍去脈。有人認為這不過是個小小的惡作劇，無傷大雅，回去就是了。有人表示同意，說這肯定是中國版的愚人節，好玩好玩，何不順水推舟，在此青鳥山莊度過一個愉快的週末。有人立即表示反對，認為事情遠不是想像那麼簡單，相反將會變得嚴峻，甚至危險，說不定還有人要搭上性命也未可知。起初大家覺得此說多少有些危言聳聽，但隨著時間的推移，天色漸晚，黑暗將至，便逐步得到了眾人的共識。他們認為，如果這是某個人的惡作劇，那這個玩笑稍微開得大了一些，要是沒有深仇大恨，誰會把玩笑開這麼大呢？如果這事一開始就不是一個所謂的玩笑，而是一個精心設計好了的圈套，那事情就嚴重了，至於嚴重到什麼程度，最後的結局是什麼，誰都不敢往下想了。

手機被從各人的兜裡拿出來，滴滴答答一陣撥打後才紛紛發現沒有信號，沒有一點信號，移動的沒有，聯通的也沒有。有人試圖找一部有線電話來打，但這種努力很快以失敗告終。誰會這麼傻啊，拉幾十公里專線裝一部屁用沒有的電話，拉線的錢都可以開一個電話公司了。有人提議，與其在這裡坐而論道，還不如行動起來，趕緊往山下走，離這裡十五六里的樣子就有一個村子，相信村子裡總找到電話，叫車進來接他們回去。

無人反對。命運已經把他們連在了一起，心向著同一個目標——家的方向奔去。說走就走，八個人全部起了身，比來時更快地出了青鳥山莊，沿著這條唯一條通向山外的小路走去。

走了一千來米，到了青鳥河邊，所有人都被眼前的景象嚇住了，大驚失色，其中唯一的女人「哇」地哭出了聲。

二

橋斷了。

橋是水泥現澆的簡易橋，中間僅有一柱支撐，大約可通三噸以下小車。河不寬，約五六米的樣子，但深，兩岸全是懸崖峭壁，人站邊上望下去，多少有些頭昏眼花。說是河，其實叫澗更合適。不過，橋一斷，你叫河也好，叫澗也罷，除非憑空長出一對翅膀，否則人是沒有辦法過去的。事實在八個人的面前明擺著，橋斷了，他們走到外部世界的想法破滅了。至少今天晚上他們的想法不再可能實現了，他們已經被困在了青鳥山莊這個不能使他們感到愉快的地方，站在岸邊，每個人都面色凝重，表情憂慮，不知所措。

夜來了，黑暗淹沒了河對面的道路以及遠方的景象，四周高大的山峰在迷霧般的昏沉裡像一隻隻蟄伏著伺機而出的猛獸，懸崖下面的河水叮噹有聲，清脆卻使人悚然，反襯出黑暗深處無處不在的危險。忽然，一隻鳥的厲聲尖叫從夜的至深漸次傳遞過來，極其詭秘、怪異而充滿靈性，在人們的耳邊迴旋著，迴旋著，久久沒有散去。

「這是什麼鳥啊？聽著怪嚇人的。」一個人問道。

「不知道，從來不曾聽過這樣奇怪的鳥叫聲。我想，大概就是民間傳說中的青鳥罷。說句實話，我從鳥的叫聲裡聞到了死亡的味道。」那人解釋說，聽到青鳥的叫聲可不是什麼好兆頭，在那個恐怖的傳說裡頭，青鳥是一隻神鳥，代表了上天的主意，有罪的人對它特別恐懼，它在誰的頭頂盤旋尖叫，誰就將大禍臨頭，逃不掉死亡的厄運。

「你的意思是說，我們現在都聽到了青鳥的叫聲，我們都得死——笑話！」

「這話我愛聽。我也不信這個邪。」

「我信，這一定暗示著什麼？」

「這麼說，你是罪人了，你心裡有鬼？」

「誰是不是罪人，是不是心裡有鬼，他自己最清楚的。」

終於有一個聲音出來制止了這種無聊的爭論，這個聲音說：「我們現在確實遇到了一些困難，橋顯然是被人為破壞的，那麼這裡面很可能隱藏了一個巨大的陰謀，這其中也許關係到我們當中的一些人或者全部人。如果我們不想死，我們必須團結起來，回到青鳥山莊裡去，共同度過這個關鍵的晚上。」

這個提議得到了一致贊同，於是全體動身返回青鳥山莊。不知什麼時候，鳥的叫聲在人們急促的腳步聲和蟬鳴蛙叫的喧鬧聲中悄然消失了。大家注意到這一點，都輕輕地鬆了一口氣。

然而，轉了一個彎，上了最後一個坡，走到山莊前面寬大的草坪上時，大家都愣住了，目光穿過主樓前門以及旁邊通透的落地玻璃窗，他們看到了大廳的電燈光。

「誰開的燈？」有人問道。這也是大家的疑問。

「不知道。」另一個人回答。這同樣是大家的回答。

飢餓與疲憊已經戰勝了恐懼，再說還有八個活蹦亂跳的大活人，還不至於害怕自己想像出來的鬼罷。不管是誰開的燈，有燈總比無燈好，光明總比黑暗好，燈光是戰勝孤獨與恐懼的最佳良方。八個人並沒有被燈光的問題過多地糾纏，就此害怕和迴避，反而意志堅定地步伐整齊地朝主樓走去，並且毫不猶豫推開玻璃門走進了大廳。

八個人中的七個順著圈成橢圓形的沙發坐下，巨大而精緻的玻璃吊燈以及四周鬱金香花瓣狀的壁燈把大廳照得雪白透亮，更映襯出各人臉色的怪異與慘白。另外一個體形魁梧，身著名牌商人模樣的漢子卻從暗處提來一只裝了大半飲用水的塑膠桶和一疊紙杯，放在中間的茶几上，很熱情地說：「大家喝口水，解解渴。」

都說女人是水做的，穿著紅色短裙、毛髮染成雜色的唯一的年輕女人見茶几上的水，快活地叫喚一聲，拿了紙杯倒了水便往嘴邊送。

「慢！」一個禿頭縮腦、長相猥瑣的五十多歲的男人斷然喝道，制止了正要喝水的女子，然後朝那拿水來的漢子乾笑兩聲，「水裡不會有別的東西嗎？」

「哎呀，天哪！」女子手裡的紙杯掉到了地上，水灑了一地。

漢子愣了一下，臉上顯露出些許尷尬，先是無聲地笑了笑，然後拿起紙杯倒了一杯水，「咕咚咕咚」喝了個乾淨。

「謝謝。」禿頭男人同樣倒了一杯水，一仰脖子喝掉了。

「謝謝你的信任。」拿水來的男人友好地伸出一隻手，「我叫李雨時，是一個電腦銷售商。」

禿頭男人接住了這隻手，「喬頓，市中級法院前法官，剛剛病退。」

「謔，一個是桂北市電腦銷售的巨頭，全市的銷售市場你可是佔有半壁江山喲，久仰久仰。另一個是鐵面無私的現代包公，喬法官，你可是斷案如神啊，哈哈，敬佩敬佩。」一個身材瘦高、說話圓熟的男人也站了起來，一隻手握住李雨時，一隻手握住喬頓，「鄙人徐野平，做二手汽車的，討個生活而已，哈哈。」

那年輕女子早已重新倒了一杯水，一邊喝一邊說：「喔，你就是徐野平大老闆啊。」女子眼裡閃過一絲複雜而警惕的目光。接著女子又好像對不起誰似的自我介紹道，「我叫歐陽燕，在社會上混飯吃，什麼好做做什麼，小民一個。」

一個穿著樸素，舉止老成，態度誠懇的老頭子站起來，一連鞠了幾個躬，慢騰騰地說道：「我叫蔣寒，是日本一家公司的中國總代理，請多包涵，請多包涵。」

「呵呵，好一個假日本，怕是早把小日本供到你家香火上了吧。」坐在蔣寒旁邊那位推了小平頭，留八字鬍子的小個子粗魯地說，「解水本，自來水公司破工人，修水管的，窮光蛋一個，哪裡敢跟你們大老闆比啊。」

「榮幸，我跟解水本一樣，能和這麼多大人物坐在一起，感到萬分榮幸。」坐在解水本旁邊，臉上一直掛著嘲笑的典型農村混混兒模樣的小青年點了一支廉價香煙，粗魯地吞吐著，「本人王木良，開了一間檯球房，本來就不是什麼好鳥，小賭棍一個，不過只怕是我賭上一年還不如他媽的你們這些傢伙玩上一天呢。」

喬頓拍拍坐在他旁邊那個害羞的小青年，「小伙子啊，在座的七個人都介紹了自己，你也介紹介紹自己，怎麼樣？」

小伙子縮在一個角落，臉部幾乎埋在胯下，像一隻在寒風裡瑟瑟發抖的貓，樣子極盡悲哀。他聽到喬頓問他，好一陣子才慢慢抬起沉重的頭顱，說話的聲音小得像蚊子叫：「宋其濤，開了一家小超市，混口飯吃。」說完，又故作瀟灑地吹了一聲口哨。

「好，大家都作了自我介紹，這樣我們八個人就算認識了。」李時雨笑道，「俗話說得好，有緣千里來相會，無緣對面不相逢。如果有人要我們死，死在一起也是一種緣分嘛。」

「你別說這麼不吉利的話好不好，誰說要我們的命了，除非我們自相殘殺。」歐陽燕話音未落，大廳燈光噗地全黑了。

三

只聽一聲尖叫聲後，電燈又亮了，前後不過兩三秒鐘。尖叫聲來自歐陽燕，她發出的聲音並非受到侵害，而只是出於一個女人的本能。燈一亮，她反而顯得不好意思地自我解嘲道：「我說沒人會要我們的命嘛，人總是自己嚇自己。」

「嘿嘿，歐陽小姐說這話還為時過早。」徐野平一聲冷笑，顯出了一個商人的精明和狡猾，「雖然一切都還沒有明朗，但我的肚子還是感到了飢餓。說實話，我想吃飯，我已經大半天沒吃東西了。」

蔣寒一邊點頭哈腰一邊說：「是的是的，人是鐵，飯是鋼，一頓不吃餓得慌，我們大家都該吃上一口晚飯了。」

「死也不要做餓死鬼，到了地獄都不得安寧。吃飯大如天，不過我們的晚飯在哪裡呢？」解水本說。

一直站在一邊微笑著的李雨時乘機說道：「各位，我想告訴你們，晚飯已經有人為我們準備好了。」

「誰？」自稱不是「好鳥」的王木良瞪了三角眼，惡聲惡氣地問道。

「不知道。」李雨時仍然微笑著，臉上肌肉仍然保持著原狀，話也是柔和的，絕非當年江姐在敵人嚴刑拷打面前斬釘截鐵的回答。

「媽的，等於沒說。」王木良把手裡的煙頭一彈，那煙頭像是長了眼睛，準確地落進了至少五米遠外的圓形金屬垃圾桶裡面，把本來無精打采的宋其濤嚇了一跳。

「真準啊，牛！」回過神的宋其濤喃喃自語道，「桌球一定打得不錯。」

李雨時接著說：「不知道不等於不能吃，也就是說，不管是誰做的飯，一定是給我們做的，所以我們能吃。」

「飯在哪？」這回是喬頓出聲了，「李老闆，你是不是拿我們尋開心啊？」

「絕對不是，我敢保證。」李雨時說。

「在哪？」徐野平開始有點相信了。

「在廚房裡。」李雨時指了指大廳後門，「剛才我去找水時發現的，老實說，我都吃了一隻雞腿和兩塊排骨了。」

歐陽燕笑道：「哎喲，你一個人吃獨食，好可愛喲，我幾乎要愛上你了。哪裡有吃的？我跟你去，為了吃，放心，我受得了苦。」

李雨時只是衝歐陽燕禮貌地點點頭，轉而向大家說：「各位，飯在廚房，想吃的請跟我來。」說完，他朝歐陽燕眨眨眼，轉身逕直往廚房走去。

歐陽燕猶豫了一下，然而在她憂鬱之間，其他人卻一擁而起，顧不得那許多禮節，起身跟著李雨時直奔廚房而去。歐陽燕本是女流之輩，沒有什麼主意，見大家爭先恐後跑了，只剩她一個，飢餓先沒了，恐懼卻來了，嚇得叫了一聲媽，沒命地跟在大家屁股後面跑了。

一夥人從後門出了大廳，往左沿著走廊約十幾二十米，便是廚房。廚房裡大鐵鍋是熱的，灶上尚存餘溫，桌板上的好菜擺得滿滿的，有十幾碗。大家見到這般情景，齊刷刷一聲驚歎，如同多日未嚐葷腥的囚徒，餓狼般直撲桌上的菜肴，打算不顧一切的飽餐一頓。但這種欲望很快被一個聲音制止了。這人正是李雨時。李雨時說：「各位，各位，稍等一下，我只想問一句：你們知道這裡面有沒有別的東西？難道你們不怕毒死嗎？」

大家聽了他的話，先是一愣，接著哄然爆笑，笑之後便是再次撲向桌子上的菜，但這種舉動又一次被一個聲音所制止。這回是沈默寡言的喬頓。喬頓率先拿起一盤菜和一摞碗，說：「大家都是有身份的明白人，這樣吃可不怎麼雅，我們不如到大廳裡去好好吃一頓，既然是有緣千里來相會，大家坐在一起吃頓飯不容易，你們說是嗎？」

大家聽到喬頓這樣說，覺得有理，都同意了他的建議，紛紛拿著裝了菜的碟子和碗筷返回大廳，菜放桌上，就著沙發圍成一圈，吃將起來。徐野平吃了幾口飯，忽然想起什麼似的抬起頭皺了一下眉頭，低下頭吃了幾口，再次抬起頭來，自言自語地說：「好像缺了點什麼？」

歐陽燕脫口而出：「酒！」

「你怎麼知道？」徐野平第一次認真地看了她一眼，雖然曾經滄海，還是覺得這個女人有點味道。有味道的女人他是有興趣的，這與金錢無關。

「怎麼知道？每個女人都知道，男人除了金錢，除了女色，除了酒，還有什麼？還有個屁！」歐陽燕一語中的，「世界上的男人沒有一個好東西！」

「歐陽小姐，恕我直言，話不好這樣說的，不好一竹篙打死一船人嘛。」蔣寒還是表情恭卑，唯唯諾諾的樣子，似乎不是在說別人，而是在說自己。

於是歐陽燕一時間成了被大家攻擊的目標，譴責聲和揶揄聲不斷。忽然一直不怎麼吱聲的王木良說：「李雨時呢？」

大家左右一看，果然不見李雨時。正議論著，李雨時卻從後門推門而入，手上拿了二瓶白酒，走到桌子前放下，打開其中一瓶，問道：「誰要白酒？」

徐野平見來了白酒，大喜過望，馬上拿了桌上的紙杯送過去：「知我者，李雨時也。」

「要多少？」李雨時一邊斟酒一邊問。

「滿上滿上。」徐野平拿過滿紙杯的酒，小心地酌了一口，放下紙杯望著李雨時說，「你是個好人。」

「不一定。」歐陽燕剛剛吃了一筷紅燒肉，放下碗滿嘴流油地說，「你這種有錢人就是這德性，有奶就是娘。」

大家看歐陽燕較上了勁，都不約而同地笑了，李雨時笑了，徐野平也笑了。李雨時把酒給每個男人都斟了些，有多有少，卻不可無。輪到歐陽燕，李雨時只是象徵性地斟了幾滴，歐陽燕不幹了，要李雨時給她斟滿，李雨時恭敬不如從命，就給地斟上了。

歐陽燕拿起酒，跟徐野平對上了杯，「乾杯？敢嗎？」

「乾杯就乾杯，還怕你個小女子不成？」徐野平拿起杯子，先打了一個冷顫。

歐陽燕二話不說，舉起杯子倒進嘴裡，一仰脖子，滿滿一杯酒全進了肚。杯底朝天，竟無一滴餘酒落下。

徐野平見狀，又打了一個冷顫，縮了脖子，人軟下來，「說說笑而已，你怎麼動真的？平日我只是愛酒，喝不多的。這麼一杯下去，我就報銷了。」

大家哪裡肯放過他，紅臉黑臉都出來了，說出來的話也就有了嗆味、辣味、火藥味，反正火爆剛烈的陰陽怪氣的都有。徐野平臉上紅一陣白一陣，但硬是僵著不肯喝。坐著不出聲的歐陽燕終於說道：「男子漢，大丈夫，說不喝，就不喝，是條漢子啊。這樣吧，你不喝也可以，從老娘胯下爬過去准數了。」

大家都說好，於是吃飯成了搞笑的活報劇。徐野平是桂北市二手汽車市場的霸主，是個說話算數的人物，家資超過千萬，何時受過這等窩囊氣。然而虎落平陽遭犬欺，彼一時也此一時也，在這個鬼地方，錢有屁用，大家全跟光了屁股差不多，人人平等，何況此夜兇險未測，生死不明呢。想到這裡，徐野平壯了膽子，一咬牙，一狠心，如赴湯蹈火一般，如喝農藥自殺一般，咕咚咕咚喝了下去。

大家又說好，並且報以熱烈的掌聲表示鼓勵。

不料，徐野平這邊剛剛落座，歐陽燕那邊烽煙又起。歐陽燕舉起第二杯酒，再次向徐野平挑戰。此時喬頓站了出來，舉杯說：「來，為大家的相識碰杯。」說完，喝了一小口，大家也都禮貌性地喝了一點點，氣氛漸漸趨向緩和。

喬頓成功地化解了一次衝突，表情已經有些遲鈍的徐野平抬起相當沉重的頭，向喬頓投去了感激的一瞥。不過這種遲鈍的表情也沒能維持多久，醉意便如潮水般湧來，佔領了徐野平的整個軀體。

「不行了，我要睡覺。」徐野平搖搖晃晃站起來，「哪裡有床？」

李雨時果然是個消息靈通人士，馬上接了話：「有房有床，二樓三樓都有，一個人睡三個床都沒問題。這樣吧，我扶你上去。」說著，李雨時過去抓住徐野平的胳臂，拽著他往左邊的樓梯走去。

喬頓問道：「上面真有房麼？」

李雨時答道：「真的有房，吃過飯大家都可以去睡。」

我也先上去睡了。」李雨時拉著扯著徐野平轉上樓梯不見了。

「是有房間，去年我來過這裡度週末，條件還算可以。」說話的是笑面人蔣寒，「不過有點奇怪，青鳥山莊怎麼一個管理人員都不見了呢？」

沒有人答理蔣寒，大家都感到了疲倦，心不在焉地吃著，想著吃完了好去休息。先是喬頓放下筷子，打了一個長長的呵欠，起身上了樓梯，到二樓房間裡睡覺去了。接著是蔣寒不吃了，他仍然面帶笑容，但笑容裡似乎隱藏著某種不為人知的憂鬱，或者某種奇怪的預感。他像要說些什麼，要向大家求證些什麼，然而此時各人都心懷鬼胎，想自己的事，無人理睬蔣寒。蔣寒試圖挑起話頭，說了幾個無傷大雅的笑話，但還是沒有人肯搭理他。蔣寒感到了無聊無趣，便閉了嘴不再說話，喝了一口水，起身上樓去了。

氣氛一下子沉靜下來，剩下的四個人彼此間都不太願意說話。一直沈默如羔羊的宋其濤更是早已放下碗筷，在沙發的一角縮成一團，緊閉著雙眼，緊鎖著雙眉，聽不到一點氣息，不知道是睡著了還是閉目養神。原先喋喋不休的歐陽燕此時已是面如桃色，醉態可鞠，傻乎乎地如一隻大熊貓，半坐半靠在沙發一邊扶手喘著粗氣，時不時打一個響嗝。王木良本來是能喝些白酒的，也被解水本慫恿著些，但喝著不來勁，缺少激情，喝了幾口就放下了，只是煙頭接著煙屁股一支支地大抽其煙，一邊玩著一副撲克牌，溫習功課，熟練賭術，把周圍的事情忘記得一乾二淨。只有解水本最是快樂，自斟自飲，自行其樂，先是喝完了二個瓶子裡的酒，然後又把其他人杯子裡剩餘的酒一一收集起來，倒進自己杯子裡，繼續喝著，大口喝酒大口吃肉，喝得吃得滿嘴流油，臉上寫滿快意。喝到痛快時，還不忘哼幾句流裡流氣的小調。

夜晚的時間過得很慢很慢，似乎已經經歷了一個世紀，其實才剛過十點鐘，誰都不清楚漫漫長夜怎麼打發。不過夜晚終究是另外一個世界，是單獨的一個世界，而不是白天簡單的延續。解水本喝著喝著，也漸漸進入了忘我境界，差不多要得道成仙了。旁邊的其他三人也都昏沉著，麻木著，無阻等待著。

突然，電燈閃了一下，再次熄滅了，四周陷入了一片絕望的黑暗中。

窗外劃過一道慘白的閃電，接著響起了一聲淒厲的鳥叫聲。

四

所有人都驚醒了，樓上的四個人和樓下的四個人，喝了酒和沒喝酒的人，喝醉了和沒喝醉的人，都驚醒了過來，保持高度警覺。所有人都睜大了眼睛，豎起了耳朵，等待著什麼，傾聽著什麼。他們每個人都相信，這絕對不是一個平安夜，這個奇怪的夜晚註定要發生什麼，並將很快發生。結果將與他們中的每個人都有關，他們都逃不脫干係，無一例外。

不久，一個聲音果然在八個人驚恐的等待中出現了。

這是一個男人的聲音，蒼老，雄渾，威嚴，嗓音裡充滿沉重。這聲音在閃電和隱約可聞的雷鳴聲，以及一聲接一聲催命的鳥叫聲中，如同從雲端滾瀉而下，直奔山莊而來，穿過一切有形和無形的屏障，逕直到達屋子的每一個角落，拍打每個人的耳膜，並且撕咬每個人的內心。如果真有上帝，如果上帝真能說人話，那麼這一定是想像中上帝的聲音了。

「你們聽著，你們要仔細聆聽我說的話。我代表正義，我是正義的執法者。你們八個人，全都是有罪之人。在過去的歲月裡，你們醜惡的心靈驅動你們骯髒的雙手犯下了永遠不可饒恕的罪行。你們殘害了無辜的生命，你們的手上沾滿了鮮血，你們罪大惡極，罪不可赦。善有善報，惡有惡報，不是不報，時候未到。時候到了，就在今天，就在今晚，就在此刻。雖然你們曾經用盡小人的伎倆，鑽了法律的空子，逃脫了法律的懲處，但今晚將證明人間的公道，將給屈死者洗冤。你們趕快祈禱吧！」

那話聲如雷貫耳，直擊每個人致命的痛處，卻全都呆住了。話聲過後，便如一縷過堂風悄然消失，了無影蹤，只剩下閃電、雷鳴和鳥叫的厲聲，像是發生過什麼，又像什麼都不曾發生過。

雖然樓上的四個人都分別找到了睡覺的地方，進了各自的房間，躺在潮濕發黴的床上，但沒有一個人是睡著了的。徐野平一杯酒下肚，當時有些昏糊，但並沒有一醉到底，他還是有著相當的酒量的，只是由於受了歐陽燕的奚落和大家的起哄，心裡多少有些不舒服罷了。徐野平心裡的不舒服很快就被煩躁和恐懼佔據了，特別是聽了剛才從天而降的詛咒，過去多年的那樁往事又被勾陳起來，如同貓抓一般不得安寧。徐野平躺不住了，起身點了一根煙，剛走到窗戶邊，就聽到房門吱呀一聲響，帶進一絲涼颼颼的陰風，接著門又悄無聲息的關上了。

「來了，」徐野平沒有轉身，心情反而穩定下來，「你就是那個所謂的正義執法者？」

「是的，我是，或者說我認為我是。」果然是剛才那個從天而降的聲音。一道強烈的閃電劃過天空，又一道更加強烈的閃電劃過天空，然後閃電頻頻發生，清晰地映照出房間內的一切。

徐野平吸了一口煙，緩慢地轉過身來。他看到站在面前的這個「正義執法者」一身黑服，黑帽蒙面，只露出二隻充滿怒火的眼睛，手中一支裝了消音器的手槍正指著他。徐野平有理由相信那不會是一支仿真塑膠槍，槍裡射出的也不可能是自來水。那槍貨真價實，由軍工廠正規生產，通過了驗收，完全可以擊發，如果位置合適，能夠一槍斃命。

「你要殺死我？」

「是的，我要殺死你，這沒有商量餘地。」黑衣人露出了兩排整潔乾淨的牙齒，那無疑是一種嘲笑，「你不相信？」

「我相信，但我想知道為什麼？」

「既然你早已知道我要殺你，卻又裝作不知道殺你的原因，這不是自欺欺人嗎？」

「話是這樣說，不過我還是想死個明白。」

「嘿，你倒挺會裝瘋賣傻的。我知道，你不過是想弄清楚本來是一件偽裝得天衣無縫的謀殺案，到底哪個環節出了問題。」黑衣人悠閒地坐在一張椅子上，槍口指了指徐野平，「你坐下，我就滿足你的好奇心，讓你死個明白。」

徐野平乖乖地坐在床沿邊上，拿著煙的手開始微微顫抖，呼吸急促起來，又粗又重，他終究感到了害怕。黑衣人所說的話，在他聽來，簡直就像天方夜譚，一個虛構的故事，根本與他徐野平毫無關係。

黑衣人說，我之所以首先要除掉你，是由於你給我執行這個復仇計畫增加了難度，你察覺了我的意圖，而且很可能認出了我，使我考慮必須動手了，免得我的事情被你攪渾。事實上也是這樣，你具備了一個中國現代商人的所有素質，你精明能幹，眼觀六路，耳聽四方，精通黑白兩道，最關鍵的是你很有魄力，敢做敢為，看準了的事說做就做，絕不含糊。你的能力被你的實力證明了，在桂北市的二手汽車交易市場，你是龍頭老大，銷售額占百分之七十以上，可以翻雲覆雨，左右整個局面。本來你計畫有那麼一二年工夫就能夠把整個市場完全控制在手了，但劉爾揚的出現打亂了你的如意算盤。劉爾揚財大氣粗，步步緊逼，很快奪去了一半以上的市場份額，並且有進一步蠶食的危險。於是，你動了殺機。二〇〇一年二月二十日晚上，你打電話給劉爾揚，約他到二手汽車市場你的辦公室商討，劉爾揚不知是計，如約而至。在當晚九點鐘時，一個只有在警匪片中才可能出現的鏡頭竟然出現了：透過辦公室的落地窗，劉爾揚背向外面坐著，而你老兄呢，在自己的寬大的老闆桌後坐著，與劉爾揚面對面交談。大約談了十幾二十分鐘，你找了個藉口往外走。走出門口的時候，你抹了一下頭髮，咳了一聲嗽走開了。聽到你的暗號後，埋伏在二手汽車市場周圍的二三十名警察頓時出動，其中五名手持微型衝鋒槍的警察走到落地窗前，隔著玻璃對著劉爾揚一陣猛烈掃射，一口氣打完了槍裡所有的子彈，致使劉爾揚連中四十七彈，氣絕身亡。但是你老兄還不解氣，拿過一支手槍，進到屋子裡，對著劉爾揚的眉心又補了一槍。之後，你把劉爾揚的幾十輛汽車全部拉走，成了你名下的財產。案發後，你反而成了受害者，劉爾揚卻因持槍搶劫，又開槍拒捕，被執法民警當場擊斃。後來，跟你一起聯手製造這個案子的主要人物潛逃國外，你雖因幾次被捕，但幾次都由於證據不足放了出來。你以為已經逃過了一劫，沒想到有今天吧？

徐野平聽了黑衣人的介紹，輕拍雙掌，一聲冷笑：「精彩啊精彩，你有這麼豐富的想像力，我想你最好的職業應該是幹電視連續劇編劇，或者做一個專門寫恐怖小說的作家，而不是拿一支槍對著一個無辜的人，充當冷血殺手。」

說話間，徐野平趁著黑暗早已悄悄伸進上衣口袋的右手突然拿了出來，但拿出來的不僅僅是一隻手，還有一樣東西，準確地說，也是一支手槍。徐野平拿出槍的速度又快又輕，悄無聲息，有如魔術師變戲法一般，只是那麼一眨眼工夫，槍就被他牢牢抓在手裡，食指放在扳機上，槍口正飛快移向黑衣人坐的位置。「噗」的一聲，槍響了，槍聲極其微弱，好像人放的一個悶屁。接著一個人哼了一聲，一支槍掉到了地下，一個人倒下了。

倒下的是徐野平，他仰倒在床上，彈簧床在他的猛力作用下起伏幾下，與徐野平一樣不動了。

黑衣人輕輕吹了一聲口哨，把一張列印好的判決書放在徐野平的胸口上，收了槍，取下面罩藏好，開門走掉了。

房門再次被關上，一道強烈的閃電奪窗而入，帶進來一聲青鳥飽含死亡氣息的獰笑。

五

樓下的四個人聽到那個天籟之音，都被嚇住了，許久沒人說話，各自死人一般地呆著。最先反應過來發出聲音卻是喝酒喝得最多的解水本。解水本此時已經把瓶子裡所有的酒全喝下了肚，聽到那個嚇人聲後，他跟歐陽燕、宋其濤和王木良一樣，也是被唬了個半死。但酒精是個好東西，能夠壯人膽。既然能夠壯別人膽，同樣可以壯解水本的膽。解水本的膽子果然就被酒精壯了起來，他氣壯山河地舉起一個酒瓶，像一個勇士舉著手榴彈擲向敵人，酒瓶從解水本手中拋出，幾近成直線飛向落地窗，玻璃被擊中，發出一陣尖利刺耳的破碎聲，碎玻璃散了一地。其他三人一時都沒有注意解水本的舉動，又是黑燈瞎火的，只是偶有閃電，根本看不清周圍的動靜，那落地窗碎玻璃一響，都嚇了個要死不活，歐陽燕的反應更為強烈，她又一次使用她那超級女高音，喊出了一聲史無前例的慘叫。

不過，歐陽燕的高分貝卻被解水本視若無聲，他兩眼發直，搖搖晃晃站起，往落地窗旁邊的大門走去。宋其濤睜著眼，看著解水本在閃電中走出去，想叫一聲，但只是張大了嘴，出不了聲。王木良倒是叫了一聲，但聲音之小弱如蚊蠅，不知解水本聽到沒聽到，反正他不作理睬，逕直走了出去。

解水本半是清醒半是迷糊地走出大門外，電閃雷鳴不斷，涼風夾著幾滴冷雨落到他身上，使他禁不住打了一個寒顫，頭腦似乎也清楚了一點，然而這並非真正的清楚，這所謂的清楚反如火上澆油，驅趕他走得更遠。解水本一陣東張西望後，轉身朝距離草坪好幾十米的一棵榕樹走去。樹在大廳的右側面，樹和大廳之間還有一間配電房隔著，所以即使有月光和燈光，在廳裡是看不到這個隱秘的角落的。走到顯然是移種的榕樹下，解水本的目光一直沿著筆直的樹幹從下往上觀察，只見一道強烈的閃電如慘白的太陽光劃過天空，照亮了整株榕樹。解水本的眼光似乎在閃電劃過的一瞬間發現了什麼，他走到樹根底，雙手在時隱時現的樹幹上摸索。他的努力沒有白費，他摸到了一樣東西，是一根線狀的東西，抓過來放到眼皮下藉著閃電仔細一看，果然是一根電線。解水本罵了一聲，一拉一拽，一件東西從樹上掉了下來，解水本拿起來一看，就是一隻高音喇叭。解水本並沒有就此停住，而是順著電線的另一頭繼續走，走了約十來米，電線伸進一隻罩了尼龍薄膜的金屬垃圾桶。解水本一把掀開了尼龍薄膜以及垃圾桶，恰巧此時沒有閃電，他從口袋裡摸出一隻打火機，打燃即滅，打燃即滅，反覆幾次後，他看清了電線連著的是一套小型音響設備。解水本把音響設備抓在手裡，罵了一句，哈哈大笑兩聲，將音響設備一把扔下了距離只有幾米遠的懸崖。幾聲亂響過後，便沒了聲音。

「你們別小看老子只是一個修水管的，老子聰明著呢。這點小把戲也哄你爺爺，哄鬼差不多。」解水本又傻笑兩聲，「你他媽的裝神弄鬼，想騙老子，去死吧，我早知道你是誰了，老子抓住了你，剝你的皮，把你痛死。」

解水本轉身而去，仗著酒性他打算趕回那所大屋子裡揪出那個裝成上帝的傢伙，當著大家的面解開這個謎底，讓別人看他的本事。不過，解水本剛走出沒幾步，身後伸出一隻胳臂箍住了他的脖子，嘴裡瞬間被塞了一團布，雙腳也被繩索捆了，只聽颼颼幾下，雙腳離了地，人被倒懸了起來，只感覺天旋地轉。

倒掛在榕樹上的解水本嘴裡塞了東西，只能發出語焉不詳的嗚嗚聲，不過旋轉中他的眼睛還是管用的，他看到了樹下立著一個黑影，黑影在他顛倒的視覺裡不停地晃蕩。即使是這樣，他還是借著閃電肯定了那個黑影的存在。

「你不是要抓住我，要剝我的皮嗎？現在我來了，但機會已經不屬於你了。」黑影開口說了幾句話，竟然亮起了一支手電筒。手電筒的光先是在解水本臉上晃了晃，好像要印證一下是不是解水本本人，然後把光線對準了自己，同時迅速扯下了面罩。

解水本看到這張臉，似乎證實了他的猜測，又是依哩哇啦幾聲亂叫，身子擺動得更厲害。黑衣人再次把手電光射向解水本，「我代表最高人民法院依法判處你死刑！立即執行！」

話音剛落，手裡的槍響了，解水本全身掙扎幾下，當即斃命。黑衣人從懷中掏出列印好的判決書，塞進了解水本的口袋，趁不閃電的一瞬間消失在茫茫黑夜裡。

又是一聲青鳥巨大的哀鳴。

六

過了十來分鐘，隨著一個炸雷響過，大廳裡的三個人看著閃亮的四周，如夢初醒般地叫了一聲，臉色驚恐而痙攣。王木良叫了一聲後，又望了望四周，「解水本呢？」他覺得奇怪，像是問歐陽燕和宋其濤，又像是自言自語。

「不清楚。」歐陽燕手拍嘴巴，哈欠連連，無精打采地說道。人的神經綳得太緊，一旦鬆弛下來，就會疲倦。

宋其濤也是這個樣子，看上去他這人天生靦腆，不愛說話，又特別喜歡睡覺。對王木良的問題，如同得了腦膜炎後遺症一般，兩眼空白無物地瞥了王木良一下，嘟囔一句，靠到沙發上緊了緊衣服，萬事關我屁事地安睡過去。

王木良本來就是隨口說說，看二人都不在心，也就罷了。他喝了一口水，點上一支煙，拿著撲克繼續玩起來。他開著一間用倉庫改建的小小的檯球房，裡面只放了十來張檯球桌，搞生活是不成問題的。他之所以開檯球房，主要是喜歡，吃了愛的虧。他一愛檯球，二愛撲克。愛檯球也好，愛撲克也罷，其實都是愛一個賭。賭檯球，賭撲克，別的什麼也賭，逮著什麼賭什麼，什麼好賭賭什麼，他的檯球房就已經賭輸給了別人。不過，今天晚上有些特別，無人參賭，沒有檯球玩，只能一個人玩撲克，聊勝於無嘛。

旁邊的歐陽燕又是幾個哈欠過後，站起來伸了一個懶腰，「扛不住了，我得上去找個地方睡一覺。」剛要走，樓上響起了急促的腳步聲，一個人下樓來了。

下來的人是李雨時。本來形象瀟灑、風度翩翩的李雨時此時卻氣喘吁吁、滿臉驚慌地往樓下衝來，差點摔了一跤。「徐野平，徐野平，他，他死了。」

歐陽燕「啊」了一聲，便站得如泥菩薩一般，呆了。

宋其濤雖然醒了過來，卻是沒帶腦子的，只把惺忪的眼瞪著李雨時，漫不經心地說：「誰死了？」

王木良倒是聽懂了的，不過他沒有顯出驚慌失措的樣子，只是放下了撲克，靜默片刻，便換了一張有些面目猙獰的臉子，嘲笑道：「死了？死得好！死得有道理！他不死誰死！他媽的，有錢人都該死！」

「不是你老兄弄死的吧？」李雨時走到圓桌前，拿出王木良的一支煙點了，坐下，臉色很快緩和過來。到底是見多識廣的有錢人，心理素質硬是好，很快恢復了理智。

歐陽燕也跟著坐下，「他，王木良，殺徐野平？不可能，他坐在這裡一動沒動，我們也是，互相之間都沒有離開過視線，全都可以證明的。」

「你怎麼證明不是你殺的，你可是一直待在上面的，你比我們有機會。」這次宋其濤不糊塗了，雖然慢條斯理，卻是有板有眼。

「你們別多心，我只是隨便問問，別在意。」李雨時說，「我們是不是上去看看，互相作個證，別到時候說不清楚。」

「我不去，我怕見到死人。」歐陽燕一口拒絕，沒有半點商量的餘地。

「看看就看看，怕個球。」王木良收了撲克進口袋，起身往樓上走去，宋其濤和李雨時也跟著一前一後上了樓。歐陽燕發現大廳只剩下自己一個孤家寡人，立馬慌了神，趕緊攆了上去。

一行四人在李雨時的指引下進到徐野平的房間，見喬頓和蔣寒已經站在徐野平的床前，蔣寒手中拿著一張紙，紙是大十六開拋光，厚硬，上面有列印好的文字，還印著一朵鬱金香。大家圍過去，都要爭著看，李雨時攔住了幾隻搶奪的手，從蔣寒手中拿過那張紙說：「都別搶，我來給大家唸。」

李雨時將判決書念完，都沈默了，都不說話。後來，還是李雨時先開了腔：「現在，我們恐怕只剩下一個疑問，誰殺死了徐野平？」

「是啊，誰殺死了他？」歐陽燕表示同意。

喬頓說：「我想啊，這一定是我們八個人中的一個，因為這個山莊裡只有我們八個人，徐野平總不至於自己殺死自己吧。」

「咦，解水本呢？人去哪了？」蔣寒又發現了一個問題。

宋其濤說：「人該不是他殺的吧？」

「說不定，說不定啊。」李雨時搖搖頭，意味深長地瞥了喬頓一眼，「別的人也是完全有可能的。」

「你的意思是，兇手就在我們這幾個人當中。」王木良似乎聽出了李雨時話中有話，也偷偷望了喬頓一眼。

「我可不敢殺人。」蔣寒縮了下脖子，「殺人償命，我怕死。」

「我可沒說是誰殺的，你們別自作多情，好嗎？」李雨時揚了揚手，「找到解水本再說，都去找，別把自己落下。」

說完，李雨時把判決書仍舊扔到徐野平躺著的床上，撥開擋住他的人走了。大家面面相覷，紛紛遲疑了一下，都跟著李雨時去了。

他們先後找了二樓和三樓的每一個房間，以及每一個可以躲藏人的角落，李雨時手中多了一支手電筒，那是歐陽燕在徐野平的房間裡得到的，她把手電筒給了李雨時，她暗暗認為他使著比她使著用處要大，他對李雨時有著天生的親切感和信任感，她喜歡這樣的男人，他們有錢，而且懂女人，即使她們知道一個男人懂一個女人那肯定是這個女人的毒藥，她們還是忍不住要吃掉這個毒藥。特別是一個女人遭遇危機的時候，男人的幫助至關重要。

一行人從三樓魚貫而下，出了大廳，轉到門口的草坪上四處尋找。他們從左邊開始，沿著懸崖邊的游泳池、雕塑和久未修剪的花草造型尋找，一直轉到右邊。這樣一來，他們就發現了吊死在一棵樹上的解水本。

解水本這人生性粗俗，卻不乏狡詐與殘忍，怎麼看都像一個黑社會的小打手，現在即使被人弄死，模樣同樣不雅，舌頭伸出半尺有餘，口水和淤血流了一地，兩隻眼睛鼓得比金魚的還大，失血的臉上被手電筒光一照，簡直與人們想像中的野鬼沒有二樣。由於倒吊著，上衣像一把傘遮住了解水本的整個臉部，是李雨時掀開了罩著的衣服才讓大家看到了解水本悲慘的形狀，他順便把那張紙從解水本手裡掰了出來。大家已經見過了一個死人，多少有了些心理準備，不再大喊大叫。接著解水本被解開繩索放到地上平躺著，有人提議把解水本弄到主樓的二樓去，跟徐野平待在一起，讓死人跟死人待在一起也好有個伴，死人有權利得到安息。但這個提議馬上遭到了反對，最後反對者甚至包括了提議者本人，因為沒有一個肯動手做這件事情。於是大家都離開了死者，回到了主樓大廳。

這回沒有人提議，六個人全都圍坐在沙發上，王木良拿出煙來發，除了歐陽燕之外，五個男人都接了一支煙點上，煙霧升騰而起，把個歐陽燕嗆咳得滿面通紅，只用手掌搧煙霧，卻不敢走出去，更不敢發態度。大家抽著煙，喝著水，情緒漸漸平靜了些。看上去李雨時的狀態更好些，他清了清嗓門，說：「情況就是這樣，我們都得死。」

「你說每個人嗎？每個人都得死？」歐陽燕不明白了，「為什麼？」

喬頓冷冷一笑，把煙頭塞進煙灰缸掐滅，「你自己心裡清楚。」

「我就不清楚，」王木良轉頭問蔣寒，「你清楚嗎？」

蔣寒嘿嘿笑了兩聲，結結巴巴地說：「我……清楚……不清楚……」

「這話是什麼意思？」宋其濤沒頭沒腦地說道，不知道他是在說王木良還是蔣寒。

王木良轉過來問喬頓：「這麼說，你是一定知道的了？」

喬頓警惕地望著王木良：「你是怎麼知道的？我可沒說。怕是做賊心虛吧，我還沒說你呢。」

「是啊，你憑什麼說人家呀，要講證據的。」歐陽燕說。

「也是，誰都不能證明自己是清白的。」宋其濤表示贊同。

蔣寒搔了幾下自己光禿禿的腦門，一副似哭似笑的模樣，「奇怪的是，大家都看到了，這座山莊除了我們這些人以外，鬼都沒有一個，這兩個人怎麼死的，難道是自殺？」

「不可能自殺。」王木良反駁道，「徐野平徐總身家千萬，要錢有錢，要房子有房子，要女人有女人，反正要什麼有什麼，活得風光得很，用不著自己跟自己過不去。解水本也是，一個多鐘頭以前還坐在這裡滿臉幸福地喝酒……」

「是的，是這樣，他們兩個應該不會自殺。」喬頓點頭同意王木良的意見。

「都不要說廢話了，那兩張判決書已經說明了問題。」李雨時說，「我們每個人都有罪，我們每個人都得死。」

停了片刻，李雨時接著說：「既然我們相信人世間並沒有鬼，他們又不是自殺，同時這裡並沒有其他人，那麼結論只有一個：殺人者就在我們中間，是我們六個人當中的一個。」

「他是誰？」歐陽燕問道。

李雨時手指在座的其中一個人說：「他。」

七

「他。」李雨時指著喬頓說，「人是他殺的，他還要殺死我們。」

停頓了一下，李雨時又強調道：「每個人。每個人。」

喬頓似乎早料到李雨時說這話，聽後抱了雙臂，淡淡一笑：「李總，你不像一個商人，你更適合做一個作家，因為你的想像力豐富得可以。」

「可不好亂說，要負責任的。」歐陽燕搖搖頭，「我看不出。看不出喬頓法官要殺死徐野平和解水本。」

宋其濤滿臉迷惑，望望這個，望望那個，一笑了之，「我看不懂。」他沒心思搞懂，他睏得要命，頭朝後一仰，閉著眼睛睡過去了。

蔣寒還是老好人一個，「哈哈，話不好亂說的。」

王木良此刻的想法也產生了動搖，「李總，能證明嗎？」

李雨時臉部肌肉跳了一下，神情有些僵硬，卻對大家的疑問不置可否，只把話題引開：「那我們就先來看看解水本的判決書上都寫了些什麼。」

然後，李雨時拿出那張跟徐野平的一模一樣的判決書，也不管別人愛聽不愛聽，大聲唸了起來。

判決書上說的內容使大家想起了幾年前桂北市發生的一個極為蹊蹺的案子，此案至今未破，成為一樁懸案。那是冬天一個乾燥的早上，幾輛警車停在東區光明路五號小區，警察從一幢樓房裡抬出了一個被殺害的女人，死者是開服裝店的店主劉影。當時被懷疑的對象主要有三個：一是她前夫趙浩。趙浩跟劉影離婚後，還欠了她三萬多塊錢，劉影因為得了一種婦科病要錢治療，多次找趙浩索要，趙浩以無現錢等各種理由推脫掉。因此趙浩有殺人動機。但經過辦案人員調查，趙浩作為一家公司的業務經理，那天一整天都在接待客商，吃過晚飯後他又陪客人在賓館裡打麻將，一分鐘都沒有離開過，一直到後半夜兩點鐘，而劉影的死亡時間是晚上十點鐘左右，所以趙浩直接殺害劉影是沒有可能的。由於趙浩長期做生意，有一定經濟基礎，如果要雇兇殺妻，花的錢肯定不會少，因為兩三萬元就殺死前妻的可能性很小，太不划算了，他還不如直接把錢給劉影算了。二是劉影正處的對象王復興。王復興原是一家農業機械廠的工人，早已下崗，每月只發五百元生活費，家庭狀況比較困難，由於其母親生病住院，王復興沒有上班，一直在醫院照料，沒有時間離開。而且，劉影對他感情不錯，從情理上來說他沒有理由殺害她，提取王復興的唾液化驗與劉影體內的精液血型不同也證明了這一點。三是劉影的遠親解水本。解水本是自來水廠的維修工，特別愛喝酒。那天下午，解水本曾經到過劉影家，但劉影不在，解水本問了劉影的號碼就開著摩托車走了。下午五點多鐘後解水本就跟一幫朋友在飯店裡喝酒，喝完酒後又去歌廳唱歌，其間也沒有離開。此案遂成懸案。

判決書上還用非法院正規判決的措辭說，是「正義執法者」的執著調查終於發現了其中的玄機，尋找到了殺人兇手解水本。怎麼找到的？判決書說，從調查的材料看，劉影被殺後，兇手沒有拿走她的錢物和首飾，卻拿走了她的手機，這證明兇手並非劫財，很可能與劉影熟悉，怕手機裡的電話號碼暴露了兇手的身份。而當天下午解水本曾經向店員問過劉影的手機號碼，這無意讓解水本露出了馬腳。其次，當晚解水本等人去的歌廳距離劉影的家只有三分鐘的摩托車車程，完全有作案的時間和條件，而且有人證明他至少離開過半個鐘頭。最有說服力的事實有二，一是正義執法者從解水本的櫥櫃裡找到了劉影的手機，二是通過化驗得知解水本的血型跟劉影體內的精液血型一致。據分析，當時的具體情形是：解水本在歌廳給劉影打電話，說要把二千元錢還給她，然後騎摩托車到了她家，當解水本進門後發現劉影穿著睡衣時淫心頓起，摟住劉影要強姦她，劉影大喊大叫不從，解水本怕事情暴露就掐死了劉影，拿走了手機。由於某種不為人知的原因，此案未能重新審理，最後只能由正義執法者來代行這遲到的公正了。

李雨時唸完判決書上的全部文字後，喝了一口水，不再多說一個字。其他人好像一時半會也找不出話來說，都沈默下來。

終於有人開了腔，大家一看，果然是王木良。這麼半個晚上，大家都認得了王木良，雖然他文化不高，賭徒一個，但極為社會化，精明狡詐，見多識廣，混跡於黑白兩道，是個死豬不怕開水燙的小無賴。

王木良說：「李總，你唸了這份偽造的判決書，想證明什麼？」

喬頓微微一笑，點頭同意：「是啊，你想證明些什麼？」他話很少，卻老是處於被大家懷疑的尷尬裡。大家看著他，像看著一個敵人。他那副面無表情而又鎮定自若的神態，倒是很接近殺人兇手的某些特徵。

「看看，順著杆就爬上去了。」宋其濤睜開眼迸出一句，又瞇了眼睡過去。他三棍子都打不出一個屁，一旦放出來便臭不可聞。宋其濤表面上靦腆害羞，其實也不是省油的燈。

歐陽燕掩著嘴偷偷笑了，蔣寒也摸著光腦門笑了，嘴裡卻說：「哪能這樣說呢？不好這樣說的嘛。」

氣氛一下子活躍起來，撓破了大廳裡的沉悶。但這種活躍的氣氛很快再次消失，反而變得使人更加窒息。李雨時說話了。李雨時說：「現在是法制社會，有誰能給罪犯下死刑判決書，當然是法院。我們這裡只有喬法官熟悉這一套。我認為，他就是那個自稱為『正義執行者』的殺人犯。」

所有的目光如同閃電直射向喬頓，彷彿要把他扎出無數個大窟窿。喬頓站起來，仍然聲音平緩、面無表情地說：「事實勝於雄辯，你們等著吧。」

說完，喬頓不再說什麼，轉身上樓睡覺去了。

一陣閃電夾雜著雷聲頻頻掠過大廳窗前，燈光在閃電和雷聲中一明一滅，五個人的心同樣在燈光的閃爍中忽悠忽悠搖晃著。燈沒有熄滅，終究挺了過來，既然保持住了光明，五個人的心也就漸漸放回了肚裡。

「這喬法官，上樓去幹什麼？」

「他說，事實勝於雄辯，什麼事實？」

「這倒簡單，他上了樓，是為了證明他自己不是兇手。」

「怎麼證明？」

「他一個人在樓上，我們五個在樓下，如果其中的一個在我們眼皮底下死了，他自然脫了干係。」

「話是不錯，但也不能證明前面二個人不是他殺的。」

「我們幾個在這裡紅嘴白牙地詆毀別人，是不是有點不地道啊。」說話的是歐陽燕，「憑什麼說別人啊？我們五個誰又能證明自己的清白？」

「說的就是。」答腔的是蔣寒。

宋其濤站起來，伸了一把懶腰，打了一個又長又響的哈欠，「你們說來說去，都是些沒影的事，我不陪你們玩了，我得去睡覺，死了算了。」

王木良酸不溜秋地說：「也不怕樓上的人把你給殺了。」

「說不定他把樓上的人給殺了呢。」李雨時手指敲著桌面，表情陰沈莫測。

走到樓梯口的宋其濤停住腳步，轉身回到座位上坐下，抱著胳臂仍舊靠到沙發後背上，嘟囔了一聲，閉上眼睛睡了過去。

「真能睡。」歐陽燕捂著嘴哧哧笑了，雖然笑聲很輕微，但在這樣黑暗而恐怖的深夜裡發出來，還是顯得特別喧嘩，讓人心悚。

笑聲過後，一切再次歸於寂靜。

忽然，樓上傳來一聲慘叫，叫聲巨大而充滿絕望。幾乎同時，一道亮如白晝的閃電和一聲震耳發聵的雷聲後，大雨傾盆落下，滿世界的水聲。

青鳥的尖叫聲仍然穿透閃電、雷聲和大雨，抵達人們的聽覺。

「有人死了。」一個幽靈般的聲音說。

八

喬頓睡的房間裡，燈亮著，床鋪凌亂，人卻不見了。大家一陣東張西望，床底櫥櫃到處亂翻，除了床頭櫃一張判決書以外，人還是不見。風帶雨打窗，劈啪劈啪一聲接一聲響，歐陽燕過去關窗，「慢。」李雨時制止了歐陽燕，走到窗邊，往窗外望去，全是黑茫茫一片夜深沉，正要轉身，只見天上一道閃電如銀蛇狂亂撲將下來，如同正午的陽光，天地間齊刷刷雪亮通透，窗外的景物露出了原形。然而不過瞬間，窗外的一切復歸黑暗。

「手電筒。」李雨時剛說完，王木良便把一支手電筒遞到了他手裡。

光明與黑暗交替的閃閃爍爍中，一柱手電筒光射到懸崖下面，人們的眼睛在光的照耀下看到了掉到崖下水中的喬頓，面朝下背朝上的喬頓像一隻青蛙伏在鵝卵石上面，顯然已經死亡。沒有人說話，卻聽到了幾聲歎息，準確地說是鬆了幾口氣，好像喬頓的死對他們都是一種解脫，喬頓的死使他們把心終於放回了肚裡。好像喬頓該死，喬頓死得合情合理。

大雨憑藉大風湧進敞開的窗戶，站在窗前的五個男女都遭到了雨滴的鞭打，紛紛離開，退縮到雨水無法到達的地方。「快關上窗戶，人都死了，有什麼好看的？」在歐陽燕吵吵嚷嚷的抱怨聲中，李雨時像聽話的乖小孩關了窗戶。

房門被關閉，五個人離開了房間，無人說點什麼要求點什麼，好像心有靈犀一般，不約而同回到了一樓大廳，如同學生在教室上課坐在自己固定的座位上，五個人都坐回到剛才坐過的位置，其中的四個人望著另外一個人，被望著的那人就是李雨時。李雨時知道周圍的四雙眼睛在期盼什麼，他很配合地掏出了那張判決書，又一次充當了代理法官宣判的角色。

判決書開始敘述第三個殺人者的故事，誰都不曾否認前面兩個故事的真實性，同樣不會否認這第三個故事的真實性，因為他們中的每一個人都非常清楚，故事為什麼是真的不是假的。他們的內心既對事件本身有著偷窺者的普遍心理，但又對自己的悲慘結局即將到來充滿恐懼。莎士比亞說：「生存，還是死亡，這是一個問題。」這句飽含哲性的大實話此刻卻有著異乎尋常的諷刺意味，對他們來說，這句話已經演繹成另外一個意思：等死，還是找死，你自己看著辦吧。

這份判決書顯然比前兩份簡明扼要，敘述乾淨洗練，語言短促有力，更接近法院真正的文書風格。判決書說，八年前，在本市有一個名叫雷生發的人因「殺人碎屍」被判處死刑並已槍決。當年此案的主審法官就是喬頓。接著，引用了原《刑事判決書》的一段話：「一九九七年六月二十三日晚上，被告人雷生發與其有曖昧關係的四川籍女青年劉小容在其家姦宿後，發現丟失現金，懷疑係劉盜走，便追趕上將其抓住，劉呼救掙扎，被告人將劉活活掐死。爾後用刀和小斧頭等工具將劉的屍體肢解成六塊，分別拋入河中滅跡……」接著，又引用了省高院《刑事裁定書》的終審結論：「原判決認定的犯罪事實清楚，證據確鑿，定罪準確，量刑適當，審判程序合法。雷生發殺人、碎屍手段殘忍，情節特別惡劣，後果極為嚴重，罪該處死。依照《中華人民共和國刑法》第一百三十一條、第五十三條一款和《中華人民共和國刑事訴訟法》第一款三十六條（一）項的規定，並經本院審判委員會討論決定，裁定如下：駁回上訴，維持原判。本裁定為終審裁定。」一九九八年二月二十一日，雷生發被執行槍決。奇怪的是，被殺的劉小容二年後竟出現在人們的視野裡，這證明當年法院認定被他殺害的「死者」卻至今仍然活著。經過正義執法者的秘密深入調查後，有鐵證顯示這是一個典型的串案，從公安、檢察到法院形成了違法犯罪一條龍，把法律玩弄於股掌之上，而喬頓就是這個犯罪鏈條最重要的環節之一。為了區區幾個錢，他們出賣了良心和道德，使一個無辜者失去了寶貴生命。為維護法律的公正與公平，讓無辜死難者得到昭雪伸冤，正義執法者判處喬頓死刑，並立即執行。

李雨時讀完判決書，如釋重負般地扔掉，長長地吐出一口氣，頭靠沙發，閉了眼，皺著眉頭，分明是痛苦萬狀的時刻。無人出聲，除了大自然的吼叫，除了風聲、雨聲和雷聲，大廳裡幾乎可以聞到墳墓的氣味。終於有人及時放了一個屁，屁不響，是悶屁，但臭，且奇臭，臭不可聞，聞則難受。應驗了響屁不臭，臭屁不響，放之四海皆準的真理。屁的到來，馬上活躍了氣氛，雖然只是一顆小石子丟進臭水潭，但總歸有了些生氣。歐陽燕一邊搧鼻子，一邊抱怨道：「該死的，這是人放的屁嗎？太臭了。」

「臭是臭點，但是臭得有道理。」一直拉長著那張驢臉的王木良不動聲色地搞了一笑。

因為緊張過度，蔣寒臉色蒼白，額頭在涼風冷雨中不住冒汗，禿頂腦門上星星點點油光可鑒，出口的話有些中風徵兆，有些腦膜炎後遺症，既結結巴巴的，又前言不搭後語。「誰……放的屁啊……啊……挺好……的……」

李雨時笑了，是那種很認真的笑，很規矩的笑，很嚴肅的笑，卻由於太認真太規矩太嚴肅的緣故，那笑比哭難聽多了。李雨時笑過之後說：「事情看起來就像這個臭屁一樣，臭一臭，風一吹就過去了，很搞笑的。現在的情況剛好相反，不僅僅是放一個臭屁那樣簡單了，即使放上十個或者一百個臭屁也是不解決問題的。事情明擺著就是這樣，我們都得死，即使我們不想死也還得死，抗拒是沒有意義的。大家各自祈禱吧。」

「難道……沒有一點辦法可想了……我們就坐在這裡等死麼？……」蔣寒用口紙擦著腦門上的汗珠，手腳顫抖，嘴唇發紫，口氣裡只剩下絕望。

王木良插話了，王木良的話裡頭也是又酸又澀，「人一倒楣，喝水都塞牙，放個屁也能臭出半里地。」

「什麼意思，說我呢？」宋其濤看來是小事裝懵，大事卻是一點不糊塗的。不僅不糊塗，而且是不打自招。「放一個屁就招你們那麼大恨，你們一籮筐一籮筐地說話，我都沒吱聲，沒招你們惹你們，我放一個屁怎麼了？就招你們惹你們了？我放屁關你們屁事。我也知道，殺人兇手就在我們中間，你們搞不清楚，我也搞不清楚，可因為放了個有點臭的屁，你們就認定我是兇手嗎？太不講理了，別以為我不愛說話就是啞巴，你們才傻呢。」

「不跟你們玩了，我上樓去睡覺，你們四個人在一起總該放心了吧。」宋其濤說完精神抖擻走向樓梯，咚咚咚幾大跨步上了樓，一閃不見了，只聽見樓梯口飄下一聲漂亮的口哨。

樓下四人勉強等宋其濤完全消失後，終於爆發出一陣狂笑。笑聲持續了好一陣子才停下來，笑聲甚至掩蓋了窗外的風聲、雨聲和雷聲，這四人所有的恐懼、憤懣和仇恨都在此刻爆發出來，鬼哭狼嚎一般，全失做人的禮數。

笑聲剛落，便有一人站起來，邊走邊說：「我受不了啦，我要回去，死也要死在外面，這房子的空氣簡直要憋死我了。」只見身形一晃，那人已經推開玻璃門走了出去，很快消失在黑暗裡。大廳三人互相一看，原來是蔣寒不見了。雖然是第一次見到蔣寒，但他那謙虛卑微的做人姿態還是給大家留下了不錯的印象，沒想到此刻的蔣寒卻如此氣急敗壞，風度盡失地揚長而去。不過在座的三人都面臨著同樣的問題，他們是泥菩薩過河自身難保，哪裡還有閒心關心別人呢。

只有李雨時有口無心地說道：「又有人該死了。」歐陽燕和王木良未做任何表示，那二人跟李雨時的表情幾乎相同，是三隻牽線木偶。

接著王木良站起來，未作任何表示地朝後門走去，那裡面有廚房、公用洗澡間和衛生間，當然還有一條通向右邊草坪的小道。隨著一聲脆響，王木良的身形消失在門的後面不見了，剩下歐陽燕和李雨時互相對望一眼，卻無話可說。歐陽燕是想說些什麼來著，可心裡一陣緊張，什麼都說不出來了。歐陽燕見到李雨時後就對這個男人有好感，也許在不知不覺中產生了某種依賴感，但此刻她只有恐懼感。她不知道到底誰是兇手，她覺得每個人都像是兇手，現在死的死走的走，她便覺得李雨時更像兇手。

忽然，在一聲響雷之後，樓上傳來一聲慘叫，山那邊傳來一聲鳥的尖叫，所有的聲音好像都在應驗李雨時剛才說的話：「又有人該死了。」

九

果然，又有人死掉了。死的是宋其濤。當李雨時領著歐陽燕剛走進發出喊聲的房間裏時，王木良已經悄悄地跟了進來。

死者宋其濤平躺在床上，脖子上有一道很深的勒痕，顯然是死於繩索一類的軟兇器。燈光下宋其濤臉色平和，睡姿規矩，很可能在無知無覺的夢鄉裡喊了一聲便被人送到了去天國的路上，而且正是他想要的死法。他的胸脯上平放著一張判決書，紙型跟前面三張一模一樣。

喜歡大驚小怪的女人歐陽燕這下也平靜了下來，她甚至敢伸出一隻手拿走了那張判決書，並且就著燈光裝模作樣地晃了兩眼，才不緊不慢地遞給了李雨時。李雨時目光異常地掃了歐陽燕一眼，勉強接了那張紙，鐵青著臉一眼不發地走了出去。王木良像個跟屁蟲即刻隨他出了房門，歐陽燕一見心裡暗暗叫了一聲媽，再也顧不上面子問題，三步併作兩步跟了上去，很快跑進了二人的中間。她有足夠的理由驚慌失措，因為這幢樓房內已經有三具死屍，樓房外面不遠處還有一具。雖然死人一般不會為難活人，但活人對死人也有權利感到害怕。

回到一樓大廳，仍然依次坐下。李雨時喝了一口水，王木良點一支煙，歐陽燕則直截了當說了一句話：「宋其濤有什麼故事？念來聽聽。」

「佩服佩服，果然是一個大膽女人，好奇心還這麼強，前面亂喊亂叫怕是裝的吧。」王木良一口濃煙吹出三尺遠，外加一聲冷笑，「你以為自己是一個例外麼？不，沒有例外，我們都得死，包括你。」

「除非兇手是你。」歐陽燕寸土不讓，反而步步緊逼。

「算了，吵架解決不了問題，大家放鬆一點，聽我說說宋其濤的故事，然後再作打算。」李雨時打開那張紙，照本宣科，聲音裡全是麻木和冷酷。

判決書開門見山地提到了多年前一樁奇怪的謀殺案，其主角就是宋其濤。十三年前發生的那樁入室搶劫強姦殺人案曾經轟動全市，但隨著時間的逐漸久遠，已經在人們的記憶裡漸漸淡忘了。那是初夏的一個早晨，一家保健公司的女秘書劉娜被發現死在其公寓裡。從警方偵查的情況看，劉娜遭到強姦後被人用刀刺死，財物遭到搶劫，而其男友高翔的嫌疑最大，室內留下了他大量的痕跡，也無法提供他本人不在現場的證據，更重要的是在那天晚上案發半小時後有人看到他走出劉娜居住的小區。本來已與女友產生矛盾的高翔被逮捕並被判處無期徒刑，現仍在服刑中。後來，正義執法者經過縝密調查，終於找到了真正的兇手，此人就是宋其濤。表面上宋其濤是一家小超市的老闆，成天一副睡眼朦朧的樣子，靦腆得像個舊社會的大姑娘，其實他是個人精，白天拿正經生意做幌子，晚上便換了張面孔，精神抖擻地幹著樑上君子的勾當。不僅如此，宋其濤甚至還殺人越貨，犯下死罪，而殺害劉娜案就是他精心策劃的傑作之一。那天晚上，高翔進入劉娜的住處協商分手之事，雙方發生了激烈爭吵，但後來忽然偃旗息鼓，有人見到高翔下樓出了小區。事實是，宋其濤預先複製了劉娜的房門鑰匙，趁其不在家時潛入房內大壁櫃中隱藏起來，並在其桶裝水中加入大量安眠藥，打算一箭雙雕，人也要，財也要。不料劉娜前腳進屋，高翔後腳便跟了來。雙方吵得很厲害，也許是高翔剛喝了酒的緣故，有點氣勢洶洶的樣子，說話的聲音比劉娜高了二個八度，還一邊說話一邊大口喝水。高翔認為劉娜悄悄做了總經理的情婦，玩弄了他的感情，對他造成了極大的傷害，要求劉娜作出物質補償。劉娜最後妥協了，從保險櫃拿出三十萬元給高翔。高翔收了錢準備離去時，卻頭昏目眩開來，很快癱倒在地上不省人事，宋其濤見狀大喜，輕而易舉地制伏了劉娜，但劉娜被強姦後仍然大喊大叫，揚言要馬上報警，宋其濤無奈，用隨身帶的刀子殺死了劉娜，捲走了三十萬元現款。臨走時還不忘剝掉高翔的外衣，一路吹著口哨走出了小區。高翔下半夜醒來後，發現劉娜被害，出於害怕引火焚身的簡單想法，在慌亂中賊一般悄悄溜出了小區。結果情況與願望相反，一樁冤案由此造成。

「難怪，這小子的口哨聲裡隱藏著殺機，我怎麼老覺得像青鳥的叫聲。」王木良向後仰著，一雙髒兮兮的腳粗魯地搭在桌上，成了殘湯剩羹的一部分。

歐陽燕極其厭惡地乜視一眼王木良豬蹄似的臭腳，轉臉望著李雨時說：「你是殺人犯還是正義的執法者？」

李雨時好像根本沒有聽到二人在說些什麼，他表情麻木地望著天花板上的吊燈，自言自語道：「我知道誰是真正的兇手了！」

「誰？」另外二人都立了身子，滿臉驚異。

「快跟我來！」李雨時抄起一支手電筒，往門外狂奔而去。

十

蔣寒一氣之下衝出主樓大廳，慌不擇路地在黑暗中亂撞亂闖，沒走多遠就跌了好幾跤，大概是嘴唇跌破了，嘴裡有一股又鹹又腥的味道，身上有幾處地方火辣辣地痛，唯一值得慶幸的是竟然沒有掉下懸崖，像喬頓那樣在泥水裡變成一堆陳屍腐肉。他不再繼續往前走，站在大雨中任憑水流的沖刷，眼睛只能借著偶爾的閃電似是而非地看著四周的朦朧景象。雨未止，風更狂，雷聲挾帶閃電席捲他眼前的一切，忽而亮如白晝，忽而墜於黑暗的深淵，就在這明滅與閃爍之中，他看到唐夢一身素服，鬼魅般飄然而至，面無血色地站在距離他數米遠的地方，不動聲色地望著他，好像等待著什麼，或者並不是在等什麼盼什麼，只是站著罷了，如此而已。他的眼睛有些模糊，意識也有些模糊，清醒時並無唐夢身形，模糊時成百上千個唐夢圍繞著他一邊轉圈一邊翩然起舞。他抹了一把眼，試圖找到唐夢在與不在的證據，但找不到，唐夢如同一條無形的絞索套在他脖子上，越拉越緊，他再也控制不住自己最後的一道精神防線了，他的意志頃刻間像雪一樣崩潰，痛苦，嚎叫，又是一陣狂奔，終於跑到了斷橋邊。

「天絕我了！」蔣寒站在斷橋邊，抱了頭大聲喊道，「報應啊！」

「說得好！」一個聲音穿過雨幕和隱約的雷聲鑽進他的聽覺。那聲音不僅僅是讚賞，還有除此之外的東西，在蔣寒聽來，那就是「正義執法者」的聲音，那聲音只明確指向一個意思：死亡。

蔣寒轉過身，一柱手電筒光正照射在他的臉部，就像電影裡監獄的探照燈照得囚徒睜不開眼來。他用一隻手遮擋住眼睛，另一隻手悄悄伸向背後。

「再動一動，你馬上死定了。」光柱後面的黑影迅猛逼近，在恍惚之間槍口已經悄然抵達他的前額，腰間別著的那把瑞士軍刀也被一隻有力的手給拔走了，「蔣總，你不覺得太晚了嗎？」

話音剛落，蔣寒嘴裡隨即被塞入了一支冷冰冰的槍管，「現在不需要你說些什麼，表達些什麼，一切都太晚了，確實太晚了。你聽著，我來讓你死個明白。」

在大雨和驚雷中，蔣寒終於聽到這個他永遠不想聽到的故事，因為故事的主角就是他本人。由於太真實了，真實得像假的一樣，讓他噩夢纏身，內心一刻得不到安寧。

「正義的執法者」把故事說得很簡單，甚至吝嗇到了不多說一個字的地步。其實不用誰說，四年前的那一幕一幕無時無刻不在眼前晃蕩，拷問著他的靈魂。四年前，他已經是一家公司的總經理，公司的主營業務是給某國際知名的大型機械製造公司生產的煤礦機械做中國代理。由於市場對煤炭需求量急劇增大，帶動了煤礦機械的銷售。隨著公司業績的增長，蔣寒開始招聘員工，年輕貌美的唐夢來應聘總經理秘書，好色的蔣寒見到他眼前一亮，把這個高薪職位給了她。不久，倆人順理成章地成了情人關係。開始蔣寒以為唐夢清純可人，撿了個大便宜，甚至想與妻子離婚，與唐夢重組家庭。哪知唐夢另有所圖，在摸清了蔣寒大肆向煤礦負責人行賄和偷逃稅款數額巨大的情況後，就跟蔣寒翻臉了，索性把話說到骨頭裡，讓蔣寒無須跟妻子離婚，她不會嫁給他，只想拿三百萬元封口費，然後轉身就走。蔣寒這才知道漂亮女人不是白玩的，他當即就拿定了主意，寧可殺了唐夢陪她一條命，也不願意給她一分錢。這樣一來，唐夢算計的是蔣寒的利錢，但蔣寒要的是她的本錢。蔣寒裝出害怕的樣子，一邊答應了唐夢的勒索以拖延時間，一邊咬著牙跟妻子胡詠梅說了。胡詠梅是市裡一家冶金研究所的工程師，非常愛蔣寒，為了孩子她也不願離婚，協同蔣寒策劃了這樁十分離奇謀殺案。謀殺的第一步，是蔣寒買下了一處住宅，哄唐夢搬了進去，作為實施殺人的地點。接著買回來包括煤氣罐灶在內的全套炊具，並從家裡專門拿來一個能輕易澆滅爐灶火焰的響水壺，以此製造自殺假象的工具，這是謀殺的第二步。謀殺的第三步是，針對唐夢為了吸引異性注意每次出門都要擦性感的嬌奈香水的習慣，有著毒物專業知識的胡詠梅預先買來一瓶這種香水，把裡面的香水倒掉，灌進從所裡偷來的氰化鉀，交給了蔣寒。於是謀殺進入第四步，蔣寒先把響水壺的水灌得特別滿，放在煤氣爐灶上燒著，然後跟唐夢說要帶她去買鑽戒，唐夢一聽大喜，以為宰錢的機會到了，急忙梳妝打扮。蔣寒乘其不備，將裝了氰化鉀的香水瓶換掉了真嬌奈香水。唐夢化好妝後，隨即按老習慣拿起往自己耳背噴香水，結果噴出的氰化鉀使唐夢當場中毒身亡。這時候水開了，從響水壺裡噴湧出來的水果然澆滅了灶火，蔣寒害怕自己煤氣中毒，慌忙離去，卻忘記把那瓶裝了氰化鉀的假香水拿走，回來時的第一件事就是打開窗，將那瓶假香水扔出窗外以銷毀作案的證據。

事實的確如此，蔣寒不想聽到這個消息，永遠都不想聽到，可是他無法迴避這一切，雖然他曾經以為所有的細節都天衣無縫。現在看來並非如此，情況一點也不是他想像的那樣完美無缺。

「是的，至少有兩個細節被偵查人員忽略。第一個細節是當時購買的全套炊具都是新的，唯有響水壺是舊的，這是明顯的紕漏。第二個細節是你把裝了氰化鉀的香水瓶扔到樓下的時候，發出了很大的一聲響，並且紮破了偵查人員的車胎，但由於一時疏忽放走了你蔣寒。不過，天網恢恢，疏而不漏，你跑得了初一，跑不了十五，上天是公正的。」不等蔣寒回答，黑衣人手裡的槍響了，子彈鑽進了蔣寒的口中，蔣寒輕輕哼了一聲，向後一仰掉進了青鳥河的懸崖下面不見了。

又是一聲青鳥叫。

十一

雨還在下，雷還在響，閃電也是時閃時不閃，閃時亮如天堂，暗時黑似地獄，李雨時、王木良和歐陽燕三人就著一隻忽明忽暗的手電筒，搖搖晃晃跌跌撞撞往下山的路走去。三人很快在大雨中成了落湯雞，無一處不濕。濕便濕了，也顧不得那許多，只管悶著頭往前走就是了。不過王木良和歐陽燕都納了一肚子的悶，不知道李雨時賣的什麼藥。

三人一路走去，慢自然是慢些，不久也走到了青鳥河邊。李雨時手中的那只手電筒東西南北地照，上下左右地照，這一照再照果然便照到了蔣寒。蔣寒一聲不吭面朝上平躺在青鳥河邊一塊巨大的鵝卵石上，臉上甚至仍然帶著謙遜與卑微的笑意，這樣優雅的風度使蔣寒的死亡更具有喜劇色彩。

「終於輪到他了。」李雨時把手電筒光線從蔣寒臉上移開，先照了照歐陽燕的臉，又照了照王木良的臉，還照了照自己的臉，然後一言不發地往回走了。

歐陽燕趕緊跟上去，如果借不到李雨時手裡的那束光，她與死人怕是沒什麼兩樣了。王木良稍微遲疑一下，便對現實迅速屈服了，緊趕幾步追了上去，一邊走還一邊不服氣地責問李雨時：「你什麼意思？」

「什麼什麼意思？」李雨時硬梆梆地答道，「我只是想聞聞我們三個人有沒有死人的味道。」

「聞到了嗎？」歐陽燕問。

「無可奉告。」李雨時的話比淋在身上的雨水更冷。

王木良一聲冷笑，不發一言地走著。

雨在恐怖的黑夜和猜疑的氛圍中漸漸小了，即使如此，風仍然把他們三個人濕透的衣裳緊緊地貼住肉體，一身寒冷自不必說，心臟的溫度更是冰點以下。

總算回到了主樓大廳，回到了有燈光的地方，雖然身上仍然濕漉漉，內心卻是多了一絲溫暖的。歐陽燕拿了桌上的捲筒紙，一口氣擦掉了半筒。李雨時和王木良顧不得那許多斯文，不約而同脫掉了外衣外褲，一副失魂落魄的模樣，狼狽得不行。狼狽歸狼狽，真遭罪的還是歐陽燕，由於性別原因，她不能像那兩個男人一樣赤身裸體，緊貼在身體上的衣服又濕又冷，看上去倒是凸現了女人的魔鬼身材，也使兩個男人的四隻牛眼大放光芒，卻讓她多少有些不知所措的慌亂。兩個男人有點幸災樂禍地看著她，說起話來更加陰陽怪氣的。

李雨時到底是個先有了點錢然後有了點修養的商界人，話裡自然有點假惺惺，「歐陽燕，小心著涼啊。」

「乾脆脫掉算了，為了面子生病不划算。」王木良是個地痞流氓加賭鬼，沒多少好顧忌的，根本不會遮掩，即使遮掩也是狗鼻子上插蔥裝象罷了。

歐陽燕先是鐵青了臉，不作正面回答，故意裝傻，然後想想不妥，勉強笑了笑，幾乎是討巧地說：「濕衣服穿在身上是很冷，我想樓上是客房，說不定有衣服，但上面有幾個死人，我可不願上去。」分明是說，要麼你們陪我上去，要麼你們中的哪一個上去給我拿下來。

兩個男人卻裝聾作啞了，李雨時和王木良都裝出聽不懂的天真狀，左顧右盼而言他。歐陽燕一屁股坐到沙發上，雙手捧著臉無聲地哭了。

作為一個有點偽文化的商人，李雨時的同情心油然而生，主動提出要上樓給歐陽燕找乾衣服，但歐陽燕卻不同意，她對李雨時表示不需要了，同時暗示要去最好由王木良去。王木良聽出了這弦外之音，火氣騰地上來了，跟李雨時你半斤我八兩，你一言我一句地吵起來了。

「說實話，我早就懷疑你了，從一開始就懷疑你了。」李雨時說，「我記得你是一個人離開過這裡的。我離開過嗎？我沒有。」

「你他媽是豬八戒照鏡子，怎麼看都不像人，還好意思說我。」王木良猴急了，更加不講道理了，「是你第一個進廚房，是你第一個找到吃的。我看就是你在飯菜裡頭放了毒藥，想毒死我們所有人。」

兩人比劃著，聲音一個高過一個，正吵得熱鬧，不知什麼時候大廳裡已經不見了歐陽燕，誰都不清楚她是從哪個門出去的，為什麼要走，去到何處，如同被空氣蒸發了一般，突然間一個大活人消失得無影無蹤。

可是事情就是這樣發生了，而且由於這件事情的發生，李雨時和王木良停止了爭吵，分別從前門和後門跑了出去。

李雨時拿著那只光線逐漸暗淡的手電筒在風雨雷電中一陣瘋找，他的腳步踏遍了山莊的每一個角落，但還是不見歐陽燕的影子。他來不及想自己到底為什麼要這樣辛苦地找這個女人，這個女人跟他沒有任何關係，以前沒有，現在沒有，今後也不會有。這女人對他來說不僅是一個多餘，簡直就是一個災難。女人多禍水，這女人尤其如此。但一種奇怪的意念在支配著他，使他覺得歐陽燕跟他之間有著天然的聯繫，如同諸事諸物一樣，都表像於偶然而歸於必然嗎？

忽然，李雨時恍然大悟，他知道自己上當了，這個事情其實已經有了結局，這個結局早就在那裡了，只是他不相信或者在內心故意排斥罷了。他不再到處尋找，他直奔結局。

李雨時飛快地從大門衝進主樓大廳，與此同時，王木良也從後門如旋風一般颳了進來。二人的目光僅僅碰撞了一個瞬間便迅速移開，他們同時注意到了沙發上竟然坐著一個人，目光落到了歐陽燕身上，他們不明白千辛萬苦去找的人卻若無其事地坐在這裡睡大覺，這不好心沒好報麼，天底下竟有這種沒心沒肺的女人，也算長了見識。

二人氣勢洶洶地走過去一看，都傻了眼。歐陽燕背靠沙發，滿面獰笑，眼神惶恐，血水從鼻腔內淅淅瀝瀝順著衣服雨水似地流下來，漸漸洇濕了手上那張紙的一部分，人也早已魂歸西天。

李雨時費了好一把勁，才勉強完整地取下那張紙。王木良則找來一件不知是誰的衣服，蓋住了歐陽燕的臉。李雨時走到吊燈的正下方，仔細辨認那張有些血水的紙。顯然這是又一紙判決，這個判決肯定使歐陽燕有了死的理由。

李雨時看了，王木良也看了。王木良看了以後把紙揉成一團，扔到死者歐陽燕身上，紙團像一只有彈性的球在歐陽燕衣服上跳了一下，掉到了地上，發出了一絲輕微的響聲。雖然這響聲比起窗外自然界的吼叫聲是那麼微不足道，但還是如同一隻棒槌一一砸在二個人的心臟上面。李雨時好像沒看明白一樣，又揀起紙團，坐在歐陽燕旁邊，展開聚精會神地學習起來。他認為自己的直覺是正確的，這歐陽燕果然是個膽大包天、心恨手辣的歹毒女子，他手上這張比小說更精彩的判決書說明了一切。

判決書說，四年前，企業家楊懷德正在外地出差，忽然接到一個來自本市的電話。電話裏一個男子說，他們已經劫持了他九歲的小兒子，若要贖回其性命，作為交換條件，他必須付出一百萬人民幣。不等楊懷德答話，那邊已經掛斷了。楊懷德從家裏證實了這個消息確鑿無誤後，馬上心急如焚地趕回了家。經過十數個回合的鬥智鬥勇，終於確定了交錢的時間和地點。交錢的當天晚上，楊懷德依照歹徒的要求，把一百萬元現金裝進黑色的皮箱裏，放在市中心公園銅像的椅子下，然後離開。同時，這一帶早已被警方嚴密控制。過了約二十分鐘，一個穿著紅色短裙、頭髮染成雜色的年輕女子哼著小曲走來，拿起椅子下的皮箱，若無其事地往公園外走。年輕女子出了大門沿著右邊大街走了大約五分鐘，忽然招手攔了一輛計程車疾駛而去。埋伏在附近的二名便衣警察立即開車跟蹤。計程車一直開到火車站廣場邊，年輕女子提著黑皮箱下了車，到火車站寄存處把箱子存了，雙手空空地離開了。兩個便衣警察一個留下來守著黑皮箱，另一個繼續跟蹤那年輕女子。年輕女子在人流湧動的廣場上轉來轉去，很快便消失得無影無蹤，把跟蹤的便衣警察急得趕緊調來大批警察將偌大的火車站廣場圍了個水洩不通，但哪裡還有年輕女子的影子。好在黑皮箱還在寄存處，警察們相信她的同夥肯定會來取的，自然在此守株待兔。然而幾個小時過去了，無人來取，幾天過去了，還是無人來取，警方感到奇怪，打開了黑皮箱一看，裏面裝滿了衛生紙，無一分一文現金，一百萬元不翼而飛。

十二

李雨時目光陰鷙地望著王木良，嘴角掛了一絲意味深長的嘲笑：「一百萬哪去了？」

「我怎麼知道？」王木良面前一團煙霧，煙霧後面的那張臉除了警覺，剩下的唯有敵意。

「你剛才不是看了嗎？」

「沒心思，沒看懂。」

「那好，我來告訴你。」李雨時仍然一臉陰笑。

李雨時說，事情看起來很玄，其實簡單得有些可笑，把警方騙了個天昏地暗，上了老當，吃了大虧。怎麼講？道理真的很簡單，這年輕女子跟那計程車司機是一夥的。年輕女子上車後，把黑皮箱的錢拿出來讓司機帶走，把黑皮箱裡裝滿了預先準備好的衛生紙，故意存到火車站的寄存處以矇騙警方，自己則按事先設計好的路線乘機逃掉。

「這倒看不出，這個小女子竟有這等腦水。」王木良冷冷地瞥了一眼頭上蒙著衣服的死者，故作瀟灑地吐了幾個煙圈，「要不是這小女子死了，我簡直要愛上她了。」

「她後面的所作所為更可愛。」李雨時把那張沾了血水的判決書小心地對折成六十四開的小紙片，卻又舉止粗俗地扔到歐陽燕前面的桌子上，「她和男朋友不但吞掉了一百萬，還殺死了作為人質的小男孩，用殺牛刀把小男孩肢解成五十四塊，裝進麻袋丟進河裡，就差沒把小男孩煮著吃了。不但可愛，簡直要讓我肅然起敬了。」

「這話我愛聽。」王木良剛表示贊同，又馬上話鋒一轉，說，「這話也可以看著是我對你說的。」

「什麼意思？」李雨時如同寒冬臘月被人迎面澆了一桶冷水，全身涼了個透，本想做個套子給王木良鑽，反被王木良的套子裝了進去。

王木良寸土不讓，「你說什麼意思就是什麼意思，你趁我出去找歐陽燕的時候殺了她，反倒問我，笑話。」

「此話同理，我也可以對你這樣說，而且剛剛想說，是你在我出去找的時候殺了歐陽燕。」李雨時同樣毫無懼色，「是你殺了另外六個人，我當然是你的第七個目標。不過，這個目標你怕是完不成了。」

「要殺你，我早幹了。不過，我不幹，總會有人幹，早晚的事。終歸會應驗那句老話，惡有惡報，善有善報，不是不報，時候未到罷了。」王木良反駁道。

「你他媽是豬八戒倒打一耙，也不拿鏡子照照自己。」李雨時臉色遽變，一拍桌子，一些碗盞杯匙咚地跳起來，一隻玻璃杯和幾根筷子掉落地上，發出一陣清脆的響聲，一時間竟蓋過了挾風夾雨剛剛滾過窗外的雷聲，「你這麼一個人渣，也配來說我，何不免了正義執法者動手，自殺算了。」

王木良也不個省油的燈，哪裡吃他這一套，也鐺地一擂桌子，兩隻杯子、三隻碗和更多的筷子被拍落到地，稀哩嘩啦一陣亂響，「李雨時，你這狗娘養的，是不是真的找死啊，想死告訴一聲，我來幫你！」

「你動手嘛，你既然已經殺了六個人，也就不在乎我一個，殺一個是殺，殺一萬個也是殺，殺一個肯定是罪犯，殺一萬個有可能是英雄。你就當英雄吧，何必既當婊子又想立牌坊呢。動手嘛！」話是這樣說，李雨時放在桌子上的一隻手已經暗暗攥緊了褲腰帶別著的一把小手槍。

二人面對面僵持著，時間在沈默中一分一秒地過去。一陣雷聲過後，還是李雨時先說話了。李雨時說：「事情就是這樣了，人坐著兩個，兇手必定只有一個，不是你，就是我。」

「我就不想跟你廢什麼話了，我們決鬥吧，勝者為王敗者寇，公平競爭，死了心甘，敢不敢？」王木良眼勾勾地盯著李雨時，向他提出了挑戰。

李雨時對王木良的挑戰不屑一顧，「跟你這樣的社會渣滓決鬥，簡直有損我的名譽。你要殺便殺，我是不會眨一下眼的。」

「我是社會渣滓，這個我承認。但你也不是好鳥，不過有幾個臭錢，人前人後裝模作樣的衣冠禽獸罷了。」王木良點了一支煙，猛吸幾口，接著說，「這一個晚上捱下來，我差不多已經弄明白了，被騙到青鳥山莊的八個傢伙其實都不是好鳥。在法律面前，我們每個人都是罪犯，是殺人犯。我承認我殺過人，是殺人犯，你敢否認麼？說不定你更歹毒些呢！哈哈。」

李雨時張了張嘴，想說什麼，卻說不出來。他既不肯定，也不否認的做派，好像是默認了。但王木良並不打算揪住他的小辮子不放，而是話頭一轉，一五一十地說起了當年他殺人的故事。

李雨時從王木良口中得知，這王木良是城郊的農民，好歹讀完了職業高中，被推薦到廣東私營企業做了幾個月工人，實在受不了那個苦跑了回來，靠開一間檯球房混口飯吃，也算是生活有著落的人了。但他愛賭，而且膽大包天，什麼都敢賭。他最愛跟一個叫陳路的人賭，不但輸了幾萬元，後來把檯球房也輸給了陳路，從此對陳路懷恨在心，總想找機會除掉此人以解心頭之恨。不久，他暗中發現陳路的妻子潘媚早已與同村的昌明勾搭成奸，正想設計除掉陳路，以結百年之好，便利用這個千載難逢的機會做套。一天晚上，王木良跟蹤陳路到了一家賓館，他知道陳路已經在二樓包了一間客房聚賭，躲到暗處守候了二個小時後，正要打電話報警，卻見昌明也正在打電話報警，他便不再出聲，藏在原處等待時機。幾分鐘後，外面響起了急促的警笛聲，昌明大喊，哪知陳路第一個衝出房間，往三樓跑去，昌明舉著一根木棒，追上去跟陳路扭打在一起，想致陳路於死地，但陳路身大力不虧，打落了王木良手裡的木棒，嚇得他落荒而逃，不過跑到一半就被上來的警察給堵住了。陳路當晚贏了五萬多，怕被警察逮住，落得人財兩空，慌亂中打開三樓的一扇窗戶，爬出去把自己懸掛在窗戶外面，想躲開警察的圍堵。王木良見時機已到，從暗處衝出來，脫了外衣，包住木棒手拿的部分，走到窗前，猛擊陳路的頭部，致使陳路跌落摔死。王木良從事先探好的防火通道悄悄溜下去，掏乾了陳路口袋的錢然後逃走了。結果是，所有證據都指向昌明，人證物證俱全，幾審都被判處死刑，覆核無誤後執行了。潘媚呢，自然也免不了牢獄之災。

「你相信嗎？」王木良說完，神情多少有些落寞，他像是問李雨時，又像是問自己，更像是問天。

「事實就是如此，既然知罪，趕快出來受死吧，天皇大帝都不會饒恕你。」一個巨大的聲音果然從天而降，正是那個「正義執法者」的聲音。

王木良如同中邪一般，目瞪口呆地站起來，動作僵硬像提線木偶似的出了主樓大廳的門。

燈滅了，李雨時聽到外面響起了清脆的槍聲，和同樣清脆的鳥叫聲。槍聲和鳥聲產生了一種奇怪的和諧氛圍，李雨時聽上去親切極了。

王木良已死。既然王木良已死，李雨時暗想，現在就輪到他自己了。

十三

燈亮時，李雨時的對面果然坐了一個黑衣人，正是剛才王木良坐的地方。黑衣人全身裹得嚴嚴實實，只有露出兩隻眼睛才能使他相信那是一個活人而不是中世紀的殭屍。

「輪到我了？」李雨時問。

黑衣人點點頭，「是。」

「這一切究竟是為什麼？我為什麼有幸被放在最後面？」

「所有結果都歸於原因，所有偶然都歸於必然。我們都是罪人，罪不可赦，你，還有我。」

「天哪，我知道你是誰了，我肯定知道你是誰了，其實我早該知道你是誰了，你是……」李雨時一拍腦袋，好像恍然大悟的樣子，然後用手指在空中劃拉了一個字。

黑衣人對李雨時的說法既不肯定也不否定，只是繼續說著自己那哲性而恐怖的話，「這是上蒼的旨意，當我們成為人世間罪人的時候，我們必須懺悔，要用我們的死解脫痛苦，這是唯一可行的方法。跟我來吧，痛苦是暫時的，黑暗的盡頭是光明。」黑衣人舉起一隻手，攄開五指，掌心朝李雨時展開，「如果你願意懺悔的話，我可以給你五分鐘。」

「我願意。」李雨時輕言細語，表情落寞。大限將至，其言也善，淚水如泉似湧，淌了滿面。李雨時情真意切，痛苦萬狀，似乎表明他不僅是在懺悔，更是願意以死謝罪。

李雨時的犯罪事實其實非常簡單，卻說得聲淚俱下，如果樓上樓下以及山莊周圍的那些死人有知覺的話也會動容。他說話的語氣與表情不像是他本人所犯下的罪行，倒像是在痛說革命家史。

簡單地說，李雨時大學畢業後，進入了本市一家著名的電腦公司工作，由於工作勤奮，業績突出，短短三年便被提拔為副總，並與公司總裁何偉章的獨生女兒何潔結婚，成了何家的乘龍快婿。不久，何偉章在家中突發心臟病意外猝死，李雨時順理成章接了班，擔任了公司總裁，全面掌握了公司大權。過了一年餘，何潔又因一樁車禍死於非命，李雨時隨即迎新另娶，換了枕邊人。此事在桂北市引起種種猜疑，警方也曾介入調查，但沒找到證據，最後不了了之。

「說實話，正如輿論所猜測的那樣，都是我一手策劃而且親自實施的，只不過做得異常巧妙，不留一點痕跡，也沒有外人知道罷了。」李雨時說。

「一個高智商的犯罪者，這種人比一般犯罪者更隱蔽，又更危險。不過，若想人不知，除非己莫為，這是常識，也是天理。」黑衣人仍舊是冷冰冰的語氣，不帶一點感情色彩。

「就是啊，我自以為事情做得天衣無縫，天下無人知曉，然而得手以後的快感是很短暫的，恐懼的折磨卻是無窮無盡的，除了死掉，否則永遠不會停止。我經常從噩夢中驚醒過來，渾身大汗，惶恐無語，可是我只能把這一切爛在肚裡，不敢對妻子說，不敢對兒子說，更不敢對朋友同事說，有時我真想跑到無人的曠野把這些事情喊出來，有時我又想一根繩子吊死自己，結束這無邊的痛苦……」

黑衣人打斷李雨時的忘情傾訴，「我更願意傾聽那些殺人的細節，細節是一切事物生動活潑的源泉。」

「當然很簡單，簡單極了，至少對我來說是這樣。」李雨時說得仍然忘情，「對付老岳父很容易，他每天都要吃藥，每天都是我給他拿藥片和水。每次吃藥，我都悄悄在藥片裡加一小片能夠誘發心臟病的進口藥，岳父根本不可能發覺，醫學化驗也化驗不出來。當藥的劑量積累到一定程度時，岳父心臟病便被誘發出來，好像是自然死亡一樣。」

「你的妻子何潔是怎麼死的？」黑衣人繼續發問。

李雨時此時話意正濃，即使黑衣人不問，他同樣會滔滔不絕地說下去，「搞掉何潔雖然難度大一點，但也只是一個技術問題罷了。那是一個星期天，我帶著何潔去玉龍峰頂觀日出。觀賞完日出後下山半途停了車在公路旁邊的小茶館喝茶休息。在山頂時，我就在何潔喝的飲料裡放了微量的安眠藥，因此車停住時何潔還在昏睡中。我先把車停下，放下了手剎，然後從特別備好的保溫箱裡拿出一塊冰磚放置到一隻車輪下，回到車內鬆開手剎，故意不叫醒何潔，一個人去到小茶館裡慢慢喝茶。太陽漸漸升高，冰塊融化了，由於地球引力的作用，車帶著何潔衝下了懸崖，於是我的計畫實現了。我有不在現場的證明，是何潔自己不慎鬆開了手剎，造成了車毀人亡的事故。」

黑衣人輕擊手掌，「精彩！佩服！」

李雨時卻猛然一驚，「難道這些細節你不知道？」

「這不已經知道了嗎？」黑衣人掏出一只微型答錄機揚了揚，「這就是為什麼要把你放在最後解決的原因，現在證據足夠了。」

「我上你的老當了，看來天真要絕我了。」李雨時先是一臉沮喪，繼而又興奮起來，「是你調查了我們所有人的犯罪事實嗎？判決書上你的罪行是真的嗎？是你租下了青鳥山莊？是你炸斷了橋樑？是你殺死了每一個你想殺死的人？是你偽造了你本人的死亡現場？這所有的一切都是你製造的嗎？你真的能夠做到這一切嗎？」

「你所問的全是真的。這當然很困難，但只要你努力了，目的最終是會達到的。而且正如你剛才所說的，這些不過是些技術問題罷了。」黑衣人似乎第一次笑了笑，「我忘了告訴你，我是武裝特警轉業的。不好意思，見笑了。」

「那我就沒什麼好說的了。」李雨時的右手悄悄放到了身後，「最後我只有一個小小的希望，雖然我已經知道你是誰，但我還是想在臨死前目睹一下你的尊容，可以嗎？」

「可以。」

說話間，李雨時的右手瞬間回到了胸前，手裡多了一把手槍，槍口對著黑衣人。

槍響了。

十四

一個人倒下了。

是李雨時。一顆子彈正中他的眉心，他甚至沒有來得及哼一聲便被衝力撞出好幾尺遠，仰面轟然倒下。

黑衣人走到李雨時旁邊，取下頭罩，說：「兄弟，我就要隨你來了。」

說著黑衣人馬上把槍口對準自己的太陽穴，毫不遲疑地扣動扳機，槍再次響了，子彈鑽進了黑衣人的腦袋，手槍掉落到地，黑衣人雙腿一軟，慢慢倒在了地上。

慘白的燈光照在喬頓那張充滿了幸福微笑的臉上。

晨曦初露，青鳥的叫聲漸行漸遠，終至於無。

窗外有臉

引言：一張臉，一張不同尋常的臉，一張令人恐懼的臉。這張臉屬於誰？這張臉要向世人昭示什麼？這張臉後面隱藏著什麼樣的驚天秘密？危險正在逼近，罪惡就在身邊，血案發生時，殺人者卻在黑暗中獰笑。清風徐來，迷霧散盡，陽光穿透歲月虛幻的塵埃，謊言漸次消失，真相一一浮現，謎底就在臉的背後。

一、櫥窗驚現橡皮臉

一個春末夏初的晚上，地處桂北湘南的高州城雷鳴電閃、風雨大作，早已下了兩天兩夜的霏霏細雨不僅未風停雨住，反隨著夜色降臨越下越大。夜漸深，雨更猛，風裹雨打枝，雷挾電破雲，光明與黑暗搏擊，喧鬧與寂靜互動，整個高州城彷彿籠罩在一片世界末日的恐懼之中。

林南生坐在燈火通明的紅房子鞋店裡，一邊慢悠悠地品著功夫茶，一邊望著霧濛濛昏沉沉的落地櫥窗外面發呆。大街上偶爾疾駛而過的汽車濺起的水花聲和尖利的喇叭聲，以及行人匆匆跑過雨滴砸傘的聲音都沒能驚擾他的沉思，好像那一切都是另一個世界的事，與他無關。過了一會兒，林南生轉頭望了望正伏在櫃檯上瞌睡的女店員李小菲，點了一根煙，透過淡淡的青煙繼續他的呆狀。時間已近晚上十一點，天氣又如此惡劣，生意自然是沒有了的，本來早想打烊，無奈狂風斜雨，且雨又大又急，出門不到三步便定成落湯雞，倒不如暫時待在店裡，等雨稍小再走不遲。

忽然，林南生隱隱感覺到窗外的黑暗中有一雙眼睛正注視著自己。是的，他感覺到了，有這麼一雙眼睛的存在。這雙眼睛他很熟悉，不是一般的熟悉，而是銘心刻骨的熟悉，他甚至能夠從這雙眼睛看到自己，看到自己靈魂深處的倒影。這雙眼睛裡迸發出一股熱流，直撲臉上，燒得身上一團火，他慌忙轉過臉，試圖找到窗外大雨中這雙眼睛的存在。奇怪的是，眼睛消失了，熱流也隨之消失，他只看到玻璃上清冷的雨滴、狂風中搖動的樹椏和一閃而過的人影，除此之外，他一無所獲。他吸了一口煙，喝了一口茶，馬上對自己的感覺產生了懷疑。他搖搖頭，在面前揙了一把手掌，自己罵自己，神經病！

雨還是沒有半點停下的跡象，一些落在人行道上的雨水濺到門廳裡面，打濕了一片地板。林南生正躊躇間，一輛計程車停在鞋店門口，接著喇叭響了幾聲，睡得一塌糊塗的李小菲好像聽到了衝鋒的號令，立即抬頭起身，拿起放在櫃檯邊的一把傘打開，穿過雨幕，鑽進她男朋友的車裡走了，都不及跟林南生打個招呼。

林南生看著消失在黑夜裡的計程車，無可奈何地搖搖頭，看了看牆上的電子鐘，準備關門回家。這時候，桌上的手機鈴聲響了，他幾乎不用看便知道是妻子馮青，每到這個時候她都會準時打來電話，問他什麼時候回家。她總是坐在客廳等著他回來，給他開門，準備夜宵和換洗衣服。馮青是一個好妻子，他想。想到馮青，他渾身一陣燥熱，然後又是一陣寒冷。他三年前喪妻，去年才續上一個，就是馮青。每晚十一點鐘左右，馮青都會打來電話，說一些要他早點回家、路上小心等等體己話。

馮青在電話裡說，雨大路滑，摩托車就不要再騎了，一定要打計程車回家，安全第一。

林南生一一答應，關了手機後即動手關店門。先關了左邊的三道鐵閘門，正要關右邊的，猛然看到櫥窗外面好像站著一個人，他停下定睛一看，果然如此。

那人身披一件黑色雨衣，從頭至腳都包裹得嚴嚴實實，只露出一張臉。那張臉光滑白皙，表面沒有一點皺紋，也無一點表情，更無一點血色，像一張蠟像館裡的真人秀，一看就知道是戴著一個假面具，林南生看著這個假面具，腦子裡立即蹦出了三個字：橡皮臉。

這張橡皮臉緊緊地貼在窗戶玻璃上，以致整個臉部都被壓扁變形，兩隻眼睛卻是滴溜溜地轉動一陣後，便盯住林南生不放。林南生當過兵，扛過槍，歷過險，背過死屍，見多識廣，心理素質也好，不是輕易被嚇住的人。開始他以為是哪個朋友的惡作劇，本想哈哈一笑作罷，可是越看越想心裡便漸漸有些發毛。他是個無神論者，不相信鬼神，是這張奇怪的橡皮臉使他想起了一個人。太像了，即使整個臉都已被壓扁變形，他還是一眼認了出來。

「你！」林南生指著玻璃上的那張橡皮臉，竟有些瞠目結舌，說不出話來。

橡皮臉好像看到了林南生的窘態，得意地笑了，那笑從嘴角蕩漾開去，像一層層漣漪捲起豬皮般白膩的皮膚，模樣陰沈而歹毒。然後，橡皮臉離開了貼住的玻璃，換了一副神秘且曖昧的面孔，伸出右手食指指著自己的臉頻頻作勾引狀，見林南生欲尋出門來，做了一個鬼臉，一閃身消失在黑暗中。

林南生急火攻心，迅速關了所有的門，拿著一支手電筒，穿上一件雨衣衝了出去。由於關掉了店裡的燈，出得門來，黑暗一下子湧上來，雨也大，風又急，林南生只能借著遠處朦朧昏暗的燈光辨認方向，剛走了兩步便撞到了人行道上的桂花樹上，他「哎呀」一聲慘叫，慌忙亮了手電筒，正照著樹幹自歎倒楣，忽聽不遠處傳來一聲輕輕歎息，接著是一陣三歲小孩「咯咯咯咯」的笑聲。林南生照射過去，果然看到二三十米處的一棵樹下站著一個黑影，林南生憑直覺知道那黑影便是有著一張橡皮臉的黑衣人。

林南生毫不猶豫地走了過去，他要找的就是這個人，他要看看這個人到底想幹什麼？嚇唬或者威脅？或者僅僅是小孩子的遊戲而已？或者其中隱藏著一個密謀已久的驚天陰謀？

林南生不清楚，所以他有必要過去看個究竟。

黑影大概見他移動了，也跟著移動起來，與他一直保持二三十米的距離。林南生走，黑影也走；林南生停下，黑影也停下。林南生感到好笑，想引誘我，找死呢，我才是你師傅。林南生號稱林膽大，當年背著受重傷的戰友走了二十里山路，到了醫院醫生說人早就死了，旁邊的幾個實習護士都吃了一嚇，唯獨林南生本人不信，撥開醫生，拿出煙點了一支，自己先吸了一口，放到戰友嘴裡，結果可想而知，林南生還憤憤不平地大罵了醫生和護士一頓，才倒頭睡死過去。林大膽由此而名，林南生卻無可無不可，不以為然。

大雨與雷電仍然在繼續，林南生的跟蹤與追擊也仍然在繼續。除了偶爾一駛而過的汽車和匆匆走過的行人之外，林南生的前面只有一個黑影，那個長著一隻橡皮臉的黑影。

一路轉過來轉過去，轉過了二條街三條巷，那黑影還是若隱若現，林南生忽然發了狠，拔腿以百米衝刺的速度追了上去，哪想黑影一個閃忽不見了，林南生狂追到一個報刊亭旁邊，轉了幾圈，人還是不見。林南生點了一根煙，猛吸數下，丟掉煙頭往回走。走了數十米，後面又傳來一聲歎息，接著是一陣三歲小孩「咯咯咯咯」的笑聲，林南生回頭一望，黑影又在報刊亭邊立著。

一個閃電過後，林南生順著慘白的光線貓腰再次追了過去，那黑影隨之也在風雨中飄飛起來。一路走走停停，追到桂湖邊，轉過幾道廊橋和花圃小路，黑影終於消失在一座美人魚雕像後面，林南生找了許久都了無痕跡，只得拖著疲憊的身子慢慢走回家。一路上，一張橡皮臉在他眼前不停晃蕩，還有那奇怪的小孩笑聲不時鑽進他的聽覺。

走到家門口，林南生拿出手機看了看，已是凌晨二點十五分。另外，還顯示出有多個未接電話，是家裡的號碼。

怪了，怎麼一個電話鈴聲都沒有聽到呢？林南生暗自想著，按響了門鈴。此時門早被馮青反鎖，鑰匙是打不開的。

二、黑夜裡的等待

晚上九點開始，馮青準時觀看中央台八套熱播的言情電視連續劇。她不但把音量開得很大，幾乎達到震耳欲聾的程度，使房間裡的所有東西都在搖晃，而且還開亮了所有能開亮的燈，以此驅散由於電閃雷鳴、暴風驟雨以及黑暗所帶來的恐懼。然而，聲音和光亮都未能把她內心的陰霾清除，虛張聲勢反而增添了她新的煩惱，眼睛盯著電視，耳朵卻在傾聽門外和窗外的動靜，並不時起身檢查門鎖是否反扣，窗戶是否關好，各個房間是否有異常情況。時間還不到十一點，她就迫不及待打電話給林南生，委婉地表示了要他回來陪她，林南生答應了，但並沒有如約回家，電話反覆打過去，結果只聽鈴聲響，不見人來接。這時候，她自然想起了枕邊書《傑羅德遊戲》中女主人公傑西的當時的處境，「門在嘭嘭作響，狗在叫，鏈鋸聲在撕鳴，潛鳥在湖面上變換著聲音啼叫。」

馮青一邊不停地喝水，一邊不停地換電視頻道，滿屋子走來走去，但這一切都不能解決問題。她再次撥打林南生的手機，電話仍然響起她所熟悉的鈴聲，但就是沒有聽到她所熟悉的男中音。她放下電話，找出一件雨衣穿上，走到門邊，正要開門出去，突然門鈴響起，嚇得她的心臟差點要跳出來。「她產生了某種熟悉的感覺，心頭掠過一種似曾相識的、強烈的、可怕的感覺。她身邊的屋子似乎暗了下來，彷彿窗戶和天窗已經被熏黑了的玻璃所代替。」

她鼓起最後一絲勇氣，透過貓眼一看，天哪，正是林南生。

門開處，二人抱成一團，顯然這並非久別重逢後的喜悅，更多是尋找劫後餘生的依靠，馮青似乎觸摸到了林南生的內心，這裡面除了恐懼還是恐懼，這種恐懼甚至比她想像中的恐懼還要恐懼。她攙扶著林南生勉強坐到客廳沙發上，發現林南生已經像發麵癱成一團了。剎那間，她想起了那本書中的那句話，「他的頭斜斜地仰對著天窗和反射著日影的白色天花板，他喘著氣高聲叫了起來。就在這時，湖面上的那隻潛鳥也再次啼叫起來，形成了可怕的陪襯。在傑西看來，就像是一個男人向另一個男人表示同情。」

馮青知道林南生是條硬漢，不會輕易說個「怕」字，現在被嚇成這樣，必有原由。她沒有向他打聽，而是幫他慢慢脫下濕漉漉的衣褲，用乾毛巾擦了，換上一身乾淨內衣，又端上一杯熱開水，讓他喝著暖和身子。

林南生喝完熱開水，漸漸恢復了體力，起身洗了個澡，回房倒頭睡去了。

說來奇怪，林南生回家後，雨就一點點小了下去，等林南生睡著後，雨已經完全停了下來。風仍然很猛，不斷掠過樹梢和拍打樹幹；雷聲也越走越遠，只有閃電像一場新聞發布會，閃爍頻頻。

「今晚這雨是為他下的！」馮青看了看剛剛收到的一條短信，刪除了，望著忽明忽暗的窗外意味深長地說。

一夜無話。

早上起床，林南生已經完全恢復了，從體力到精神，好像昨天晚上沒有發生任何事情。

什麼都沒有發生。

吃早點時，馮青問林南生：「你怎麼回事？是不是看見了什麼？」

林南生喝下最後一口牛奶，望著馮青的目光有些狐疑：「你為什麼不先問問遇到了什麼事情？」

「這有區別嗎？」馮青反問他。

林南生穿好衣服，開了門，站在門邊停頓了一下，回頭說：「有一點點。」

說完，關了門，往他的紅房子鞋店去了。

馮青坐在餐桌邊發了一陣子呆後，收拾餐具去廚房洗刷了。

在洗刷聲中，馮青聽到了自己的一聲乾笑。

三、看見一張死人的臉

夜裡的大雨給城市帶來了災難，一些樹被連根拔起，一些圍牆倒塌，一些電線被扯斷後在空中搖曳，一些窗戶玻璃破碎，一些雨棚被吹落墜地。林南生走在上早班的人流中，一路看到許多收拾殘局的人在忙著。他微笑著走過這些景象，沒有半點驚訝和惋惜，似乎這一切都與他無關。

其實不然，林南生企圖用自己的微笑掩飾自己內心的不安，他不想讓世人看到他的懦弱，那與軍人的天性背道而馳，他寧願相信昨晚之事只是一個偶然，而且他一走到街上已經恢復了自信。

他還是相信自己的。

紅房子鞋店一切正常，從李小菲的甜笑到所有商品的位置都是如此。門口的垃圾和水漬已被早起的清潔工打掃乾淨，櫥窗的水霧也在李小菲抹布的作用下消失掉。尤其讓林南生高興的是今天早上的生意不錯，一二個鐘頭下來就賣掉了好幾雙中高檔皮鞋。

好兆頭。

生意人都喜歡兆頭好。

這樣的好兆頭一直延續到中午時分，林南生給李小菲叫來一個快賣，自己正打算像往常那樣去斜對面拐角的福慶樓吃便餐的時候，手機響了。

林南生一看，是個陌生號碼，他並不在意，立刻接了。這是生意場上經常發生的事，他不想白白丟掉一單生意。生意人當然要謀求利益最大化。

怪了，電話那頭是通的，能夠聽到人短促的呼吸聲，可林南生叫了好幾聲，對方仍一聲不吭，林南生關了手機，剛走出店門口，鈴聲又一次響起，他看了看顯示幕，果然還是那個號碼，遲疑片刻接了，那邊當然通著，有喘氣聲，可無論林南生如何啟發如何威脅都沒有用，他再次冷冷地掛了，穿過馬路逕直往福慶樓走去。

手機繼續在口袋裡響著，顯然對方跟他幹上了，他腦子裡過了一遍電，想不出曾經跟誰有深仇大恨，也想不出有哪位朋友神經錯亂要耍這種小把戲。現在不是情人節，更非愚人節，有什麼必要裝神弄鬼啊。

討厭的鈴聲一遍接一遍響個不停，搞得林南生有點心煩意亂，他手伸進口袋，乾脆關了機。

諸葛香草正在飯店大堂忙著，見了林南生進來，臉紅了一下，交代總台領班幾句，領著林南生上了樓。

轉過幾條迷宮般狹長幽暗的走廊，進了一個門，門被諸葛香草迅速關上，一對青年男女，正是如飢似渴的年齡，如同乾柴遇到烈火，迅速猛燒起來。

情人幽會不需要語言，即使需要也是身體語言，以身體語言開始，以身體語言結束。天下有情人終成眷屬，這只是小說家們的一派胡言，這至少對林南生和諸葛香草毫無意義。二人青梅竹馬、兩小無猜，可就是有緣無分，只能做被傳統道德鄙夷的地下情人。

事畢，躺在床上的林南生喘著粗氣說：「香草，有件怪事。」

「什麼怪事？」諸葛香草一邊穿著衣服，心不在焉地說。飯店老闆是諸葛香草的姑姑，諸葛香草是餐廳經理，只是一個打工妹，中午正是吃飯高峰，平常總是忙得暈頭轉向，眼下卻跑到房裡與情人行樂，要是被嚴厲刻薄的老姑姑知道了，非剝了她的皮不可。所以她想在暴露之前，儘快出現在下面大堂。

林南生哪裡想得如此複雜，他只是想找知己說句話，鬆弛神經，愉悅身心而已。

林南生靠在床頭喝著一罐紅牛，點了一根煙，悠悠然吸了幾口，見諸葛香草已穿好鞋子要走，才一副慢工出細活的樣子說：「香草，你真不想聽聽？」

「南生，我想聽，我願意永遠地聽下去。」諸葛香草莞爾一笑，臉上掛著幾多歉意，「可是，現在我得幹活了。」

「昨天晚上，我見到了一個人。」林南生把話說得字正腔圓，「大凡活著都不可能見到的人。」

「你是說？」正要開門的諸葛香草愣住了，回頭望著他若有所思。

「是的，一個死人。」林南生喝了一口紅牛，吹了一道煙，顯得輕描淡寫。

諸葛香草臉黑了一下後，笑了，「不可能的，南生，哄我呢，三歲小孩子都不信。」

「看來你的高燒還沒有過去，」諸葛香草轉回去摸了摸林南生的臉作為安慰，邊往外走邊說：「好了，你先歇著，等一下我給你送午飯過來。」

「我不騙你，我看見了一個死人。」

四、刑警隊長的早晨

早上新鮮的陽光透過落地窗射進高州公安局七樓的一間辦公室，照在一隻油光可鑑的禿頭上。這只兼具智慧與照明功能的禿頭屬於刑警隊長施其畏。施其畏是個五十出頭的快樂小老頭，喜歡香煙、美食和笑話，破過不少大案要案，也有一些案子至今掛著未破。譬如眼下就有一件殺人碎屍案讓他煩心，案發已近三月，可案子一直未破，社會壓力很大，上頭已經下了督辦令，限期破案，否則從局長到隊長一律走人。此時的施其畏，深陷在靠窗的沙發裡歪著一張苦瓜臉作冥思苦想狀，怎麼也快樂不起來。

忽然，辦公桌電話鈴聲大作，施其畏看了看來電顯示，覺得號碼比較陌生，便不肯接，剛回到沙發坐下，桌上的手機也響了，他一看還是那個號碼，無奈接了。

電話是林南生打來的。林南生說有急事要求見他，他說自己正忙得焦頭爛額呢，怕是沒空，但經不住林南生的軟泡硬磨，只得答應下午下班後在福慶樓見，邊吃邊談。

施其畏跟林南生並非特別熟悉，嚴格說來，他和林南生不是朋友關係，而是店主與顧客的關係。那是一年多前的事情了，施其畏女兒生日，一家人在福慶樓吃過飯後，在街上閒逛，便逛進了紅房子鞋店，施其畏女兒很快看上了一價值不菲的名牌皮鞋，要老爸作為生日禮物送給她，施其畏答應下來，但口袋剩餘的銀子已不足以支付買皮鞋的款項，這時林南生剛巧回店，見狀立即將價錢大減，並且還讓施其畏第二天再將餘款補足。施其畏由此頓生好感，日後買皮鞋都到林南生店裡來選，彼此間相互信任，漸漸交上了朋友，林南生甚至還做東請施其畏在福慶樓吃過一餐飯。

對於林南生，施其畏知道的也很有限，而且全都來自林南生本人之口。林南生告訴施其畏，五年前他從軍隊退役，到本市一家著名國營公司做保安部主任，邂逅了紅房子皮鞋店的女老闆馮藍，二人一見鍾情，不到一年即完婚，迅速走完了從相識、戀愛到步入婚姻殿堂三步曲。不料天有不測風雲，第二年夏天，夫妻二人去海南度假，馮藍意外摔死。不久，馮藍的妹妹馮青做了林南生夫人。之後林南生辭去體制內的工作，接下了馮藍的店鋪，專心做起了皮鞋生意。席間，林南生笑著告訴施其畏，這裡面沒有陰謀，只有事實。施其畏當然相信，誰會傻到這種程度，把絞繩套到自己頭上呢。林南生沒有詳說這其中的過程，施其畏也不願細問，他有許多更重要的事情要去想和做，他的事情永遠忙不完。

不過，在施其畏與林南生不多的接觸中，他感覺林南生雖是行伍出生，如今又改行從商，但卻有一種讓他著迷的獨特氣質，林南生是一個憂慮而開朗、謹慎而膽大的矛盾體。

他喜歡林南生。

五、追查匿名來電

林南生從福慶樓出來後，隨即開了手機，不料幾分鐘後，手機鈴聲如爆炒黃豆般響起來，他被下意識地嚇了一跳，警惕地一看號碼，果然又是那個神秘來電，他接通放在耳邊，故意不出聲，對方還是像上幾次一樣靜默著，他剛想關機，手機裡卻傳來幾聲小孩「咯咯咯」的笑聲，隨即斷了線，只剩下忙音。

林南生坐到街邊小花園的凳子上，開始撥打電信有關部門的電話，經過反覆詢問，終於得知那部神秘電話的準確位置。

沿著昨晚追蹤橡皮人的那條路，林南生一路尋去，終於到了報刊亭旁邊的公用電話前，用手機反撥那個電話號碼，公用電話響了，反覆幾次，都響了。林南生還不相信，到幾步之遙的報刊亭買了一張電話卡，插進去撥打自己的手機，果然真是這個號碼。

印證了這個事實，林南生再次走到報刊亭前，問賣報刊的老太太：「今天您看見了有人用這個電話嗎？」

「看見啦。」

「都是些什麼人啊？」

「哎喲，我一個糟老太婆，又不是守電話的，哪裡管那許多閒事喔，再說要死的人了，老眼昏花得很，看什麼都是一團白霧晃來晃去，哪裡搞得清是男是女是老是少咯。」

林南生不再跟老太太囉嗦，逕自走開了。

林南生並沒有走遠，他走到街道對面的一家小餐館裡，要了一張臨窗的桌子，點了幾個小菜、一瓶啤酒，一邊磨時間，一邊觀望窗外的動靜。一個多鐘頭內，計有三個男人、四個女子和一個大學生模樣的小男生打過電話，但林南生的手機都沒有響，反而在無人打電話的時候他的手機響過二次，一次是夫人另一次是情人。夫人說晚飯已備好，吃過後按約定去探望一個生病住院的朋友。林南生答應下來，說不久便回去。情人向他表示了歉意，說願意晚上作出補償。林南生表示了他的謝意，但拒絕了她提出補償的想法。

時間一分一秒地流逝，但他的潛伏不見任何效果。年輕的店老闆拿著一大杯紮啤過來敬酒，見他心事重重的樣子，問他有什麼忙可以幫。林南生這才仔細端詳了一番店老闆，發現這是一個熱情洋溢、樂於助人的小伙子，幾句話加上一杯酒下來，林南生已經喜歡上了他，暗底下打了一個主意，想請小伙子代他監視對面那個電話。然而林南生很快放棄了這個愚蠢的想法，他付了賬，起身走了。

林南生重新回到報刊亭老太太面前，老太太緊緊攥著他扔下十塊錢，說了一句話。

他臉上肌肉跳了一下，點了一根煙，走了。

六、嫌疑者浮出水面

二人去醫院探望了住院的朋友，剛出醫院大門，馮青忽然感覺一陣昏眩，差點摔倒，林南生慌忙扶住她，找一塊花圃邊的水泥墩坐了，讓馮青伏著他肩頭休息。

歇了好一陣子，貌美體健卻心柔如水的馮青總算回過神來。回過神來的馮青說了一句話：「南生，我很難過。」

馮青的難過是有理由的。那住院的朋友其實是她從到大的玩伴，無話不談，好得像一個人似的。三個月前，朋友忽感腰疼，以為是腰肌勞損，吃藥理療都無好轉，進一步檢查後，結果出來了：肺癌晚期。真是奇了怪了，這朋友既不抽煙也不飲酒，更無家族病史，這病如何得來。而且，作為肺癌，肺部卻無異常狀況，卻從腰部發作，也算是命運不桀了。

馮青說：「南生，我們要好好活著，珍惜自己才是。」

林南生嘴裡應著，心裡卻在想著另外的事。

馮青看他心不在焉的神態，接著說：「其實得這病的理應是我，不應是她，恐怕我得這病也是早晚的事。」

「別這麼說，別說這種不吉利的話。馮青，地球人都知道，你是大福大貴的人。」林南生敷衍著馮青，想儘快將她送回家，以便處理自己的事情。

馮青好像早識破了他的心思，在朦朧的夜色裡仰起一張蒼白而美麗的臉龐，幾乎是癡癡地望著林南生：「南生，是不是我給你添麻煩了？我耽擱你了嗎？」

「一家人說二家話。」林南生憨憨地笑道，「真是一個長不大的小女孩，不像你姐。」

「我們是一家人嗎？我怎麼看著你在好遠好遠的地方啊？」馮青斜著一雙杏仁眼，半真半假地說。

林南生暗暗吃了一嚇，心想看不出這丫頭平日嘻哈散漫的樣子，骨子裡還挺賊。剛要找一句合適的話回她，口袋裡的手機遽然響起，他一看號碼，又吃了一嚇，還是報刊亭旁邊那個公用電話。正考慮接還是不接，馮青說話了。

馮青說：「是不是我在這裡不方便接啊，好啊，我先走了，你慢慢接吧。」

林南生按下接聽鍵，電話那頭仍然是無聲無息。為了不驚動馮青，他果斷掛了機，轉頭一看，馮青已經上了一輛計程車，車正緩緩啟動中，他邊喊邊追上去，但計程車並未停下來等他，反而越開越快，眨眼工夫便消失在車水馬龍中。

坐在馮青剛才坐的水泥墩上，望著在夜裡來來往往的人流車海，腦子裡一片空白。抽了三支煙後，思路漸漸清晰起來，一張面孔漸漸浮現在眼前。

對，就是他：王保民。

今天有些晚了，林南生決定明天早上打個電話給施其畏。

七、非正式報警

下午差十分鐘六點，施其畏如約而至，到了福慶樓，由服務員領進了訂好的雅間。偌大的雅間除了林南生本人之外，還有一位穿著飯店工作服的女子。林南生見了施其畏，很熱情地給二人互相做了介紹。施其畏得知此女名諸葛香草，是福慶樓的餐廳經理，心想難怪穿著工作服。施其畏暗想，林南生找他談事，卻讓一個外人參與其中，他們之間的關係簡直就是獨眼望穿山一目了然，想都不用想。

菜很豐盛，也很上檔次，有些菜施其畏聞所未聞，更別說品嚐了。菜擺了滿滿一桌子，十個人都吃不完。施其畏有點陰險地想，反正這菜也不用林南生花一分錢，不吃白不吃，於是放開肚子撐。對於林南生的勸酒，施其畏拒絕了，他從不沾酒，滴酒不沾，哪怕只是啤酒，因為他的職業人命關天，要求他永遠保持清醒，睡覺都要睜著一隻眼。

林南生則顯得很是感情衝動，他先後喝了不少紅酒和啤酒，還喝了一小杯二鍋頭，但菜吃得很少，幾乎不動筷子，而且對諸葛香草的勸阻置若罔聞。林南生喝著酒，嘴裡不停地說著，開始說得還有些遲疑和委婉，隨著他體內酒精量不斷增加，說話的語速越來越快，並更加堅決和怒氣沖沖。這與施其畏以前接觸的林南生似乎變了一個人，他對林南生的印象相當良好，這之前他見到的林南生總是一個溫文爾雅、文質彬彬的謙謙君子，骨子裡不乏退伍軍人的堅韌和剛強，性情收放並蓄，是典型的中國式優秀男人。相比之下，諸葛香草就安靜多了，她忙著給二人夾菜勸吃外，幾乎不怎麼說話。

施其畏心生疑惑：今天這林南生怎麼啦？

聽著聽著，施其畏逐漸明白了，林南生說的有他自己的道理，誰攤上這種事情心裡不添堵才怪呢。

林南生說了這幾天遇到橡皮臉和電話騷擾的怪事後，提到了一個最可能的始作俑者：王保民。

林南生說的理由是：當年這王保民跟馮青為單位同事，曾經狂追馮青，但馮青並未上心，只當作一般追求者冷處理。馮藍死後，王保民得知馮青即將嫁給林南生後，心生惱怒，幾次打電話威脅林南生，要林南生放棄馮青，否則給他好看。林南生當然不在話下，根本不當回事。婚禮那天，福慶樓張燈結綵、喜氣洋洋，人來客往，一切正常，哪知婚宴進行到一半，突然闖進一個披麻戴孝的男人，此人正是王保民。王保民手上拿著一個白紙包的奠儀，狂奔到正在舉行的婚禮司儀台前面，雙腿著地，三叩九拜，痛哭流涕，眾人怎麼勸阻都不肯離場，後來有人打電話報警，被警察架走才算完事。好生生一場婚禮被搞砸，為此馮青傷心欲絕，哭了幾天，還辭掉了原來的工作，以避免再見到王保民。

由此，雙方結下樑子。林南生奪王保民所愛，王保民則讓林南生蒙羞，雖事隔二年，但恐怕王保民憤懣難平，心有不甘，再出此下策，行此小人伎倆也未可知。

林南生這樣一路說下來演繹下來，聽起來確有幾分道理。但施其畏不這麼看，作為一名資深警探，他有自己的一整套成熟的理念。

施其畏說：「法律上有一個簡單的道理，叫做『誰主張、誰舉證』，猜疑不一定是事實，推理不成其為證據，很遺憾，我對你所說的表示同情，但就目前情況來說，我無能為力。」

八、無法證明的跟蹤

晚上十二點半，從「夜巴黎」歌廳走出一個男子。這男子約三十歲出頭的樣子，一頭亂髮，面帶菜色，滿身酒氣，正在人行道上搖搖晃晃地走著，嘴裡還五音不全地哼著一首流行歌曲。走了幾步，男子勉強站定，晃了幾下，裝模作樣地望望四周，掏出傢伙一邊吹口哨一邊痛快起來，嚇得正從旁邊走過一群女人失聲尖叫著散開了。男子見狀反而哈哈大笑，撒完尿還煞有其事地抖兩抖以示講究衛生。

這男子不知道，他身後不遠處跟著一個人。

男子的仇人林南生。

林南生跟蹤王保民已有幾天了，基本上摸清了王保民的活動規律。這王保民已於一年多前結婚，其妻是一家小企業的女工，地位不高，收入一般，王保民與妻子關係不好，吵吵鬧鬧是家常便飯，並且只顧自己吃喝玩樂，經常夜不歸家。林南生還發現了王保民一個驚人的秘密，這王保民就住在報刊廳附近，而且經常使用那部公用電話。不過，林南生感到奇怪的是，他在監視王保民多次使用那部公用電話時，他的手機一次也沒有響過，但這並不表示王保民被排除在外，相反，他的疑點更大了，因為他在電話裡說到一種世界範圍內的違禁品。

醉醺醺的王保民根本想不到後面跟著林南生，他撒完了尿，繼續往前走。過了吉祥路，轉到鳳凰街，沿著烏藤巷走上百十米，便到了那部公用電話亭。王保民拿起電話一陣狂撥，然後對著話筒依哩哇啦說了一通他自己才聽得懂的話。

打完電話，王保民一搖三晃進了附近一個叫伊甸園的小區裡，轉過去不見了。

林南生望著王保民漸漸消失的背影，點了一根煙，打火機的亮光在他蒼白的臉龐一閃而過，隨即融入冥冥夜色中。

九、回憶與想像

凌晨三點多鐘，馮青躺在床上，又一次從迷糊之中驚醒過來，明知道林南生沒有回來，還是下意識地摸了摸床的另一邊。

馮青起身靠在床頭，從床頭櫃摸出那本永遠看不完的書，她心愛的《傑羅德遊戲》。在斯蒂芬·金的這部奇特的懸疑小說中，故事本身並不複雜，可那像潮水般湧來的恐怖描寫讓她著迷，她喜歡他的語言，她喜歡敘述本身的極度張力。現在，她隨便翻開一頁，就能看到她所喜歡的文字：「在她的內心深處，一直有一部分被恐懼和惶恐佔領著，它們總是極力使她相信，那傢伙絕對不會放過她，它們在和她逗趣，就像老鼠絕對不會放棄對奄奄一息的老鼠的捉弄一樣。」

這本書馮青已經看過五十遍了，她打算至少再看五十遍。每當睡不著覺時，她看上三五頁就能酣然入睡，而且保證能夠一覺睡到大天光。

馮青嫁給林南生後不久，由於王保民等種種原因，她辭去工作，做了全職太太，過起了一種平靜而有規律的生活。不過，她並沒有完全喪失自己，她用健身鍛煉和求神拜佛來充實自己，她有自己的生活圈子和生活方式。每日坐公共汽車去十五里外的南山大廟燒香拜佛成為她生活的必修課，在那裡她自願做了一名編外俗家弟子，誦經修行，澆花掃葉，她如魚得水，似乎找到了靈魂的歸宿。

更重要的是，她有自己的經濟來源，早在上班時她就用自己賺的錢買下二間門面房，每月有固定收益。因此，林南生交給她的錢只作為公用開支和存儲。

作為夫妻，馮青和林南生相敬如賓，彼此尊重，各自保持足夠的生活空間，從不打探對方隱私，除非對方主動說出來。當然，馮青也會適時給忙著店裡生意的林南生打個電話，問候一聲，比如每天晚上。

馮青經常面對獨守空房的情況，相反林南生同樣如此。她不為此感到難過，她認為這充分體現了現代文明內涵，包容別人並張顯個性。而且，有電視特別是有書籍的陪伴，她一點也不覺得時光有什麼寂寞難捱，《傑羅德遊戲》就是其中之一。她愛上斯蒂芬•金確實是在嫁給林南生以後，她讀到了愛葛莎・克利斯蒂的傳統偵探小說，也讀了丹・布朗的《數字城堡》和《達芬奇密碼》，但《傑羅德遊戲》卻是她的最愛。

一晃時間已近五點，林子那邊隱約傳來鳥的嘀咕聲，天將大亮，世界將甦醒，馮青卻睡意全無，又一次進入主人公傑西的懸疑之旅。

「可憐的傑西啊！」馮青悲歎著並暗自念叨，「有一種黑色喧囂的混亂，就像身處雷暴之中。她在其中碰撞著，蕩來蕩去想衝出來，卻一點也不知道她是誰，或者她身處何時，更不用說身在何方了。接下來的一層較暖和安靜，她陷入有史以來最恐怖的噩夢中了。」

窗外曙色漸露，馮青的念叨還在繼續，「不斷怒吼撕鳴了相當一段時間的鋸鏈聲突然停止了，狗、潛鳥甚至風也沈默無聲了，至少暫時如此，這寂靜讓人感到厚重，真切地就像是一間無人光顧的空屋積了十年的灰塵一樣。她聽不見汽車或卡車的引擎聲，林中的樹葉聲也聽不見。現在說話的聲音只屬於她自己了。

「啊，上帝啊，我獨自一人在這裡，我獨自一個。」

馮青剛剛念完傑西這句該死的獨白，她聽到了門鈴響起的聲音。門鈴音樂悅耳動聽，是一段優美的《斯卡特羅集市》吉他曲，由她選定的。

「啊，上帝啊，幸好我的丈夫是林南生，不是傑羅德。」馮青合上書本，下床去開門。

門口站著一身泥汙的林南生。

十、發生了一件謀殺案

隊長施其畏是被電話鈴聲吵醒的，他看了看牆上的掛鐘，才六點十五分，媽的，誰這麼缺德啊，他粗魯地罵了一句，拿起了電話。他在辦公室工作了一個通宵，回到家剛剛睡下，催命電話跟著就來了。

電話是局裡打來的，說伊甸園小區發生了一件命案，要他馬上趕到現場。

施其畏一聽，睡意頓消，拿起車鑰匙出了門。

命案發生在伊甸園小區八幢六樓C單元，死者是華盛商貿有限公司董事長周仁。施其畏到達時，刑警隊已封鎖現場，偵查人員已開始現場取證。

施其畏到了現場，戴上手套進行仔細勘察。

周仁側臥於客廳發沙發上，脖子上有勒痕，顯然窒息至死，謀殺痕跡明顯。沙發前面的茶几上有一只煙缸和一只茶杯。煙缸裡有兩種煙頭，一種是罐裝「小熊貓」，一種是軟包裝「紅梅」，價格差異巨大。茶几的一角放在一個顯然是待客用的茶杯。茶杯裡只剩下茶葉，茶水被喝得極其乾淨，甚至茶葉都沾到了杯壁上。整個屋子裝修豪華，高檔傢俱、名貴器皿和現代化電器一應俱全。施其畏仔細看了看周仁口袋的錢夾子，現金、銀行卡都在，再看放在床頭櫃抽屜裡的珠寶首飾和銀行存摺，也沒有丟失的跡象。情況很清楚，如果此案謀殺成立，兇手並非圖財害命。

施其畏拿了一把放大鏡，戴上一把老花鏡，異常仔細地查看了門、陽臺和窗戶，然後翻開了周仁手機裡的通信記錄。做完這一切，他到門口點了一根煙吸著。腦袋耷拉，眼瞼失神，如果不是一張嘴還在吸吐，簡直讓人懷疑此人早已沉睡夢中。

一支煙抽完，施其畏踏滅煙頭，往樓道吐了一口濃痰，揮了揮手，說：「收工。」

不等其他人回答，施其畏獨自下了樓，開車走掉了。

施其畏開車回到家裡，把手機電話全關了，倒在床上蒙頭便睡。

一覺睡到下午二點半，施其畏像鐘錶一樣準時醒來。他醒來的第一件事就是打電話。

「申請一張拘留令，立即把王保民給老子逮了。」施其畏命令助手。

「什麼理由？」助手不解。

「涉嫌謀殺。」施其畏斥責道，「少他媽的廢話，現在還是我說了算。趕快去辦，人跑了我拿你是問。」

半個小時後，施其畏趕到了辦公室，立即查閱有關資料。又過了半小時，助手來電話，說王保民已被抓獲。

「馬上提審。」施其畏說，「我就來。」

施其畏扣好風紀扣，戴好帽子，還在鏡子面前整理了一番，才下樓去審訊室。每次提審他都十分注意儀錶，他要把自己最好的一面展現在犯罪嫌疑人的眼前，首先從精神上壓倒對手。

王保民被送進審訊室，此時王保民早已酒醒，卻神情沮喪，一臉茫然，一邊歎氣一邊搖頭。

首先由施其畏助手對其進行例行公事的詢問。

「姓名？」

「王保民。」

「性別？」

「男。」

「年齡？」

「三十二。」

「職業？」

「公司職員。」

「知道為什麼抓你嗎？」

「不知道。」王保民補充道，「我正要問你們呢，到底為什麼抓我？」

「問得好，」施其畏接上話，「讓我來告訴你：涉嫌謀殺。」

王保民大笑不止，眼淚都笑了出來，「謀殺？殺誰？為什麼？」

「你殺了周仁。」

「殺周仁？沒有！」王保民的回答斬釘截鐵，但施其畏看得出，這傢伙的眼神裡閃過百分之一秒的遲疑。

「那八個大字記得嗎？」施其畏笑道，「要不要我復述一遍？」

「我知道，坦白從寬，抗拒從嚴。」王保民聳聳肩膀，「你讓我坦白什麼？總不會叫我無中生有吧？或者現編一個故事給你們聽？嘻嘻。」

施其畏「啪」地一拍桌子，臉色遽變，「王保民，你是敬酒不吃吃罰酒，不知好歹。我們是講證據的，我們有不利於你的證據，至於是什麼你自己最清楚。現在二條路擺在你面前，你自己選吧。不說話也好，不承認也好，我們都有辦法定罪，這個沒有問題。說不說話，承認不承認，一句話，由你。」

一陣沈默過後，王保民歎了一聲，口氣軟下來，「請給我一支煙。」

點上煙後，王保民交代了他和周仁之間的過節。

原來，王保民曾經在周仁的公司工作過，在一個偶然的機會，他發現了周仁養二奶的秘密，竟膽大包天敲詐周仁，周仁為息事寧人，給了王保民一大筆錢，但前提是王保民走人，王保民權衡後同意了，但事過境遷，錢被王保民花光後，他又後悔了，多次用報刊亭旁邊的公用電話敲詐周仁，威脅說不給錢就曝光，周仁迫於壓力，給了他幾次小錢，但反覆說下次再敲詐就報警，王保民不以為然。

昨天晚上，王保民與妻子吵了一架，心情不快，跑到歌廳去喝酒，還點了幾個小姐同樂，幾個鐘頭下來被敲掉了二千多元，出來後極為鬱悶，又打電話給周仁，得知周仁一個人在家，便借著酒興逕直找上門去。

「你們怎麼知道我到了他家？」王保民有些好奇。

「這很簡單，你在那裡留下了痕跡。」施其畏說，「你喝的茶、你抽的煙都是證據。不過，對方對你不是太友好，他給你泡了一杯茶後，就不再續水，以致你喝到杯壁上都沾滿了茶葉。而且，他也沒給你煙抽，他抽他的，你抽你的，對嗎？」

「對。」

「然後你向他要錢，他不給，對嗎？」

「對。」

「然後你打昏了他，順手用一根皮帶勒死了他，對嗎？」

「不！」王保民大叫，「胡說！」

十一、一個令人疑惑的上午

林南生早上回到家，馮青已經出門鍛煉去了。餐桌上擺了牛奶、麵包和泡菜，這使林南生頗感意外。

難道馮青知道自己什麼時候回家嗎？林南生暗想。

但林南生沒有時間胡思亂想，他還有很多事情要做。他快速吃掉了早點，洗了澡，換了一身衣服，打車到了紅房子鞋店。

店門已開，李小菲正在擦櫥窗，見了林南生，先做了個鬼臉，然後浮現出一絲如塗抹上去的殷勤而虛假的微笑。林南生覺得李小菲的笑裡似乎還隱藏著某種神秘的意味，或者藏匿著一個好搞笑的秘密也未可知。不過，除去無頭無腦的鬼祟，這李小菲也沒有什麼大不了的毛病，至少她沒有跟男朋友在店裡談情說愛。

當然，現在他沒有閒工夫去想這些屁事，他需要馬上去見一個人，他跟那人有一筆生意要談。

他告訴李小菲看好店，叫了一輛計程車走了。

林南生走進高州城西「談笑間」咖啡店，逕直到了裡面的一個小包間，讓領他來的服務員止步，自己推門而入。

小包間裡已有一人在座，為一中年漢子，穿著整齊，戴一副寬邊眼鏡，溫和中透著精明。林南生在漢子對面坐了，掏出一包煙，與對方禮讓一下，抽出一支點了，吸了幾個回合，細品幾口茶，眼皮不抬一下，話說得漫不經心，「你真能辦妥此事？」

「當然，這是我的事業。你知道，一個成功的男人總是熱衷於自己的事業。」漢子微微一笑，也品一口茶。

「我憑什麼相信你？」

「沒有任何憑據，但你必須相信我。如果你要做成這件事的話。」

林南生沉默半分鐘，掐滅煙頭，從內衣口袋拿出二個紙袋，「一個是有關材料，一個是錢，按你說的，先付五萬。」

「好，我就喜歡跟你這樣的痛快人打交道。」漢子將兩個紙袋收了，「事成後付另一半。」

「手續和證件都合法嗎？」林南生警告漢子，「我從未幹過違法的事，以後也不想幹。」

「這個請放心，保證貨真價實。」漢子拿著包起了身，「等我電話。」

「當然。」

漢子望了林南生一眼，沒有回答，一閃身走了。

林南生愣了一會兒，一口氣喝掉杯中茶，也結賬離開了。

林南生回到紅房子鞋店，有幾個顧客在看鞋，劉雨菲正幫著導購。奇怪的是，劉雨菲的男朋友也在店裡，這個現象以前從未出現過。林南生只知道他叫馬步升，在店門口接過劉雨菲幾次，對其印象僅限於大致輪廓，勉強認得，點頭而已。此時馬步升正坐在收銀台後面看著什麼，見了林南生，神情有些慌張，趕緊把東西收進抽屜裡，若無其事地站起來，向林南生點頭致意。

雖然林南生不太高興，但也不好說什麼，畢竟裡面只是帳本一類的雜物，並無隱私。林南生很大度地與馬步升打招呼，馬步升也熱情地給林南生讓煙，彼此謙讓了一回，各自點了，剛說了幾句閒話，馬步升忽然想起什麼，拿出手機看了看時間，便與林南生道一聲別，匆忙走了。

林南生望著馬步升的背影，若有所思。他總覺得這人似曾相識，但具體在哪裡見過卻想不起來了。在某年某月某日雨中的街頭？在夏日落霞滿天的原野？在比肩接踵的公共汽車上？在氣味混雜的農貿市場？他記不清了，很多事情被時間過濾掉了，或者被混淆了。他常常陷入這樣的困惑，譬如他到了某地，但在回去的途中，卻對曾經去過的地方感到懷疑；有時他到了一個陌生之地，在一個陌生的旅店放下行李，但記憶中似乎曾經來過。

不過，事實的真相往往並不那麼重要，如果你靜坐室內，心如止水，無欲無望，門外的一切又有何意義呢？

林南生覺得還沒有完全弄清楚自己是誰？一些事情已經發生了，結束了，而另外一些事情正在悄然繼續。

他拉開櫃檯抽屜，馮藍曾經吃過的一瓶治心臟病的藥果然不見了。那瓶藥已經過期，本該早就扔掉的，只是林南生忽略了，沒太在意。

他相信劉雨菲對此一無所知，而馮青也是如此。紅房子鞋店是馮藍一手開辦的，總是她自己親自打理，馮藍去世後，馮青不曾到店裡看過一眼，卻推薦了劉雨菲給他做幫手。

時近中午，諸葛香草打來電話，告訴他一件事。

「《高州晚報》說，王保民殺了一個人，被抓起來了。」諸葛香草說。從她的話音裡，林南生聽出了一種奇怪的興奮。

十二、一個同樣令人疑惑的晚上

劉雨菲向林南生請假，說晚上要和男朋友去參加一個好友舉行的派對晚會，林南生爽快地同意了。下午六點半鐘，林南生已經回家吃過晚飯，及時趕回店裡接替劉雨菲。

林南生做的是品牌鞋，經常是三天不開張，開張吃三天。說起來前妻馮藍還是他的師傅，是她教會了他如何做皮鞋生意，如何經商，如何賺錢。但馮藍死後，生意著實淡了許多，似乎把好運也同時帶走了，只是最近一年多生意才逐步恢復一些，但仍然遠沒有馮藍在時火爆。

不過，今晚的生意卻不錯，不到九點鐘，已經賣掉了三雙鞋。生意一好，心情也跟著好起來。

好容易送走一批顧客，正坐下來泡了一壺茶要喝，手機鈴聲響了。他一看，電話來自施其畏。

施其畏很肯定地知道林南生就在店裡，說要過來討杯茶喝，林南生立即表示歡迎，雖然他內心並不歡迎。

三分鐘剛過，施其畏已踏步進門，他彷彿跟林南生上次吃飯時換了一個人，熱情得有些反常。

「林老弟，還是你的日子有滋有味啊，工作中有生活，生活中有工作，一邊喝著茶一邊就把生意給做了，真是妙不可言。」施其畏在古樹墩做成的茶几下坐下，取過林南生用醫用鑷子給他斟好的功夫茶，一飲而盡。

「施隊長過獎了，其實還是吃官家飯來得穩妥，像你們還有公共權力，誰見著你們都先讓三分，你們是深受

老百姓保護的人。」林南生說笑著斟茶，順便給了施其畏一個軟釘子，顯然他是在對施其畏上次冷漠態度的小小報復。

施其畏心知肚明，淺淺一笑後轉了話題：「我來你這裡，一是喝茶，二是有一事相告。」

「你是想告訴我，死了一個人，抓了一個人，抓的這個人就是我的情敵王保民，不是嗎？」

「你知道了？」施其畏小吃一驚，「哪來的消息？」

林南生推過桌面上的《高州晚報》，「公共資訊。」

施其畏翻開報紙，果然看到一行醒目的黑體大標題：《總經理死於非命　一嫌疑男子被刑拘》。施其畏拍了拍光腦門，說：「案件偵查才開始，媒體就在大造輿論，被動，太被動了。」

林南生熟練地換茶、泡茶、反覆燙杯，過程如行雲流水，像玩魔術一般富於觀賞性。施其畏滿是喜歡地欣賞著，末尾給了林南生一個高度評價：「你是一個智商很高的男人，你不僅會合理地使用力量，更善於使用腦子。」

林南生夾過去一杯茶，「我知道施隊長是個大忙人，

陪女兒買雙鞋子都要掐著秒錶計算，哪有閒工夫和我喝茶聊天啊。」

施其畏吱唔一聲作為回答，一口喝掉了功夫杯裡的功夫茶。

「是不是我有了嫌疑？」

「不！這件案子與你無關，至少目前如此。」施其畏笑道，「到底是軍人出身，反偵察能力特強。」

「好了，我該走了。」施其畏看一眼錶，起身伸出手，「謝謝你的茶。」

「也謝謝你的提醒。」林南生看著施其畏漸漸走遠的背影，心情一下子糟糕透頂。

他隱隱感到，有一些事情正走出預定軌道，走出安全地帶，滑向危險的深淵。他望著窗外人來車往的街道和燈紅酒綠的遠處，一股寒流從腳底升起，直奔頭頂而來。

晚上過了十一點，馮青並沒有像往常那樣打來電話作些禮貌而冰冷的問候，她去跟朋友聚會，大概正投身其中，忘記了時間，也忘記了林南生。讓她盡情地玩玩好了，她是個精明與善良、開朗與憂鬱互為交混的複雜女子，雖然他和她同床共枕，但她的內心猶如一口深不可測的豎井。

林南生正要收工打烊，回去泡個熱水澡，睡個好覺，梳理一下心情，完成他的計畫。忽然，也是在那天晚上幾乎同樣的角度，那張恐怖的橡皮臉再次出現了。他眼角的餘光注意到了這個情況，片刻的驚訝後，他轉臉正眼望去，卻沒看到任何異常現象，但他神態稍有分散，橡皮臉即刻懸掛在他視線的一角，反覆數次，竟然陰影不散。他對自己的精神和意志十分自信，他絕對不會胡思亂想，給自己生出一個鬼來。

林南生不再理睬窗外的動靜，他關了店門，鎖死了，站在門口張望四周一陣，並未發現異常，便沿著左邊的街道回家。此時涼風乍起，樹影婆娑，街燈搖曳，光線照不到的地方暗影重重，偶爾駛過的汽車和匆匆趕路的行人更增添了夜晚的深沉。林南生不緊不慢地走著，半是悠閒半是趕路的意思，也就是說，他既不是忙著回家，也不是不忙著回家。第六感官告訴他，有一個人一直在後面跟著他，由於距離比較遠，他無法看清楚那人的面相，但他知道這個人跟那天晚上並不是同一個人。他不回頭看，他裝著什麼都不知道，借點煙的機會悄悄偷窺了後面一眼，果然看到那邊桂花樹旁站著一個人。可能那人看他站住了，也停了下來。就這樣走走停停，停停走走，林南生進了自己的住宅樓，果然看到馬路對面的暗影裡站著一個人。

洗過澡，打開電視，林南生側臥在沙發上不斷換頻道，最後選定一部懸疑電視連續劇，一邊看一邊等馮青回來，他想對馮青說幾句話，畢竟彼此很長時間沒有交流了。其實他骨子裡還是擔心馮青的安全，像這樣夜不歸家的情況並不多見。

過了凌晨一點，馮青仍沒有回來，手機處於關機狀態，林南生關了電視和客廳的燈，進臥室躺下，正迷糊間，隱約聽到窗外有動靜，一個激靈起了身，站到窗前一看，不禁一聲大叫。

窗外，一張冷冰冰的橡皮臉正綻放出猙獰的笑容，臉對著臉，中間僅隔了一層玻璃。

十三、圈套，還是圈套

警察在二十分鐘後趕到，報警電話是鄰居打的，林南生一點不知道，當時他大叫一聲，打開大門往樓下衝去。

林南生身手矯健，行動迅猛，飛速到了樓下，樓下仍然靜悄悄的，林南生迅速把窗戶邊的一根滑竿弄到對面的小巷子裡放好，裝出一無所獲、飽受驚嚇的樣子，站在樓下，等著別人的出現。

警察聞訊而來，尖利的警笛聲驚醒了周圍的人們，紛紛起來看個究竟。

鄰居是個中年胖子，他驚魂未定，全身哆嗦著把他的發現向警察反覆傾訴，他說他偶然看見了一個黑衣人爬上鄰居家二樓窗戶，吊在窗戶邊向屋內張望；他還說他聽到了來自屋內的一聲慘叫，正是那聲慘叫使他想起了報警。

然而，林南生對此一概否認，他不想讓警察摻和進來，他要自己解決問題。他提出了另外一種觀點，他認為鄰居很可能是噩夢初醒，一時頭腦迷糊，真假不辨，把夢裡之事誤以為真，錯撥了一一〇。但胖子鄰居發誓他看到的是真的不是夢，他說他正在看黃片，根本沒睡。警察對二人的話都將信將疑，但由於沒有造成實質損失，警察只得作罷，駕車走了。

胖子鄰居有點發懵，醒過神來惡罵林南生一通後，又搖著頭說他媽的狗拿耗子多管閒事，自認倒楣也罷，然後垂頭喪氣地上樓去了。

林南生從小巷子裡拖出滑竿，沿著街邊一路小跑，到了高州河邊，稍一發力將滑竿扔進了河裡。

林南生回到二樓，發現門未關死，留有一條縫，他略感意外，因為他剛才出去時是關死了門的，他還記得門鎖碰響的聲音。

進了屋，他看到馮青正從洗澡間出來，身上披著一塊大浴巾，見了他淡然一笑，「回來啦？」

林南生有些啞然，這話好像應該他來問，不過好像歸好像，他什麼話都沒說，倒在沙發上睡了。

醒來後，馮青又不見了，她在客廳茶几上留了張字條：「昨天參加一個人的生日晚會，今天參加另一個人的葬禮。」一字落在半張信紙上，匆忙中露出優雅，前無稱呼，後無落款，林南生想這不像是馮青的為人處事的方式，她永遠應該是這樣：彬彬有禮，貌似活潑開朗，骨子裡卻透著冰涼。

林南生打開電視，一邊聽著以色列和巴勒斯坦之間相互殺戮的新聞，聽著美國總統小布希黑了臉在電視上頤指氣使的聲音，還有利比亞大流氓卡紮菲因為怕玷污了自己而戴著一隻白手套跟西方帝國主義走狗握手的傲慢情景，以及貪官法庭被審、長途班車衝下河死亡數十人的慘劇，一邊以慵懶緩慢的速度洗漱。他知道馮青在撒謊，他也同樣如此。彼此都心知肚明，但都不想戳穿對方，因為謊言已經成為他們生活的一部分。

人們都是他是一個幸福的男人，先後娶了如花似玉的兩姐妹，色財雙獲。他當然認可，只是心裡跟明鏡一般。

洗漱完畢，吃過一袋速食麵，剛要出門，手機響了。電話是諸葛香草打來的。她說：「南生，你快來啊，我在南山上的南山大廟等你。」

林南生很是奇怪，「大清早的，你跑到南山上的南山大廟去幹什麼？」

南山是高州城附近著名旅遊地，南山大廟是山上主要景點之一，為節假日人們結伴出遊、散心休憩之處。但今天既非節假日，且時間尚早，如不是有事，誰會犯傻跑到山上去呢。

「你別管那麼多了，趕緊過來，我有事情跟你商量。」諸葛香草聲音發緊，語氣急促，話剛說完，電話就斷了。

林南生越發感到奇怪，這諸葛香草怎麼了，平日都不這樣跟他說話的，如此地盛氣凌人，他還是第一次見到。他要問個明白，他把電話撥過去，不曾料到電話已經關機。

「怎麼可能啊，這諸葛香草怕是吃錯了藥，和我捉上迷藏了。」林南生拿好鑰匙、手機和錢包，鎖上門，一溜小跑到樓下。

林南生攔了一輛計程車，直奔南山而去。

到達南山腳下，林南生付了車錢，沿著石臺階拾級而上。據說這臺階有一千九百九十九級，第二千級即到南山大廟。林南生除了陪外地朋友來玩過幾次，對此沒有特別感覺。不過，爬著爬著他有些後悔了，太陽當頭，酷暑難擋，熱浪一陣接一陣，他大汗淋漓，氣喘吁吁，走一路罵一路。終於慢慢接近了山頂，他聽到了誦經聲和敲木魚聲，正要緊趕幾步上南山大廟裡去，手機響了，又是諸葛香草。

「別去南山大廟，走你左邊的那條小路，走大約一百米，再往左，又走一百米，有一座小橋，別過橋，往右走一百米，有一幢小屋，我就在屋裡。」話一說完，電話「嘟」地一聲沒了。

林南生此時別無選擇，只能按諸葛香草說的辦。他往左邊那條小路走了大約一百米，又岔進左邊另一條小路走了一百米，果然見到一座小橋，再沿著右邊走了一百米，卻並沒看到什麼建築物。正遲疑間，一聲呼哨響過，林子裡出來一個人，此人一身黑裝，戴黑頭罩，手拿一棍，眼露凶光，甕聲甕氣說：「跟我來。」

林南生看著這一身怪模怪樣的打扮，只覺得好笑，心想他媽的裝什麼神弄什麼鬼啊，老子就是鍾馗，專治你們這些李鬼。他暗暗笑過之後，毫不猶豫跟在黑衣人身後進了林子裡頭。

樹林裡枝葉繁茂，虬根橫生，枝條像鞭子一樣打著他的臉，葉子則像嬰兒的小手撫摩著他的臉，又難受又舒服。不過他沒有閒工夫想那些沒用的事情，他除了擔心諸葛香草的安全，還是擔心諸葛香草的安全，為了青梅竹馬的小情人，他倒是想看看是什麼人在做什麼事，到底想幹什麼。

來，讓我們試試看。林南生說。

不久，林南生跟著黑衣人進了林子中間的一座小屋，兩隻腳剛跨進門檻，門便在身後關上了，眼前一片漆黑。正疑惑時，忽然聞到一股誘人的香味，一塊沾滿香味的手帕也迅速被捂到臉上。他試圖發力，先用胳臂隔開伸到鼻子下面的這只手，然後再制服屬於這只手的人。但那股香味太濃烈而且沖勁十足，他內心的任何抵抗都無濟於事，反而很快產生了一種陶醉感和眩暈感，他深深沉溺在巨大香味的包圍之中，被香味鋒利的刀刃切割、肢解並被最終吞噬。

他輕輕呼出一口氣，閉上眼睛，隨著黑暗和香味一起走入夢幻中。

他癱倒在地上，卻面帶笑容，面色紅潤。這時候，燈亮了，幾個人從各個方向走到他身旁。

十四、一個試圖破解迷霧的正午

隊長施其畏枯坐在辦公室臨窗的沙發上，身子幾乎全陷進去，只剩下一隻禿頭在正午燥熱的陽光反射下閃閃發光。他煙頭接著煙屁股，一支接著一支，面孔在煙霧繚繞中變得模糊不清，但癆病鬼一般的頻頻嗆咳聲卻清晰可聞。

一個助手推門進來，走到施其畏身旁，遞過去一份材料，「檢驗報告出來了，煙頭指紋與勒死周仁皮帶的指紋一致。」

施其畏接過檢驗報告，看著上面的白紙黑字，先點點頭，再搖搖頭，最後歎了口氣，「雖然在我的意料之中，但我還是不願意相信這個事實。也罷，也罷。」

「王保民怎麼辦？」助手問道。

施其畏咬住助手耳朵，說了幾句悄悄話。助手聽了，點點頭出去了。

這邊助手剛走，那邊桌上電話鈴響了。電話是他的另一個助手打來的。助手說：「頭，我們已經基本摸清了代號『碩鼠』的底細，此人現在城西的『談笑間』咖啡店跟顧客談生意，機會難得，抓不抓？」

「抓！要快狠準，要人贓俱獲，馬上去！」

「頭，你放心，我們在他們談生意的包間裡早裝了攝像頭，保證分毫不差。」

「少他媽的給我吹，繼續嚴密監控，我馬上趕到，出了差錯拿命來見。」施其畏接著打了一個電話給樓下的助手，「發動汽車，我們走。」

十多分鐘後，施其畏到了「談笑間」茶莊旁邊的一幢樓，通過監視器他看到了代號「碩鼠」的目標。那個大熱天仍然西裝革履的中年漢子正跟偵查員扮的顧客交談。中年漢子氣派十足，見顧客用懷疑的目光注視著他，從包裡拿出一大匝材料在顧客面前晃了晃說：「事實勝於雄辯，這些都是辦好了的證件，你可以去打聽打聽，我賈老三什麼騙過人吃過冤枉錢？既然信不過我，兄弟我先告辭了。」說著起身要走。

偵查員一邊倒著茶一邊軟中帶硬地說：「賈兄性子好急，慌什麼慌什麼，坐下來慢慢說，生意是談出來的，談一談不礙事的，生意不成朋友在嘛。」

「你當然不礙事，可我沒那許多閒工夫陪你。」漢子嘴裡說著，卻又就坡下驢，重新坐下去端了茶呷了一口，「看你也是個性情中人，我不妨再坐五分鐘，大家都痛快點好。」

雙方調整姿態，重入話題，喝著茶，吃著點心，話說了進去，不久便達成了意向。時間定格在漢子接錢的一瞬間，門開了，一群警察蜂擁而入，果然是人贓俱獲。

審訊很順利，幾個回合下來，漢子供認不諱，承認了一切。施其畏聽了助手的彙報，支著短下巴沉思片刻，點了一根煙，好似在自言自語，「沒有你們想像的那樣簡單，事情遠沒有結束，好戲還在後頭呢。」

「我看這案子可以結了，我看不出後頭還有什麼好戲。」助手顯然不服。

「你等著看好了，我會讓你明白的。」施其畏親切地撫摩著自己的光腦門，「好戲馬上就要開鑼了。」

說話間，電話聲爆響，施其畏接了，放下電話臉露出一絲奇怪的笑容，「你看看你看看，好戲已經開鑼了。」

「什麼事？」助手問。

「南山發生了綁架案。」施其畏起身佩槍，「快走，回來我請你吃夜宵。」

十五、命懸一線

林南生吃力地睜開眼睛，眼前仍然一團重影，透過天窗照射進來的光線，過了許久視線方才慢慢清晰起來，不過頭還是昏沉得不行。他想用手拍拍腦殼，以助清醒，但絲毫動彈不得。這才發現全身被強力透明膠與屋內一架鐵床捆綁在一起，鐵床為生鐵鑄造，異常沉重，成豎立狀，即使林南生站著，卻無力挪動半步。嘴裡塞著一團爛布，惡臭難聞，極想吐。

然後，他聽到了幾聲微弱而痛苦的呻吟，這聲音距他數步之遙。他看到了諸葛香草。諸葛香草同樣被強力透明膠捆綁在一根木頭柱子上，像一個肉滾滾的粽子。她的嘴裡塞著一條很可能是他自己的紅內褲。看著這條熟悉的紅內褲，林南生心想諸葛香草怕是逃不脫這場命中註定的劫難了，他媽的內褲都讓人給脫了，還能有好事？想都不用想。

忽然，屋裡傳來輕微的咳嗽聲及交談聲，林南生的目光穿過陽光下漂浮的灰塵和瀰漫的煙霧，逐漸注意到屋子裡還站著另外的人，一個，二個，三個，四個，五個，是的，五個人，清一色黑衣黑褲，一律戴著頭罩，只露出眼睛，簡直就是香港電影裡黑社會的打扮，只能從體形身材上勉強分辨出大概是三男二女而已。幾位黑衣人有的抱著胳臂，有的倒剪著手，默默地面對林南生和諸葛香草站著，偶爾彼此間說句話，也顯得突兀、生硬和短促，氣氛如同汽油彈般凝固著，卻隨著有引發沖天大火的可能。

或許是看到林南生已經甦醒，在站在中間那個相對矮小的黑衣人示意下，一個高大的黑衣人走到林南生眼前，拿掉了他嘴裡的爛布，扔在他腳下，然後退回到原來的位置。

「如果你是聰明人，相信你不會胡喊亂叫，因為這樣對你沒有一點好處。」說話者是女黑衣人旁邊那個身材修長像根麻杆一樣的男人。他的聲音極為冷酷，似乎是從冰窖裡發出來的，令人聽起來不寒而慄。

「我不會喊叫，可是我問一聲為什麼總可以吧？」林南生吐了幾口，嘴裡稍稍好受了些。

「你自己做的事情還要問別人為什麼？真是貴人多忘事啊。少廢話，識相一點，把東西交出來，留你們二條狗命。」麻杆男人說的話不但冷酷，還歹毒得很。

「交什麼東西？我欠你們什麼了？」林南生感到莫名其妙，還是不明就裡。

中間那個女人幽靈般緩步移到林南生面前，變戲法似的弄出一張照片拿在戴著手套的手上，舉給林南生看。林南生看著眼前的這張照片，臉色有些黯然。然而他的目光僅在照片上停留了一秒鐘，便越過照片，只奔照片後面的那雙眼睛而去。

沒有疑問，他能夠肯定，這就是那雙眼睛，那雙長在一張橡皮臉上的眼睛，它們曾經出現在櫥窗玻璃上和自家二樓的窗戶玻璃上，並且數次出現在他的噩夢裡。他永遠不會忘卻這雙眼睛和這張被黑布遮住的臉，它是仇恨的火焰，它是吐著信子的毒蛇，它是虎視眈眈的餓狼，它的眸子裡面包含著罪惡的子彈，它要吞噬他的一切。曾經何時，這雙眼睛是親切的、和藹的、平和的、充滿憧憬的，它放射出美麗，收穫著快樂。不過，歲月消瘦，花容已老，這所有的一切全都灰飛煙滅，萬劫不復了。

照片在林南生的眼前出現了短暫幾秒鐘後，又迅速消失了。忽然，驚人的一幕出現了：女人取下頭罩，露出了一張臉。

……一張橡皮臉。

諸葛香草看到這張奇異無比的橡皮臉，大驚不止，眼圓如鼓，一聲沉悶而歇斯底里的慘叫後，再次昏死過去。

女人重新戴上頭罩，以極慢的速度無聲無息地走到門邊，停頓片刻後，打開門走了，自始至終沒有回頭看一眼，更無隻言片語。

照片不知什麼時候又回到了麻杆手中，或者是另外一張也說不定。麻杆拿著那張照片在林南生眼前又晃蕩幾下，然後圍繞林南生反覆轉圈。

「這件寶貝你總該認得吧？」麻杆用照片拍拍他的

臉，說出的話仍然十分冰冷。

「認得，當然認得，是我的藏品。」林南生實話實說。

「但很快就是我們的了。」麻杆用嘴唇親了親照片說，「既然是你的藏品，那就說說看，到底是什麼寶貝啊，讓我也見識見識。」

林南生面色稍顯遲疑，但還是說了，「這是一隻舞伎八棱金杯，國寶級文物。要說這杯子的來歷，話就長了。一九七〇年，陝西西安附近何家村唐墓中出土了好幾百件唐代金銀器，出土的數量之多，製作之精美，前所未有，舞伎八棱金杯就是其中的一件精品。這只杯子的口沿稍微外敞，體為八角形狀，連珠把，八棱連珠圈足；外壁口沿下鏨有一圈聯珠花紋；特別是外壁八棱每棱間鏨刻一舞伎，各自成舞蹈狀，造型新巧，姿態優美，具有唐代的裝飾風格。原藏於某博物館，後失竊流落民間，七年前我花十萬塊人民幣購得，根據保守估計，這只杯子至少值八百萬，但不可能在國內賣出去，因為那將觸犯刑法。」

「他媽的，你小子撒謊從來不知道臉紅，真是你買的？」麻杆一揮手，「算了，懶得和你這種小人較真，我只想問你一句話，杯子在哪？」

「你把我當什麼了？杯子我會在適當的時候捐贈給國家或者賣給博物館。」林南生閉上眼睛，「其實我早知道你們這幫人的真面孔，只不過怪我沒太在意而已。動手罷，要殺便殺，杯子的事免談，我不和罪犯做交易。」

「好，我知道你會這樣說，等的就是你的這句話。」麻杆摸出一隻橢圓形電子鐘，調好時間，仍舊在林南生面前晃了幾下，然後放置在林南生和諸葛香草夠不著的地面上，拍拍手說，「這是一個無線遙控器，我把它定在三十分鐘正，過了三十分鐘零一秒，它就會準時發出指令，引爆這座房子裡的烈性炸藥，把它自己連同你們兩個狗男女炸得粉身碎骨。」

麻杆走到林南生面前，聲音冰冷得凍住了空氣，「你說不跟罪犯做交易，我看結論下得早了點，命貴無價嘛。你死了，杯子值八百萬一千萬值一億對你來說又有什麼意義呢，而且還讓你的小情人跟你一同遭罪。出於人道主義考慮，我再給你三分鐘，說出藏寶地點，我們一拿到手，馬上放人，說話算數。」

「要拿杯子可以，先殺了我。動手吧，我不會再說話了。」林南生閉上眼睛，眉頭緊鎖，一副死豬不怕開水燙的樣子。

「英雄！佩服佩服！這回我沒話可說了。」麻杆一揮手，其餘三人魚貫而出。

麻杆走到門口，回頭望了一眼說：「明年今日便是你倆的忌日。永別了！」

門被鎖死，門外傳來麻杆的一二聲冷笑，聽得林南生頭皮發麻。

諸葛香草早癱成一團軟泥，淚流滿面，臉如死灰。

十六、等待死亡的時刻

電子鐘「滴答滴答」地走著，每一次響聲都如同十八磅大鐵錘敲打在林南生和諸葛香草顫抖的心坎上。

大概那些綁架者知道林南生是軍人出身，功夫了得，用的強力膠尤其多，致使林南生除了頭部稍可轉動外，全身被勒得像一塊僵硬的凍肉，絲毫動彈不得，根本無法解脫自己。諸葛香草情況似乎要好一點，她被捆綁在柱子上，下半身是能夠活動的，但他的腿只有正常人那麼長，夠不住林南生的身體，即使夠得著，她也無法用腿解開林南生身上的強力膠。諸葛香草試了幾次，結果可想而知。

時間一分一秒過去，放在距離二人幾丈遠的地面上的那只電子鐘還在催命一般地敲打著，林南生汗流如雨，諸葛香草哭聲抽泣聲此起彼伏，她還不斷吱唔著哀求林南生想辦法。林南生沈默著，望著對面的電子鐘陷入了深深地沉思。

日光正在時間的催促下從牆角下漸漸升高，已經滑過膝蓋並繼續上移，時間正迅速把二人推向死亡。

一直望著電子鐘的林南生忽地笑了起來，笑聲由弱而強，由小聲而大聲，由拘謹而狂放。大笑之聲持續了很久，強烈的聲波震得諸葛香草耳膜轟響不止，她飽含淚水的眼睛驚恐萬分地盯著林南生，以為他已經瘋了。然而她嘴裡的布使她只能像啞巴一樣亂叫，那意思是：你怎麼啦？

林南生顯然明白了她的問題，他說：「現在的情形使我想起了非常荒謬的鬼笑話。哈哈。」

諸葛香草一頓嗷嗷亂叫，意思是死到臨頭了，你還在搞笑，吃錯藥了嗎？

林南生毫不理會諸葛香草的抗議，反而聲情並茂地說開了。

「一天晚上，夜深人靜，寒風刺骨，大街上空無一人，男人佇立在站臺下孤獨地等公共汽車。車在男人焦急的等待下終於駛了過來，吱地一聲在他面前停下並打開了車門，他想都沒想馬上衝上了車，隨便找個空位子坐了，閉上眼睛打瞌睡。忽然，男人感覺自己的肩膀被誰拍了一下，他睜開眼，看到面前站著一個眉清目秀的年輕女子。女子附在他耳邊低聲說，朋友我說話你聽著就是，千萬別大聲嚷嚷；我告訴你，這是一趟開往墓地的靈車，如果靈車到了墓地，你就出不來了。男人大吃一驚，將信將疑地望了望女子，再仔細觀察了車裡的乘客，果然是一車人目光無神，面呈死白，而且全都沈默不語。再看車越走越遠，早已出城，到了陌生的郊外了。乃大駭，忙問女子該怎麼辦。女子說，想活命只有一條路，跳窗逃走。男人想了想，也只能如此了，便同意了女子的建議。於是二人乘車上坡減速的瞬間，打開車窗跳了出來。正當男人喘著粗氣拍著胸口自我慶倖時，女子在一旁說話了。女子說：我看現在還有誰來跟我爭這個男人！嘿嘿！」

歐陽幾聲亂嚷，眼皮巴眨巴眨閃，好像不明白他為什麼說這個奇怪的鬼笑話。

「說的是鬼故事，講的是人道理。人不過借鬼說事罷了。」林南生長歎一聲，傻笑二次，「我林南生是聰明一世，糊塗一時，哪知螳螂捕蟬，黃雀在後啊。」

諸葛香草望著他的眼睛滿是疑惑，她搖搖頭表示不懂。

林南生接著說：「人之將死，其言也善。香草我告訴你，杯子藏在紅房子鞋店的收銀台夾層裡。想不到吧，其實越是危險的地方越是安全。要是我死了，你能夠活著走出這所房子，杯子歸你了。」

諸葛香草寫滿痛苦的臉上遽然閃過一絲奇怪的笑意，晃動著腦殼表示不同意，意思是你我都得死，誰也逃脫不了。

林南生歎了一口氣，閉了嘴不再說話。離半小時只剩八分鐘了，可憐巴巴的八分鐘。

掙扎和抵抗無濟於事，既然死亡無法避免，還不如死得有君子風度一點。林南生垂下眼瞼，不再看著電子鐘，試圖減少一些恐懼感。就在此時，只聽「啪」的一聲，對面一扇窗戶被狠狠撞擊了一下，林南生先是一驚，接著心下大喜。原來是一隻皮球飛過來，砸到了窗戶邊框，蹦跳了幾下，竟頑強地落在寬大的窗臺上。

遠處傳來腳步聲，揀球的人走過來了。隨著腳步聲越來越近，林南生的心跳也在不斷加速。一顆小腦袋靠近了窗戶邊，一雙胖嘟嘟的小手在抓住皮球的同時，一雙滴溜溜的眼睛也透過窗戶玻璃好奇地向屋內張望，很顯然小男孩看到了裡面的一切，他嘴巴大張，眼露膽怯，一副驚恐莫名的樣子。

「小朋友，快幫我們打開門。」其實林南生說的是廢話，綁架者出門時，沒有忘記給門上了一把大鎖，那「咔嚓」一聲脆響曾經像一把尖刀深深刺入他的心臟。

不知是小男孩沒聽懂還是沒聽到，仍然睜大眼睛繼續看著屋裡的景象。忽然，外面響起一個女人的聲音，「快過來，你在那裡幹什麼？」

「媽媽，啊哈，你快過來！」小男孩不但沒有聽話，反而招呼母親，「媽媽你來看啊，屋子裡頭有兩個怪人，被綁著，那個男的還沖我做鬼臉。」

「那有什麼好看的，小孩子從小要有教養。」母親根本不買小男孩的賬，「媽媽不許你胡亂朝別人屋子裡張望。」

說話間，一雙大手伸到窗戶邊，把小男孩抱開去了。

諸葛香草本以為有了些許希望，現在看到僅存的一點點希望也已經完全破滅，內心承受不住，已是進的氣多，出的氣少，眼睛一閉，徹底昏死過去。她不明白該死的林南生為什麼不大聲喊叫。該死的。

林南生的沮喪同樣無法用語言形容，他感到自己身體正在像一根羽毛從懸崖頂向下墜落，而身下是永遠望不到盡頭的萬丈深淵。隨著死亡時間的臨近，林南生從頭到腳都在顫抖，猛然他又怪笑起來。

六分鐘，五分鐘，四分鐘，三分鐘，二分鐘，一分鐘。倒記數：九，八，七，六，五，四，三，二，一，零……

「嘀——呤——」幾聲刺耳的鈴聲響過，又傳來一陣悅耳的電子琴打擊音樂聲，這音樂聲林南生似曾相識，卻也說不出具體的曲名，不過他是無論如何都體會不到和進入不了音樂的境界之中的，他在等待。

他閉上眼睛，靜靜地等待那一聲致命的爆炸。

十七、驚魂之餘

林南生和處於半昏迷狀態的諸葛香草同時聽到了一聲巨響，林南生內心一個默念，暗暗對生命作了最後的祈禱，思想已超越了恐懼，生死已被置之度外。

然而，響聲過後，林南生知道房屋沒有倒塌，身體沒有被炸飛，能感覺到四肢完好無缺，甚至未聞到一點硝煙的刺鼻味。他毫不費力地睜開了眼睛，看到的是已被打開的大門衝進來一群警察，為首的就是施其畏。原來，剛才他聽到的聲音是斧頭砸鎖的聲音。

電子鐘被送到僻靜之處檢驗，結果只是一隻普通計時鐘，不是炸彈遙控器。

虛驚一場，林南生作為一個接受過特殊訓練的退伍軍人，倍感羞辱，腸子都悔青了。因為那句軍人的座右銘像一根恥辱的柱子牢牢釘在他的心坎上：人可以被消滅，但不能被打敗。

二人被送進了醫院，並作為特護病人受到警方嚴密保護。施其畏帶著助手仔細詢問了林南生和諸葛香草，掌握了有關情況後，勸慰二人安心養傷，案子的事情不用掛心，由他們來辦。

臨走前，林南生軟綿綿地握著施其畏的手說：「隊長，你可要為我做主啊。」

施其畏拍著林南生的手背表示安慰：「請你放心，我們會盡一切努力抓獲罪犯，及早破案。話還是那句大實話，我們不冤枉一個好人，也不放過一個壞人。」

「案情有眉目了嗎？」林南生受到這般折磨，希望破案的心情顯得有些迫不及待，「如果案情有什麼進展的話，可要告訴我，讓我也高興高興啊。」

「你就等著好消息吧。」施其畏再次意味深長地握了握林南生的手，帶著助手走了。

不過，剛過了二天，林南生就在病床上躺不住了，堅決要求出院。院方請示施其畏，他考慮再三，同意了林南生出院的要求，但欲派一名警員作為隨身保護，被林南生拒絕了。林南生說，他不需要保護，他需要的是結果，沒有結果的保護是沒有意義的。

對此，施其畏只得作罷。

一天後，林南生打來電話，說有事找施其畏「單獨談一談」，施其畏同意了，約了林南生去「談笑間」喝茶。

茶設老地方。一支煙一杯茶後，林南生立即單刀直入。

「施隊長，你肯定知道，我找你是一定有事要談。」

「沒關係，聊聊也無妨，請你喝杯茶，也算是給你壓壓驚。」施其畏笑道。

「我清楚的，你哪有這閒工夫，況且我恐怕也沒有這種喝茶的好心情。」林南生壓低聲音，神態顯得有些緊張，「說實話，我心裡一直有一個疑問。」

「什麼疑問？」

「我認為我清楚誰是兇犯。」

「誰？說說看。」

「說出來你不要吃驚。」

「我從不為任何事情吃驚，」施其畏強調道，「幾乎任何事情。」

「在你眼裡我大概成了一個笑話，不過，我可能沒有你想像的虛弱，也沒有你想像的那樣怕死。」林南生勉強地笑了，笑得有些尷尬與無奈。

「我什麼都沒有想像，我只喜歡面對現實，喜歡證據。說吧，是誰？」

「馮青！」

「喔，你懷疑你妻子，為什麼？」

「理由很簡單，為了那只舞伎八棱金杯。自從我買了那只杯子後，我就沒有一天安寧。雖然當時事情做得很隱秘，但還是有人得知，並通過各種途徑試圖得到杯子。馮藍跟我結婚，欲望多於愛情，想方設法要弄到手。馮藍死後，她妹妹接上了班，前赴後繼打杯子的主意，而且還有其他人也在覬覦杯子。」接著林南生細說了他的理由。

施其畏聽得很認真，但不動聲色，直到林南生說完，他都沒有說一個字。

一陣沈默後，施其畏說：「我同意你的看法，但希望你配合我們的工作，保持常態，不要打草驚蛇。」

林南生同意了，說身體尚未完全恢復，鞋店的事情也需要他，先走一步了。然後，林南生出了包廂。

施其畏沉思良久，喝完了最後一口茶，滅了煙正要出去，腦子忽地靈光一閃，似乎想起了什麼，重新坐下，又叫續茶，一邊喝著一邊靠在沙發上閉目養神。一直喝到傍晚時分，才收拾殘局，買了單，出了「談笑間」，直奔家的方向而去。

路燈慘白的光照著他平靜而疲倦的臉，他光滑的腦門也在反射著屬於夜晚的溫柔之光。

每次施其畏趕早回家時，意味著他已胸有成竹，破案指日可待。

施其畏不知道，在他身後不遠處，有一個人在悄悄跟著他，如影隨形，而又若即若離。

那人長著一張林南生熟悉的橡皮臉。

十八、在詛咒中埋葬

馮青近日愈發虔誠，深陷佛海，在家裡專門闢出一間小屋作為佛堂，除去每天準時到南山大廟跟師傅做功課外，回來便在自家佛堂裡打坐，雙耳不聞窗外之事，對鬧得滿城風雨的林南生被綁架一案，她沒有顯出一個女人對丈夫正常的關心，只是輕描淡寫問了幾句後，從此不提此事。這使林南生完全有理由相信他的判斷是正確的，他甚至懷疑馮青燒香拜佛時念的經全是對他的詛咒。

他們仍然在一張桌子上吃飯，在一張床上睡覺，可是他們已經變得更加謹慎和客氣了，提防對方卻又裝出毫不在乎的樣子。於是二人都可以避開對方，林南生不願意回家，不想看到馮青那張裝模作樣的笑臉和聞到那種令人窒息的熏香。馮青也時常在南山大廟歇息。

這天晚上，林南生恰巧在家，大概由於太累的緣故，很早就上床睡了。馮青完成了一天的佛教功課和家務活後，還是在不斷翻閱甚至像念經般誦讀《傑羅德遊戲》中那些使她如癡如醉的語言，她沉醉於其中不能自拔，她從中享受到內心飛翔的愜意和靈魂深處的平靜。隨手一翻，她就能看到她的所思所想在她面前舞蹈，「她在夢中感到的恐慌及非理智的羞恥感已經消失。夢的本身似乎已乾透，具有曝光過度的相片那種奇怪的乾煙特性。她意識到它很快會消失。將醒之時做的夢就像飛蛾的空繭，或者像馬利筋豆莢裂開的空殼，像是死亡的貝殼，那裡面曾短暫狂猛地湧動過脆弱的生命。有時這種遺忘症——如果是這個症狀的話——使她感到悲哀。她一生中從來沒這樣完全地將遺忘與慈悲等同起來。」

大半個夜晚馮青都在翻書，一個令人恐怖而討厭的刀子臉不時跳到書中，隱藏於字裡行間，像一幅淡雅的中國水墨畫忽隱忽現，用盡各種方法都驅趕不去。她沉思著，抗爭著，試圖用自己的德行排除眼前的惡魔。一個鐘頭，二個鐘頭，或者三個鐘頭後，她終於帶著剛從輕睡中驚起的神情，動身去了隔壁的小小佛堂，點了一束香，向佛祖釋迦牟尼三叩九拜後，竟默默誦念起一段奇怪的咒語：「雷大雷二雷三雷四雷五，三那哎嘻唯嗶利吒，急急召汝名天下知，速至，速至，急急如律念。」

然後，馮青熄滅了佛堂的燈光，點亮了三根蠟燭，舉起一隻響鈴，圍著屋子一邊轉圈一邊搖鈴，八八六十四遍後，拿出事先準備的一個厚紙板，剪出一個真人大小的人形，接著在人形的左胸心臟部位處用紅色的墨水筆劃上×

符，將人形想像成怨敵的身體，口裡默念著：「藉此詛咒纏住惡靈……」，還一邊用手上的針猛刺×的位置，一直刺了九九八十一次才罷手。

馮青終於停了下來，她向燈火闌珊的夜裡看去，看到了逐漸變厚變暗並且像血液般濃稠的黑色世界。她的灰褐無神的眼睛大睜著，茫然若失。

凌晨三點半，馮青一身黑服，提著一隻船形大布袋出了門。她從樓下車庫推出一輛女式踏板摩托車，將布袋捆在後座上，發動車子迅速消失在街道盡頭的黑暗之中。

到了南山腳下，馮青扔下摩托車，提著布袋上了山。她在南山上一個僻靜之處停下，此處距離南山大廟和前些日子發生綁架案的屋子都不遠，周圍綠竹成陰，竹叢遮天蔽日，中間有一片不大卻平坦的綠地。馮青放下布袋，從竹莵中翻出一把早藏在此的短把鐵鍬，迅速挖了一個土坑，長寬約一正常人幅度。挖好土坑，她將布袋扔進去，碼放整齊，再把挖出來的土回填。事情很快完成，她填完最後一鍬土後，鐵鍬被她順手丟進了旁邊的小河裡。稍後站在土坑前，雙手合十，閉上眼睛，口中念念有詞。

當馮青睜開眼睛的時候，她發現周圍已經站了好些人，每個人手上都有一把槍，黑洞洞的槍口正對著她。

「馮小姐，我們可是恭候多時了。」為首的禿頭警察說。

十九、血案再次發生

紅房子鞋店被盜。

盜竊發生在馮青被抓的次日晚上。這天下午，林南生早早就放了李小菲的假，自己也就此關了店門，去福慶樓在諸葛香草床上跟情人睡了一覺，又吃了一頓飯。席間林南生顯得高興異常，一口氣喝了一瓶多半高度白酒，也不要諸葛香草送，一個人東搖西晃回了家。

第二天早上，林南生從警方得到消息，他的店被盜，要他馬上趕到事發現場。他聞訊大吃一驚，原以為事情已經結束，他可以高枕無憂了，但現在看來情況遠非如此，他不認為這是一件孤立的盜竊案，事情還在向他不可預知的方向快速滑去。

林南生趕到紅房子鞋店時，現場已被警方封鎖，幾條警戒帶將店鋪圍住，一些警察正忙著勘察現場。滿臉鐵青的施其畏見到林南生，剛想說句什麼，卻又擺擺手，領著林南生進到店裡。店裡一片狼藉，貨櫃東倒西歪，各種鞋子散落一地。更讓林南生心驚肉跳的是，收銀台旁邊倒著一個滿身血污的人，即使是俯臥著，林南生熟悉的程度使他仍然能夠清晰地辨別出這人是誰。他不想確認這一點，可是事實讓他無法迴避。是的，她就是諸葛香草。她的背部幾乎是正中位置插入一把刀，由於插入的力度足夠大，刀鋒部分完全沒入身體，只有刀把露在外面。身體周圍一灘黑血，有些已經凝固，她的一隻皮涼鞋也被摔掉，落在幾米遠處，其狀慘不忍睹。

「對不起，林先生，我們正在勘察現場，請你先出去，有事會叫你。」一個戴著白手套的技術人員白了施其畏一眼，不客氣地下了逐客令。

諸葛香草被裹上白布單抬走，警察們各司其職，忙著取證。勘察結束後，警方停止封鎖，全部撤走了。施其畏陪著林南生在店裡坐了一根煙的工夫，臨走前說：「下午你來我辦公室一趟，我跟你聊點事。」

一些朋友和生意上的夥伴得知消息也趕來問候，大家幫著收拾殘局，一個鐘頭後店面已被基本打掃乾淨，林南生一直木著臉一言不發，對大家的勸慰似乎充耳不聞，或者雖然聽到了卻無動於衷。大傢伙說了該說的話，做了該做的事，也知道林南生的心情如何，於是留下他一個人去想。

林南生等人都走光了後，關緊店門，仍舊坐在原位抽煙。直到過了正午，他才出來鎖上門離開。

按照約定，林南生在「談笑間」茶莊見到了那個戴眼鏡的中年漢子。二人剛一落座，中年漢子說話隨即開門見山：「電話裡說好了的，提前時間要多加一方水。」中年漢子說的「一方水」即「一萬元」，「多加一方水」即「多加一萬元」。

林南生拿出一個紙袋，推到中年漢子面前，「有興趣的話請清點一下。」

「如果你騙我，那你是自找麻煩。」中年漢子把紙袋塞進西裝夾層口袋，補了一句，「希望合作愉快。」

林南生接過中年漢子遞過來的一個大卷宗袋，在手掌面掂了掂，表情有些不屑，「全在裡面？」

「當然，我們都是由有經驗的專業人士進行操作的，少材料是不可想像的。」

「都是真貨？」

「貨真價實。我們公司的宗旨是信譽第一，顧客至上。得人錢財，與人消災嘛。放心吧，做生意望長久。」說著中年漢子起了身。

「那我就沒什麼可說的了。」林南生也跟著起了身。

中年漢子先走，林南生在等候出去的空隙給銀行打了一個電話，預約銀行方面將於第二天上午去提取一個保險箱。

出了「談笑間」茶莊，林南生看了看手機螢幕，正好到了下午上班時間，他招手叫了一輛計程車，直奔高州市公安局。

到了施其畏辦公室，這老傢伙正就著一瓶辣椒醬津津有味地吃著開水沖泡的速食麵，那風捲殘雲般的餓狼樣，如同在深山裡幾年沒吃沒喝的逃犯，吃相難看。林南生坐在長沙發的一角，將一只煙灰缸挪到自己面前，點了一根煙悶抽著，一聲不吭。

施其畏名堂很多，消化功能特別好，上頭剛吃完，下面便迅速轉化成排洩物，進旁邊的廁所一蹲就是十幾二十分鐘。好容易等他回來，坐定，林南生才拿嗆話表示了一個姿態：「隊長忙得很，日理萬機啊。」

施其畏雙手不得空，把握著皮帶反覆尋找合適的扣眼，鎖著眉頭苦不堪言的樣子，「媽的，老毛病了，都怪吃這行飯落下的，這麼說吧，每次遇到一個案子，案子不破，我一直會便秘，直到案子破了為止，那個一洩千里的感覺，妙不可言。」

「真是好習慣。」林南生由衷地讚賞道，「這說明我的這個案子還沒破。」

「快了。」施其畏喝了一口水，補充道，「快了。」

「什麼時候？」

「快了快了。」施其畏故意含糊其辭，避開林南生的追問。

「你叫我來，就是要告訴我這個？」林南生的嘴角掛了一絲嘲諷，「我想，我應該有權利知道，到底誰是真正的兇手？王保民？馮青？諸葛香草？或者誰？」

施其畏將一張紙放到他面前，「通緝令已經發出，我們將全力抓捕。」

林南生一看是李雨菲和她的男友，吃了一嚇，「是他們？可能嗎？」

「確定無疑，一切都與這二個人有關。此外，王保民、馮青以及諸葛香草也與案子有關。」

「怎麼說？」林南生的表情告訴施其畏，他對此將信將疑。

「不知道你注意到沒有，每次出現橡皮臉的時候，你的店員李小菲都不在，而且還在二人的住處找到了橡皮臉。綁架案也是他們一手策劃的。真是抱歉，由於你我都可以想見的原因，現在我能告訴的只有這一二個細節。」

施其畏接著話題一轉，「你的那只寶貝杯子真是放在店裡總台夾層內，然後丟了？」

「沒錯。」林南生點頭道，「是這樣。」

「為什麼？」

「我以為越是危險的地方越是安全。另外一個原因是害怕杯子落入馮青之手。」

「有道理。」施其畏表示同意，「案子未破前，還請你自己格外當心。」

說著施其畏伸出一隻手，起身送客，「祝你好運。」

林南生接住那隻手，投桃報李，「大家好運。」

二十、無言的結局

午後的一場急雨，將高州城洗了一遍，暑熱退盡，涼風徐來，水和陽光映射著綠葉與白雲的影子，城市恢復了勃勃生機。一個身著名裝、推著板寸頭、戴著變色鏡的精幹男子手提一隻名貴旅行箱下了計程車，走進候機大廳，在一個僻靜的角落稍等片刻後，立即隨著播音員的通知提醒走向「國際出發」安檢口，將證件一一遞進窗口，女安檢員看了看男子的證件，朝他莞爾一笑，「先生稍等。」

男子一愣，「有什麼問題嗎？」

說話間，幾個便衣圍住了男子，為首的矮胖禿頭走到男子面前，摘掉男子的眼鏡，「我說過，快了快了，你看，這不結束了嗎？林南生先生。」

林南生輕拍一下腦門，鼻子跟著抽了一下風，神情沮喪地笑道：「看來腳總是大不過鞋子。」

「話說得不錯，不過我補充一句：鞋子也總是為腳量身定做的。」施其畏打開箱子，解開包裹，看到了裡面金光燦燦的杯子。他吹了一聲口哨，然後誇張地做了一個優雅的姿勢，「請吧，回去深談。」

一副銬子戴到林南生手腕，二名便衣警察夾著林南生走出大廳，上了等候已久的警車，風馳電掣而去。

審訊室裡，林南生早已恢復常態，面色如初，談笑風生。他無所顧忌，有問必答，對所指控的一切供認不諱，尤其對施其畏表示了敬意。他說：「事情既然已經到了這個地步，也沒有什麼好後悔的了，承認下來就是對施隊長最好的回報。我只剩下一個有興趣的問題，施隊長是如何識破我的？」

「林先生果真有此雅興？」施其畏略感意外。

林南生還是延續著他的冷漠之中的黑色幽默，「上鉤的魚如果能說人話，說不定也有此好奇心，希望知道獵人是如何捕獲獵物的。說實話，我並沒有檢討出來到底犯了什麼致命的錯誤。」

施其畏有些得意地摸摸亮如鏡面的腦門，一圈笑以大蒜鼻為圓心蕩漾開去，顯出一副十分受用的表情，「果然應驗了聰明的腦袋不長毛這句俗話了。林先生，你的確很聰明，是個智商型人物，不過你聰明過了頭，聰明反被聰明誤，自己鑽進了自己做的套子裡頭去了。你自信地以為自己是獵人，但你的行為註定了你只能是獵物。」

林南生不以為然，「就結果而言當然可以這樣說，反過來我也可以這樣說同樣的話，道理很簡單，勝者為王敗者寇嘛。」

施其畏笑得更加燦爛，簡直有些肆無忌憚的意思。笑過之後，他說：「那好，我們就來重新演繹一遍這個故事，你來當故事的評委。」

施其畏起身拿了桌上的半盒煙，走過去給林南生點了一根煙，給自己也點上一根，在嫋嫋升起的煙霧中，施其畏的神態慢慢陷入回憶和想像之中，好像在追尋幾百幾千年前某件被歲月塵封住的往事。

……故事起始於五年前，時間不算久，過程卻有點冗長。其實這個故事跟所有其他故事一樣，都有著十分美麗的開頭。一個英俊瀟灑、渾身武藝的年輕退伍軍人遭遇愛情，他愛上了嬌美羸弱、心地單純的小姑娘，於是一個白馬王子與天仙公主的世俗故事就此開始。然而，表象掩蓋了實質，公主並非王子的真愛，他的所愛是國寶舞伎八棱金杯，對此公主渾然不知，以為找到了歸屬，在王子狂追下被迅速俘虜，婚後才知王子丈夫之所圖謀。舞伎八棱金杯為其父親遺物（王子很可能對外界說是他本人所購得），生前珍愛遠勝於自家性命，臨終時囑女兒妥善保存，尋合適時機將杯子回贈國家。女兒自然銘記在心，細心呵護，不曾料到覬覦者竟是自己的丈夫。丈夫要她將杯子通過走私渠道賣掉，所獲資金用於創辦企業或者乾脆出國定居。這是不可能的，她想都沒想，馬上拒絕了丈夫。事情到此為止，丈夫以後閉口不談。第二年夏天，丈夫攜妻子到海南度假，住在某酒店七樓的當晚，妻子竟「意外」墜樓身亡，這當然是丈夫導演的第一齣戲。妻子一死，杯子輕易到手，接著又續了年輕貌美的小姨子為妻，以為一切如他所料並在其掌控中。但他很快發現事情遠非如此，他遇到了新挑戰，這個挑戰就是來自後妻。他自以為撿了個便宜，不曾想到引狼入室，正如他當年對前妻有所圖謀，後妻也是對他有所圖謀的，而且後妻早已對他有所察覺，多次旁敲側擊，暗示她的懷疑，並打聽杯子的下落，他對指控矢口否認，也不承認杯子的存在。他知道後妻個性剛強，很有主見，一旦獲得證據後絕對不會放過他，於是他一方面鼓勵她忙於佛事的愛好，另一方面將一種進口迷幻藥每天悄悄放進她喝的水裡，這種迷幻藥無色無味，她根本無法察覺，隨著她病情的加重，幻想、狂妄、焦慮、抑鬱等等症狀的出現將把她進一步推向死亡的邊緣，到了後期，她的所作所為幾乎已經失控，要不是我們的及時解救，她的死亡只是早晚的事情。

林南生長久地沈默著，頭額高仰，眼睛盯著天花板發呆，不知他是未聽到施其畏的話還是表示了默認。

施其畏等林南生回歸平視時，他發現林南生的眼睛裡有一些東西在閃亮。不過，這種軟弱的閃亮很快被他堅硬的語言所打破。

「這些都是你的推論或者假設，你知道，推論和假設都不是證據。」

「你說對了一部分，你對馮藍的謀殺我們無法證實，只有馮藍的日記作為佐證而已。但給馮青放迷幻藥我們是有證據的，我們找到了藥瓶子，上面有你清晰的指紋。」施其畏顯然心情不錯，笑容也一直保持得很好。

「除此之外，你們還能證明些什麼呢？」林南生語氣仍然很硬，並無就此屈服的樣子，「我願意洗耳恭聽，施隊長。」

「你還有特別狠毒的一招——借刀殺人。」

「此話怎講？」

「因為馮青，王保民對你懷恨在心，多次撥打你的手機騷擾你，還幾次用橡皮做成的馮藍面具嚇唬你，顯然這王保民對你謀害馮藍的事情也有所察覺的。你對王保民又恨又怕，總想找機會做掉他。在一個晚上你等到了這個機會，你發現了王保民由於缺錢買毒品經常敲詐周仁的秘密，乘王保民又一次上周仁家勒索錢財的時機，你殺掉了周仁，並嫁禍於王保民。你幾乎成功了。」

「證據？」林南生冷冷地說，「我不記得我留下了什麼。」

「你出身行伍，反偵查能力強，做事一般不留痕跡。但百密難免一疏，你從下水管道爬上去，殺死周仁後，仔細擦去了留在窗臺、桌子、沙發、門把等處上的指紋，卻偏偏忘記了勒著周仁脖子皮帶上的指紋，那次我去你店裡喝茶，其實是要一枚你抽過的煙頭作為樣本。」施其畏一一道來，一副胸有成竹的神態。

「既然嚇唬我的是王保民，那麼王保民被抓後，繼續跟蹤我和在窗戶邊出現的橡皮臉又是誰呢？」

「是李小菲和她的男友馬步升，他們知道你在試圖謀害馮青，也知道王保民在用橡皮臉嚇唬你，他們想用這種搞怪的辦法制止你，但反被你利用了。」

「佩服，果然是神探。」林南生的臉色終於有些掛不住了，白一陣，紅一陣，再青一陣，稍轉回陽，便有些信心不足地問，「你如何知道諸葛香草是我殺的？」

「說起諸葛香草，也算是個人精，她認為把自己的一切都給了你，卻沒有得到你的任何回報，虧死了。她心裡早有盤算，想方設法要奪走你的寶貝杯子，作為對你的懲罰，並作為她理應獲得的報酬。她花錢請了一些黑幫設了一樁苦肉計，從你口中套出了杯子的存放地，以為大功告成，卻未料到反中你計，被你除掉。因為第二天你就要遠走高飛了，逃離中國法律了。事實是不是這樣啊？」施其畏喝了一口茶水，只給自己燃上一根煙。

「確實如此，那只電子鐘未爆炸，我就知道是諸葛香草的鬼了。殺掉她是必然的事情，不殺不足以解恨，反正死罪一條，殺一個人是殺，殺一百個人也是殺。」林南生嚥了一下口水，又向施其畏討了一根煙，猛抽幾口後勉強提起一點精神說，「最後一個問題，你為什麼昨天不抓我？」

「我需要人贓並獲！當那只杯子和你在一起的時候才是最好的抓捕機會，否則杯子很可能會永遠失蹤，成為一個千古之謎。」施其畏收起了笑容，「恰巧這裡面同時出現了馮青、王保民、諸葛香草和李小菲四股力量，正是由於這四股力量的互相交錯糾纏，以致出現了錯綜複雜的局面，可惜啊，我的腦水不夠，否則就不是現在的樣子了。」

說著，施其畏狠狠地拍了一下自己的禿腦門。

二十一、一聲歎息

審訊結束，林南生提出了一個小小的請求，他不想乘坐電梯，而是想從七樓走下去，他需要思考。施其畏略有遲疑後答應了，因為這個請求合乎常理和人情。然而，當四個警察押著他出了門，剛走到七樓樓梯間轉角時，林南生突然大喊一聲，雙臂一抖，竟將四個警察震到了一邊，幾乎同時林南生一個箭步躍上窗臺，在玻璃碎片的刺耳響聲中，林南生如一隻雄鷹騰空而起，接著如同當年馮藍那樣，成為一個無法抗拒地球引力的自由落體。

施其畏飛速下樓，站在林南生扭曲的屍體旁邊，久久地注視著眼前這張表情奇怪的橡皮臉，只剩下一聲歎息。

古城驚魂

引言：要是你想藏起一片樹葉，你會藏在哪裡？我會藏在一座樹林裡。要是你想藏起一片枯葉，你會藏入哪裡？我會藏在一座枯樹林裡。要是沒有這麼座枯樹林呢？那我就製造一座枯樹林去掩蓋這片枯葉。

一、途中鬥法

王娟問：「走？」

呂歸南答：「走！」

說走就走。一檔，二檔，三鳴號，鬆開手剎，踩下油門，車就在呂歸南的操縱下緩緩啟動。呂歸南嘴角叼了一支煙，漫不經心卻又圓滑輕巧地駕駛著這輛寶馬車開上了通向古石城的道路。坐在助手席的王娟用眼角的餘光乜視一下丈夫呂歸南的作派，臉上閃過一絲不易察覺的譏笑。王娟想，一個故事終於開始了，而且直奔結局。

車後座還有一男一女。男的陳歡歌是個書呆子，細小的脖子上頂著一隻與身材不相稱的大腦瓜，典型嶺南人的塌鼻上架副金邊眼鏡，滿腹經綸卻口齒不清。陳歡歌與呂歸南是讀博時的學友，但呂歸南風流倜儻，八面玲瓏，天生一個商人胚子。兩人同拜於導師王娟父親王亦誠教授下，學業各有千秋。四年前畢業前兩人跟隨恩師赴古石城遺址考察，不料事出意外，王亦誠由於心臟病復發，命喪古石城。畢業後，陳歡歌留校做了教師，呂歸南卻扔了鐵飯碗，下海經商，先是開個古玩商店，不久又成立了一家古玩開發公司，自己當上了老闆。他的古玩生意相當紅火，很快成了本市文物界一個排得上號的人物。兩年前，呂歸南娶了老師的女兒王娟為妻，也算是知恩圖報，慰藉老師的在天之靈了。至於坐在王娟後面的女子，她叫李真惠，是呂歸南公司的職員。王娟僅跟李真惠打過二三次照面，憑女人的直覺她已經猜出了李真慧與呂歸南的那種特殊關係，她相信自己一貫靈驗的心理判斷，知道身後這個水性楊花的女人是天生的泛情主義者。她認為所謂的泛情主義者，就是她愛你是真的，愛別人也是真的，她們不能缺少情愛，如同不能缺少空氣一樣自然而然。不過她王娟對此視而不見，從不費心勞神，只作冷眼旁觀，絕不與呂歸南戳破這層窗戶紙。

車駛過立交橋，上了外環路，道路變得寬敞，行人和車輛也相對稀少了。呂歸南的車開著順當，心情一好，便打開了音響。《歡樂頌》的曲調像早上燦爛的陽光立即穿過有些凝重窒息的氛圍，照亮了車內四個人神情各異的面孔，使空氣也透明和流暢起來。王娟有心無意地聽著呂歸南的這支保留曲目，想起了同樣放著這段音樂的那個陰霾的早上。

那是一個星期六，在這個法定休息日的頭天晚上，呂歸南忽然「性」致大發，跟王娟纏綿半宿，直到早九點鐘，還是呂歸南先起了床，並且破天荒給王娟煮了早點，王娟知道是對她昨晚「無私」奉獻的一種回報，有一點投

桃報李的意思。吃早點的時候，她靈機一動，來了一個主意，於是主動地對呂歸南說：「下個星期我們出去旅遊幾天，好不好？」王娟師大畢業後沒有順理成章地做一名教師，而是進了市府機關一家研究部門，做了該部門內部刊物的一名編輯，工作時間相當寬鬆，隨便找個理由請幾天假是輕而易舉的事情。不過，呂歸南聽了王娟的這句話，表情上顯出一些意外，因為在此之前，他曾經多次跟她商量出去旅遊，但王娟不是委婉地表示沒有時間，就是直截了當拒絕了他。呂歸南好像不相信或者沒有聽清她說的話，「你是說想出去旅遊？」他反問她表示他的疑問。

「是這樣，我覺得應該到外面去走一走，走一走啊，看一看精彩紛呈的大千世界，否則我就成了個目光短淺胸無大志淺薄的小女人了，跟不上你呂歸南前進的步伐了。」呂歸南似乎沒有察覺她話裡面的弦外之音，一邊吃著碗裡的麵條一邊嘟囔道：「行啊行啊．你想去哪裡？」「古石城。」「什麼？」呂歸南正將一筷麵條往嘴裡送，聽到她說的話不禁愣住了，好一會兒才回過神來，「你在說什麼呢，王娟？」「我說我想去古石城，有什麼問題嗎？」

她仍然一副輕描淡寫的神態。「你是說你想要去古石城？為什麼？」呂歸南索性放下碗筷不吃了，這回他終於相信了自己的耳朵，而且由於深信不疑，簡直是在生她的氣。她似乎對呂歸南表示的不滿無動於衷，臉色平靜地繼續吃著麵條，「不為什麼，因為我想去，所以我要去。如果你一定要我給你一個答案，那麼我告訴你，答案就在你那裡，在古石城那裡。你最清楚不過了，我的父親在那個美麗的地方送了命。難道我想去看一看，憑弔一下我的父親都不行嗎？」呂歸南沉吟片刻後，點了一支煙，說：「王娟，你別生氣，聽我說。我理解你的心情。當年發生的那一場悲劇，像噩夢一樣時常纏繞著我，睡不安穩，醒過來後經常是一身大汗淋漓。王娟，我沒有盡到責任，對不起你啊。」她立即語氣粗暴地打斷了呂歸南的話，「現在是談人去哪裡旅遊的事情，不需要你的自責。我只是想去古石城，扯那麼遠幹什麼呢？」「我的意思是，中國這麼大，千山萬水，好玩的地方多的是，你何必偏要去那個荒涼無趣的地方呢。說實話，從任何一個角度來看，古石城既不適合旅遊，也不適合野營，更不適合休閒。古石城的別名叫『鬼城』，真是名副其實，方圓幾十里人跡罕至，森林裡只有野獸走來走去和一條進山打柴人走的小路，白天整個古石城裡面都是陰森森的，人們經過都要結伴而行，晚上更是經常鬧鬼。王娟，你……」「呂歸南，你不要說了，因為你說的話只會激發我的好奇心，現在我決定了，下個星期一定去，至於你呢，悉聽尊便。」呂歸南無可奈何地搖搖頭，將煙頭塞進煙缸裡掐滅，說：「真拿你沒辦法，像你父親的脾氣一樣強。好吧，就定在下個星期五去。不過，你得答應我兩個條件。」「講。」「第一，到了古石城以後，你要一切行動聽指揮，這樣才能保障你的安全。第二，我打算叫上陳歡歌和李真慧，這樣可以多兩個伴。王娟，你意下如何？」「行！」於是事情定了下來，而且在今天早得以順利成行。

車穿過一片樹木濃密的林蔭道，拐了一個彎，上了高速公路。這時候音樂停了下來，車內隨即又陷入令人難堪的氛圍裡，馬達低沉的轟鳴聲、輪胎與路面摩擦的沙沙聲和迎面而來且一掠而過的汽車喇叭聲反而襯托出這種沈默所帶來的尷尬。剛才還是表情正常的呂歸南此時卻一言不發，悶頭開車。他拉長了一張腰子臉，嘴角的肌肉緊繃著，一副欠揍的派頭。坐在呂歸南後面的陳歡歌好像不諳世事的小男孩，一臉的羞澀和茫然，雙手局促地夾在兩腿之間，腰板挺得筆直，似乎對旁邊的李真惠生發出一種自作多情的焦躁。李真惠那張燦如桃花的圓臉上流光溢彩，眉宇間遊移著一些若有若無的嫵媚，與膚如凝脂的身材渾然一體，給人感覺她好像總是在訴說什麼，其實她只是輕輕地再輕輕地嗯了一聲，她所做的一切即使能夠看出是刻意為之，仍然顯得那麼自然和賞心悅目；她不時稍微側了一點點臉，好像在沖著陳歡歌發出會心的微笑，其實她的眼睛裡全是另一個男人。王娟暗暗一聲冷笑，卻用極其明朗而且動聽的女中音說道：「啊哈，各位，怎麼了？都不說話，沈默是金啊？那好，我來作一次秀，說一個鬼的故事，刺激一下你們大清早已經開始麻痺的中樞神經，諸位意下如何？」

「哇，好極了！」李真惠一直壓抑的情緒終於爆發出來，她撫掌大叫，「你快說，王姐，我最愛聽鬼故事，小時候外婆經常給我說鬼故事，好刺激的。」呂歸南毫不客氣地撇嘴譏笑道：「大白天說鬼故事．王娟，你無事找事，煩不煩啊。」

「就是就是。」陳歡歌像一個充了電的玩具忽然活動起來，他伸出中指推了一把眼鏡，將身子舒服地靠到了後背上，都什麼時代了，還說那些，科學強大啊，早將我們腦子裡面的鬼趕跑了，你的那套把戲，三歲小孩都騙不了。」

「當然，誰還會相信呢？不過，反正嘴閑著也是閑著，不如搞搞笑也罷。」王娟並不理會兩個男人的揶揄，自我感覺良好地清了清嗓門，說，「同志們，聽好了，這個故事發生在外國，具體的年代以及國度從略。說的是一個仲夏的夜半時分，有一個農民的孩子由於尋找自家丟失的奶牛迷了路，他聰明地辨別了家大致所在的方向，便毫不猶豫地往前走去。借著微弱的星光，他沿著面前的小路穿越一片茂密幽暗的森林。忽然，他驚奇地發現小路的左邊從濃密的樹葉縫隙透射出一道朦朧的亮光，幾乎要驚跳起來。他想，這可能是老布瑞德的舊房子，它背著一個鬼屋的壞名聲，已經被遺棄很久了。小男孩沒有停下來，繼續走近那間屋子。他走到破損不堪的窗戶邊往裡面張望，看到一個人定坐在屋子的中間，此人面前的桌子上放著一些散亂的紙片，胳膊擱在桌子邊，手托住腦袋，幾根細長的手指插進頭髮裡，孤獨的燭光中，一邊臉露出死人一樣的蠟黃還充滿著一種垂死掙扎的獰笑，另一邊臉則藏匿在深深的黑暗裡。此人的眼神凝固在空空的窗洞上，好像在冷冰冰地辨認著他竭力想要弄懂的東西，而小男孩確信此人已經死了。小男孩覺得自己看不下去了，感到有些虛脫，幾乎要昏厥過去，渾身亂抖，但他還是咬緊牙關，強迫自己走進了大門。就在這一瞬間，屋子裡那人突然發出一種尖叫，跳起來掀翻了桌子，弄滅了蠟燭。小男孩見狀嚇得魂飛魄散，拔腿飛跑而去。

「嚇死我了，王姐，這個鬼故事太恐怖了。」李真惠一邊誇張地拍打著胸口，一邊真心實意地讚美道。

這時候，車速不知不覺間慢了下來，最後停在了路邊，王娟轉過臉，望著表情生硬的呂歸南冷冷地問道：「幹嘛停車?」「你剛才說了一個非常精彩的恐怖故事，為了緩和一點氣氛，現在我想說一個笑話。」呂歸南似笑非笑的神情在臉上閃了一下，不懷好意地望了望王娟，又一一望了望後座的兩個人，拉長了聲調說，「我說的這個笑話其實一點也不好笑，我們忘記加油了。」

「好極了，」陳歡歌顯得有點幸災樂禍，他幾近放肆地抽了抽有些傷風的鼻子，興高采烈地說，「看看，我們這個故事一開始就非常精彩。」

二、營地鬼話

王娟一行到達古石城所在的縣城已是一點半鐘，其間由於加油的問題耽擱了將近兩個小時，後來還是呂歸南攔了一輛便車，去十幾公里以外的加油站買了一塑膠桶汽油，又搭乘另外一輛便車轉回來，才得以繼續他們的行程。

他們將車停在縣城一位朋友單位的院子裡，從後廂拿出一大包原先準備好的三天生活的必需品，由呂歸南扛著，在車站旁邊簡單地吃了一點午餐，然後租了一輛機動三輪車，在柴油機的轟鳴聲中趕往深山裡的古石城。

到了距離古石城最近的楊樹村，他們下了車，扛著背著大包小袋繼續前行·「喂，諸位，是不是歇一歇，看這該死的路，骨頭都快散架了。」李真惠一屁股坐到路邊的一塊亂石上，望著自己腳下的一雙高跟鞋，一副愁眉不展的樣子。由於亂石太矮，她穿著的鵝黃色日光裙退落到大腿根部，露出了乳白色的內褲和白花花晃眼的臀部。王娟皺了一下眉頭，「嗨，小姐，你還是注意一下風化問題，這裡畢竟有兩個男人呢。再說，你穿著高跟鞋，怎麼走山路啊，難道你一點腦水也沒有嗎？」「王大姐，你最好不要叫我小姐，難道你不知道，現在叫小姐有三陪的意思嗎？」李真惠反唇相譏。王娟一臉詫異，「哦，原來你不是小姐啊。」扛了一包東西走在前面的呂歸南轉過身來，望了望李真惠，然後望著王娟說：「旅行才剛剛開始，大家需要團結，你不要說那些損人的話好不好？」「陳歡歌你看，這邊已經有人心疼上了。嘿。」王娟將手上的包往肩臂上一甩，竟自走去了。陳歡歌莫名其妙看了王娟一眼，「幹什麼呢？王娟，我可是沒有惹你啊。」「當然沒有，這不關你的事。不過，陳歡歌，你給我說說古石城的事吧。」王娟停下來等著陳歡歌上來，然後並排著一起走。

陳歡歌告訴王娟，四年前她父親王亦誠帶著他和呂歸南等一幫弟子考察古石城，是為了試圖揭開這個歷史上的未解之謎，因為這是搞歷史的人的天職，但他們並不是考古專家，他們大部分只是研究書本上的歷史，與考古屬於同宗不同系，所以他們考察古石城只作為一種實踐活動而已。

走了一段較為平坦寬敞的路後，王娟他們進入了一段十分狹長的山谷。左邊是一條看不到底，只能隱約聽見潺潺流水聲的深谷；右邊是巍峨聳立，高不可攀，延綿不絕的山峰。兩者之間的小路彎曲狹窄且凸凹不平，行走的速度明顯放慢下來。他們四個人仍然分成一前一後兩夥，距離相隔五十米左右。王娟下意識地望了一眼後面，發現呂歸南和李真惠早已將剛才的不快忘掉了，正有說有笑地走著，一副親密無間的樣子。王娟嘴角鄙夷地撇了一下，也投桃報李地對陳歡歌親切起來：「歡哥，我非常喜歡你這種具有金屬般磁力的聲音，你繼續說吧，我愛聽。」由於方言口音的緣故，陳歡歌聽出了王娟叫他「歡哥」，不是「歡歌」，更不是「陳歡歌」，這種親昵的叫法使他喜出望外，繼而浮想聯翩，往事就輕易地被勾陳起來。陳歡歌知道自己深愛著導師的女兒，但呂歸南對於他來說實在太強大了，他根本不是呂歸南的對手，因此只有將感情深深埋藏到一個最隱秘的角落，處於不足為外人道的境地。然而這種感情一旦被誘發出來，理智就會像蒸氣一樣消失在空氣中。這時候他感到自己臉上已經熱浪滾滾，好在他走在最前面，背對著王娟，可以掩飾他自作多情的窘態。

王娟再次催促陳歡歌介紹古石城的情況，她說：「古石城是一個謎，我父親的死是第二個謎，我對歷史不感興趣，可是我對有關所有的謎感興趣，何況這個謎可能跟我父親有點關係。陳歡歌，其實你是知道謎底的，至少知道謎底的一部分．但是你守口如瓶。你可能早已忘記了四年前你曾經轉交給我一張紙條，那是我父親叫你轉給我，你還記得上面寫了些什麼嗎？」

「這個嘛，時間經過去了幾年，我不太記得清楚了，好像是幾句自問自答的短語，我確實看不太明白。」那是導師王亦誠遇難的頭天晚上，在小木屋裡，當時只有他和導師王亦誠兩個人，王亦誠悄悄交給他一張紙條，叫他收好，不可讓任何人知道，回去後交給女兒王娟。他感到有些奇怪，想問導師原因，但導師擺擺手，他只好將紙條收進貼身袋裡，不再多話。導師遇難約兩個月後，有一天他偶然才從筆記本裡翻出來，並在當天偷偷交給了王娟，這事呂歸南並不知道。

「不是短語，是一個謎語，也是小時候父親和我之間經常做的一個遊戲。現在，你想不想聽，如果想聽，我就背出來。」王娟不等陳歡歌回答，像唱歌一樣背誦起來，「要是你想藏起一片樹葉，你會藏在哪裡？我會藏在一座樹林裡。要是你想藏起一片枯葉，你會藏入哪裡？我會藏在一座枯樹林裡。要是沒有這麼座枯樹林呢？那我就製造一座枯樹林去掩蓋這片枯葉。」

「這聽上去確實像一個益智遊戲，可是我不明白，你父親跟你玩這些有什麼意思，他要達到什麼目的？」

「我媽在我兩歲多的時候就病死了，是我爸把我一手帶大的。小時候，父親經常跟我玩這種遊戲，在家裡，在公園，在所有能夠玩這種遊戲的地方。說白了，所謂遊戲，就是捉迷藏。開始是我躲藏，父親找，我以為我躲得很巧妙，但父親總是輕而易舉地找到我，然後父親藏起來，我來找，我卻從來沒有找到他一次。說起來好笑，有一次，就在家裡，父親藏起來後，我找遍了客廳、書房、父親的臥室、我的臥室、廚房、衛生間、陽臺、過道等等，至少找了兩個鐘頭，但總是找不到，後來我忍不住哭了，我說爸爸你出來吧出來吧，娟娟不找你了。」王娟說著話音有些滯澀，她悄悄掏出一張紙，擦了額頭上的汗水和發紅潮濕的眼圈，然後恢復了剛才平和的敘述口氣說，「陳歡歌，你說我父親會藏在家裡的哪個地方？」

「唔，我猜不出來，我要是能猜出來，我就不是陳歡歌了。」陳歡歌回過頭，沖王娟傻笑了一下，「還是你直接告訴我好了。」

「不，我不想直接告訴你，我想把它作為一個謎留給你猜，好嗎？」隨著坡度的不斷升高，王娟已經開始氣喘吁吁，不過行走的困難一點也沒有影響她與陳歡歌說話的興致，「我們還是回到原來的話題，你仍舊給我說說我們現在要去的地方吧，都快到古石城了，可是我對此地卻一無所知。」

陳歡歌回頭越過王娟的肩臂望後面，呂歸南和李真惠已經落到後面很遠處，看上去像兩個搖晃不定的影子，一下子分開，一下子合成一個，距離至少在五百米以外，陳歡歌停下腳步，推了推眼鏡，說：「我們是不是等等他們兩個人。」

王娟上來推了陳歡歌一把，「我們最好不要管閒事，他們有腿，自己會走。難道你沒有聽說過，走自己的路，讓別人說去吧的老話嗎？快說說古石城的事嘛，我求你了，好不好？」

「好吧，唉，我說我說。」陳歡歌像是無奈其實心甘地搖搖頭，伸手去抓王娟背的包，王娟一愣，先是執意不肯，然後望著陳歡歌笑了一下，卸下包讓陳歡歌背了，由於陳歡歌得到了王娟允許他幫助的舉動，情緒忽然變得高昂起來，幾乎是興高采烈地說起了古石城的情況。

「我們是從楊樹村往西北方向走，現在已經進入了魔鬼峽谷。魔鬼峽谷兩邊全是陡峭的懸崖絕壁，幾乎找不到一處稍微平坦一點的地勢，上面被一片密不透風的茶子樹和腐殖質覆蓋著，其他部分同樣樹木繁茂，高不可攀，峽谷的最下面是一條長年流水不斷的小河。現在，隨著我們攀登的腳步，我們可以發現山峰的右側被另一個峽谷所劈開，那是一條比較短而且乾枯的峽谷，但是，在這兩個峽谷的結合處卻有一塊巨大的平地，平地的後面同樣聳立著許多高大的山峰，這就是我們將要去的古石城了。古石城占地八平方公里左右，有東西南北四座大城，另有小城門二十四座遍佈各個山頭之間，巨型石塊壘砌成的高大城牆依山勢建成，延綿十數公里，相當壯觀。古石城裡群山環抱，地勢險要，真可謂一夫當關，萬夫莫開。古石城是歷史上的一個未解之謎，二十世紀九十年代初才被人發現，先後有幾個民間團體進行過非正規的考察，但都未能有令人信服的結論。其實，王娟，四年前我們的考察不但沒有揭開這個謎，反而由於你父親的死增添了更多的謎，我一直有一個疑問，我懷疑……」

這時候，王娟和陳歡歌聽到後面傳來一聲喊叫，他們回頭一看，原來是呂歸南跌倒了，看上去像是崴了腳，肩頭扛著的包被扔到了一邊，李真惠卻遠遠地落在呂歸南的後面。呂歸南很快站了起來，一聲不吭拿起包，仍然扛到肩上，往王娟和陳歡歌站住的地方走來。等呂歸南剛走到他們的跟前，李真惠那邊又發出了一聲喊叫，不待眾人反應過來，李真惠像上足了發條的玩具狗，邊喊邊蹦蹦跳跳地跑過來，一直跑到等著她的幾個人面前，雙手扶住腹部躬著腰，上氣不接下氣地嚷道：「天哪，嚇死我了，我看見了一個鬼。」大家哄地笑起來，望著李真惠的狼狽相樂了。呂歸南扛起大包繼續往前走，說話的音調愈發生硬，「青天白日的，哪裡來的鬼，真無聊。」王娟皮笑肉不笑地怪罪呂歸南，「你也太那個了，一點都不關心你的手下，當什麼領導呢？」說著拿過李真惠肩上的包背了走了，李真惠有些發愣，傻呆了一下沒有結果，搖搖頭也跟在大家的後面走了。

接下來的一個多鐘頭行程中，四人既沒有分開，也沒有說話，全都默默無語地走著，好像不是在旅行，而是去奔喪。王娟走著走著，感到了一些夕陽西下，斷腸人在天涯的情境。忽然，李真惠又發出一聲尖叫：「哎，你們看，古石城。」王娟抬頭看去，果然，黛青色天空的背景下，巍峨高大的古石城東門披著一道黃澄澄的金光，如同一頭雄獅聳立在她面前。「到了，到了，」王娟心裡暗自說道，「我終於接近這個謎底了。」

三、密林私語

他們將宿營地定在古石城內相對居中的一片寬闊平坦的草地上，陳歡歌說這是四年前他們第一次來安營紮寨的地方。呂歸南打開包拉出兩項設計科學、布料輕薄的帳篷，與陳歡歌熟練地配合著，很快支了起來。出於安全上的考慮，兩頂帳篷被恰到好處地連接在了一起，其中的一小部分是王娟和李真惠的床，床邊拉了一塊簾布，另外的大部分作為公共場所並兼作呂歸南和陳歡歌睡覺的地方。王娟在帳篷裡略微收拾了一下，就拿著一隻小塑膠桶走了出來，因為她看見南邊距離帳篷二三十米處有一條清亮的溪流，她需要洗漱，隨便給他們幾個也打一點水。

此時，西邊的天空像原先燒得通紅現在已經慢慢冷卻的鐵塊色彩晦暗下來。夜靜靜地降臨了。王娟走到溪流旁邊，放下桶，拿出桶裡的手巾就著溪水洗了一把臉，頓時感到一股十分愜意的清涼從面部開始，迅速浸入全身，滲透過骨髓裡頭去，整個人似乎都泡在了舒暢裡。就在抬眼之間，她恍惚覺得一道紅光掠過眼前，倏忽消失於溪流對面的楓樹林裡，了無影蹤，她知道這只是一個錯覺，但她更願意相信這是傳說中的火狐狸，其實，它是否存在並不重要，卻使人們的想像成為可能，而且，也許可以理解李真惠說看到鬼的叫聲了。

王娟打了一桶水回到帳篷，李真惠毫不客氣地拿過去自己洗漱了。呂歸南支起一張活動塑膠桌子，點燃一根巨型蠟燭；陳歡歌從包裡一一掏出礦泉水、沙丁魚罐頭、鹵蛋、八寶粥等一些吃食，擺放在桌上，準備好了晚餐。隨著陳歡歌的一聲招呼，四個人很快圍坐在一起，開始了野餐。呂歸南像變戲法一般摸出一瓶桂林三花酒，給每個人的紙杯裡都斟了一點，舉了杯說：「諸位，預祝我們這次旅行愉快，乾杯！」王娟舉起杯，想說句什麼，但話在舌頭間轉了幾圈，還是嚥了下去，因為她突然發覺在荒山野嶺的夜晚裡，一切話語都顯得多餘。這其中暗藏了一種奇特的關係。但是，這種關係不是親密，不是相互依靠，而是互為因果。

李真惠喝了一點白酒以後，中樞神經開始興奮，話如灕江之水滔滔不絕。陳歡歌不知什麼原因，情緒顯得有些低落，只是象徵性地舉了舉酒杯，便把酒倒掉了，回復到他「沈默是金」的秉性，埋頭吃著東西。呂歸南倒是異常興奮地跟李真惠頻頻舉杯，同時兩個人說得熱火朝天，這樣的場景給王娟產生一種錯覺，好像李真惠才是呂歸南的老婆。但王娟一直心平氣和地吃著晚餐，臉上看不出一點異樣的表情，而且幾乎是以欣賞的目光看著兩個人的表演。後來，王娟不失時機地插了一句話：「難道你們幾個就不想聽聽早上說的那個故事的結局嗎？」「什麼故事？」呂歸南正在和李真惠說得熱鬧，聽到王娟橫著來了一槓子，有些不滿地白了她一眼。但是李真惠想起來了，「王姐，你說，你說，我正想請你繼續說呢。在這樣的野外，在這樣的燭光下，說燭光下鬼的故事最刺激了。你們都知道，我最喜歡刺激的事情了。王姐，世界上該不會真的有鬼吧。」呂歸南和陳歡歌都笑了，王娟泛白轉青的臉也在燭光搖曳中閃了一下，聲調平靜地繼續說起早上的故事。

王娟說，你們一定想知道這個故事的結尾，想知道這到底是怎麼一回事。其實原因很簡單，是兩個男人打賭的結果。這看上去像一個庸俗不堪的鬼故事，其實還是人的故事。有一個叫庫爾斯頓的報紙專欄作家，很擅長寫作鬼故事，他將這些鬼故事發表在報紙上面，獲得了不少讀者的好評，其中一個叫馬修的讀者對庫爾斯頓非常佩服，當著庫爾斯頓的面對他大加讚賞。但庫爾斯頓對馬修的讚賞不以為然，說馬修並沒有真正理解他的故事，他認為要真正讀懂一個故事，那些正直的讀者都要在某個「限定好的暗示下」去讀這個作品，才能明白它是什麼意思。比如，要讀懂一個恐怖故事，最好是在深夜的荒野裡，在一個廢棄的屋子裡，只有一點微弱的燭光這種神奇濃重的環境下，人都會有一種難以逃避的衝動，也就會順理成章地進入作者設定的意境。庫爾斯頓希望能夠找到一個實驗的機會，使馬修輕易獲得他要給予的那種感受。庫爾斯頓自信地指出「我裝在口袋裡的手稿就能嚇死你」。馬修生氣了，立即接受了庫爾斯頓的挑戰，讓庫爾斯頓提供這樣一個地方，把馬修本人帶到那裡，留下手稿和一根蠟燭，

「當我有足夠的時間讀完它時你再來喊我，我將告訴你全部細節，再一腳把你從那鬼地方踹出去。」

「於是，就發生了農村小男孩所碰到的那一幕。」王娟幽幽的目光望著飄忽不定的燭光說，「這小男孩從布瑞德房子沒有玻璃的窗洞中，看到一個人坐在燭光裡。

「這個故事就這樣完了？」李真惠撇撇嘴，不滿地說，「好像只有開頭沒有結尾。」

「我認為故事還沒有結束。」陳歡歌自作聰明地下了結論。

呂歸南就著燭光點了一支煙，深深地吸了一口，借著朦朧的煙霧，目光暗暗掠過另外一個人的面孔，「是的，我認為，故事才剛剛開始。」

「是的，故事才剛剛開始。」王娟幾乎是字正腔圓地重複了呂歸南的原話，然後繼續她的話題，「我是指有些故事才剛剛開始，但是我現在說的這個故事正在走向結局。」

王娟說，小男孩經歷這件事的第二天傍晚，就領著另外三個男人去布瑞德的老屋。這群人大喊大笑地向前走著，一路上譏諷小男孩昨晚的所謂奇遇。小男孩一聲不吭忍受著他們的嘲弄，默默地走在前面。到了布瑞德老屋，大家發現門開著，沒有鎖，都走了進去。於是，他們看到在空空的窗洞下面有一個人，是一個死人的屍體。屍體半臥著，前臂撐在軀體下面，面頰貼住地上，眼睛圓瞪，好像在注視著某種不期而遇的驚恐的事物。屍體的旁邊有一張掀翻的桌子和一張椅子，周圍散落著一些寫了字的紙片。三個男人同時望著小男孩，對他表示了真誠的歉意。其中一個男人撿起散落在地上的手稿紙片，就著窗洞外面的微光讀了起采。這時候，夜已經降臨了，森林只能看到黑黝黝的一片，但卻可以清晰地聽到貓頭鷹的怪叫聲，看到怪異的蟲子在窗洞上急速地爬行，它的翅膀發出一陣振鳴後，轟地飛走了。

李真惠一臉地聚精會神，「手稿上到底寫了些什麼，如此可怕，竟可以真嚇死一個人。」

王娟接著說，不用懷疑，手稿上一定寫了一個極其恐怖的故事，這個故事具體寫了些什麼我們暫且不去管它。但是手稿上庫爾斯頓交代了馬修一件事，他告訴馬修讀完了手稿後，他本人會在夜晚的十二點半鐘去布瑞德老屋叫馬修。然而庫爾斯頓卻在這一天由於自殺未遂，被送進了精神病院。」

「如此看來，」陳歡歌問道，「馬修是被小男孩嚇死的嗎？」

「這是特殊環境造成的特殊效果。」呂歸南點點頭，自信地總結道。

李真惠卻搖了搖頭，「可是，我感覺這個故事還是沒有完。」

忽然，一陣陰風吹來，蠟燭晃了幾下，「噗」地黑了。剎那間，整個帳篷立刻陷入了巨大的黑暗中，緊接著一個女人發出了一聲驚天動地的慘叫聲。

四、聞味識人

呂歸南摸出打火機，重新點燃蠟燭，燭光再次照亮帳篷裡的一切，王娟、呂歸南和陳歡歌幾乎同時驚呆了，因為李真惠已經沒了影蹤。短暫的幾秒鐘內，李真惠沒有任何來由，好像一縷輕煙消失在空氣裡，三個人面面相覷，全部傻了眼。過了許久，呂歸南說：「我們一起去找一找？」「除此之外，我們還能做什麼呢？」王娟答道。陳歡歌也點點頭，表示贊同。

王娟拿了一支手電筒，想跟著兩個男人一起走，呂歸南卻攔住了她，「王娟，你就別去了，再說你的眼睛也不太好，而且，找人畢竟是男人的事情。」

「什麼男人女人的事情，哪條法律規定的。你說不讓去，我偏要去。」王娟一個人率先走出了帳篷。

「也好，呂歸南。」陳歡歌跟在王娟後面走出帳篷，回過頭說：「把王娟單獨一個女人留在這裡，同樣不安全，還不如和我們一起走。」

「嘿，」呂歸南不陰不陽地笑了一聲，「那麼，我們分成兩路去找。陳歡歌，你帶著王娟在帳篷周圍找一找，我到小溪流那邊的樹林去找。」

說完，呂歸南神情怪異地看了一眼王娟，點了一支煙，亮了手電筒逕直往前走去。陳歡歌有些迷茫的臉無助地望著王娟，王娟裝著什麼都沒有看見，亮著手電筒朝呂歸南相反的方向走去，陳歡歌苦笑了一下，搖搖頭跟在王娟後面晃蕩晃蕩地走著。王娟看都不看後面的陳歡歌，只管一個人往前走，好像從來不曾存在陳歡歌這個人一樣。她甚至一邊走一邊哼著流行歌曲：「星光燦爛，穿過黑夜來到你身邊；年輕的心，那是一份驛動的心情……」接著又唱：「透過開滿鮮花的月亮，依稀看到你的模樣……」兩個人一前一後，間隔五米左右的距離，如同一個保鏢跟著一個流落民間的公主走向沒有歸屬的遠方。走了大約五分鐘，陳歡歌看了看身後，雖然月亮還沒有升起來，但在依稀的星光下仍然可以看到距離已經很遠的帳篷凝固成一團模糊的黑影；他又緊追幾步趕上王娟，「喂，王娟你等我一下，我想問你一件事。」「什麼事？」玉娟繼續走著，絲毫沒有停下來的意思，嘴裡仍然哼唱那些含混不清的流行歌曲。

「王娟，我告訴你，如果你不等我，你只管自己走好了，我去另外一個方向找。」說著，陳歡歌真的往另一個方向走去。王娟停下腳步，轉過身喊道：「你說吧，什麼事，我洗耳恭聽。」

陳歡歌愣了一下，同樣停住腳步，欲言又止，轉而故作輕鬆地笑道：「其實，其實沒什麼事，我，我只是想問一問，路上你給我說你和父親做遊戲的事，當時你父親到底藏在哪裡？」

「答案很簡單，父親出去了，不在家。」王娟走近陳歡歌，晶亮的目光在暗夜中熠熠閃爍，「陳歡歌，我知道你想說的並不是這回事，你想說的是另外的事情，至少有兩件事。我不逼你，願說不願說全由你。」

然後，王娟熄掉手電筒，說：「我們去楓樹林那邊走走嘛。」她仍然引領著陳歡歌，往山邊的楓樹林走去。涼風徐徐，繁星滿天，在王娟看來，在這個深山荒野裡，所有的星星都變得碩大而明亮，真像走進郭沫若「天上的街市」了。在這種地方，什麼事情都可以發生的，無論罪惡與美好，都會相依並存。王娟輕輕歎了一口氣，不緊不慢地走著，陳歡歌以同樣的速度跟在後面。星光用細小的銀筆勾勒出這兩個人的身影，隱隱約約地照耀著他們晃動不安的步伐。一會兒，王娟和陳歡歌一前一後走進了巨大的楓樹林。

王娟亮了手電筒，打算繼續往裡面上，陳歡歌從後面急忙追上來，聲音有些慌亂地叫道：「王娟，你可不敢往裡走了，怕是有危險。」

「危險？關你什麼事？我沒有要你去啊。」雖然王娟說話的口氣還是很生硬，但卻熄滅了手電筒，原地站住，不再往裡走。陳歡歌走到離王娟大約三米遠的地方也站住了，熄滅了手電筒，與王娟同時默默地佇立在枝葉濃密的樹林裡，雙方都能清楚地聽見彼此沉重的呼吸聲。

王娟仰頭望，只見林中的楓樹伸出無數條灰白色的胳膊和更多隻張開的手指，托住青石板似的巨大蒼穹，碎冰塊狀的星星閃爍出耀眼的寒光，這片寂靜的荒野像是被自上而下的寒霜所凍僵，樹幹間黑暗的罅隙，如代神話中深不見底的恐怖地獄。這時候，王娟注意到月亮已經慢慢升起來了，它靜悄悄地爬出山坳，正好從他們前邊交織纏繞的枝椏之間露出它的面龐。王娟視野中的樹木微微向左右兩側傾斜，中間一條小徑彎彎曲曲通向遠處被月光照得一片透亮的山谷，然而這條路卻在到達山谷之前，向右邊又岔出另一條小路，那裡通向一片更加濃密的樹林。王娟手指了指那邊的樹林，冷冷問道：「陳歡歌，你說實話，我父親是不是死在那邊的樹林裡？」

「準確地說，是死在那邊樹林的井裡。」陳歡歌抬起他那張一直神情緊張的臉，眼鏡片在慘白的月光下倏忽一閃，更顯出他的迷惑不解，「可是，你是怎麼知道的呢？」

「我的父親死在井裡，整個學校的人都知道，我怎麼可能不知道呢。」

「我不是這個意思，我是指你是怎麼知道那口井的位置的？因為你並沒有來過這裡啊。」陳歡歌憂鬱的目光注視著前進的樹林和樹林中的小路，注視著一個像是墳墓入口一樣的黑色缺口，他想起了當年那口井給他帶來的鮮明印象，想起了王亦誠的猝死給他帶來的深刻記憶，不禁打了個寒顫。

「誰說我沒有到過這裡？」王娟轉過臉，望著陳歡歌認真地說，「我到過，我到過這裡，我跟你說實話，兩年以前，我到過這裡。」

陳歡歌神情茫然地透過樹林望著明月，既像回憶又像追問。而他的頭頂那棵樹伸出一根弧形的枝條，如同牛魔王頭上的角。

「如果你沒有騙我，那你一定知道了很多。」陳歡歌扶了一把眼鏡，「你只是懷疑還是找到了證據？」

王娟往更加幽暗的林子深處又走了幾步，她的上方密密麻麻相互纏繞的枝椏在隱約曲折的暗光下，像是掛著無數輕盈透明的帳幔，她腳下那條晦暗的小路猶如通向一個虛無縹緲的夢境。王娟站定後，又轉過身來，說：「不瞞你說，我已經知道了我想要知道的那些事情。這次來，我必須證實幾個細節。最主要的是，我需要一個結局，就是說，到了了結這件事的時候了。」

「怎麼了結？」

「這是我的事，與你無關。」王娟指著一輪明月發誓說，「我一定要了結這件事。月亮作證。」過了一會兒，王娟幾乎是咬著牙惡狠狠地說：「陳歡歌，我有很多理由恨你，比如，多年前那個風雨交加的晚上，你和我單獨待在我家裡，當時要是你向我表白，現在就是另外一個樣子了。不過，我今天並不是要和你敘舊，而是跟你打聽一件事，上次來考察的時候，是不是有個同學帶了一個假面具？」

「是的，這個同學平時非常喜歡惡作劇，經常用假面具嚇唬人，來古石城考察也將那個青面獠牙的假面具帶來了，但是後來回去時怎麼都找不到了。喂，王娟，我好像明白了些什麼。」

「你好像明白了些什麼？是這樣嗎？不，其實你什麼都沒有明白。」王娟不近情理地哂笑道。又沈默了一下以後，王娟接著說，「聽說你們曾經在井裡挖到了一只黃金鑄造的印章，後來又丟失了？」

「不但丟失了那只金印，還丟失了一些非常貴重的文物，大家都覺得莫名其妙，都說真是一趟倒楣透頂的考察。不過，金印我從來沒有見過，而且似乎大家也沒有見過，是你父親說的，恐怕只有你父親見過。」陳歡歌沉吟片刻，突然一拍腦袋，大叫道，「啊，你是說……」

「我什麼都沒有說，我只是問一問你，如此而已。」王娟剛要繼續說些什麼，正在這時，他們的身後響起了急促的腳步聲，一個聲音和一個人幾乎同時到達了他們的旁邊，「你們怎麼跑到這裡來找？李真惠早就回去了。」

王娟和陳歡歌跟著呂歸南往回走，走到一半路，一直沈默不語的王娟忽然問呂歸南：「李小姐膽子好小的，一個故事和一根蠟燭就真的嚇著她了？」

呂歸南在夜裡謹慎地笑了一下，說道：「這個李真惠，都是自己給自己鬧的。她說蠟燭黑的時候，看見了一個青面獠牙的鬼。嘿嘿，真是的，這世界上哪裡來的鬼啊。」

「是人自己創造了鬼，」王娟接了呂歸南的話說，「還利用了鬼。是不是這樣？你們說，是不是？」

無人應答。

五、死神降臨

一夜無話。

王娟睡到李真惠身邊的時候，李真惠早已熟睡過去。王娟看著李真惠若無其事的臉子，一股無名的怒火油然而生，她簡直想把這個小婊子拉起來，給上兩個巴掌，再送上一頓臭罵。但她沒有折磨自己而是很快就脫掉衣服，側過身子睡了。

清早，鷓鴣鳥的叫聲喚醒了王娟。她迷迷糊糊睜開眼，呆呆地望著帳篷頂，一時間竟不知身在何處。過了好一會兒，王娟的腦子才漸漸清醒了一些，想起昨晚發生的事情，她忽地打了一個激靈，一骨碌坐了起來。這時候，王娟才發現身旁的李真惠已經不見了，她起身掀開簾布，那邊同樣沒有人。她走出帳篷，四處張望，看到陳歡歌正在小溪流那邊洗漱，而她的丈夫呂歸南和他的女職員仍然不見影蹤。她好像印證了某種感覺似的，張開嘴無聲地笑了。她坐到一片繁花繽紛的草地上。攏了攏睡後淩亂的頭髮，雙手摟著膝蓋，貪婪地注視著古石城這個奇妙的早晨。

此時，太陽還沒有升起來，王娟幾乎是懷著甜蜜的心情想，能夠看一天是怎樣誕生的，是世界上最美妙的事情了。同樣，能夠完美地演繹一個無論結局如何的故事，也是人生的一大盛事了。四周的一切靜悄悄的，偶爾幾聲鳥的鳴叫，反而更加襯托出荒野的寂靜。她和許多人一樣，當然更喜歡屬於白日的黎明。她以一種喜悅的目光注視著黑暗躲藏到山谷的背面岩石下和深洞中去。她想幾百年乃至幾千年前在那些文明伊始的歲月裡，那些帝王將相以及布衣百姓，他們在建城築寨的時候，是如何度過每一個蠻荒的漫漫長夜的。他們是否會想到多少年以後，他們將成為歷史的一部分。而且有人將會為捍衛他們的歷史而付出生命的代價。忽然，她看到東邊的山頭亮光倏忽一閃，一道新鮮的陽光便如潮似湧直奔過來，眨眼功夫就撒滿整個古石城。幾乎同時，一聲接一聲充滿青春氣息的歡笑從小溪流那邊傳來，她慢慢轉過臉，看到穿著一身火紅色衣裳的李真惠正舉著野花蹦跳嬉鬧著跑出雜樹林，呂歸南則吸著煙，作一副沉思狀，不緊不慢地走在距離相當遠的後面。王娟表情輕鬆面帶微笑地看著呂歸南和李真惠的舉動，目光中帶了些許滿足和讚賞。她知道呂歸南在故作姿態，在演戲，故意肆無忌憚地與女職員調情，以此掩蓋他內心的惶恐不安。但她根本不在乎，因為她正在按自己的方法解剖這個故事。

吃過早飯，天陰了下來，呂歸南走出帳篷外面，抬頭看了看天空，說道：「歡歌，這樣吧，王娟和李真惠都沒有看過古石城的全貌，上午我們一起走一走，感受一下古石城。下午呢，我們去井裡看看還有什麼值得發掘的東西。好不好？」

陳歡歌表示同意，王娟和李真惠都沒有說不行。於是跟在呂歸南身後，先去北門。呂歸南說昨天已經經過了東門，明天回去還是要從東門走，到時候再順便看看就行了，今天上午主要看其他三個門。他們過了小溪流，穿越那片茂盛的雜樹林，再翻過一座低矮的小土丘，往前大約三百米，便到了北門。

這北門建在山坳上，兩邊山峰高聳入雲，懸崖絕壁，而城牆向兩邊山脊如同長蛇一般延綿。城門成拱狀，有石門兩扇，圓石門栓一根，棱形石凳數只置城門約十米處大榕樹下。王娟等人站在城門口俯瞰山下，可見關山陣陣，雲海蒼茫，遠及天邊。大家感歎一陣回到石凳了，紛紛擰開瓶蓋喝水。此時呂歸南顯得情緒很好，簡直與昨天判若兩人。他點了一支煙，暢談起古石城的故事。

呂歸南說，從古石城的建築規模和風格來看，其歷史相當悠久，但此城建於何時，卻無碑文記載，任何史料都找不到有關的隻言片語，幾不可考。接著，呂歸南以一種更為輕鬆的語氣講起了老套的民間傳說：秦始皇征服嶺南後為鞏固其政權，調集浙贛湘桂四省能工巧匠歷經五年建成此城。相傳，明皇朱元璋清帝乾隆下江南都曾到過此地，徐霞客更是在此停留數日，並刻石鐫碑藏於一個洞裡，人們遍尋不果。更加神奇的是，民間流傳太平天國失敗後一著名將領帶兵路過，見到這虎踞龍盤的陣勢，大喜過望，立即在此安營紮寨，屯兵駐守，後來被清兵攻破城池，潰退前在此掩埋了大量的金銀財寶，其中有一枚金印價值江城。以後的一百多年間，無數的尋寶者都到這裡來圓他們的發財夢，但都空手而歸。

「這聽上去非常動人，不過，它到底是真的還是假的呢？」李真惠作一臉天真狀，傻乎乎地問道。陳歡歌笑了，王娟也笑了。王娟知道李真惠的意思，她是在問呂歸南說的到底是傳說還是歷史。王娟很想告訴她，歷史都可以發明，傳說又算什麼啊？

呂歸南也跟著王娟和陳歡歌一起笑了，笑容裡除了尷尬，就是勉強。他仔細地想了想，才字斟句酌地答道：「其實，你想知道的就是我想知道的。」

李真惠呼地站起來，毫不客氣地脫口沖出：「其實，有些人已經知道了古石城的真相，他知道哪些是傳說，哪些是歷史，但是還在那裡裝聾賣啞，太過分了。」呂歸南臉色大變，「你這是什麼意思？」

「你說是什麼意思，就是什麼意思！」說完，李真惠甩開大步走了。呂歸南愣了一下，隨即反應過來，臉色陰沈地睨視了王娟和陳歡歌一眼，欲說又止，爾後點了一支煙，怏怏不樂地跟在李真惠後面走了。

陳歡歌目不轉睛地望著王娟，以一種不容置疑的口氣說：「剛才李真惠說的沒錯，看上去她去她像個傻大姐，其實不是。」

「你這是什麼意思？我聽不懂。」王娟站起來，冷冷地說。

「你聽不懂？不可能的，我相信你比誰都懂。可你為什麼要裝傻呢？我才搞不懂。」陳歡歌起身離開榕樹，一個人走了。

王娟抱起雙臂，望著愈走愈遠的幾個背影，說道：「傻瓜。」然後，喝了一口水，不緊不慢地跟在後面。一種情緒正在迅速蔓延，而這正是她既害怕又想看到的。

四個人分別到達西門的時候，已接近中午，太陽像一只大火爐，陽光沒有一點遮攔直射下來，烤出人一身油汗，心情也變得更加惡劣。西門是一道相對比較小的門，門外荊棘密佈，幾乎看不出路的痕跡，多少年前的那條羊腸小徑早已淹沒在歲月的風雨中了。四個人各自選了一處陰涼地方坐著，都不出聲，像在集體默哀，又像在靜靜地等待著某件事情的到來。後來，還是呂歸南打破了沈默，他說經過考察，西門曾經發生過一次激烈的戰鬥，死了很多人，這些死人全部掩埋在門外的荊棘叢中。李真惠聽了，嘿嘿地傻笑道：「難怪如此，我說怎麼聞到了一股死人的臭味呢。

「不說了，回去吃午飯吧，吃了午飯，我們去看看那口井。」呂歸南臉色淒然，自我解嘲似的說，「我知道你們的想法，你們都以為是我殺害了我的岳父，到底是不是這樣，下午我會用事實證明這一點．你們等著吧。」說完，呂歸南率先往回走去。

陳歡歌故作輕鬆地笑了笑，說道：「我好像也聞到了一股死人味道。」

王娟說：「這就對了，好戲還在後頭呢。」

六、荒野狂笑

午飯的時候，李真惠耐不住性子，又開始活躍起來。她一邊吃著八寶粥，一邊講一個很粗俗的笑話。但是她的笑話除了她自作多情地發笑以外，另外幾個人都如同死了爹娘一樣跌了臉子不說話。李真惠見眾人無動於衷，也覺得自討沒趣．閉了嘴悶頭吃東西。忽然，她把正吃著的半罐八寶粥一揚手扔出了帳篷外，沒心沒肺地罵道：「好噁心的，這該死的八寶粥，一股死人味道。」陳歡歌聽著笑了，「你這個小姐，不要這樣好不好?滿口髒話，還污染環境，不要這樣嘛。」陳歡歌說歸說，手也是一揚，同樣的半罐八寶粥以幾乎相同的弧線飛了出去。

王娟看著呂歸南那張寡青的死人一般的臉，心裡暗暗冷笑，然而倏忽間她又對眼前的呂歸南產生了一點點憐愛，這種感覺來自她與這個男人肉體深處的一絲依戀。一日夫妻百日恩，樸素和簡單往往包含著真理。不過，王娟透過呂歸南的神情看到了他內心深處所受到的煎熬。他陰鷙的面孔裡一定隱藏著即將顯現的猙獰，他沒有選擇，不能回頭，只剩下一條必須走通，否則完蛋的兇險之路。但王娟沒有一點快感，因為猛然間她發現不知不覺早已走進了呂歸南精心設置的陷阱，而剛才她還以為是呂歸南鑽進了她精心設計的圈套，其實正好相反，故事正按照呂歸南設計的方向發展下去，即使如此，王娟對於非常接近的未來，她認為自己仍然有足夠取勝的信心。

王娟、陳歡歌和李真惠都睡了，只有呂歸南坐在帳篷口靜靜地吸著煙。他飄忽不定的眼光放逐到外面，好像在思考著什麼，又好像只是由於吸煙造成了思考的樣子。如同輕煙縹緲，他的思緒只是一隻沒有線牽住的風箏在空中沉浮。王娟透過簾布的間隙窺視呂歸南的動靜。她心裡感覺像燒了一團火，甚至比太陽的溫更高。汗水濕透了全身。

呂歸南抽完了最後一支煙後，把煙頭用三根手指撚黑，火燒手指的灼痛都沒有使他蹙一下眉頭，一布之隔的王娟甚至也聞到了燒肉的焦味。呂歸南扔掉已經熄滅的煙頭，像總算下了一個決心似地站起來，對著帳篷裡大聲命令道：「各位，我們現在去井裡。都起來，跟我一起去。」三人無話可說，起來跟他走。

剛到井邊，李真惠立即又發起了牢騷，說這趟真的是白來了，一點意思也沒有，還不如去遊灕江，遊陽朔山水。這裡到處是死人味道，這個井簡直就是埋死人的地方。呂歸南瞪圓了他那雙燈籠眼，毫不留情地罵道：「放你娘的狗屁。」李真惠看到呂歸南動了真，反而乖乖地蹲在樹的底下不出聲了。呂歸南一個人先下到了井下。

陳歡歌坐到鐵桶裡，轉動滑輪下去之前，坐進桶裡拉住鐵索的時候，他沒有立即往下吊，而是慢慢抬起頭，定定地望著王娟，眼神中充滿了與其說是疑惑，不如說是期待的眼神。他似乎在思考什麼，又好像只是被一個想法迷住了，以致忘記了周遭的一切事物。忽而他的臉上掠過了一抹淒涼的笑意，輕輕歎出一口氣，便讓井口淹沒了自己。

王娟站在井邊，看著陳歡歌慢慢下去的情形，陷入了沉思。她對陳歡歌說她本人到過這裡，其實說的是謊話。

以前她曾經聽呂歸南說過，當年他們發現了這口幾乎完全被泥土埋掉了的水井時，都非常高興。王亦誠派呂歸南等幾個人去縣裡購置了有關設備，請來了民工，重新挖開了這口井。在井裡，他們發掘出了許多文物，文物裡就有傳說中的那些東西，包括那枚獨一無二的金印。但是，隨著王亦誠的猝死，絕大部分有價值的文物都不翼而飛，特別是那枚金印的下落更是引人注目。當時司法部門曾經就王亦誠的死和文物失蹤進行過調查，但結果不了了之。然而，王娟通過多方面的分析得出結論，正是她的丈夫呂歸南使用一種奇怪的方式害死了父親王亦誠，並且掠去了除金印之外的所有文物。王娟有理由相信，父親當時已經察覺了呂歸南的不軌，在臨死前巧妙地藏匿了那枚金印。而金印藏匿的地點，王娟和呂歸南都想知道，也是一起到這裡來的相同目的。

王娟仔細地觀察著面前這口井，腦子裡充滿了疑惑。井口成圓形，直徑約兩米，井沿砌了高出地面一米的本地青石，但存有崩塌痕跡，一些青石比較新，看得出是父親王亦誠他們重新壘砌的。井的上方豎立著一個鐵製三角架，安裝了一套滑輪裝置，可容一人坐在鐵桶裡，很方便地拉動鐵索下。王娟沿著井不斷轉圈，非常認真地樣子使李真惠覺得不可思議。她看到王娟就近細察，還不時用手去觸摸井架上的裝置。不久，她注意到王娟油膩發亮的臉上露出了一絲不易察覺的微笑，這種笑洋溢著某種自信，甚至還隱藏著一點危險。這之後，王娟手搭涼棚，望了望略微偏西的太陽，對李真惠說：「李小姐，我們是不是回去？傻待在這裡一點意思都沒有。他們忙他們的好了，我們回去歇著比什麼都好，這大熱的天，真是要人的命。你去不去？反正我走了。」

李真惠坐在幾乎不能遮陽的樹底下，一身燥熱，不僅熱得要命，而且煩得要命，正巴不得走人，聽了王娟說要走，好比瞌睡遇到枕頭，立馬起身跟著王娟回帳篷去了。

回到帳篷，李真惠摸出一副撲克，一個人玩上了。王娟則精神疲憊地坐在一個角落裡，心神不定地看一本書。她把整本書翻得嘩啦嘩啦響，與李真惠洗牌的聲音相互回應。李真惠玩了一陣牌後，感覺手氣不好，啪地一下將牌劃拉到一邊，嘟囔了一聲，往後一仰，躺了下去。忽然，王娟一聲怪叫，把李真惠嚇得馬上坐了起來，「你是不是有病？亂喊亂叫什麼鬼？」

王娟已經扔掉了書本，眼睛發直，瞪著地面一動不動，像一尊佇立千年的石雕，凝望星移斗轉，滄海桑田，一副沈默是金、隔岸觀火的神態。李真惠冷冷地瞪了王娟一眼，嘴裡不乾不淨地罵了一句，仍然躺下去，轉過身子，背對了王娟。大約又過了二分鐘，王娟再次大叫一聲，接著「呼」地衝出了帳篷。

當王娟上氣不接下氣地跑到井邊時，她發現所有預感都得到了證實，一切都被現實不幸擊中，陳歡歌終於在王娟的暗示下死掉了。這時候，火辣辣的太陽已經落到樹梢的後面，一陣熱風吹過來，樹枝一搖一晃，陽光一閃一閃、一明一暗地照著陳歡歌的身體。陳歡歌躺在井邊的泥地上，滿臉血污，頭部仍然不斷流血，面孔變得模糊不清，鼻樑上的眼鏡早已不知去向，下巴和頸脖卻在斑駁的光線中顯得更加清晰而慘白。他身上的襯衫丟了幾顆紐扣，紮進皮帶的衣服下擺有一邊脫了出來，露出了肚臍眼，旁邊一顆長了幾根黑毛的肉瘤看上去比肚臍眼更顯目；胸部不自然地凸起，而腹部卻莫名其妙地凹下去，如同手風琴鍵盤的肋骨使下陷的部分顯得更為突出；兩隻手臂很規矩地併攏著，右膝卻奇怪地抬起。王娟面無表情地注視著面前的這具屍體，對屈膝坐在一邊抽煙的呂歸南視若無睹。王娟和呂歸南都不說話，各自靜默著，這對於死者無疑是一種慰藉，因為死者有權利得到安寧。

後來還是王娟首先打破了沈默。王娟說：「比爾斯說過，宇宙是一個遠古流傳下來的黑色神話，沒有形狀也沒有空隙。我看這話說得好極了，從這個角度看，傳說和歷史確實沒有多大差別。親愛的，你說呢？」

「比爾斯是誰？」呂歸南埋著頭，漫不經心地說。

「比爾斯是誰並不重要，比爾斯說了些什麼也不重要，傳說與歷史的差別更不重要。」王娟疲憊地笑了笑說，「最要緊的是，你自己怎麼說？」

「怎麼說都沒有用，你肯定不會相信。」

「你以為我會相信嗎？說實話，編故事我比你強，實際操作你是能手。現在，是不是需要我來幫幫你，親愛的？」

「那可真是珠聯璧合了。」呂歸南苦笑道，「夫人，你還有功夫搞笑，佩服佩服，嘿嘿。」

王娟看著井架上那根斷掉了的鐵索說：「作為妻子，現在我來幫你編寫本謀殺教程。毫無疑問，這將被偽裝成一次意外事故，你再次合乎情理地逃脫懲罰。事情的起因是這樣的：由於升降架年久失修，腐蝕程度嚴重，致使鐵索斷裂，不慎造成師大教師陳歡歌跌落井底……」

「王娟同志，我心情沉痛地告訴你，你不幸言中了，你說的這些都是事實。」呂歸南扔掉煙頭，站起來盯住王娟認真地說，「我補充一句，我呂歸南還沒有你想像的那樣糟糕。」他轉身走了。

「混蛋，你去哪裡？難道你不打點一下這裡就走？」

「人已經死了，人死如燈滅，平常得很的事。難過的是活著的人。」呂歸南邊說邊走，「我去看看手機有沒有信號，我們需要幫助。」

「這是你設計好了的第二步嗎？」

「你猜猜看？」

七、死於驚恐

呂歸南剛走，王娟就走到井邊，伸手從井架上取了一件東西，裝進門袋。然後，回到原地坐下，臉色憂鬱地望著陳歡歌的遺體，顯得心事重重。其實，她正心境平和地想著父親留下的謎語：「要是你想藏起一片樹葉，你會藏在哪裡？我會藏在一座樹林裡。要是你想藏起一片枯葉，你會藏在哪裡？我會藏在一座枯樹林裡。要是沒有這麼一座枯樹林呢？那我就製造一座枯樹林去掩蓋這片枯葉。」王娟認為自己已經解答了這個謎語，因為她得到了傳說中的金印。

太陽落到了樹林的後面，呂歸南已經走了很久，王娟仍然坐在原地一動不動。又過了很久，王娟突然想到，昨天他們就試過，這地方根本沒有手機信號的。她一個激靈，腦子裡閃過一個更加可怕的念頭，慌忙往帳篷的方向跑去。一口氣跑到帳篷裡，她看到了仍然在沉睡的李真惠，一顆懸著的心才放回了肚裡。然後，王娟看到呂歸南在小溪流那邊洗臉，趁這個機會，她搖醒了李真惠。李真惠睡得正是舒服，被王娟弄醒，滿臉的不高興，揉著眼睛說：「你幹什麼？人家睡覺都不行啊？」

「我告訴你一件事，你要鎮靜一些。」王娟故意壓低了聲音說，「陳歡歌死了。」

「他死了關我屁事。」說著李真惠又要躺下，但馬上一個猛抖，跳了起來，聲音高了八度，「你是說陳歡歌死了？」

「是。陳歡歌死了。」

「真死了，怎麼死的？」李真惠的神智已經完全清醒了，她半是沉思半是疑惑地說，「難怪是這樣，我說怎麼老是聞到死人味道呢，原來是他身上發出來的。一個大活人，說沒了就沒了，人的一條命也太不值錢了。」

「你先不要發感慨，難道你就不想知道陳歡歌是怎麼死的嗎？」

「怎麼死的？」剛清醒一點的李真惠又是一頭霧水，接著又猛醒過來，一拍腦袋，「我知道了，肯定是呂歸南這狗雜種搞死的！」

「你為什麼這樣肯定？證據呢？」

「呂歸南發現陳歡歌知曉了他的底細，這麼好的機會不搞死他才怪呢。」李真惠表情曖昧地衝王娟笑一笑，「即使我不清楚，你還不清楚地的德行嗎？」

王娟回應了她一個同樣曖昧的微笑，「是的，可能我比你更清楚，但是我們兩個女人現在不是爭風吃醋的時候。我是想告訴你，陳小姐，既然你和陳歡歌都知道他呂歸南的底細，他能搞死陳歡歌也能搞死你李真惠！」

「這我相信，不過面臨同樣問題的還有你，他能搞死我李真惠也能搞死你王娟。儘管你有妻子的名分，到時候恐怕也不管用。」

「不，呂歸南到現在為止，還不可能殺我，因為他需要金印。在找到金印之前，他暫時還要拿我做誘餌。你們那家所謂的古玩公司，不過是文物盜賣公司，沒有文物，你們做什麼鬼生意啊。所以趁呂歸南還沒有過來，你趕緊躲起來吧，否則你過不了今晚的。一切明天再說。」王娟最後勸道，「反正信不信由你，我不會說廢話了。」

「我躲到哪裡去啊，其實任何地方都比帳篷裡面更危險。我知道你在報復我，但是我不怪你。你最好關心一下你自己現在的處境吧。」李真惠正說著，呂歸南已經臉色陰沈地走近了帳篷，他站在帳篷進口，緊鎖眉頭，像狗一樣歙動鼻子嗅嗅周圍的空氣，似乎在辨識某些事物所發出的氣味，分析到底有沒有危險，有沒有可能發生他竭力防止的事情。似乎在對他確認這一切仍然在他掌握中時，他才走進了帳篷，但奇怪的是，他點了一支煙，又走了出去，坐在帳篷旁邊的草地上，默默地吸著煙，王娟和李真惠都不知道他是在默哀還是在祈禱。

忽然，一隻身形奇異的黑褐色獸狀大鳥掠過他們的頭頂，緊接著一群同樣的大鳥再次掠過他們頭頂的天空。它們宛如輪船巨帆的翅膀緩緩扇動著，將大片的碧空劃破，夕陽金黃的光芒如同魚鱗剝落，一片片飄灑到地面。有那麼一剎那，站在帳篷門口觀望的王娟恍惚間眼前一黑，感覺大鳥完全遮蓋了太陽的光澤，彷彿跌進了一個看不到一點半星光亮的罪惡深淵，翻滾和旋轉幾乎使她失去了知覺。這群大鳥發出小號一般的尖聲驚叫，在井那邊的樹林上空盤旋翻飛一陣後，先後俯衝下去，不見了影蹤。一切都歸於寂靜。一切都好像沒有發生。大鳥不僅帶來了歷史，還帶走了時間。夜來得很快，黃昏一閃而過，沒有給樹木和草地留下任何記憶，好像在印證博爾赫斯那句話，每一瞬間的逝去，有一扇門在我們背後關上，我們再也不會打開。

王娟正站著發呆，李真惠卻出了帳篷，往井那邊走去。「那邊一定有一些使我感興趣的東西，我喜歡大鳥，超過男人。大鳥總是比男人更加兇猛。」李真惠蹦蹦跳跳地走了，眨眼間消失在路的坡下，她那種興高采烈的樣子，使王娟疑心李真惠是去趕赴一場與王子的約會。

王娟轉身進帳篷拿了一把水果刀出來，準備跟著李真惠，看看會出什麼事，但此時呂歸南也不見了人，好像消失在空氣中了。王娟扔掉了刀子，搖了搖頭，長歎一口氣，「該死的大鳥。」

黑暗如同沒頂的洪水，淹沒了王娟的視野。王娟在那張桌子上點燃了一根蠟燭，擺好兩碗速食麵和兩個塑膠茶杯，然後用酒精爐燒了一壺水，把速食麵和茶給泡了。王娟呆坐在桌邊，兩隻紅黑相間的硬殼蟲撲騰火苗，昏暗的蠟燭光忽閃忽閃，正如王娟心神不定的等待。忽然，王娟想到，只要她吹滅桌子上的蠟燭，她面前這個可見的世界就會消失，她的軀體也會被記憶遺忘。在大多數並不屬於她自己的時間裡，她總是不知不覺失去了對自身的感受。只有現在，王娟才觸摸到時間的脈搏，極其詩意地意識到，在走向午夜的過程裡，只有時間的河流在悄悄流淌，流過田野，流過帳篷，流過頭頂上面的星辰。

不知過了多久，王娟睜開眼，看到了站在帳篷口的呂歸南。她幾乎沒有聽到他的腳步聲，但仍然感覺到了他的存在，因為她的嗅覺裡充滿了濃烈的血腥味，這使她不由自主打了一個響亮的噴嚏；而呂歸南面目猙獰，衣冠狼藉的樣子又使她打了一個寒顫。然而，王娟很快平靜下來，送上一張強裝的笑臉，「我想，一切都結束了？吃飯吧。吃完飯，我們還有事要做呢。」

呂歸南輕輕「嗯」了一聲，在外面用桶裝的水洗了一把臉，進來坐到桌邊，拿起桌子上的茶一飲而盡。王娟望著他笑道：「你不怕茶裡有毒？」

「有毒？」呂歸南眼裡有些詫異，轉而釋然下來，一臉不屑，「我喝不出，也看不出你有可能放毒。」

「真的，還是假的，等一下你就知道了。」王娟冷冷地笑著轉了一個話題，「先吃飯吧，一個下午殺了兩個人，你太累了，也該歇歇了。」

對於王娟說的話，呂歸南不置可否，坐下，揭開蓋子吃起速食麵來。王娟喝了一點茶，也吃著速食麵。呂歸南狼吞虎嚥，很快吃完了。王娟只吃了一小半，便放下了筷子。他和她幾乎一起抬起頭，神情叵測地乜視了對方一眼，又一起轉開頭，把眼光放逐到別處，卻都不說話。

後來，王娟終於忍不住，咯咯地笑道：「呂歸南，你看，你我本是夫妻，現在怎麼看怎麼像敵人。我想問問你，那群大鳥是不是落到了陳歡歌的身上，是不是在吃陳歡歌的肉？」

「沒有，絕對沒有這種事情。那群大鳥只是站到陳歡歌周圍的幾棵樹上，起起落落了幾個回合，發出像女人哭喪一樣的叫聲，然後飛走了。」呂歸南正眼看著王娟，目光充滿敵意，「你肯定還要問我，李真惠是怎麼個死法？我告訴你，她死得很慘，細節我就不說了。」

「接下來該輪到我了吧？」

「你說這話就見外了，夫妻兩人，說點別的嘛。嘿嘿。」呂歸南點燃一支煙，狠狠地吸了一口，像下了決心地說，「如果你把金印交給我，並且保持沈默，共同渡過難關，那麼一切都好說。否則，我只好製造又一起事故了。」

「這我相信，四年前你用假面具嚇死了我的父親，四年後的今天你殺掉了陳歡歌和李真惠，我一點都不懷疑你會毫不猶豫地殺了我，多殺一個人和少殺一個人有什麼區別呢。你肯定知道一句傳世名言：殺一個人你是罪犯，殺一萬個人你就成了英雄。可惜啊，你註定只能成為罪犯，沒有機會成為英雄了。」王娟給呂歸南續了一杯水，給自己也添了一點點，仍然坐下，說：「四年前我父親發現你的醜行，你迅速要了他的命。四年後你察覺陳歡歌和李真惠瞭解了你的罪惡，同樣要了他們的命。你之所以到現在還讓我活著，不過是由於我知道金印的藏處，並且找到了金印。是的，我從父親留下的謎語裡找到了答案，得到了金印。」說著，王娟從口袋裡拿出了金印，「你可以得到金印，你也可以殺掉我，不過，你也會很快死掉，金印對你對我沒有一點用處。」

「為什麼？」

「我已經告訴你了，剛才你喝的茶裡面放了毒藥，一種劇毒藥，它可以在最多二十五分鐘內將人毒死。」

「我不信！」呂歸南喝掉王娟剛剛倒的水，走到王娟面前，一把奪過金印，借著燭光仔細觀察，反覆琢磨。在蠟燭昏黃搖動的光線中，他的臉部一半藏在陰影裡，目光如炬，彷彿要穿透這件物品的核心。在確信無疑後，他露出了一絲蒼白的微笑，「這是真的，我很滿意。但是你說的話是假的，即使如此，我還是決定要你的命，你有權利選擇一個死法。」

「過分自信等於狂妄。你看，已經整整二十分鐘了，你的肚子開始痛了，難道你沒有感覺嗎？」

呂歸南遲疑了一下，皺著眉頭坐下了，「是有些痛，」他按住肚子，「真的下了毒藥？看來世上最毒莫過女人心！天哪！」

「這就對了，接下來，你會更加難受。先是瞳孔放大，雙眼流出鮮血，睜不開眼睛，陷入黑暗之中，並且迅速瞎掉。」

呂歸南痛苦地閉上眼睛，手指按住眼眶，淚水流出來。「是血嗎？」

「接下來，血管爆裂，肝臟溶化……」

呂歸南一隻手按住肚子，身子像河蝦在熱鍋裡蜷曲著，另一隻手指向王娟的臉，聲音變得極其軟弱而遙遠，「我要宰了你。」

「接下來，骨骼散架，肌肉像牆粉一點點脫落……。」

「婊子，閉上你的臭嘴。」呂歸南用盡最後一點力氣勉強站立起來，但撐住桌子的手不堪身體的重負，將桌子一起拉倒了，蠟燭和桌上的所有東西嘩啦倒了一地，帳篷一瞬間陷入了絕望的黑暗裡。王娟慌亂中滾到一邊，恰好摸到一支手電筒，她急忙抓在手裡，撳亮了，手電筒的光柱照在正掙扎著站起的呂歸南。他雙手成橢圓狀，十個手指攎開，好像要擁抱王娟的樣子。他蒼白失血的臉上充滿了一種垂死掙扎的獰笑，與布瑞德老屋裡的死人非常相似。手電筒的電能已經不足，在閃閃忽忽的暗光中王娟看到呂歸南搖搖晃晃站著，以餓虎抓羚羊的姿勢撲向她，她熄滅了手電筒，躲到一個角落，「呂歸南，你馬上就要死了，你只有一分鐘活著的時間了，你死的時候會非常痛苦，如同大鐵錘打在頭頂上，比炸彈在耳邊爆炸還要響……」

帳篷裡死一般的寂靜，在深深的黑暗中，王娟感覺呂歸南的身影變得比黑暗更黑。黑暗使人遺忘時間，而樹木和石子使時間遺忘人。王娟此時被黑暗引向孤獨和屈服，恍惚中進入了一個使她迷惑不解並且前後矛盾的夢境，她想這可能是意識的微光在時間的間隙留下的記憶。她發覺夢裡似乎分別存在兩幅過程連續不斷，但時常相互重疊的畫面，最後都歸向於一個巨大的黑色漩渦之中，漸漸消失和隱去。

突然，隨著一聲巨響，一個物體轟然倒下，然後一切回到寂靜。

王娟藉著手電筒那道一閃而逝的光亮，看到一張死人的臉。如同布瑞德老屋裡那張死人的臉。

「呂歸南，我告訴你一個秘密，你也是被嚇死的。」

她靜靜地坐著，非常耐心地傾聽著自己沉重的喘息聲，四年來一直鬱積她心頭的陰雲伴隨著帳篷外漸遠的風聲消失得無影無蹤。

血債血償

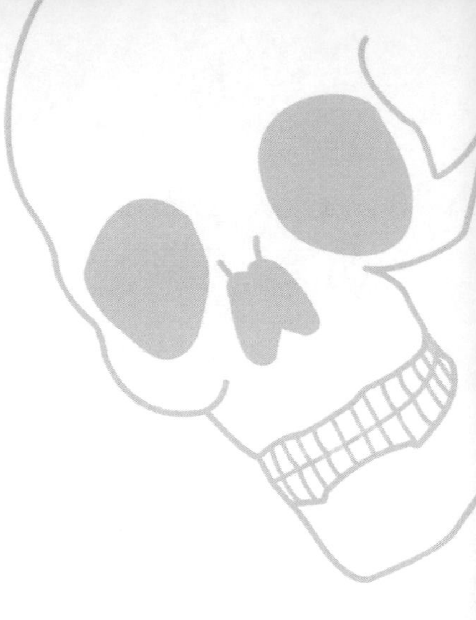

一、英烈迷蹤

一九四九年六月下旬的一天，正在郊縣辦案的上海市公安局偵查處長鍾劍突然接到緊急通知，命令他火速趕回局裡接受重要任務。鍾劍二話不說，迅速跳上一輛美式吉普，風馳電掣地趕回了市局。

在辦公室裡，副局長楊帆看著滿頭大汗、氣喘吁吁的鍾劍，單刀直入地說：「你把手頭的事放下，全力偵破此案。」說著，把一份電文推到了他面前。

鍾劍拿起一看，電文是上海市軍事管理委員會發來的，編號「滬軍管[四十九]〇〇八號」，電文寫道：「茲為一九三七年冬，由延安黨中央派往上海地下黨之李靜安（即李白）同志，現去向不明，特勞查。有關線索即派專人送達。上海市軍事管理委員會。」

接著，楊帆又推過來一本卷宗，順帶扔過一支煙，說：「這是軍管會派人送來的專件，是一九四九年五月七日國民黨淞滬警備司令部軍法處向上海市警察局蓬萊分局提解李靜安的一份公文原件。」然後交代了幾個具體問題，臨走前，楊帆副局長對鍾劍叮囑道：「此案力求速破，儘快把逍遙法外的敵特分子繩之於法，為革命烈士討還血債，給人民和其家屬一個完滿地交代！還有，此案由你直接向我負責，任何人不得干涉。」

回到處長辦公室，鍾劍反鎖了門，埋頭讀了一個下午，理出了頭緒，直到天色已暗，才打開煙霧瀰漫的房門，叫來了二個偵查科長。一個叫劉志安，一個叫方進，都是久經沙場，經驗豐富，長期戰鬥在反特除奸第一線的骨幹人員。劉志安身材魁梧，拳腿功夫深厚，且粗中有細，多次在危機關頭化險為夷。方進則面相儒雅，文人秀才一般，但綿裡藏針，足智多謀，人稱「小福」，意即福爾摩斯第二。

鍾劍簡略說了說案由後，重點介紹了李白的英雄事蹟。鍾劍說：「李白生於湖南省瀏陽縣的一個貧苦家庭，十五歲加入中國共產黨，一九二七年參加毛澤東領導的秋收起義。一九三四年參加紅軍長征，任電臺台長及政委。一九三七年奉命調往上海，在情報系統搞秘密電臺。在漫長的十多年地下工作中，李白智勇雙全，堅守崗位，沈著應對各種複雜局面，保持了上海地下黨與延安的電訊聯繫，及時向黨中央傳遞了重要的軍政情報，為革命勝利做出了重要貢獻。一九四八年十二月二十九日晚上，李白在遭受敵人重重包圍中，及時向黨中央拍發完重要情報、銷毀密碼和處置電臺後，不幸被捕。敵人馬上對李白進行了連續三十多個小時的刑訊逼供，一連使用了三十六種酷刑，但李白堅貞不屈，嚴守機密，保全了革命力量，使地下黨的備用電臺得以迅速啟用，繼續發揮作用。李白被捕後，最初關押於國民黨淞滬警備司令部，後於一九四九年四月二十日移解上海市警察局蓬萊分局，但五月七日後便不知了去向。現在，中央給我們下達的任務很簡單，又很艱巨，一是找到李白的下落，二是堅決懲治迫害李白的有關兇手，把正義還給人民。」

接著，鍾劍對偵破工作作了具體安排。成立案情調查組，鍾劍任組長，下設二個小組，第一小組為行動組，直接面對現場，主要負責外部的調查、跟蹤、破獲和抓捕，由鍾劍兼任組長，劉志安任副組長，下有特勤隊員若干；第二小組為內務組，主要負責有關檔案的查閱和整理，群眾來信等線索的歸納和分析，各種資訊的綜合，以及內外聯絡等，由方進擔綱，下有精幹人員若干。二組各司其責，相互配合；各組偵查員要堅決服從命令，聽從指揮。

偵破班子剛搭好，各項工作即刻開始。根據市軍管會送來的那份材料所提供的線索，鍾劍帶領劉志安駕車直奔蓬萊公安分局開展調查，準備從這裡打開一個突破口，推動破案進度。

到蓬萊公安分局門口下了車，鍾劍對在此等候的分局長耳語幾句，立即進入會議室坐定，繼而本分局一些留用的舊警察臨時得到通知，陸續進來參加會議。大多數留用舊警察坐在那裡一臉茫然，不知道出了什麼事，更不清楚是禍是福。分局長打了開場白，劉志安則開門見山說明來意，他要在座各位提供當時曾在此關押過的李白的資訊，並一再申明此事的重要性，若有知情不報者，定嚴懲不貸。劉志安的一番話把留用的舊警察們鎮住了，嚇得他們頭皮發麻，噤若寒蟬，以至無人敢吱聲。會議氣氛極其沉悶，一根針落地的聲音都可聽清，咳嗽聲簡直就是如雷貫耳。然後分局長也做了動員，還承諾只是協助為破案提供線索，絕無秋後算賬的意思。儘管分局長說話委婉，語氣平和，會場氣氛也有所緩和，但還是沒有人肯站出來說話。劉志安和分局長黔驢技窮，望著鍾劍討主意，鍾劍微微頷首一笑道，「散會吧，以後有事還望各位配合。」

「這樣做不會有結果的，人家多一事還不如少一事，誰會自找麻煩呢！」鍾劍見其他人已走完，對劉志安和分局長布置道，「既然李白是五月七日失蹤的，那麼只要把當天所有警察的書面考勤記錄找出來，對有關警察分別進行詢問，一定會找到破案線索的。」

劉志安和分局長恍然大悟，即刻去檔案室調閱那天的考勤記錄，於是五月七日那天當班執勤舊警察的名單很快被一一列了出來，鍾劍拿著這份名單，冷冷地說道：「按圖索驥，一個一個來！」

談話進行到第四個，線索果然出現，一個陳繼明的警察反映情況說：五月七日那天下午，大約在開晚飯前的時候，有一個穿長衫的囚犯被押上刑車提走，幾天後聽說被押往浦東楊思地區槍決了。得到這個消息後，鍾劍立即帶著劉志安趕到浦東，找到川沙縣楊思區政府，黨政機關的負責同志對此非常重視，派出專人陪同鍾劍等人四處走訪群眾，瞭解情況。幾天後，根據一個老人的指點，鍾劍等人終於在楊思戚家廟後面挖掘出了十二具烈士遺體，其中就有李白。

看著烈士們的遺骸，鍾劍神情嚴峻，劉志安悲憤難抑，地方上的許多同志更是熱淚盈眶，泣不成聲。至此真相已經查明，李白確實是在五月七日下午與另外十一位同志一起，被敵人殺害於楊思戚家廟。

趕回市裡，鍾劍馬上向楊副局長作了彙報，楊副局長當即指示鍾劍形成一個簡單的文字材料後，迅速報告了陳毅市長。陳毅市長接到報告後，在最短時間內回電向中央情報部長李克農通報了情況。電文表達了陳毅市長對緝拿兇手的堅決態度：「血債要用血來償！殘害李白的反革命分子，我們定要向他們討還這筆血債！」

至此，中共上海市委為偵緝捕殺李白烈士的兇犯，指令上海市公安局抽調偵查員成立專案組，由市公安局副局長楊帆負責。楊副局長親任專案組組長，指令鍾劍為副組長，並以最快速度從各部門抽調精兵強將，搭建班子，形成合力，迅速投入到案情偵破當中去。

專案組通過市公安局發出通緝令，緝拿殺害李白烈士的兇手；報紙、電臺等新聞媒體也及時將在浦東楊思地區發現李白等烈士的遺體一事予以公布。一石激起千層浪，消息一經公布，上海人民群情激奮，聞聲而動，紛紛投書政府，要求堅決懲治兇手，為烈士報仇雪恨，同時積極提供各種破案線索。一時間舉報信件如雪片般飛進專案組辦公室，方進與幾個手下加班加點閱讀和整理舉報信件，查閱挑選，分析歸納，從中提取有關案情資訊，為下一步行動找到突破口。終於，有一封群眾來信引起了方進的注意，信是用毛筆寫的豎行文字，工整流利，寫信者是一位退休在家的小學教師，名叫孔應熙。

孔應熙在信中寫道，一九四八年十二月三十日凌晨，他像往常一樣在家中客廳靜坐著，凝神屏氣，練習吐納功夫。忽然，他聽到弄堂外面傳來一絲有些怪異的聲音，好像是汽車熄火後在地面滑行的沙沙聲，仔細一聽，果然不錯，正詫異不解時，那汽車卻無聲無息地停下了，接著傳來壓低嗓門的說話聲，聽上去人數還不少。他不清楚外面發生了什麼事情，又有些好奇，便停止了練功，悄悄摸到窗戶邊窺視外面。借著昏暗的路燈，只見一群穿著深色大衣的漢子手握短槍，貓腰弓背，行動詭異，簇擁著幾個背著類似步話機儀器的人往弄堂深處走去。過了大約二十分鐘，弄堂裡面傳來一陣喧嘩聲，接著喧嘩聲越來越近，他再次起身站在窗戶邊觀察，看到剛才進去的那群人推搡著一個男子走了出來，那男子他曾經在附近見過幾次，依稀有些印象，但從未打過招呼，也不清楚是什麼人以及姓甚名誰。但那群拿槍的特務們的其中一個他是認識的，那個特務名叫耿本輪，曾經和他在霞飛路做過鄰居，此人以前在法租界巡捕房當過包打聽，綽號「飛機頭」，好像還是青幫中人，但不知為什麼一晃又成了國民黨特務。

方進得到這個重要消息，非常興奮，即刻向鍾劍作了彙報，鍾劍拿著信去見了楊副局長，得到進一步指示後，立即帶領劉志安等人火速趕往孔應熙老先生那裡瞭解情況。

孔老先生見到鍾劍等人，立即熱情地迎進客廳坐下，送上茶水，不等鍾劍詢問，就主動將舉報信中的內容重新復述了一遍。然後又說，舉報信寄出後，為了把情況落實清楚，他又去原住址找老鄰居瞭解耿本輪的情況。原來，太平洋戰爭爆發後，法租界落到了日本人手裡，耿本輪進了汪偽政權的特工總部，當起了漢奸；然而，抗戰剛一勝利，耿本輪卻又搖身一變成了「國民黨地下特工人員」，竟然是抗戰功臣，領到了國民黨當局的賞金，並當上了淞滬警備司令部偵緝大隊的小頭目。耿本輪已於一九四九年夏天搬離了原住址，據說是住在徐家彙一帶。

回去的車上，劉志安對鍾劍說：「頭，這耿本輪嫌疑很大。」

「馬上找到此人！」鍾劍斬釘截鐵地說。

二、屢入歧途

三天後，鍾劍和劉志安在徐家彙找到了耿本輪住的地方，此人確實曾經住在這裡，但現在已不知去向。那麼耿本輪去哪裡了？經過對其住所的搜查，找到了一些屬於他本人的物品，其中有一本日記引起了鍾劍的注意。仔細閱讀後，發現耿本輪有可能已經逃往臺灣，且和此案並無關聯。因為日記中詳細記述了一九四八年十二月二十九日這天他正在外地出差，直到元旦過後三天才返回上海，這證明他沒有時間參加針對李白的行動。由於耿本輪並不知道要受到偵查，因而日記是真實可信的，不存在作偽的可能。

接著，鍾劍進一步從耿本輪的日記中獲悉，當時跟他出差的還有一個姓金的特務，經過調查，這個姓金的特務如今還在上海。此人解放後主動去軍管會作了登記，交出了藏匿的武器，交代了自己的罪行，軍管會鑒於其犯罪程度輕微，未曾逮捕他，只是讓他待在家裡反省自己的罪行。鍾劍和劉志安趕到金某家時，果然見其老實待在家裡。經過訊問，金某證實了耿本輪確實和他一起去外地出差了，這樣就徹底排除了耿本輪參與逮捕李白的犯罪嫌疑。此事很可能是孔老先生認錯了人。

這樣一來，追查路子戛然而止，線索由此中斷，專案組辦公室一片煙霧繚繞，鍾劍捂著被子睡了一覺，起來時已是深夜，他二話不說，拖上劉志安就走，劉志安睡意正濃，迷迷糊糊跟著往外走，嘴裡還不停嘟噥著，「頭，什麼事這麼急啊？」

「上車再說。」鍾劍轟然一聲發動美式吉普，一踏油門竄出三丈遠，劉志安被一震一抖，便猛然驚醒過來，嘴裡也不由得叫道，「好！」

一路狂奔到了蓬萊公安分局，二人跳下車，直奔局長辦公室，正在加班的分局長見到二人到來，也撫掌笑道：「來得好，我就知道你們要來！」

三人坐定，分局長給二位發了煙抽著，從卷宗中抽出一份材料遞到鍾劍面前，「這是我們今天傍晚剛接到的一份情況反映，是一個留用警察寫來的，你看看。」

鍾劍一看，臉色立即泛活開來，「我相信應該有這麼一個情況——我們知道，按通行的做法來說，警察逮捕犯人後通常是不會轉手的，即誰逮捕、誰扣押、誰審訊，這樣一來，淞滬警備司令部看守所的人員當中一定會有人在一九四八年十二月三十日凌晨是誰把李白押送的，那麼只要找到此人，就能夠找到當天的押送者，現在這個人出現了。」

這果然是一個姓盧的留用警察寫來的情況反映，信中說，一九四八年十二月三十日凌晨左右，該警察曾經注意到有幾輛警車進出過淞滬警備司令部，當時這種情況時有發生，他也沒有太在意。後來上級首長來局裡調查取證，並對他們做了動員說服工作，他回家後仔細回憶了一番，忽然想到他曾經和從警車下來的一個警察打過招呼，此人名叫寶得貴。

「寶得貴？」鍾劍敲著桌子，自言自語道，「這個線索非常重要，事不宜遲，馬上叫來寫信的留用警察。」

分局長會意地一笑，衝門口叫了一聲，警衛推門而入，將留用的盧姓警察帶了進來。「呵，你小子挺賊的！」鍾劍嗆了分局長一句，眼裡卻流露出讚賞之意。

詢問開始，照例由劉志安訊問，「寶得貴是什麼人？」

「寶得貴是滿族人，四十多歲。」盧某交代道，「以前是唱戲的武生，會些花拳繡腿，後來喝酒倒了嗓子，就改行吃起了警察飯，在淞滬警備司令部偵緝大隊當特務。我想來想去，懷疑寶得貴參與了這次行動。」

分局長插了一句話，「聽說你跟寶得貴還有點關係？」

盧某一愣，馬上應道：「確實如此，我跟寶得貴有點沾親帶故，他的姨姥姥是我媽的表姐。」

「既然如此，那你一定知道寶得貴住在哪裡了吧？」

「知道，他原來住在教堂街的明德里弄堂，不過聽說上海解放後第三天就不知去向了。」盧某說。

訊問結束，鍾劍和劉志安趕緊回局裡休息了幾個鐘頭，第二天一大早，二人駕車直奔教堂街，到了街道派出所，所長聽了介紹，立即肯定下來，說這明德里確實有一個叫寶得貴的人，解放前是國民黨政府淞滬警備司令部偵緝大隊的特務，據說因其抓捕共產黨地下特工人員而多次受到嘉獎，剛一解放就沒了蹤影，派出所派人到處找他，但一直未能找到，聽說寶得貴逃往外地了，也有可能逃往臺灣、香港等地了。鍾劍理解派出所的難處，現在剛解放不久，工作千頭萬緒，警力嚴重不足，而此時全國許多地方還沒有解放，像這種中斷了線索的案子，一般只好先放一放了。

線索再次中斷，回到局裡，劉志安躺到木凳上，一邊抽煙一邊歎氣，鍾劍則去了方進的檔案室，方進看到鍾劍到來，神色詭異地笑了，「頭，你真是個鬼精靈，知道什麼時候有你要的東西。哈哈。」

說著，方進拿出一個卷宗放到鍾劍面前，「你看看，這是剛到的材料。」

鍾劍一看，便沉了進去，三十分鐘後，鍾劍合上卷宗，只說了一個字：「好。」

原來，這是上海市公安局盧家灣分局局長轉來的材料，分局長在翻閱接管的原國民黨上海市盧家灣分局的檔案中，看到了原該分局巡官史致禮寫的一份工作報告，報告很有些邀功請賞的性質，稱由他率領十五名警官破獲共產黨秘密電臺一座、抓獲共黨分子一名。

分局長看到這份材料很警覺，立即向專案組做了彙報，並協同方進一起查閱了上海市公安局的原警察局檔案，從中查出了兩份有用的材料。鍾劍剛剛讀到的就是史致禮的報告和兩份材料。一份是編號為「滬警四九－〇一三號」的上海市警察局獎懲評議會通報，通報稱：「巡官史致禮、警士強元貴參加行動有功，各記功一次；其餘十四名警士隊警士予以嘉獎。」另一份是國民黨淞滬警備司令部於一九四九年四月十五日發出的簽准複件：「協助本部破獲諜台有功，頒發獎金金圓券伍萬元。」

得到這兩份材料，鍾劍如獲至寶，趕緊致電盧家灣分局長落實此事後，及時向楊帆副局長作了詳細彙報，楊帆聽了彙報十分重視，打電話問盧家灣分局局長，「史致禮、強元貴兩人現在什麼地方？」

盧家灣分局局長說：「這兩人都作為留用人員繼續在盧家灣公安局工作。」

楊帆副局長指示道：「好極了！你立即將二人扣押，我派人過去處置。」

鍾劍接到命令，馬上帶領劉志安和六名解放軍戰士分乘兩輛吉普車趕到盧家灣分局，聽完分局長介紹情況後，帶走了史致禮、強元貴兩人。

回到局裡，鍾劍率專案組即刻對史致禮、強元貴分別進行了審訊。兩犯均供述了他們參與破壞共產黨地下秘密電臺的罪行。然而，他們破壞的那座秘密電臺並不是李白的那一座，而是同屬上海地下黨的另一座秘密電臺秦鴻鈞台。

那是一九四九年三月十七日深夜，共產黨地下報務員秦鴻鈞正在打浦橋南新里的家中緊張地與解放區發報聯絡時，突然被國民黨特務團團包圍，秦鴻鈞不幸被捕。當時，史致禮率強元貴等十五人衝進秦鴻鈞住處時，秦鴻鈞已經從閣樓的天窗上了屋頂，躲藏在鄰居家的天窗後面。執行任務的特務們都知道人民解放軍已經飲馬長江、正準備向江南進軍這一形勢，大家睜一隻眼閉一隻眼，打算敷衍一下交差了事，看到屋內沒人，有人就說，已經逃走了，我們回去吧。其他人順水推舟，紛紛附和，於是一行人開始下樓。但是，其中的強元貴卻偏偏要露一手，他自以為聰明觀察到了五斗櫃上的腳印，知道秦鴻鈞上了屋頂，於是也攀上屋頂，發現並逮捕了秦鴻鈞。秦鴻鈞被捕時，由於事起突然，沒有來得及發出警報，導致次日其直接領導張因齋也不幸被捕，強元貴因此立功受獎。後來，強元貴被人民政府判處死刑。

至此，破案線索再次中斷。

三、初露曙光

為了破解這種久攻不下的迷局，一九四九年十月的一天，楊帆副局長主持召開了一次案情分析會。會上鍾劍等專案組彙報了近期的工作情況，並對下一步工作提出了自己的建議。楊帆聽取彙報後，提出了拓展思維、另闢蹊徑的辦案思路，採取另一種方法去調查取證，即認真查閱、甄別上海市公安局已經掌握的敵特組織材料，分析敵特當時的組織分工情況，從中發現有用的線索。雖然前段時間對查閱、甄別材料已有安排，但還要繼續加大力度，加快進度，早日取得突破性進展。

會後，鍾劍將所有專案組人員悉數投入到案頭工作中去。由於加強了力量，書面材料鑒別進度明顯加快，工作思路也漸漸清晰起來，幾天後，鍾劍確定了主攻方向，決定從摸清敵特專門偵查和破壞我地下秘密電臺的職能機構入手，順藤摸瓜，找到突破口。

沿著這個方向，方進等幾個人連夜加班加點查閱材料，弄清了當時的國民黨政府國防部二廳所轄的上海地區電訊監督偵測科，簡稱上海電監科，就是專門偵查和破壞共產黨地下電臺的特務組織。這樣，只要查明該科特務的情況，找到其中可能與案情有關的特務，案件將會得到關鍵性突破。鍾劍取得楊帆副局長的同意後，下令儘快找到這些人。

不久，電監科成員名單找到了，該科共有成員四十六人，其中十一人常住上海，而且幾乎都住在虹口區。專案組在虹口公安分局的協助下，經過一番努力，找到了上海電監科的三名成員唐跨風、林傑、顧能，這三人解放後按照上海市軍事管制委員會的通告精神，都已經向人民政府作了登記，根據當時的政策，凡是登記過的敵特分子，若未發現解放前犯有嚴重罪行，解放後又沒有新的罪行的，一律不予逮捕。因此，鍾劍並沒有動這三人，而只是對他們分別作了調查。三人的回答是一致的，都稱沒有參加破壞李白和秦鴻鈞兩座秘密電臺的行動，並說由於內部紀律的約束，他們也不知道其他人是否參與這些行動。於是，剛剛稍有起色的案情有一次陷入停頓之中。

轉眼到了一九五〇年三月三十日，這天上午，一個身穿黑色毛葛長衫的中年男子進了上海市貨物稅局滬北稽徵所，此人手上拎著一只舊皮箱，風塵樸樸，但態度謙卑，滿臉堆笑，一進門就熱情地跟稽徵員打招呼。稽徵員問他有什麼事，他說自己叫李成志，是專門經營無線電生意的小商人，這次剛進了一批貨，特地來稽徵所繳納稅費，做一個依法納稅的誠實公民。

稽徵員問：「你進的是什麼貨？」

李成志泰然自若的答道：「是一些無線電器材，都是普通的商用器材。請查驗。」

說著，李成志打開了舊皮箱，讓稽徵員檢查。稽徵員是個年輕的小伙子，雖然能看出是一些無線電器材，但他不懂此行，便叫來一位經驗豐富的老稽徵員查看，老稽徵員一看，隨即識別出這些並不是普通的商用器材，而是軍用無線電器材，馬上向稽徵所長作了彙報。所長警惕性很高，得到這個消息後，一邊叫所內人員穩住李成志，防止其離開；一邊迅速打電話向公安局報告，詢問如何處置，公安局告知馬上派人過來處置。

鍾劍獲知此消息，立即叫上劉志安，開車趕到了滬北征稽所。李成志一見到二人，知道來了公安人員，變得表情異樣，神色不安，而這些細節都被鍾劍看在眼裡，當即叫李成志提上舊皮箱，跟他們走。

訊問室裡，李成志低頭縮脖坐在凳子上，面色蠟黃，一副惴惴不安的模樣，鍾劍遞上一支煙，給他點了，「只是問問情況，說實話就好。」

李成志唯唯諾諾，答應只要自己知道的一定老實交代，絕不隱瞞。接著，李成志主動交代了自己的基本情況，說他是國民黨的在鄉軍人，解放前就已離開舊軍隊，解放後已向人民政府作了登記，履行過有關手續了，現在只是一個經營無線電生意的小商人而已。

鍾劍沒有跟他兜圈廢話，而是單刀直入地詰問道：「你認為自己有歷史問題嗎？」

「沒……有。」李成志話說得不利索，表情也有些慌亂。

「是嗎？」鍾劍一聲冷笑，不給其喘息的機會，「既然如此，你為什麼見了我們公安人員像老鼠見了貓呢！」

「我這幾天……有些感冒來著。」雖然還是春天，氣候並不炎熱，但李成志已是滿頭冒汗，言不由衷。

「哈哈哈……」鍾劍大笑幾聲，站起身來在屋子裡來回踱了幾步後，突然轉身過來沖李成志叫道：「李樹林！」

「哎。」李成志下意識地應了一聲，隨即醒悟過來，矢口否認道，「你叫誰啊？叫我嗎？我叫李成志，不叫李樹林啊，你一定認錯人了。」

「你最好別裝糊塗了！媽的，老狐狸！」劉志安按捺不住，一拍桌子，茶杯被震落，碎成幾瓣，水也灑了一地。

鍾劍彎腰撿起茶杯碎片，集中放在一個角落，起身拍了拍手掌，不慌不忙地說：「李樹林，我們知道的遠比你想像的要多得多，交代還是不交代，你自己看著辦吧。」

說完，鍾劍向劉志安點頭示意一下，倒剪著手走到了門口，劉志安也收拾筆紙跟了出去，正要反身關門，裡面響起了哀求聲：「我該死！我交代！我交代！」

接下來，李樹林主動要了一支煙，邊抽邊說，將自己的底細和盤托出。原來，李成志是他的化名，他的真名確實叫李樹林，歷史上參加過軍統，在軍統待了十餘年，一九四七年才離開自謀生計，在上海市開了一家小型商業電臺，做商業廣告，也是一種賺錢的營生。這樣做了一年，李樹林又邀國民黨政府國防部二廳上海電監科的主任科員唐跨風與他一起經營該電臺。上海解放後，李樹林與唐跨風繼續經營，直到一九四九年秋被人民政府勒令停止經營為止。

在進一步審訊中，李樹林又交代了另一個秘密：他和唐跨風、林傑等人一起參加過國民黨保密局潛伏特務組織策劃的陰謀，但因困難太大沒有實施。接著，李樹林提到了一個關鍵問題，即李白電臺被破壞一案，說曾經聽到過唐跨風、林傑談論過此案，相信他們會知道一些情況，但具體知道些什麼他也不清楚，要找到此二人才行。

於是抓捕唐跨風、林傑成為當務之急。鍾劍向楊帆副局長作了彙報，楊帆指示道：「就是跑到天涯海角，也要把這二人抓捕歸案！」

經多方查找，並接到群眾來信舉報，唐跨風的線索首先浮出水面，此人可能聽到了什麼風聲，跑到上海遠郊鄉下躲了起來，據說是藏在一個遠親的家裡，深居簡出，很少拋頭露面，更周圍的人也不來往，實在躲不開要打照面僅僅點個頭而已，絕不多話。

鍾劍帶領劉志安和二個專案組成員開著一輛美式吉普前往追捕。劉志安把車開得飛快，一路顛簸了四五個鐘頭，到了遠郊的一個山區鄉政府，負責人老陳出來接待。鍾劍將有關情況進行了簡要說明，老陳很支持，立即親自帶領專案組前往嫌疑犯可能藏身的獨山村。山路崎嶇，路況極差，逢坎過坎，遇水涉水，不過由於美式吉普性能好，結實耐用，一路上並未因為熄火耽誤行程。到了獨山村邊，為了不驚動目標，鍾劍命令下車步行前往，此時已是黃昏，薄霧瀰漫，黑夜漸臨，一行五人潛入村子，逼近了目標所在的房屋。

正在這時，意外發生了，村中的一條狗發現了陌生人已經闖進，毫不猶豫地扯開嗓門大聲咆哮，其他的狗們聽到報警聲，也紛紛狂奔而來，幾十條狗彙成一股巨大的聲浪，以排山倒海之勢湧向鍾劍一行人。同時，原本待在屋子裡的村人也警覺了，有伸頭探腦的，還有跑出來看熱鬧的，狗吠聲、說話聲、哭笑聲此起彼伏，於是整個村莊沸騰起來。鍾劍叫大家停下來，圍攏在一起交代了幾句，才繼續前行，不過已經改變了方向，由老陳領著到了村長家門口。村長聞訊出來，看到一行人臉色甚為怪異，老陳解釋道：「縣委政策宣傳工作隊的同志路過這裡，見天色已晚，想借宿一晚。」村長自然歡喜得緊，一邊招呼大家進屋歇息，一邊將圍觀的人和狗驅散開去。

熱飯熱菜端上來，互相說笑著吃了，簡單洗漱一番，各自擠著睡了。夜漸漸深了，燈光一一熄滅，狗早已不知去向。村長家傳出了此起彼伏的鼾聲，一切恢復了平靜。忽然，門外響起了敲門聲，敲門聲由弱而強，在靜夜中如雷鳴一般，使人心驚肉跳。

「誰呀？」村長睡衣朦朧地問道。

四、跟蹤追擊

「我！」說話聲是個男人，音量不高但理直氣壯。

「『我』是誰啊？」其實村長是聽出是誰了，但還是有些明知故問地表示不滿，「是強生吧，這麼晚了，有事嗎？」

打開門，叫強生的中年男子提著一個瓦罐子，逕直跨步進屋而來，說是自己的煤油用完了，找村長借些用著，過了今晚再去買。村長臉色不好，但也沒有多說什麼，把煤油借給強生，直到強生走了，才自言自語嘟囔道：「媽的。前天才分給他一罐油，怎麼就用完了，不可能吧。」

鍾劍悄悄叫攏劉志安和老陳，咬著二人的耳朵說：「這傢伙探虛實來了，夜長夢多，凌晨五點去抓了那傢伙，早上狗不會叫。」

二人點頭應允，各自躺下，抓緊時間睡覺。

凌晨剛五點，鍾劍等人已經悄悄地包圍了強生的小屋，正要破門進去抓捕，門卻吱呀一聲開了一條縫，強生探出一隻腦袋，四下一陣警惕的張望，又縮回去關上了門。劉志安要衝進去，被鍾劍攔住了，繼續潛伏在矮牆後面。果然，過了幾分鐘，門再次打開，一個中年男子側身而出，頭戴雨帽，肩背布袋，匆匆往左邊的小路走去。幾個人見時機已到，立即如猛虎下山一般合圍過去，男子見狀不妙，丟掉雨帽和布袋，撒腿要跑，但很快被抓住了，劉志安等人將男子反絞著雙手推到鍾劍面前，鍾劍拿出照片一看，正是唐跨風本人，「拷了！」鍾劍命令道。

強生作為窩藏犯也被一併拘捕，鍾劍等人押著二嫌犯神不知鬼不覺出了村口，開出藏好的吉普車，很快離開了獨山村。

第二天，又有好消息傳來，林傑出現了。專案組的偵查員根據有關線索，經過反覆摸排，注意到華夏商行珠寶櫃的主管曹陽疑似林傑，便將此情況向鍾劍作了彙報，鍾劍帶了一副墨鏡，穿了一件黑綢寬袖布扣唐裝，挎著一個扮姨太太的女偵查員前往一探虛實。臨行前，劉志安進言道：「為什麼要費這麼些周折呢？帶上唐跨風上去一辨認不就結了嗎？」方進說：「不可，唐跨風尚未審訊，情況不明，而商行顧客眾多，人來人往，局面難以控制，一旦林傑發現異常，乘機逃跑，後果將無法預料。」劉志安方才醒悟，迅速安排警力布控。

在華夏商行珠寶櫃檯前，主管曹陽像往常一樣滿面笑容地接待顧客，他的笑容裡充斥著職業化的謙卑和警惕，但對鍾劍二人的到來他並沒有特別留意，只是熱情地為二位顧客服務，不厭其煩地推薦各種珠寶玉器商品，且介紹商品屬性隨口道來爛熟於心，儼然一位行家裡手，並無半點破綻，即便鍾劍和女偵查員百般刁難都未曾有半點怨言，顯然已是百變成精的老手。選了半天，終於挑中了一條心形雞血石。商議定下價錢，曹陽一邊等顧客掏錢，一邊細心地包裝貨品。貨品包裝完畢，顧客也將貨款數好拿在手上，雙方錢與貨交接的一霎那，顧客口中似乎不經意地大聲說道：「謝謝你！林傑！」

曹陽順口答道：「謝謝您！」轉而臉色一怔，隨即恢復平靜，「您記錯了，我不叫林傑，我叫曹陽。」

「哈哈，現在的曹陽就是過去的林傑。」說著，鍾劍拿出一副手銬，要往林傑手上拷，林傑乖乖地把雙手伸過去，似乎打算束手就擒，然而就在即將拷住的瞬間，林傑忽地手型一變，伸出去的手成了打出去的拳，那拳疾如閃電，直奔鍾劍面門而去，鍾劍卻早有防備，順勢一讓，那拳帶著風聲從鼻尖掠過，不等林傑接續下一個動作，鍾劍的胳臂肘已結實打在林傑的胸口上，林傑一個趔趄退了幾步，轉身往另一個方向跑去，但劉志安和幾個隊員早已將其團團圍住，林傑一看無處可逃，只得低下頭，再次伸出雙手，死了心。鍾劍走過去，手銬上了林傑的雙手，「不是林傑你跑什麼？不打自招啊。哈哈！」

唐跨風、林傑二人相繼到案，給專案組提升了極大的信心，於是審訊工作緊張展開。開始唐跨風、林傑都還抱有僥倖心理，但偵查員們由於有李樹林這張王牌在手，底氣比較足，審訊也就變得得心應手多了。二嫌犯在強大的心理攻勢下，陸續交代了他們所掌握的情況。

原來，一九四七年國民黨軍隊向共產黨領導下的解放區全面進攻失敗後，根據蔣介石的指令，國防部二廳、保密局開始加強對國統區各大城市尤其是北平、南京、上海三城市共產黨地下組織秘密電臺的偵測破壞。

一九四八年四月，保密局長毛人鳳牽頭成立了中央電訊監督科，由國防部和保密局電訊專家、特務組成，上海地區電訊監督偵測科在業務上受中央電訊監督科領導。該科配備了從美國進口的當時世界上最先進的無線電偵測儀器，專家負責制訂破壞計畫，特務和技術人員晝夜不停地進行監聽偵測。李白、秦鴻鈞二座秘密電臺就是在這種情況下被特務偵測破壞的，當時唐跨風、林傑兩人都是該科的尉級偵測員，均參與了對李白、秦鴻鈞電臺的偵測工作，但兩人都否認這兩座電臺是由於他們的偵測發現後破壞的。

根據二人的交代和相互印證的內容吻合程度看，他們所供述的情況是屬實的，並沒有虛假、隱瞞和編造的成分，而且由於其特務組織的性質，在上海電訊監督偵測科內部，工作內容彼此之間也是保密的，不知道李白的事情很正常。那麼，這樣一來，線索又中斷了。經過再三審訊，鍾劍終於從唐跨風、林傑口中得到一個重要資訊，這二人都不約而同提到一個人，說這個人是負責整理審訊李白口供材料的特務，此人的名字叫徐鴻秋。

得到這個消息，鍾劍即刻令方進查閱有關敵特組織材料，半天後，方進即查出了徐鴻秋的檔案資料並向鍾劍作了口頭彙報。方進說，徐鴻秋是上海電訊監督偵測科的成員，為技術骨幹之一，參與了多起偵測破壞共產黨電臺的任務；此人住在虹口區公平路，但解放後公安部門調查上海電訊監督偵測科家住上海的成員時，徐鴻秋已經不在原住址了。因為當時只是一般性調查，找不到後也沒有深究下去。既然如今發現徐鴻秋的重大疑點，專案組就是歷盡千辛萬苦、挖地三尺也要揪出徐鴻秋來。楊帆副局長聽了彙報後，指示不惜一切代價找到徐鴻秋。

但問題是，現在沒有徐鴻秋下落的一點半星線索，怎麼辦呢？鍾劍與專案組成員合計後，決定仍然先從徐鴻秋原住址開始調查，有可能從中找到此人行蹤的蜘蛛馬跡。

一九五〇年七月十日，鍾劍和劉志安去虹口區公平路徐鴻秋原住址摸情況。他們在街的拐角處停了車，下車步行數十步，觀察了一下其原住址房子的外觀。從外面可看出，這是一幢老式的石庫門房子，很有些歷史了。一路走進去，可以看出這裡住了四戶人家，徐鴻秋原來是住在前客堂樓上，現在的住戶是在銀行當高級職員的高先生一家。鍾劍與劉志安進了高先生家，高先生及家人熱情地接待了兩人，一邊抽煙喝茶一邊聊天。

言談中，鍾劍得瞭解到高先生原來住在靜安寺那邊，是上海解放後一個月才搬過來的。得知這一情況，鍾劍靈機一動，忽然想起了什麼，隨即對高先生說：「當時你聯繫搬過來住時，原先的住戶還在嗎？」

「在啊。」高先生毫不遲疑，一口肯定下來，「他們夫妻都在，對我很熱情，還請我吃了點心呢。」

「哦，是這樣啊。」鍾劍顯得漫不經心地說道，「他們說過要搬到什麼地方去住嗎？」

高先生搔著頭皮說：「好像是說過的，我想一想，是了，說要搬到曹家渡那邊去住。」

此時，高先生的妻子上來續茶，聽到這裡插了一句：「他們不是給你留過地址嗎？你忘了？」

「嗨，瞧我著記性，竟把這忘得死死的。」高先生一拍腦袋懊惱地說，「他們是給我留下地址來著，還邀請我去打麻將呢。」

「那麻煩你找找看。」鍾劍還是一副波瀾不驚的面色。

「哎。」高先生很配合，急忙進屋去找，不一會兒高先生就拿了一張紙條出來，「還真找著了，在這裡呢。」

鍾劍一看，紙條上果然寫著一個位址：「曹家渡萬航渡路松茂里。」不過，落款人並不姓徐，更不叫徐鴻秋，而是姓歐陽，叫歐陽浩。鍾劍不動聲色地告辭了高先生一家，與劉志安走了出來。

「這人不姓徐，姓歐陽，是不是這傢伙怕別人知道他的真名，寫了個化名啊？」劉志安拿過紙條看了看，不解地問道。

「有可能，但也可能還有別的情況，總之還要經過調查，用事實說話。」鍾劍坐到助手席上，點了一支煙，吸了兩口，若有沉思地望著前方。

劉志安發動汽車，問道：「頭，去哪？」

「曹家渡萬航渡路松茂里。」鍾劍的語氣裡毫不含糊。

二人火速趕到那裡，敲開那家人的門，一看到那個叫歐陽浩的男人，不由倒抽了一口冷氣。

五、順藤摸瓜

站在門口迎接他們的男人，頎長而單薄，骨瘦如柴，面色蠟黃，雙眼燈籠般鼓出，活脫脫一隻垂死掙扎的金魚；嘴半開半合，喉嚨發出如水沸翻滾的聲音，手按住胸口，氣喘噓噓，上氣不接下氣的樣子，似乎隨時有可能背過氣去。男子憋了半天，湧出一口濃痰，吐出門外，才勉強緩過一口氣來，滿臉狐疑地問道：「你們找誰？」

鍾劍出示了證件，並說明來意後，男子卻爽快地把二人迎進了屋裡，還拿出了煙和茶來招待，但被二人婉然謝絕了。男子雖然身體很差，但腦子還算靈光，他明白了二人的目的，回到裡屋去找來幾個證件，用以說明他的合法身份。鍾劍一一看了，這人果然是歐陽浩，不是他們要找的徐鴻秋。

劉志安看到這種情況，認為再待下去簡直是浪費時間，便暗示鍾劍走人。然而，鍾劍卻視而不見，反而與歐陽浩認真攀談起來。劉志安不耐煩了，強行將鍾劍拉出了門外，一直拉到轉角才說道：「頭啊，這癆病鬼說話都不利索，瘦得三根筋吊著一顆頭，風都吹得倒，連小命說沒就沒了，哪裡夠格當特務啊。跟他費什麼話，趕快走吧。」

鍾劍擺擺手，邊往回走邊說：「你先在車上等著，我一下就來。」

回到歐陽浩屋裡接著談，跟他說了一些有關病情治療等題外話後，鍾劍話題一轉，問他原來住在何處，歐陽浩說他是從公平路搬過來的，在公平路住所的前任房客姓徐，具體名字記不清了，做什麼職業也記不清了。那位徐先生是一九四八年六月間搬離公平路住所的，當時雙方並沒有互留地址，更談不上瞭解對方的情況了。

鍾劍提醒他說：「你再仔細想想，還有沒有那位徐先生的其他資訊？」

歐陽浩歪著腦袋想了想，忽然一拍大腿道：「哦，我想起來了，雖然我從那以後沒有再見到徐先生，但卻是見到了他女兒的，聽他女兒說，他們已經搬到榆林區龍江路去了。」

繼續閒聊幾句後，鍾劍告辭了歐陽浩，上了街角的吉普車。劉志安見到他，半是玩笑半是嘲弄道：「頭啊，怎麼樣？收穫很大吧？」

「是的。」鍾劍閉上眼睛，懶得理他，「回去。」

第二天，鍾劍和劉志安繼續去榆林區調查，同時安排方進等人從檔案材料、戶口等方面查找徐鴻秋其人。鍾劍和劉志安下到里弄，向派出所幹警、居委幹部和老百姓瞭解是否有徐鴻秋一家在一九四八年六月左右搬到龍江路一帶來居住。然而一連幾天走訪下來，收效甚微，各種資訊不少，與徐鴻秋有關的線索卻沒有出現。正當鍾劍這邊一無所獲時，方進那邊卻出現了新的轉機，又是一封群眾來信使案情峰迴路轉。這封群眾來信並沒有落款具名，但說出的資訊非常明確。來信中寫道：有個叫徐鴻秋的人及其家庭在一九四八年六月搬到龍江路金松里十六號居住，而且現在仍然居住在那裡。

信放到了鍾劍的案頭，鍾劍看了輕輕一拍桌子，不由得說了一聲「好！」拿上配槍，叫了劉志安驅車前去。

吉普車照例停在巷道口旁邊的隱蔽處，以免驚擾居民正常生活。二人一路步行進去，眼睛觀察著門牌號碼的走向。拐了二個彎，果然在門上看到了十六號門牌。令人吃驚的是，這戶人家的門框上簷釘著一塊長條形的木牌，上書四個大紅字：「光榮人家。」二人一頭霧水，劉志安更是莽撞，氣沖沖地就要上前拍門問個究竟，鍾劍急忙拉住他往回走，「別胡來，弄清情況再說。」

二人轉到居委會，找到居委主任問，這裡明明住著一個叫徐鴻秋的人，前幾天為什麼沒有查出呢？居委主任連忙道歉，說前幾天他不在，一個年輕幹部情況不熟，又加上工作疏忽，查漏了此人，現在剛查出，正要打電話報告你們呢。又問，這徐鴻秋家怎麼掛著一塊榮譽牌匾啊？是不是他們家有人參軍了？

居委主任笑道，就是徐鴻秋本人參軍了！二人大吃一驚，吩咐切不可驚動這一家人，等他們商議後再行處置。

火速回到局裡，鍾劍向楊帆副局長作了緊急彙報，楊帆副局長聽了彙報後明確指示道：「不管他是什麼人，都必須給我逮捕！」

回到專案組辦公室，方進將剛剛整理出來有關徐鴻秋的材料交給了鍾劍。鍾劍草草吃了點東西，立即回到辦公室挑燈夜戰，閱讀徐鴻秋的材料，考慮抓捕徐鴻秋的方案。

原來，徐鴻秋在上海臨近解放時，便提前做了一些準備，他反覆搬家，以脫離熟悉人的視線，隱藏自己的特務身份。上海解放後，他為了擺脫被動狀況，逃脫人民政府的制裁，給自己披上一件合法的外衣，主動聯繫已經中斷來往多年的一個親戚。這個親戚在人民解放軍中擔任團職幹部，在徐鴻秋的請求下，將他介紹到了南京中國人民解放軍華東航空處幹訓大隊當教官。

瞭解到這些情況後，鍾劍叫來方進，說道：「我們要去部隊裡抓人，還得經過必要的手續，你連夜擬好一份給華東公安部的報告，請楊副局長簽發後，明早立即派人送去。此事宜快，速戰速決。」

「是！」方進敬了一個軍禮，轉身即刻去辦。

第二天上午，一份急件送往華東公安部。急件到達的當天，華東公安部部長許建國就批了這份報告：「准予逮捕徐鴻秋，請與華東航空處方面聯繫執行。」

一九五〇年七月二十日，鍾劍帶領劉志安等三名偵查員趕往南京。到了華東航空處，與保衛科聯繫上了，鄧科長接待了他們一行。

劉志安拿出介紹信，鄧科長看了，點頭應道：「是的，我們剛剛已經得到上級的通知，配合你們一起完成此項任務。」

鍾劍喝著茶，一邊問道：「航空處有徐鴻秋此人嗎？」

「確有此人，不過湊巧得很，徐鴻秋隨部隊外出搞演練去了，三天後才能回來。」鄧科長有些歉意地說。

「沒關係，我們等他回來，這段時間我們乘機研究一下抓捕方案吧。」鍾劍說，「我建議立即開一個小會作出部署。」

「好。」鄧科長隨即著手安排。

第三天下午，演練部隊陸續返回，徐鴻秋也將很快回到駐地，鍾劍和鄧科長得知消息，立即按制訂的方案進行了部署。

到了下午五點多鐘，徐鴻秋與其他人一同剛剛回到營房，就接到上級通知：槍械科已經給部隊換發新槍，現只剩下外出參加演練的同志沒有去登記換發了，回到營地請速攜帶槍支去登記換發。於是，徐鴻秋便跟著其他人去了。到了槍械科，徐鴻秋把槍交給管理員，正要登記領新槍，突然發現有幾張陌生面孔朝他圍了過來，他意識到情況不妙，企圖搶槍自衛，但幾個精壯漢子已將他抓了個結實，哪裡還來得及。然而直到此刻，徐鴻秋還是一頭霧水，他一邊掙扎一邊咆哮道：「為什麼下我的槍？為什麼抓我？」

徐鴻秋身後傳來鍾劍威嚴的聲音：「徐鴻秋，你被捕了！」說話間，劉志安的一副手銬送了上去。徐鴻秋一看這陣勢，知道大勢已去，臉色一下子變得煞白，哆嗦著嘴唇問道：「我犯了什麼罪？」

「你犯了什麼罪？你自己最清楚！」鍾劍一揮手命令道，「帶走！立即押回上海。」

徐鴻秋於當天晚上被押回上海，而審訊就在當天午夜進行。審訊過程顯得比較艱難，徐鴻秋作為昔日的軍統特務，見多識廣，心理素質過硬，具有一定的偵察與反偵察手段，在審訊中敢於跟辦案人員暗中較勁鬥法。劉志安訊問一番後，不得要領，鍾劍只得從門後走到前臺，直接與徐鴻秋過招。

問：「徐鴻秋，知道為什麼抓你嗎？」

答：「我想可能是歷史問題。不過，我的歷史問題已經向部隊領導交代過了。」

問：「交代過了？你交代得徹底嗎？」

答：「凡是我記得的，都已經交代了。可能有的事情隔得時間長了，忘記交代也是有的。」

問：「今天是什麼時候？」

答：「一九五〇年七月三日。」

問：「那麼一九四九年的事情算『長』嗎？」

答：「一九四九年？什麼事？」

問：「你說是什麼事？一九四九年初，你幹過什麼事？」

答：「哦……我記不起來了。」

問：「我們的政策你知道嗎？」

答：「知道——坦白從寬，抗拒從嚴。」

問：「那你掂量著辦吧。」

答：「這個……同志，是不是關於李白的事？」

問：「你說呢？你想從寬處理，就老實交代！」

答：「我沒有參加逮捕李白烈士的行動，我只不過參加了對李白烈士的兩次審訊。」

鍾劍和劉志安相互望了一眼，各自露出了一絲不易察覺的笑意。

六、抽絲剝繭

徐鴻秋的心理防線一旦被攻破，沮喪如潰堤之水一洩千里，交代坦白也就順理成章，幾乎不需要審訊人員的提醒。

徐鴻秋首先描述了李白被捕及審訊的情況：

當晚，特務偵測到李白發報的地點，將其住所團團包圍時，李白雖然知道危險將至，還是堅持發完電報後，迅速銷毀了電報稿和密碼本，又把發報機還原成一台普通的收音機。這種還原看起來很麻煩，但可能李白經常這樣拆裝作為偽裝手段，因此速度還是很快的。李白剛把拆下來的零件放到一堆廢舊電器零件中，特務們就衝了進去。一個特務頭子熟練地一摸收音機，大喜過望：「是熱的，好極了！」

「我睡不著，聽聽收音機而已，這也犯法嗎？」李白的回答從容不迫。

但特務們哪裡肯信，到處搜索可疑的證據，那個特務頭子終於搜到了李白拆下來放在廢舊電器中的發報機零件，立即拿著那些東西在李白面前晃：「這是什麼？」

李白顯得一臉茫然：「這是電器零件。」

「這不是電器零件，這是發報機零件，你不會不清楚吧？發報機零件怎麼會放在你家裡呢？」特務頭子冷笑道。

李白輕描淡寫地答道：「我以前有段時間做電器零件生意，這是當時留下來的，搬家時捨不得扔掉，便一起搬過來了。」

「哈哈，回局裡再解釋吧。」特務們好容易才逮到一條大魚，哪裡肯放手，馬上把李白捆了，帶上發報機，回局裡審訊去了。

在隨後的一系列審訊中，特務們軟硬兼施，先以利誘，再施酷刑，把李白折磨得死去活來，但李白堅貞不屈，始終沒有透露半點黨組織秘密，最後在上海解放的前夜被敵人殺害。

接著，審訊繼續進行，鍾劍問：「是那個特務頭子主持了對李白的偵測、逮捕和審訊嗎？」

「是的，正是此人。」徐鴻秋回答。

「他叫什麼名字？」

「葉丹秋。」

「此人是什麼人？」

徐鴻秋沉思了一會，討了一支煙，詳細地說明了葉丹秋的情況。徐鴻秋說，葉丹秋是國民黨中的老電訊特工，早在一九三〇年就在顧祝同軍隊中擔任報務員。後來，他認識了軍統特務頭子戴笠後，被調到軍統的前身復興社特務處去了。之後，葉丹秋奉調受軍統控制的參謀本部第二廳擔任電臺長。抗戰期間擔任了軍令部電臺長。一九四七年，葉丹秋受毛人鳳指派去北平「剿總」擔任電監科長。一九四八年秋天，葉丹秋又調到上海淞滬警備司令部擔任中校督察官，並兼任國防部上海電監科代科長，我們電監科成員都歸他領導。說到這裡，徐鴻秋偷偷瞟了審訊人員一眼，繼續推卸責任：「你們也知道，軍人以服從命令為天職，既然葉丹秋是我們的領導，他叫我們幹什麼我們只能幹什麼，哪敢多言啊。至於破壞李白和秦鴻鈞兩部地下電臺的事情，都是葉丹秋一手策劃和直接指揮的，我們只是執行者。」

鍾劍問：「葉丹秋現在哪裡？」

「我不知道。」徐鴻秋此時只剩下孤立無助的陳述，「我最後一次見到他是一九四九年四月中旬，以後再沒有他的任何消息。」

「葉丹秋在上海時住在什麼地方？」

「我不清楚，也不便打聽。」

徐鴻秋被押了下去，剛剛鬆了一口氣的鍾劍再次蹙起眉頭，現在破壞李白及秦鴻鈞兩部電臺的主凶終於調查清楚，但問題也接著來了，葉丹秋如今蹤影全無，沒有一丁點消息，到哪裡去找到並逮捕此人呢？

叫方進調來相關資料查閱，葉丹秋的歷史情況與徐鴻秋所陳述的基本相符。但是檔案中並沒有葉丹秋的具體住址，也沒有其家庭、親屬等基本情況，誰都不知道此人到底是潛伏在大陸某地，還是逃跑到了臺灣。鍾劍專案組的偵查工作又一次陷入了困難境地，一連幾日都沒有任何線索，大家都沈默了，辦公室的氣氛變得極為凝重。

正是山窮水盡疑無路時，卻是柳暗花明又一村，一封檢舉信的出現給專案組帶來了意外的驚喜。檢舉信是華東局統戰部轉過來的，寫信人姓姜，具體身份不詳。姜在信中稱，他認識一個名叫陳宗琛的人，解放前曾在國民黨國防部二廳上海電監科當特務，而此人正是破壞李白電臺的參與者。信中還提供了陳宗琛的準確住址：江蘇省昆山縣玉山鎮南門街。

鍾劍讀了這封信，立即叫方進去敵檔查閱是否有此人，結果方進很快查到確有陳宗琛這人，並從中找到了他本人的一張照片。鍾劍拿到這些東西，很是滿意，迅速布置了下一步行動。

第二天上午，鍾劍與劉志安等四人驅車前往江蘇省昆山縣玉山鎮。到了玉山鎮，他們找到當地派出所瞭解情況。派出所王所長看了照片說，鎮上確有陳宗琛這麼一個人，四十來歲，其貌不揚，老實巴交，平時低著頭走路，不敢正眼看人說話，一說話就臉紅。此人現在鎮上的豆腐坊給別人做工呢。

「好極了！」鍾劍當即叫王所長帶路，前去抓捕陳宗琛，王所長很支援，叫上兩個警員一同去。

臨近豆腐坊，鍾劍命令由他、劉志安和王所長進去抓捕，其餘人員嚴密把守住前後門，防止陳宗琛逃跑。

三人進入豆腐坊，正在幹活的工人們見鎮派出所長帶了幾個陌生人進來，都停了一下手中的活，然後不再理會繼續做事，只有其中一人仍然一動不動愣在那裡，直到幾秒鐘後才反應過來，猛然跳將起來，轉身往後門跑去，但看到後門已被人堵住，沒有了出路，一時狗急跳牆，乾脆順著牆邊的堆柴爬上了屋樑，手抓著榫頭，趴在上面戰戰兢兢。劉志安看到這種情況，不等鍾劍下令，劉志安幾個箭步飛上堆柴，縱身一躍，竟將陳宗琛從屋樑上拽了下來。陳宗琛跌落在堆柴上，「哎喲」聲叫個不停。另外二個偵查員趨步上前，將陳宗琛提了起來，鍾劍抽出照片一對照，果然絲毫不差，「好！找的就是你！」一揮手，劉志安給陳宗琛上了手銬。

陳宗琛被迅速押回上海，在連夜審訊中，他很快承認了自己參與破壞李白電臺的罪行。陳宗琛說自己確實是上海電監科的成員之一，而且是骨幹分子，深受葉丹秋器重，一些重要任務都放心交給他去辦。當時，葉丹秋安排他和另外幾個特務每天深更半夜攜帶美式小型直流收報機到李白住所那一帶區域監聽偵測，不久，李白秘密電臺的大致位置被他們發現了。在他們偵測出李白秘密電臺的大致位置後，葉丹秋於一九四八年十二月二十九日深夜包圍了李白住所一帶，一邊偵測一邊挨家挨戶搜捕，致使李白秘密電臺遭到破壞，李白被捕，最後犧牲。陳宗琛指認葉丹秋就是破壞李白及秦鴻鈞兩座秘密電臺的主謀。陳宗琛的交代與林傑、徐鴻秋的交代相互印證，完全一致，所有的矛頭都指向葉丹秋其人，於是抓捕葉丹秋歸案成為當務之急。

鍾劍乘熱打鐵，繼續追問陳宗琛：「葉丹秋去哪裡了？」

「他在上海解放前一個月就已經離開這裡，回蘇州老家去了。」

「哦，接著交代，不許隱瞞。」鍾劍給陳宗琛點了一支煙，以穩定其情緒。

陳宗琛深深吸了一口煙，又說：「解放後我們還有過交往，他來過昆山我家做客，我也去過蘇州跟他聚會，但他不帶我進他家，所以不知道他住在哪裡。」

「這可能嗎？你騙誰啊？」

「是這樣，」陳宗琛慌忙解釋道，「是這樣的，我去蘇州找他時，葉丹秋住在他姘頭家。」

「告訴葉丹秋姘頭的姓名和住址。」鍾劍緊追不放。

陳宗琛如實交代道：「葉丹秋姘頭名叫董素芬，是唱評彈的藝人，外號『賽牡丹』，家住蘇州金台街珍珠巷一號。」

審訊剛結束，鍾劍即命令道：「抓捕葉丹秋，立即行動！」

七、引蛇出洞

這天，在蘇州金台街珍珠巷一號對面的悅來客棧，住進了六名神情嚴肅的房客，他們佔據了靠窗的上下兩個房間，密切監視著對面住所人員的一舉一動。他們正是鍾劍、劉志安及專案組成員。

經過仔細觀察，他們發現董素芬果然住在這裡。董素芬年約三十出頭，身材婀娜，面容嬌美，氣度不凡，穿著旗袍出出進進很是忙碌，但奇怪的是，一直沒有看見葉丹秋出來。觀察持續了三天，還是不見葉丹秋人影。

「這樣守株待兔可不行，太被動了，我們必須主動出擊。」鍾劍咬著劉志安耳朵吩咐一番，劉志安頻頻點頭，領命而去。

次日上午，鍾劍穿著一件黑色紡綢長衫，戴一副墨鏡，一隻手拎著一蘿水果，另一隻手拎著一盒糕點，神色自若地敲響了董素芬家大門。

董素芬聞聲開門，望著眼前這個陌生男人，臉上露出疑惑的神色，先將身子堵在門口，然後問：「先生您找誰？」

「哦，您是董小姐吧？」鍾劍為了表示禮貌，騰出一隻手摘下墨鏡，笑容可掬，「我姓周，名新，原先在葉先生手下幹過。」

「哪個葉先生啊？」

「葉丹秋督察官嘛！」

「我這裡沒有這個人，也不認識什麼葉督察官！」

「這裡不正是金台街珍珠巷一號嗎？昆山陳先生告訴我的就是這個門牌號碼呀。」

「真的不認識，您走錯門了，請回吧。」說著，董素芬要關門拒客。

鍾劍暗暗用胳臂別住門，繼續說：「位址不會錯的。如果葉先生不在這裡，我過兩天再來看看，只是到時候還要麻煩您了。」鍾劍不由分說，硬是把禮物放進了屋裡，轉身出門迅速離去。

在街上轉了幾圈，鍾劍又悄悄潛回了悅來客棧，與專案組的偵查員們繼續觀察董素芬的動靜。在此後的兩天中，只要董素芬一出門，身後便有偵查員暗地跟蹤，看她到底去哪裡通風報信。出乎意料的是，董素芬確實多次出門，但都是去辦事或會友，並沒有去見葉丹秋。

「看來是水不急魚不跳啊。嘿嘿。」鍾劍望著董素芬再次進屋的身影，對大家調侃道，「你們等著吧，好戲就要開場了。」

兩天後，鍾劍又拿了二包禮物再次登門拜訪，董素芬開門納客。這次董素芬把鍾劍讓進屋裡，沏茶遞煙，熱情招待，並且不再否則她認識葉丹秋了。鍾劍早已成竹在胸，採取欲擒故縱的辦法，故意不提及葉丹秋，只拉些無關緊要的家常話。不出所料，閒聊了幾句，董素芬忽地把話題一轉，問他是怎麼認識葉丹秋的。

鍾劍不假思索地答道：「啊，是前年在在工作中認識的，您忘了，我說過他是我的上級呢。」

「哦，周先生找葉先生有什麼事情嗎？」

「一點小事而已，碰巧他本人不在。」鍾劍似乎遲疑了一下，還是說了，「是這樣，葉先生以前放了些東西在我這裡，但我最近想去香港，這一去就有可能不回來了，所以我要把東西還給他。」

「是什麼東西？」董素芬並不在意地問。

「是幾件首飾。」鍾劍同樣說得輕描淡寫，眼角的餘光卻在瞄著董素芬的反應。

果然，真是黑眼睛見不得白銀子，董素芬一聽到有首飾，眼睛突然放出光來，臉上的肌肉也柔和平順了許多，接著笑容變得燦爛起來，「周先生如果信得過我，就把東西交給我，由我轉交給葉先生可否？」

鍾劍也跟著輕鬆地笑道：「董小姐我當然信得過，否則我也不會來這裡找您了。但葉先生當初把首飾交給我時，曾經再三叮囑我一定要當面交給他，我不敢辜負葉先生的信任啊！」

董素芬一怔，目光略有遲疑，停了一下問道：「周先生幾時離開蘇州？」

「我今天晚上就走，不過，幾天以後我有事還要來一趟蘇州。但不知哪時得見到葉先生？」

「不巧得很，不瞞周先生說，葉先生這幾天不在蘇州，到別處辦事去了，大約要三四天後才能回來。」董素芬顯然已經不再猜疑，說話直接多了，「這樣吧，要麼你過三四天再來，要麼你留個地址，到時候我和葉先生一起去拜訪你。」

「豈敢，豈敢，葉先生是我的上級，豈敢勞他的大駕，到時候仍舊我過來拜訪吧。」鍾劍客氣地回絕了董素芬，告辭而去。

回到悅來客棧，鍾劍對偵查員們說：「收拾好東西，我們要走了。」

「為什麼？董素芬還在這裡呢，我們走到哪裡去？」劉志安不解地問。

「董素芬那邊一有動靜，馬上叫醒我。」鍾劍並不糾纏，倒頭睡去了。

到了傍晚，董素芬果然拎著一隻小皮箱出了門，匆匆忙忙往外走去。鍾劍和偵查員們隨即輪流跟蹤，一路到了火車站。董素芬買了一張去南京的火車，等了約二十分鐘便上了火車。

鍾劍等人也跟著上了火車，為了防止被董素芬察覺，鍾劍化妝成一個老頭，其餘偵查員則分成幾組輪流監視董素芬。一路平靜地到了南京，董素芬下車後叫了一輛三輪車，去距離火車站不遠的一家旅館住了下來，鍾劍一行也在旁邊旅館靠窗的房間住下了，日夜監視。

第二天上午，董素芬又到了火車站，這回是買了一張去上海的火車票，於是鍾劍等又跟著董素芬轉了一圈回到上海。董素芬到達上海後，仍舊住進靠近火車站的一家旅館，偵查員的監視一刻也沒有放鬆。不久，一名偵查員報告鍾劍，說看到董素芬在旅館總台打電話，鍾劍露出了一絲微笑：「戲就要收場了！」然後通知調來更多的警力，暗暗將董素芬住的旅館周邊圍了個水洩不通。

午夜時分，一輛三輪車從小巷拐出來，悄悄抵達了董素芬住的旅館門口。三輪車剛停住，上面便下來一個穿白色西裝的中年男子，站在暗處的鍾劍借著旅館門口的路燈仔細一看，正是他們歷盡艱辛要找的人。鍾劍倒剪著雙手，從暗處走出來，一直走到此人面前，發出了一聲低吼：「葉丹秋！找你找得好辛苦哦！」

葉丹秋大驚，轉身要跑，但他的四周早站滿了人，虎視眈眈怒視著他，哪裡還跑得了，只得長歎一口氣，低下頭，束手就擒。

一對手銬牢牢地拷在葉丹秋腕上。

董素芬隨即也被抓獲。

這是一九五〇年九月八日。

經過審訊獲知，這葉丹秋一九四七年在擔任華北「剿總」北平電監科長時，破壞了共產黨地下組織位於兆東街二十四號的秘密電臺導致十一名報務員、譯電員和交通員被捕，並連帶破獲西安地下黨的秘密電臺。一九四八年十二月九日深夜，正是葉丹秋親自率領大批特務包圍了黃渡路一帶住宅區，致使李白電臺遭受破壞，李白被捕，並於一九四九年五月五日被秘密殺害。一九四九年一月下旬，葉丹秋又偵測到上海地下黨在盧家灣的秘密電臺，造成秦鴻鈞等人被捕。由於葉丹秋「成績顯著」，毛人鳳親自請他吃飯，並傳令嘉獎，還給他配發了更多的骨幹力量和先進儀器。葉丹秋紅極一時，儼然以「黨國」功臣自居。

一九五一年一月十三日，葉丹秋被上海市人民法院判處死刑，立即執行。

至此，血債終得償還。

釀文學135 PG0923

致命詛咒
──伍維平懸疑中篇小說選

作　　者　伍維平
責任編輯　鄭伊庭
圖文排版　楊家齊
封面設計　陳佩蓉

出版策劃　釀出版
製作發行　秀威資訊科技股份有限公司
114 台北市內湖區瑞光路76巷65號1樓
電話：+886-2-2796-3638　傳真：+886-2-2796-1377
服務信箱：service@showwe.com.tw
http://www.showwe.com.tw
郵政劃撥　19563868　戶名：秀威資訊科技股份有限公司
展售門市　國家書店【松江門市】
104 台北市中山區松江路209號1樓
電話：+886-2-2518-0207　傳真：+886-2-2518-0778
網路訂購　秀威網路書店：http://www.bodbooks.com.tw
國家網路書店：http://www.govbooks.com.tw
法律顧問　毛國樑　律師
總 經 銷　聯合發行股份有限公司
231新北市新店區寶橋路235巷6弄6號4F
電話：+886-2-2917-8022　傳真：+886-2-2915-6275

出版日期　2013年3月　BOD一版
定　　價　460元

Printed in Taiwan

國家圖書館出版品預行編目

致命詛咒：伍維平懸疑中篇小説選 / 伍維平著. -- 一版. -
- 臺北市：釀出版, 2013.03

面； 公分.

BOD版

ISBN 978-986-5871-21-5(平裝)

857.63 102002170

讀者回函卡

感謝您購買本書，為提升服務品質，請填妥以下資料，將讀者回函卡直接寄回或傳真本公司，收到您的寶貴意見後，我們會收藏記錄及檢討，謝謝！如您需要了解本公司最新出版書目、購書優惠或企劃活動，歡迎您上網查詢或下載相關資料：http:// www.showwe.com.tw

您購買的書名：______________________________

出生日期：________年________月________日

學歷：□高中（含）以下　□大專　□研究所（含）以上

職業：□製造業　□金融業　□資訊業　□軍警　□傳播業　□自由業

□服務業　□公務員　□教職　□學生　□家管　□其它______

購書地點：□網路書店　□實體書店　□書展　□郵購　□贈閱　□其他

您從何得知本書的消息？

□網路書店　□實體書店　□網路搜尋　□電子報　□書訊　□雜誌

□傳播媒體　□親友推薦　□網站推薦　□部落格　□其他______

您對本書的評價：（請填代號　1.非常滿意　2.滿意　3.尚可　4.再改進）

封面設計____　版面編排____　內容____　文／譯筆____　價格____

讀完書後您覺得：

□很有收穫　□有收穫　□收穫不多　□沒收穫

對我們的建議：______________________________

____

____

____

請貼
郵票

11466
台北市內湖區瑞光路 76 巷 65 號 1 樓
秀威資訊科技股份有限公司 收
BOD 數位出版事業部

....

（請沿線對折寄回，謝謝！）

姓　　名：________________　年齡：________　性別：□女　□男

郵遞區號：□□□□□

地　　址：____

聯絡電話：(日) ________________　(夜) ________________

E-mail：____